U0541250

中外文论

CHINESE JOURNAL OF LITERARY THEORIES

2019年第2期

名誉主编 ■ 钱中文
主　编 ■ 高建平　　执行主编 ■ 丁国旗
主办
中国中外文艺理论学会

中国社会科学出版社

图书在版编目(CIP)数据

中外文论.2019年.第2期/高建平,丁国旗主编.—北京:中国社会科学出版社,2021.4
ISBN 978-7-5203-8460-5

Ⅰ.①中… Ⅱ.①高…②丁… Ⅲ.①文学理论—世界—文集 Ⅳ.①I0-53

中国版本图书馆 CIP 数据核字(2021)第 092673 号

出 版 人	赵剑英
责任编辑	郭晓鸿
特约编辑	杜若佳
责任校对	师敏革
责任印制	戴 宽

出　　版	中国社会科学出版社
社　　址	北京鼓楼西大街甲 158 号
邮　　编	100720
网　　址	http://www.csspw.cn
发 行 部	010-84083685
门 市 部	010-84029450
经　　销	新华书店及其他书店
印　　刷	北京明恒达印务有限公司
装　　订	廊坊市广阳区广增装订厂
版　　次	2021 年 4 月第 1 版
印　　次	2021 年 4 月第 1 次印刷
开　　本	787×1092　1/16
印　　张	16.25
插　　页	2
字　　数	348 千字
定　　价	96.00 元

凡购买中国社会科学出版社图书,如有质量问题请与本社营销中心联系调换
电话:010-84083683
版权所有　侵权必究

编委会

（以姓氏音序排序）

曹顺庆　党圣元　丁国旗　高建平　高　楠
胡亚敏　蒋述卓　金元浦　李春青　李西建
刘方喜　钱中文　陶东风　王　宁　王先霈
王岳川　徐　岱　许　明　姚文放　曾繁仁
周启超　周　宪　朱立元

本期助理编辑： 胡　琦

目　录

当代理论与批评

历史如何在讲述中"回归"
　　——"非虚构"历史写作的文体价值讨论 …………………… 孙金燕　卢　仪(3)
戏剧演出中的叙述"空白" …………………………………………………… 胡一伟(11)
吐槽文化的狂欢化表征及反思 …………………………… 张胜利　李林澧(23)
现代化转型及现代性反思：贾平凹小说中的西方现代文学因素 ………… 张　碧(31)

中国文论

《周易》"观象"与"知几"之辨析
　　——从意象创构的视角解读 ……………………………………… 胡远远(43)
唐代保守派与激进派的文学观之变迁
　　——从韩柳元白看中唐文学创作 ………………………………… 史笑添(58)
论《列子》对杨慎文学思想的影响 …………………………………………… 高小慧(71)
"社会"与"人生"的纠葛：沈雁冰"社会民族的人生"文论话语 ………… 康建伟(83)

中国文论·专题：《三国演义》与中国叙事学

小说评点的叙事功能：以毛评本《三国演义》对庞德形象的重塑为例 …… 崔文东(95)
作为叙事动力的异人书写：以《三国演义》的超自然人物为中心 ………… 李向昇(104)
形象、仪式与叙事节奏
　　——毛评本《三国演义》中的"武侯泪" ……………………………… 金　佳(112)

西方文论

西方文论·专题：亚里士多德原典研读

《诗学》中的模仿理论分析 …………………………………………………… 常家凤(123)
卡塔西斯
　　——欲望怪兽的安抚 ……………………………………………… 伍　桐(130)
浅论亚里士多德《诗学》中的情节观 ……………………………………… 付渝丹(137)

从"过失说"到"冲突论"
　　——试论黑格尔对亚氏悲剧"情节中心说"的扬弃 …………… 胡月明(144)
浅析罗兰·巴特"中性"思想在中国的接受
　　——从"零度"入手 ……………………………………………… 刘亚楠(151)
反具身化的绘画实践:论T.J.克拉克对塞尚的保罗·德·曼式解读 …… 诸葛沂(161)
论爱默生的文学伦理批评观 ………………………………………… 余静远(173)
回望·挖掘·超越
　　——《琼·马丁小姐的日记》的主题分析 ……………………… 段艳丽(185)
文化唯物主义的理论内涵与威廉斯文化研究的政治转向 …………… 李艳丰(195)

译文选刊

方法问题 …………………………………… [法]米歇尔·福柯著　刘阳译(213)
托尔斯泰论非占有与非暴力 ………… [美]普雷德拉格·塞科瓦茨基著　李杨译(224)
消费资本主义和冷战的终结 …… [美]埃米莉·S.罗森堡著　李珍珍　张玉青译(229)

附　录

附录一　中国中外文艺理论学会历届会议 ……………………………………(249)
附录二　《中外文论》来稿须知及稿件体例 …………………………………(252)

当代理论与批评

历史如何在讲述中"回归"

——"非虚构"历史写作的文体价值讨论

孙金燕 卢 仪[*]

（云南民族大学 云南昆明 650500）

摘 要："非虚构"历史写作以个体经验、边缘景观的"在场"方式，"介入"历史或现实的内部，尽可能地"还原"历史现场，既意图超越传统历史的单线性、权威性的话语方式，又期望超越与传统历史话语相抗衡的新历史主义将历史禁闭在自身的困境，这种特殊的文体意图及开放的写作状态，使其具有独特的文学史价值。

关键词："非虚构"历史写作；文体特征；文学价值

"非虚构"写作的文体特征及边界问题，自其命名起即被广泛关注[①]，至今莫衷一是。"非虚构"历史写作作为其中的一种类型，关于它的文体特点、与传统历史及新历史主义书写的区别等问题，同样被持续探讨与挖掘。

依据传统认知中虚构与纪实的分野，历史必须记录"当然"的事情，文学可以讲述"想当然"的事情，二者原本能各行其道，然而事实上文学与历史总存在某种内部紧张，纠葛不断：其一，迫于文学体裁等级的压力，文学常常表现出对历史纪实的向往，诸如小说写作有着长久的"慕史"传统，而中国文学与历史的关联也成为长久被关注的问题，如汉学家浦安迪曾如此探讨中国文学的"史诗"难题："史书在中国文化中的地位有类似于史诗的功能，中国文学中虽然没有荷马，却有司马迁……中国古代虽然没有'史诗'，却有'史诗'的'美学理想'"[②]；其二，源于语言学转向引发的表征危机，人们不再信任语言的工具性"再现"，包括怀疑历史文本的真实性指称，转而将包括历史文本在内的一切文本形式视为世界的一个隐喻，致力于挖掘其中的行为动机、权力话语等，企图以此洞察世界本真。于此，不难看出"非虚构"历史写作在其

---

[*] 作者简介：孙金燕（1984— ），安徽安庆人，云南民族大学副教授，四川大学文学一传媒学研究所特约研究员，文学博士；卢仪（1995— ），江苏徐州人，云南民族大学硕士研究生。

[①] 随着《人民文学》《钟山》《收获》《花城》等刊物不断推出"非虚构"作品，学界越来越热衷于从这类作品甚至是20世纪60年代美国的"非虚构"写作中挖掘其文体特质。

[②] [美] 浦安迪：《中国叙事学》，北京大学出版社1996年版，第30页。

命名中即携带的否定意识，有着穿越语言的或认知的层层迷思重返"真相"的意图，借由对"非虚构"的理论导向及写作实践的讨论，考察其为何以及如何游走于历史求证与文学想象之间，以提供历史讲述的另一种方式，将是一个有意思的话题。

一 "非虚构"的命名：对"虚构"与"纪实"的双向抗衡

要理解"非虚构"历史写作，需先理解"非虚构"写作在中国发生的深刻动机。"命名一个事物，也就意味着赋予了这一事物存在的权利"①，如果依据布尔迪厄以社会学祛诗学之魅的思想理路，命名是为了区隔，是文学场内符号斗争的策略，那么，"非虚构"在中国的重要出场，似乎是要以一种中间状态，同时与"虚构"和"纪实"进行双向抗衡。

首先，"非虚构"一眼即明，是对虚构的否定，这源于对与"虚构"所关联的"超现实"文化景观的批判。

在中国文学语境中，史传与抒情向来被认为是文学的两大传统，对于虚构的关注较少。随着现代媒介技术中文本形态和经验模式的介入，文学的表意形式发生了很大转变，这引起研究者的关注，如学者陶东风在2006年发出"中国文学已经进入装神弄鬼时代"的疑问，并指认其属于"一种完全魔术化、非道德化了、技术化了的想像世界的方式"②。

从根本而言，这种转变源于当下的全媒体话语语境，致使语言叙述陷入所谓"拟真"或仿象的"超现实"，仅仅将"世界"视为一种隐喻或"景观"来编制文本符号系统，最终陷入虚无主义③。鲍德里亚认为当代文化的境况属于"超现实"的："不再有存在与表象，现实与概念的镜子。不再有想象的共延性。相反，基因的微型化成为仿真的特点。真实从被微型化的单位：母体、记忆库以及指令模式中产生出来，有了这些，它可以被无数次复制。它已经不再必须是理性的，因为它不根据某种理想的或否定的例子来衡量。它只不过是操作的。实际上，因为它不再被包裹在想象之中，它也不再是现实的。它是超现实的，是组合模式在一个没有大气层的超空间中光芒四射的产物。"④ 文学话语也以鲍德里亚所指称的在技术世界代码支配的"超现实"状态，使"世界"成为某种"形象"或是一种纯粹的表征，在"幻境"的无意识操纵下，那些被认为的现实，都将带上超现实的拟象特征，消失在符号和程序所编织的迷雾之中。其

---

① ［法］布尔迪厄：《文化资本与社会炼金术——布尔迪厄访谈录》，包亚明译，上海人民出版社1997年版，第138页。
② 陶东风：《中国文学已经进入装神弄鬼时代？——由"玄幻小说"引发的一点联想》，《当代文坛》2006年第5期。
③ 张骋：《符号操控与本体虚无：反思鲍德里亚的消费社会大众传媒观》，《符号与传媒》第7辑，四川大学出版社2013年版，第75—82页。
④ Baudrillard, Jean, *Simulations*, New York: Semiotext (e), 1983, p.3.

结果是，事件隐退为既无法证实又无法证伪的故事领域，而它所刻意营造的表象又使人们沉迷且丧失批判性，以致文学与现实世界疏离并渐行渐远，同时正因现实的缺席而日渐审美疲乏。本文要讨论的"非虚构"历史写作还包含对历史话语虚构的反叛，后文将做集中讨论。

其次，"非虚构"文学还与"纪实"相抗衡，源于对中国文化语境中对"纪实"所携带的优越主体性的质疑。

梳理"非虚构"命名在中国文学界的郑重出场，即可发现对它的倡导与"纪实"的一再关联：2010年，《人民文学》刊物第2期首次开设"非虚构"专栏，主编李敬泽仅从体裁上区分了它与报告文学、纪实文学的不同①；2010年第10期，该刊又于编者《留言》中强调了"非虚构"与纪实作品的区别："纪实作品的通病是主体膨胀，好比一个史学家要在史书中处处证明自己的高明。纪实作品的作家常常比爱事实更爱自己，更热衷于确立自己的主体形象——过度的议论、过度的抒情、过度的修辞，好像世界和事实只是为满足他的雄心和虚荣而设。我们认为，非虚构作品的根本伦理应该是：努力看清事物与人心，对复杂混沌的经验作出精确的表达和命名"②；直至2013年，李敬泽更明确地将"非虚构"的提出归结为一种写作观念和伦理③。

文学叙事对其讲述方式的控制，牵涉复杂的叙事伦理，无论是独立作者还是特殊时期的集体写作，文本都暗含作者的"第二自我"即拟主体性的隐含作者，并且这个拟主体可由阅读者根据其叙事的诸种细节推导出。"非虚构"写作必然指向"真实"，而其与纪实写作的分野在于与写作姿态有关的作者"第二自我"，它期待以一种更"平等"的而非高高在上的姿态，"客观""精确"地重建文学与世界的关系。这种诉求背后的逻辑是："意识不到他人，我们就无从真实地认识自己"，而世界与我们的关系是，"它不是外部的，它就在我们内部，就在我们的心灵和命运之中，这种联系是我们承受的，也是我们创造和选择的"，唯其如此，才能"写出人的灵魂状况，让我们从中看出自己"④。

是以，出于对超现实景观以及对主体膨胀的反叛，"非虚构"写作在对象上关注与写作者有深切关联的"吾土吾民"，在形式上则强调在"行动"实践中认识世界，以求达到"知行合一"。这同样是"非虚构"历史写作所追求的写作目标。

二 "非虚构"历史写作的两个关键词：在场与介入

历史，根本而言是常新的，每一世代都处在对历史的不断解释中。而基于"非虚

---

① "这一期我们新开了一个栏目，叫《非虚构》。何为'非虚构'？一定要我们说，还真说不清楚。但是，我们认为，它肯定不等于一般所说的'报告文学'或'纪实文学'。"参见《留言》，《人民文学》2010年第2期。
② 《留言》，《人民文学》2010年第10期。
③ 参见《专家："非虚构"正向"小说"发起挑战》，《南方日报》2013年8月16日。
④ 《卷首语》，《人民文学》2012年第1期。

构"写作在"行动"中书写"吾土吾民"的愿景,"非虚构"历史写作也不同于蛰居书斋的历史书写,而是携带着明确的问题意识在书面历史记载与现实日常观察中游走,实现现实、文学、历史三者的对话。总体而言,"非虚构"历史写作在形式上呈现"在场"及"介入"的特征,带着对历史单线性话语权威的质疑,写作者们期待在文学式的想象中打捞与还原历史记忆,却又往往借着历史学的思考,重新审视与矫正自己的文学观察。此时,他们既是历史的观察者、发现者,也是想象者与审视者,经由文学与历史的双向思考,他们期望深入那些具有表征性的历史领域,让那些似乎理所当然、见怪不怪的历史人物、重大事件重新焕发生机,并重构有关真实信念的叙事伦理。

首先,"非虚构"历史写作以其"在场"的形式特征,突破传统历史大叙事的"大写的我"的指导性、规约性观念,重新勘察历史资料的甄选与评价方向,审视事件或人物的性质、位置乃至结构关系。这种"在场"方式,一是呈现为叙述者"我"的在场,以此个体的、私人的视角进入历史观察;二是呈现为历史中人物的"在场",重新关注为历史大叙事所忽略的个体的鲜活日常生活,以此不断提示"现实"的在场,拉近历史与当下的距离,同时不断与历史大叙事形成博弈。

在王树增的《解放战争》、阿来的《瞻对:一个两百年的康巴传奇》、李辉的《沧桑看云》、南帆的《马江半小时》等"非虚构"历史作品中,作者或持续将叙述者"我"置于现场,安排寻访计划,观察受访对象,记录寻访时的所见所闻,或展示"我"与受访对象的来往书信、采访笔记等材料,比对相关史料,辨析乡野传说,或直接呈现"我"对历史的喟叹,如阿来的"非虚构"历史小说《瞻对:一个两百年的康巴传奇》书写始于雍正八年(1730)的、长达200年的瞻对之战,其中直接展示叙述者"我"对乾隆皇帝第二次征讨瞻对的感叹:"写一本新书,所谓现实题材,都是正在发生的事情,开写的时候有新鲜感,但写着写着,发现这些所谓新事情,里子都很旧,旧得让人伤心。索性又钻到旧书堆里,来踪迹写旧事。又发现,这些过去一百年两百年的事,其实还很新。只不过主角们化了时髦的现代妆,还用旧套路在舞台上表演着。诸多陈年旧事,映照今天现实,却让人感到新鲜警醒。"① 可以说,叙述者"我"的在场使整个写作过程的推进与铺展,明显带有"元叙事"的特征,在对历史的整合性叙事的或疑惑、或质询、或喟叹、或缅想中,不断拉近历史与当下的距离,从微观上端详它的各条枝蔓,以作家的主体意识、真实情感推断历史真相,一步步打开"闭合"的、远距的、宏观的历史叙述,使历史呈现一种开放的审美特征。

与叙述者"我"的私人性视角相关联的,是叙述"我"所"看见"的、为历史观念所遮蔽的"个人"的鲜活日常,对历史事件中的个人的生存真相发生兴趣并进行重构,如同南帆在其"非虚构"历史随笔《戊戌年的铡刀》中所坦承的:"我的叙述如此频繁地使用'历史'一词。然而,许多时候,这仅仅是一个庄严而又空洞的大字眼,

---

① 阿来:《瞻对:一个两百年的康巴传奇》,四川文艺出版社2014年版,第213页。

一旦抵近就会如同烟雾一般消散。其实，我看不见历史在哪里，我只看见一个个福州乡亲神气活现，快意人生。"① 他们剥离出个人在历史中的诸种世相，探究此人此时此地的生存逻辑与伦理秩序，发掘历史皱褶处的个人的日常细节与鲜活，为理解历史大事件提供另一条路径，也为理解中国历史的进程提供独特的进路。

其次，"非虚构"历史写作惯常以"对话"的方式"介入"叙述，期望还原这些被"修饰过的历史"。

在具体操作中，"对话"表现为在对历史资料的检索中对诸多貌似合理的事实充满怀疑，于是介入历史并与其进入虚拟的共时状态，以期在与史实的有意无意的对话中，对历史的别种可能性进行探寻，如王树增谈论《抗日战争》一书的创作是一个不断翻检与质疑的过程："比如长沙战役，蒋介石的原电报说'公布的死亡数字以二十万人为好'，当看到这封电报的时候，我们就不能看长沙会战国民党军公布的歼敌数字了。因为蒋介石本身就说了要扩大宣传，所以这个数字是有偏差的。只有印证了才能知道哪些材料有偏颇之处，日军的有，我们的也有。所以需要在心里对历史的走势了如指掌，对历史产生的原因非常清晰，把握这些原则以后就能大概判断出来这些资料的水分在哪里，比较接近真实的是什么。"② 毋庸置疑，这种"小写的我"与"大写的我"的角力，为更理性地考察历史提供了理路，同时开拓了审视与反思的视野。

此外，"对话"甚至发生在官方资料与民间传闻、正统的与秘闻的两种叙述空间之中。如阿来的《瞻对：一个两百年的康巴传奇》一方面细密爬梳上至中央、下至地方的卷帙浩繁的历史文献，呈现瞻对"劫盗"（即"夹坝"）在官方记录中的"非正义性"；另一方面，他又调查与记录事件发生地的相关民间传说，重构瞻对土司的传奇人生。又如南帆在其"非虚构"历史随笔《马江半小时》中，在仔细辨析了文武官员如张佩纶、何璟、何如璋、张兆栋以及穆图善等的关系，并收集与辨析了马江战役的种种资料以及流传于福州民间的传闻之后，即指出："当然，这些故事多半为无稽之谈，溢于言表的是福州居民对于这些大员的讥刺与怨恨"③，与历史资料的公共性相比，来自福州的坊间传闻更能彰显民间对于历史的态度；而在查证了福建水师当时的停泊资料后，他又提出一种假设，并对历史的岔路发出叹息："如果采用另一种停泊方式——疏密相间，首尾数里，各条军舰单兵作战，马江之战是否会出现相反结局？人声鼎沸的舆论之中，这种问题已经没有人关心了。"④ 以此，"非虚构"历史写作通过假设和追问，来传达自己内心对于资料所编织成的历史叙事的疑虑和不安。

---

① 南帆：《戊戌年的铡刀》，《辛亥年的枪声》，海峡文艺出版社2011年版，第17页。
② 蒋楚婷：《把握复杂、丰厚的抗战历史——王树增谈〈抗日战争〉》，《文汇读书周报》2015年7月15日。
③ 南帆：《马江半小时》，海峡书局出版社2012年版，第26页。
④ 同上书，第91页。

三 "非虚构"历史写作的文体价值

何为历史真实,这是自 20 世纪 80 年代中国先锋派文学汇聚而成的新历史主义文学思潮期望审视的核心问题。"非虚构"历史写作的"在场"与"介入"的形式特质,使其在精神气质上是新历史主义的:它挑战既往被选择作为描述对象的历史客体,显示出一种重新探讨历史与语境关系的企图,又暗藏着在历史的文本性与文本的历史性的某种罅隙与弥合中循路前进的野心。

关于"虚构"的讨论有两种基本立场:一种是结构主义的经典立场,以汉柏格尔(Kate Hamburger)、热奈特(Gerard Genette)等为代表,认为叙述话语中存在可将文本识别为虚构的语言标记;另一种则是语境主义的后经典立场,以克恩斯(Michael Kearns)、沃尔什(Richard Walsh)等为代表,认为叙述者或说话人的意图与受众的文类预期是决定事实与虚构的关键。新历史主义的出场与此种语境主义的后经典立场有关,它认为历史亦有其"虚构性",这种"虚构性"与"文本性"有关:由于历史的讲述是由文本形式来呈现的,文本的发生、传输、接受受政治、经济、文化乃至人类行为、惯例和关系等历史语境的影响,导致文字再现的真实与实体真实不尽能统一①,"种种历史大叙事曾经或明显或隐秘地控制一系列历史事件的描述和评判,确定基本的话语秩序"②。也就是说,文字呈现出的历史只是"有关真实",并非真实本身。既然对历史的表述难以逃离叙述者所处的当下的价值观或社会语境的影响,对过去的"真实"做出"客观"描述或再现(representation)是不可能的,关于历史叙述的"真实性",其实"是一种说服而非展示,是一种建构(construct)而非发现(discovery)"③,其中历史话语叙述自然携带着难以忠于史实的想象与虚构,那么,文学当然可以借此打破与历史之间的界限,共同成为关注与语境之间关系的一种文本。

于是,"非虚构"历史写作具有两个向度的价值。其一,它以丰富的边缘化事件与民间化文本,以及文学的想象性介入甚至是对不可知保留必要的悬置性,实现对传统历史叙事话语的必然性、单线性、权威性的超越。写作者在重构历史现场的过程中,不断引入民间传闻,在与历史记录的相互辩驳中呈现历史的多维视角;同时,让自己与历史人物处于虚拟的共时状态中去"猜想"他们生活的细节以及现实的可能性,并大胆承认对某些历史纵深的"不得而知",却奇异地在这种以退为进的叙事策略中,推动阅读接受从"知"(know)向"信"(belief)的跨跳,即坦露不知,使人相信所陈述

---

① 文字作为符号再现了事实,能够讨论的真实只能建立在"再现的事实"上。以福柯、德里达等人的观点,历史并不是对史实单一的记载,亦不是对于过去的事件的单纯的记录,语言本身就是一种结构,我们都透过这种结构在理解整个世界。

② 南帆:《小说和历史的紧张》,《读书》2003 年第 11 期。

③ Brook Thomas, *The New Historicismand Other Old-Fashioned Topics*, Princeton University Press, 1991, p. 98.

事件的真实性。如南帆在其"非虚构"历史书写中所惯用的表述,常常体现为此种修辞策略:"左宗棠是在什么时候掂量出沈葆桢的分量?不得而知。沈葆桢陈述哪些理由推却左宗棠的前两次邀请?不得而知。可以猜想,左宗棠不会如同刘备那样用毕恭毕敬的神态打动沈葆桢。如此两个大人物之间的默契只能因为高瞻远瞩的共识。……或许还可以猜想,左宗棠多少存有'投桃报李'之意。"① 在尽力还原历史事件面貌的基础上,"非虚构"历史写作又让其叙述的枝蔓四处延伸,在一系列微观化细节中多方位、全景式重构这一重大历史事件,传达写作者对历史的有效思考。

其二,它虽具有新历史主义的精神气质,却又尽力于对真实事件、历史现场的锚定,意图实现对新历史主义写作中常见的个体想象的超越。文学作品塑造的真实一般遵循逻辑为真,不必向真实世界的真实负责,即使涉及历史题材也不例外。"非虚构"历史写作则要求其叙述向真实世界负责,除提供书写者"在场"证明之外,还表现为在叙述历史过程中提供重要人物的奏折、日记、家书、内部电文等大量原始资料以佐证,并辅以历史寻访、传闻搜集与辨析,使史实交织在一系列的证据符号关系中。例如阿来曾表示自己写作《瞻对:一个两百年的康巴传奇》时查阅资料与田野调查的过程,是用学术研究的方式来进行文学创作②;又如南帆在其《马江半小时》一书中提供与马江战役历史讲述相关的大量照片③,囊括马江上穿越历史风雨的地标建筑罗星塔、天后宫,转拍的海战古战场示意图、船政厂全景图,以及中法军舰照片,甚至备注"马江海战打响时,该舰负责在江口金牌、常门炮台段警戒,以防中方沉船封江"④,此种书写策略的目的,是在言、文、象的三重证据中,以一种"可视"或"见证性"的图像符号补足文字符号无法提供的"真实性"⑤,意在标示历史"真实"的在场。

"非虚构"历史写作上述的两个向度的价值,前者自与其对历史大叙事的重新思考有关,后者则显示了"非虚构"历史写作在维持历史巨型构架的基础上,实现对新历史主义写作禁闭在自身的话语方式的超越企图。新历史主义写作往往以个人的、边缘的、小写的历史相对主义来解构大历史叙事的权威性,通过消解能指的控制权,颠覆历史的一切可能的神圣性。其意义卓著,比如写作者以一己之力"取代"大历史书写,这对于发掘出历史中久被遮蔽的心理结构和深层人性而言,价值非凡。然而随着探索的深入,弊端同样显而易见,其沉浸于以"小我"的历史取缔"大我"的历史,终于将自己封闭在能指的转换链中,同样无法抵达历史真实。这种弊端,便成为"非虚构"历史写作超越的节点。众多"非虚构"历史写作者正是意识到在纯粹的文学想象中打

---

① 南帆:《马江半小时》,海峡书局出版社2012年版,第42—43页。
② 高宇飞:《阿来"假装"自己是世界人》,《京华时报》2014年1月17日。
③ "写毕《马江半小时》,我为了搜集一些相关的照片,从城里驱车到了马尾。"参见南帆《后记:古老帝国的负痛挣扎》,南帆《马江半小时》,海峡书局出版社2012年版,第176页。
④ 南帆:《马江半小时》,海峡书局出版社2012年版,第121页。
⑤ 孟华:《真实关联度、证据间性与意指定律——谈证据符号学的三个基本概念》,《符号与传媒》第2辑,四川大学出版社2011年版,第41—51页。

捞历史真相无非又建一座空中楼阁，唯有通过承认历史的巨型结构与宏大线索，同时深入历史中的个体经验和边缘景观，才能尽力接近"回归"历史，而非取代历史。

  总体视之，"非虚构"历史写作像是要完成一个不可能完成的任务，它既要超越传统历史的单线性、权威性的叙事方式，又要超越与传统历史话语相抗衡的新历史主义的讲述方式。虽从个体的经验、边缘的景观出发，最终却沉入历史或现实的内部；虽提供创作者的主观意图与文学的想象，却尽可能地"还原"历史现场，它所具有的特殊的文体意图及开放的写作状态，也终将使其具有特殊的文学史价值。

戏剧演出中的叙述"空白"

胡一伟*

（南昌大学新闻与传播学院　江西南昌　330031）

摘　要：叙述"空白"无处不在，戏剧演出中的叙述"空白"多以时间的空间化结构呈现出来。具体来说，通过影响叙述频率、节奏的方式——展示舞台空间之"空"与"满"，舞台演出之"静"与"动"，将演出文本结构化，进而隔出叙述"空白"。舞台空无一物，无论是演出时间、叙述行为时间、被叙述时间持续或停止与否，均可呈现出叙述的"空白"。当舞台空间被道具等媒介占满，随着时间的绵延，人们也可以觉察出叙述的"空白"。这时，"符号文本的表达"在于表达意义，观者直观感受到其中"留白"之处，并对叙述"空白"予以填补。

关键词：叙述"空白"；叙述时间；时间的空间性

叙述是人们感觉时间、整理时间经验的基本方式。被叙述情节展开之时，时间也随之延展，这是因为所有的叙述，都描述在时间流逝中发生的卷入人物的变化，使人们对时间的意识得到充实。[①] 受体裁的风格和篇幅、事件的可述性、各种叙述手法等方面的影响，连续的、延展的时间线常被割断。此时，叙述文本中往往会出现断点、空缺的现象，有时甚至以某种特殊的文本形态呈现出来，本文将其统称为叙述"空白"。

叙述行为时间的突然被打断、停顿以及被叙述时间的错乱、叙述频率前后不一致等叙述方式都可能会造成"空白"现象。但在不同体裁中，叙述"空白"的呈现形态各有不同。在戏剧演出中，叙述"空白"多以空间化结构呈现出来——通过展示空间之"空"与"满"，舞台演出之"静"与"动"，这些可作用于叙述节奏、频率，以及时间、空间结构的方面，让观者直观感受到其中"留白"之处。这是演出不同于小说文字等体裁在叙述"空白"上的呈现方式，也是本文以演出的时间入手来看叙述"空白"的一个原因。

＊ 作者简介：胡一伟（1988— ），江西南昌人，南昌大学新闻与传播学院副教授，四川大学符号学—传媒学研究所特约研究员。

基金项目：本文系国家社会科学基金青年项目"演示类叙述的数字化传播特征及价值内涵研究"（项目编号：18CXW022）阶段成果。

① 赵毅衡：《广义叙述学》，四川大学出版社2013年版，第146页。

一 何为叙述"空白"

叙述时间是个"伞形概念",其研究涉及对被叙述时间、叙述行为时间、文本内外时间差、时间的意向性等方面的讨论。在演出中,叙述时间较为特殊——演出的叙述时间不仅具有空间感,且叙述时段、被叙述时段、接受时段同时进行,这就使对叙述"空白"的讨论稍显复杂。一方面,我们可通过衡量被叙述时间,找出叙述"空白"。譬如,通过篇幅、时间空缺、意义这三种"度量"被叙述时间的标志来衡量,① 其中,篇幅与时间不等值、两个时间中的省略或错位、意义的含混模糊都会造成叙述"空白"。另一方面,我们可根据情节时间性展开的空间结构以及演出场面中直观的空间之"缺失""不在场"来找出叙述"空白"。本文所谈到的"空白"主要是观演现场可以直接形成或感受到的——不论是情节时间性展开设想的"空白"结构还是考虑到演出场景划分、隔出片段预设的"空白",都需要被展示出来,让观者可以直接感知到。其中,"空白"涉及观演交流的过程,因此留白处并非固定不变。

但是,受中外文化的影响,人们对"空白"观念的理解有其不同。叙述"空白"的呈现形式,以及人们对叙述"空白"的感知也会随之变化。具体而言,中国批评理论中的"空白"是一个模糊而无限的概念,它与老庄的道家思想、魏晋玄学的"贵无"思想、禅宗以直觉把握心性的"顿悟"思想有极大关系。受其影响,"以无为本""空相"的观念渗入了书画、声乐、戏曲、文学等艺术领域,故而艺术其妙皆在"虚空""空无"。例如,在诗词方面,刘熙载指出"律诗之妙,全在无字处"②;张炎强调"词要清空,不要质实;清空则古雅峭拔,质实则凝涩晦昧"③;等等。在声乐曲论方面,则老子"大音希声"的思想、嵇康的"声无哀乐论"亦是这一思想的贯穿;曲论家也受其影响,认为"曲不尽情为妙"④,《牡丹亭》之感人,在于它"从无到有,从空撼实"⑤。在传统书论、画论方面,时兴"计白当黑",而"留白"之妙又在于"实景清而空景现""位置相戾,有画处多属赘疣。虚实相生,无画处皆成妙境"⑥。

正因为中国批评理论中的"空白"研究无所不涉,"空白"理论显得较为模糊。表现在:在诗论中则指没有用语言明确提到的事、物;书画理论中主要为不着笔墨之处;在曲论中既代表虚空的形象,又指戏曲中的不语之事。但是,其"空白"的深层内涵

---

① 赵毅衡:《广义叙述学》,四川大学出版社 2013 年版,第 148 页。
② 刘熙载:《诗概》,载《清诗话续编》,上海古籍出版社 1983 年版,第 2347 页。
③ 陈良运:《中国历代词学论著选》,百花洲文艺出版社 1998 年版,第 208 页。
④ 陈继儒:《〈琵琶记〉评语选辑》,载秦学人、侯作卿编《中国古典编剧理论汇辑》,中国戏剧出版社 1984 年版,第 108 页。
⑤ 沈际飞:《〈牡丹亭〉评语选辑》,载秦学人、侯作卿编《中国古典编剧理论汇辑》,中国戏剧出版社 1984 年版,第 90 页。
⑥ 笪重光:《画筌》,载《艺林名著丛刊之四》,北京市中国书店 1983 年影印本,第 9 页。

都指向了宇宙万物的终始"有"与"无",指向古代哲学的"空相"。纵使人们并没有从符号形式的角度对"空白"思想进行表述,或者说人们并未对"空"这种符号形式予以命题,或进行清晰的表述,可是,"空"的内蕴——意义在场、符号不在场,符号在场、意义不在场,应该有物时的无物等思想在中国古代批评理论中得到了集中而充分的阐述。

西方当代批评理论中的"空白"则指通过破坏某种联系或一个整体,实现一种潜在的联结,多为一种"可见"的形态。波兰美学家罗曼·英伽登(Roman Inganden)、德国接受美学家沃尔夫冈·伊瑟尔(Wolfgang Iser)和姚斯(Hans Robert Jauss)、法国新小说家阿兰·罗伯-格里耶(Alain Robbe-Grillet)等,就曾站在不同的立场对文本结构中的"空白"问题进行了系统研究。譬如,英伽登对"空白"的讨论,是建立在将艺术作为一种"意向性客体"的基础之上的,这种"意向性客体"是包含若干"不确定性的点"的一种"图式结构",由此,它与日常生活中的"真实客体"和独存于人脑中的"理想客体"是有所区别的。① 继英伽登之后,伊瑟尔从文学语言特征入手,对"空白"在文学阅读中所起的作用和特性进行了论证分析。伊瑟尔视"空白"为文学交流的一种基本结构——"存在于文本和读者之间的相互作用的一种基本成分"②。由于文学作品中含有诸多"不确定性"因素,即"空白",形成了"召唤结构",它在指导并制约接受者的观念化活动之时,也可促使接受者于不同立场来观察文本的结构层次,最终将文本的视野转化成文本的审美客体。③ 罗伯-格里耶认为唯有"空白"才能再现"真实":因为真实的世界是一个谜,是支离破碎的,是"由一些没有缘由的并列的时间构成独立的,它们的突如其来的方式偶然地、无缘无故地不断显现出来,因而更加难以捉摸"④。因此,文本中的省略、缺陷、矛盾、破碎是真实性文本的一种常态,它们也都属于罗伯-格里耶"空白观"的范畴之内。

虽然上述三位对"空白"的考察角度不太一样,但都在西方传统理论模仿论与有机整体论的影响之下从文学文本出发,具体而系统地研究了文本自身的"空白"结构和功能,并强调了接受者的参与填补作用。

不可否认,中外批评理论在"空白"方面的考察是各有侧重的——中国古代批评理论偏于从哲学角度思考"空白"的意蕴,西方则重于从文体学、形式论角度考察"空白"的结构功能,但两方均从叙述主体、文本、接受者三方考察了文本自身的"空白"结构,以及填补"空白"的活动。思考意蕴或是填补"空白",均在某种程度上与叙述文本的两个叙述化过程相互印证,即把人物、事件组合成文本的一次叙述化过程

---

① [波]英伽登:《对文学的艺术作品的认识》,陈燕谷等译,中国文联出版社1988年版,第50—52页。
② [德]W. 伊瑟尔:《审美过程研究——阅读活动:审美相应理论》,霍桂恒、李宝彦译,中国人民大学出版社1988年版,第266页。
③ 同上书,第269—276页。
④ 陈侗等主编:《罗伯-格里耶作品选集》第3卷,湖南美术出版社1988年版,第204—205页。

中，文本本身就存在空白；而通过接受者的理解、想象等填补"空白"的二次叙述化过程则说明了接受者的参与、交流功能。换言之，叙述文本中的"空白"无处不在，有必要对其形成与表征予以分析。

二 "空白"之形成

在演出文本中，叙述"空白"可以是演出场面中的某个"空符号"，由演出场景中某物的缺失或被"标出"而形成；也可以是情节时间"空间化"结构中的"空白面"，由某事件反复上演或省去不演，情节冗余或由打断造成的"空缺"形成。其中，叙述"空白"的呈现与时空形态，以及与二者的参照关系有一定关联，在演出时空呈现鲜明对比的情况之下则更甚。譬如，舞台上空无一物，音乐响起而演员并未出场，此时，无人物行动的展示空间仿若"凝固"，而时间却在不断绵延的场面容易使人们感知叙述的"空白"；主场演员的运动/静止与作为背景的群众演员的静止/运动即展示空间内的动静对照，以及时间凝缩、骤然停滞也可以促成叙述"空白"的形成。当然，这里所论的时空包括纯粹的、绝对的物理时空，以及被叙述情节中具体标明的时空等。因为空间的呈现是离不开行动的。所以，有时它还可经由演出的运动与静止（包括意识行为的运动和静止）、展示空间内的空与满、被叙述时空以及叙述行为时空与日常生活时空的比照体现出来。也就是说，演出的情节结构、演出场面的空间构成和呈现状态、展示空间内的运动状态都可作用于人们对时间的直观感受，从而影响叙述"空白"的呈现。

（一）日常行为时间/时段与叙述行为时间/时段

受西方传统戏剧的写实传统影响，西方传统戏剧的时空十分具象、明确，且要符合日常生活中的惯常行为。具体而言，西方传统戏剧中，每一幕的空间场景是固定的，故事展开的时段或叙述频率，与台下观众在现实生活中历经的时段几乎等值。后现代戏剧则跳脱了西方戏剧传统，使得日常行为时空与叙述行为时空不相对应。特别是在时间方面，社会日常行为的展开与叙述行为的展开所用的时间/时段之间往往会出现时间差。然而，在中国传统戏剧中，这二者之间的时间差异早就存在。受中国传统戏剧对意境、传神方面的影响，传统戏剧的舞台时空无限自由——在时空意义的传递上，似乎没有固定规则。

对此，导演阿甲论戏曲表演时，就曾举例说明戏曲舞台时空的这种特点：

> 一趟马百十里，驰骋沙场数十回合，在舞台上同场表演，都是常见的事。如果说，几十里的路程只要跑一个圆场，那么几十里路的跑落时间只要几秒就行了。[①]

---

① 阿甲：《戏曲表演论集》，上海文艺出版社1962年版，第126页。

西方传统戏剧舞台时空的有限性是具体到每一幕的，而对于戏曲中的每一场戏而言，其舞台所表现的时间、空间仍是不确定的，即西方传统戏剧舞台时空受限，而中国传统戏剧的舞台时空较为自由。但在后现代戏剧中，西方戏剧的舞台时空受限的情况则有极大改善，时空变化较大。①

当然，上述比较主要是就每一场次中日常行为展开的时间与叙述行为展开的时间而言的。因为在西方传统戏剧中，换幕也可以起到转换时空的作用。这与中国传统戏剧演出中的多场次划分——场与场之间出现的时间断点或跳跃，换场时带来的空间转换具有同样效果。所以，这里论日常行为时空与叙述行为时空之间的差异与联系是就某一演出场面、某一场次中的时间与空间而言的，二者之间的关系主要有如下三种。

一是相对于实际日常生活行为所展开的时空而言，叙述行为时空是凝缩了的。这一类情况在演出中较为普遍，也最易被人们所理解。由于演出场地、观看时间和演出效果等方面的限制，表演的时间以及空间不得不加以压缩、简化。特别是在故事发生地相隔甚远、空间开阔的情况下，为了让情节更为紧凑以便集中观者注意力，更好地演述故事，导演事先会对时间与空间进行一定的处理，或根据演出等方面因素采取不同的修辞方式或叙述策略。"一个圆场万水千山，四个龙套千军万马"便属于时空场面被压缩这类情况。舞台上对旅途中各种景象的呈现也随时间的压缩而简化。

除去运用程式化的动作，还可以通过舞台道具不断重复摆放、灯光音乐等视听媒介的反复运用，频繁凝缩叙述时空。譬如，赖声川的《让我牵着你的手》②一剧，由于二人通信与见面的举动均是在同一舞台空间甚至同一布景中完成的，观众往往会模糊二者是在通信还是处于见面的状态中，即容易模糊时空场景的转换。但随着时间的流转，演出组工作人员频繁的"犯框"行为（上台移动或重新摆放台上原有的桌椅）以及演员念出信件上的时间等行为将时空场景的瞬间转换不断标示了出来，显示时间与空间跨度大之余，也将契诃夫一生最绚烂最辉煌的爱情呈现在了观众眼前。由此可见，日常生活中的昼夜更替等与所述故事或演出主题无太大关联的细节经常被省略不演，因为它们在"次可述"③的范围之中。这就在无形中缩减了叙述行为时间/时段，使日常行为展开的时间/时段与其发生差异。

二是相对于日常生活行为展开的时空而言，叙述行为展开的时空是延伸了的。较之于第一点，第二点的情况也十分普遍寻常。为了明晰主题，表演会通过重复叙述、夸张等方式，让观众反复回味、过目不忘。此时，重复、夸张等修辞方式就使叙述行为时空被扩展了。对于一般日常生活而言，它是少有的；在叙述中，不必叙述的事件

---

① 这可能与当代西方哲学的非实体主义转向有关，其转向的思想背景主要来自东方，来自周易、道家和佛学的现代诠释。所以从中西思想根源上挖掘二者在"空白"观念上的区别与联系，是不无道理的。

② 该剧讲述了剧作家安东·巴普洛维奇·契诃夫和欧嘉长达6年的恋情，800封情书、4年的两地遥遥相思，剧中二人的见面与信件往来贯穿了契诃夫对爱情、对戏剧的理念。

③ 赵毅衡：《广义叙述学》，四川大学出版社2013年版，第174页。

被反复展示出来，看似无关的片段、事件所展开的时间被延长也是不多见的。先从"夸张""夸大"的修辞方式来论。范钧宏论戏曲的结构时就曾提到"夸张"这一修辞方式，并以京剧《穆桂英挂帅》的表演为例说明。其中，穆桂英用十几分钟的大唱段道出其刹那间的内心情绪，就属于对日常生活行为时间的极大延长。元杂剧中，一人主唱的大段唱述占据了叙述行为时间，因此也是延长叙述行为展开时段的一种方式，而音乐剧、歌剧亦是如此。

除了通过唱出人物内心或者通过音乐旋律对叙述的辅助作用延长叙述行为时间的展开，演员的动作、面具等演示媒介也会作用于叙述行为时空。这在哑剧和默剧中最为典型，譬如在西班牙默剧《安德鲁与多莉尼》中，演出的面具以及动作幅度都是被饰以了夸张的手法的——面具是巨大的，动作幅度夸张，由于舞台的表现性、巨大的面具带来的表演难度和对人物性格的描绘，舞台动作被放慢，叙述行为时间被延长。又如，川剧《薛宝钗》"凤姐受死"一幕中，通过派黑白无常抓凤姐，多人来回抬举以及西方元素和川剧变脸、喷火等杂技手段的融入，不仅将受刑这一过程淋漓尽致地呈现了出来，还巧妙地把其罪恶之深重一并托出。比之于日常生活中进行受刑的时间，叙述时段是被延长了的。

三是相对于日常生活行为展开的时空而言，叙述行为时空在篇幅比例上等长、等大。演出与小说等记录类体裁不一样，受观众注意力持续时间等方面的限制，叙述行为时段不宜与日常生活行为展开的时段等值，但是在篇幅比例上可以等比。有时，就多幕剧中的一幕，或某个场面来说，日常生活行为展开的时段可以与叙述行为展开的时段等值。就时段等长或等比的情况而言，破吉尼斯世界纪录的戏剧演出可以作为其中的一个典型。然而，受到观众观看等方面的限制，这类情况远没有前两类情况普遍。

上述三点就日常生活中行为展开的时空与叙述时空的比较，实际上是通过不同场景中行为展开的时段进行比照的。由于叙述行为的时间性展开必然伴随空间的扩展，且叙述行为时段与被叙述时段是共时的，所以前文取用叙述行为时段进行比照。而日常生活中行为的展开，是卷入了人物的变化的，也可理解为日常生活叙述。那么，在满足虚构世界与实在世界之相互通达，以及同一阐释社群内观者所具有的观看心理或先验/经验想象力等情况的前提下，社会生活中的日常行为展开所占用的时段与演出中的叙述行为所持续的时段是可以进行比照的。其中，二者之间不同的关系均可以说明叙述"空白"的存在。三种关系并非只单独存在于一出戏中，有时是混杂的。

（二）"空"的空间

在演出中，最为直观的叙述"空白"是留给观者一个空的空间、空的舞台，即通过单一的视觉媒介形成的"空白"。在不同文化背景中，人们对视觉上的"空白"的理解有其差异，它可以是无一物的空台，可以是有物似无物的虚空，甚至可以是被填满的空间。由于演出空间之"空白"现象与绘画、视觉图像中的"空白"现象最为相近，这里将先从绘画艺术中的"空白"论讲起。

英国当代著名的艺术批评家 E. H. 贡布里希（E. H. Gombrich）就曾从观赏心理学的角度来论此类"空白"现象，他称其为"空白屏幕"。在他看来，"空白"的形成，首先需要提供给观者一个观看"屏幕"（一块空白或不明确的区域），以便观者进行心理投射；其次，需要让观者确知怎样填补遗留的空白，以便对"屏幕"进行投射。① 贡布里希对"空白"的理解是基于西方模仿再现传统的，他在肯定文本中的"空白"之余，还强调了观者所具备的先验的或经验的想象力，一种必备的模仿能力。② 贡布里希观赏希腊瓶画《运动员》时的描述，可用来说明采用焦点透视方式是如何填补空白的——他以裸体运动员为中心，运用想象填补其周围阴影空白之空间。概言之，贡布里希所"见"之"空白屏幕"，也就是焦点透视学意义上的"空白"，是经由模仿想象复现实际对象物的一个"窗口"。"空白"的背景是复现真实对象物所参照的"上下文"，即可以对应地"见"到它的真相。

中国书画艺术中的"空白"空间显然与西方焦点透视下的"空白"不一样。中国艺术中的"空白"空间不像西方主客分离式地还原未呈现的实物，而是体现了人与自然一气贯通的宇宙自由精神的流动整体。对此，曾任大英博物馆东方绘画馆馆长的 L. 比尼恩（Laurence Binyon）也发现了其中的差异。在他看来，东方艺术之"空白"空间是贯穿了一种自由精神的：

自由精神随着永恒精神之流一同流动，宇宙是一个自由自在的整体。这就是中国风景画艺术的灵感。这也是中国人所独有的运用绘画构图中空白处的秘密所在。③

接着，他还以 8 世纪末期的一幅中国《听琴图》为例，具体阐述了"空白"的内在精髓：

很难想象在哪一幅西方绘画作品中空白的空间能象这里的空间具有如此深长的意味：人们所说的几乎要比人物本身的意义更有深长之味。这空白的空间似乎充满着一种谛听的寂静。你会感到这位艺术家为了表现出这些空白之处的感染力，他对此是作了深入细致的思考的。可以说，这是把空间精神化了。④

比尼恩的描述恰与清初画家恽南田所评论的"寂寞无可奈何之境界，最宜入想"有

---

① ［英］E. H. 贡布里希：《艺术与错觉：图画再现的心理学研究》，林夕等译，杨成凯校，浙江摄影出版社 1987 年版，第 246—247 页。
② 据此标准，中国书画中的"留白""空白"便被贡布里希视为"笔墨不到的表现力"，而这则与"中国艺术的视觉语言有限"有关，实际上，中国绘画多为散点透视，西方多为焦点透视，二者所"见"的方式会造成"空白"形态各异。
③ ［英］劳伦斯·比尼恩：《亚洲艺术中人的精神》，孙乃修译，辽宁人民出版社 1988 年版，第 49—50 页。
④ 同上。

其相通之处——都强调了"含蓄"与"寂静"的精妙之处。不仅如此,他们都指出了东方书画艺术中"大化虚空"的精神所在,即人们对自由精神虚空的领悟是非对象性的。这与贡布里希分析的,观者必须先"开启"心理投射,才能再现真实对象物截然不同。

中西文化在视觉绘画方面的差异,同样影响着戏剧演出。比尼恩注意到了中国戏曲中的"留白"之处,并将其与西方戏剧相比照。进一步指出了东西方戏剧之间本质的差异:西方戏剧与其作画方式一样,观照客观对象;东方则观照人本身,以其为中心调配整个演出。应注意的是,中西方演员在舞台上的支配作用并不是在同一个意义层面上而言的。西方戏剧中的"支配"作用是基于西方模仿论的基础上提出的,指演员需要依照对现实事物调查模仿再现规定情景,以便于让观众对应性地、限制性地只"看见"某种视像,接受且相信舞台上所发生的事件。尤其是在演员中心论中,观众只需要接受,而没有自由发挥的余地,更不用谈人精神之自由贯通、化入虚空。在中国戏曲中,故事的时空情景虽需要由演员通过唱、念、做打等方式呈现出来,但演员的动作、唱出的时空意义并不具有对象性和实体性。因此,观众可以尽情地发挥其想象力,自由地感受、领悟戏剧的意境。这二者之间的比照与前文论贡布里希的"空白屏幕"和东方艺术之"空白"空间二者之间的差异是相近的。

倘若单纯从戏剧空间的角度来看,亦是如此。我们可以从彼得·布鲁克(Peter Brook)在国际戏剧界被广为关注的专著《空的空间》讲起。该书呈现了布鲁克迈向"空的空间"的不同阶段,即由于布鲁克曾不同程度地受到了东方艺术思想,或者说受禅宗等观念的影响,他追求空间的空灵之感,他所设想的舞台空间是"像露天剧场一样的空荡荡的空间,是一种未受经验与意识影响的空白(tabula rasa),一个不装任何东西因而具有一些可能性的空间的追求"①。

此后,布鲁克重新审视了戏剧的定义,将排除万物和杂念的"空"作为戏剧舞台的根基。他迈向"空的空间"的第一步就是采用"减化(pruning-away)原则"或称"极减主义"(minimalism),即去掉舞台上的一切奢华的装饰,将戏剧工具减少到它的最基本需要,以创造一种极减的戏剧。"减化"并不是为了营造出如同布莱希特和贝克特戏剧中为了集中观众的注意力,凝视着舞台上放置的"空白"空间,而是为了更好地回到戏剧的本质,使戏剧又从零开始。② 通过减化物质空间,消除文化影响后,布鲁克更注重这个空间带来的"空灵"的艺术风格。因为"他的空的空间是一种仪式化的空间,在这个空间中的物体、动作和形象作为仪式化符号显现一种真正的精神领域;空间本身也充当着一种无形的符号,意味着某种极重要的东西被表达"③。可以说,布鲁克所提倡的富于张力的"空的空间"在某种程度上揭示了叙述"空白"存在的可能性。即其对舞台空间的减化是"留白"的一种主要方式,而由其衍生的舞台定格、慢

---

① 周宁主编:《西方戏剧理论史》下册,厦门大学出版社2008年版,第1100页。
② 同上书,第1101页。
③ 同上书,第1102页。

动作、静场等方式，同样可以促成叙述"空白"的形成。

当然，对舞台空间之"空"、对戏剧本质进行思考的不止布鲁克一人，如阿尔托的残酷戏剧，格洛托夫斯基的质朴戏剧、"艺乘"等都有所涉及。他们所思考的空间之"空"多受到东方道家、禅宗、佛家等思想的启发，置身于"空虚的空间"中，崇尚"无""空白"，就像海德格尔所说的一样："无"（Nichts）是万有涌现的背景。

有意思的是，在中国艺术思维中，"空"与"满"、"黑"与"白"、"无"与"有"是相互转化的。布鲁克在迈向"空的空间"所进行的舞台物质性存在的减省，以脱去社会文化因素之时，忽略了不同文化下观者自身的减省功能，或者说集中注意力的倾向。有时，即便不省掉一些舞台装饰，但观者似乎并没有注意到，在他们看来，多采用道具的舞台空间仍会是"空的空间"。

顾明栋从中西戏剧表演传统及其背后的哲学美学根源出发解释了此类现象的产生，他写道：

> 中西戏剧表演美学思想都深受各自哲学思想的影响，西方受到亚里士多德的对现实事物的模仿以及柏拉图式的对事物本质的模仿这两种理念的影响，强调模仿的逼真，其后又受到笛卡尔主客体分离的哲学观念的影响，强调模仿的若即若离，因而产生以希腊古典戏剧为开端的斯坦尼斯拉夫斯基体系和布莱希特体系。而中国戏剧传统，起初与西方体系并无多大差别，也强调模仿现实，以形传神，但后来由于形象论的哲学思想探索的不断深入，转而不单单追求形似，而追求神似，直至最后形成以"离形得似"为理想的写意性艺术表现形式，从而产生了不同于西方的戏剧表演艺术。[①]

同样，这种思想也作用于接受者方面，正如欧洲观众观看戏曲时对那些在舞台上跑上跑下的舞台工作人员感到不快，而中国观众却对此视若无睹一样，即叙述"空白"形成与转化和阐释社群密切相关。

上述从视觉角度对"空"的空间之比较，则是为了从中找出能够促成叙述"空白"的几种可能性。最为直观的方式就是留出空无一物的空台，或者将舞台极减化。其中，通过演出场面的"动"与"静"之比对，如静场、定格场面、慢动作都是呈现叙述"空白"的一类方式。它们与"空符号"类似，均涉及是否"在场"问题。而注意力不在场、意义不在场、物不在场都可能造成叙述"空白"发生变化。

（三）"停滞"的时间

从视觉角度论舞台空间中"留白"的可能之后，还可以从听觉角度论演出时间中"留白"的可能。此处所指的时间"停滞"主要是由节奏、叙述语流、音乐等按照时间

---

① 顾明栋：《从模仿再现到离形得似——中西表演艺术差异之哲学与美学根源》，《文学评论》2015年第3期。

线性延展的听觉文本的突然变化所造成的停顿、断点，以及通过场面定格、静场、慢动作等趋于静止无声的演出场面状态造成的时空停滞感。

其中，较为细微的叙述"空白"时常通过语言媒介传递出来，如在语调、语音上发生转变，或是语流上突然停顿。品特的戏剧便属于这一类，其人物性格多变，但仅从剧本台词中是看不出来的，唯一可以辨认的就是演出时，人物交谈过程中直接呈现出来的语调。当然，人物语调的变化是经过了一个循序渐进的过程——它们通常在一个微弱的威胁性音符上打住。如在每个停顿之后，人物都会进行一种还原，以回到前面的叙述语流上去。不仅如此，品特还加强了停顿的频率，这使对话变得比人们期望的还短，以弱化冲突，带给人旧事未酬的感觉。而从全局的形式意义上来说，剧中频繁的停顿形成了一种有规律的节奏。它为后面的行动做了铺垫，也托出了全局的节奏模式。可以说，品特戏剧中由语调带来的停顿是形成叙述"空白"的一种方式，其所能达到的叙述效果亦是叙述"空白"的功能之一。

演出场面中的沉默也是形成叙述"空白"的一种典型方式。品特亦有其论述。品特把他对沉默（他将沉默视为停顿的一种）的运用看作他们与声音的联系：

  有两种沉默。一种是无言的沉默。另一种也许是说了一大堆话。这种话讲的是一种闭锁在其下的语言。那是连续不断与之关联在一起的。我们听见的话是对我们没听见的话的一种显示。这是一种必要的回避，一种激烈、狡猾、痛苦或冷嘲的烟幕，这种烟幕使另一种沉默原封不动。当真正的沉默降临时，我们仍然处于附和、但却近乎赤裸的地位。研究台词的一种方式，就是宣称它是遮掩赤裸的一种远远不变的策略。[①]

品特从两个不同的层面——无言与连续不停地说话，对沉默进行了辩证的理解，亦如"空"与"满"、"有"与"无"一样，它们都可以形成叙述"空白"，也可以向相反的方向转化。其作品《微痛》便体现了品特这一思想的独到运用。该剧的第一部分就"置入"了多处沉默，它们随着戏的继续，以两种相仿的方式重复着：具有奇怪、可怕形象的火柴贩子一言未发，是个代表沉默的人物；爱德华和弗劳拉两人对火柴贩子说了一大堆话，则代表了不停说话的另一方。火柴贩子的无言与爱德华和弗劳拉不停地说话恰恰就是品特所描述的沉默，他们彼此谁也听不见谁的话。

当然，他们的无言和不停地说话是短暂的，是在一个演出场面中的，因此可以形成两种不同风格的叙述"空白"的强烈对比。本文认为该场面体现了"有声"与"无声"相互转化的意味，即同一场面中人物的不停说话，甚至于某一场面中歌队的插入或者说戏曲某一场面中喧闹不停的锣鼓声，在观者听来都可能是"无声"的（听不到

---

① *Sunday Times*, London, 1962年3月4日。参见［美］凯瑟琳·乔治《戏剧节奏》，张全全译，中国戏剧出版社2006年版，第37—38页。

的）。而品特没有对此展开深入论述，仍旧侧重于增强无声的停顿，以在更大的形式中体现戏剧节奏。这就使爱德华和弗劳拉最后在火柴贩子持续的沉默中分离，该剧在沉默中终止。正如凯瑟琳·乔治所说：

  倘若沉默的次数在戏的开始就不断增加，那它们就增加到这样的地步：舞台时间的最后三分之二也可看成是以沉默为主了，这种沉默被爱德华和弗劳拉之间冲突的短暂爆发所强调。①

  可见，在品特的戏剧中偏向以无声的停顿呈现叙述"空白"。
  值得一提的是，戏剧作品中沉默的人物有很多。如贝克特《等待戈多》一剧中的幸运儿，《美好的日子》中的威利，莎士比亚《哈姆雷特》第一场中的霍拉旭、第二场中的哈姆雷特及鬼魂，契诃夫《三姐妹》中的玛莎及她们所有的伙伴等都是沉默或"安静"的人物。这类人物符合吉赛尔·布莱雷定义的一种沉默类型，即期待的沉默。这类沉默持续时间不长，也并非贯穿全剧，且他们在其各自开场中的沉默往往给予了"音乐的许诺"。因为在布莱雷看来，沉默既位于音乐之前，又紧随音乐之后，同时围绕着音乐。这也就是说，沉默是与音乐相联系的，与音乐相交替的，而它们之间的交替可形成节奏，在戏剧中亦是如此。
  诚然，布莱雷对沉默这一"留白"方式的理解，与品特的阐释是不一样的。这是因为布莱雷是从音乐角度来审视沉默的功能的。具体可从他对两种沉默类型的区分来看：一种是必须保持"空白"的沉默，另一种是必须填满了的沉默。布莱雷将介于已经得到表达的诸曲调之间的沉默称为"空白"的沉默，这主要由于它的功能是分离，"目的在于使即将消逝的曲调可以终止并靠自身来结束"。② 这一类沉默与品特《微痛》中将爱德华与弗劳拉分离的停顿手法类似，起到隔断终止的作用。必须填满了的沉默，则是前面说到的期待的沉默。它不代表终止，而是需要通过人们的想象被填满，就像乐声之静水深流一样。因为沉默中包容了音乐，它便提供了音乐终将需要的空间或自由，甚至"释放"声音。因此，这一沉默是带有诸多的可能性的沉默，是代表着自由、灵动的沉默。
  其实，从听觉角度论叙述时间中的"空白"，与叙述"空白"在"空"的空间中呈现的方式类似，都具有转化、辩证性。即单一演出场面中的短暂无声（包括台词、语调、乐声上的停顿和风格转换）和持续出声（包括人物连续不断的说话，喧闹的锣鼓、舞台上歌队声乐的持续）都容易带来时间的"停滞"之感，但停顿与持续、"无声"与"有声"之间又会相互转化。
  短暂无声带来时间"停滞""停顿"感之后，"有声"会接续而来。而持续的无声

---

 ① [美] 凯瑟琳·乔治：《戏剧节奏》，张全全译，中国戏剧出版社2006年版，第38页。
 ② [美] 布莱雷：《音乐与沉默》，载 [美] 凯瑟琳·乔治《戏剧节奏》，张全全译，中国戏剧出版社2006年版，第106页。

却又可能蕴藏着"有声",就像布莱雷提到的沉默包蕴着声音,为声音提供了展开的空间。而在两种转化的情况中,声音依旧在持续着,时间也依旧延绵。所以会有白居易在《琵琶行》里形容声音短暂停顿时的词句:

>冰泉冷涩弦凝绝,凝绝不通声暂歇。别有幽愁暗恨生,此时无声胜有声。

这与英国诗人济慈(Keats)在《希腊古瓮颂》中所说"听得见的声调固然幽美,听不见的声调尤其幽美",都是同一道理。[①]

另外,在视觉角度来看"空"的空间与从听觉角度来看"停滞"的时间之探讨中,形成叙述"空白"的多种情况也会有所重合,即主要表现在场面定格、静场、慢动作等趋于静止无声的演出场面状态造成的时空停滞感方面。许多作品往往在热闹的场面中,动作快到极重要的一点时,忽然万籁俱寂,现出一种沉默神秘的景象。譬如,莫里斯·梅特林克(Maurice Maeterlinck)《青鸟》中夜深人静,主角安然入睡的场面则贯穿了"口开则灵魂之门闭,口闭则灵魂之门开"[②],起定格之效。

综上所述,演出的空间形态之"空"与"满"、演出时间之"静止"与"流动"均可以呈现出叙述"空白"。然而,演出场面里形成叙述"空白"的因素是可以相互转化的,即演出空间造成的"空"与"满",演出时间造成的"动"与"静"均可能促成"空白"现象,具有辩证性。这与演出中视觉与听觉以及对时间与空间在场与否的感受有关。具体来说,日常生活中,一般人们"看/听"不见的都是无形的"大象"、希声的"大音",而"看/听"得见的都是有形的媒介物、有声的"喧嚷"。但是,受演出体裁等方面的影响,"看/听"得见与"看/听"不见能够相互转化。也即"看/听"不见的"大象""大音"可以"看/听"得见的"有形""有声"为前提,但又不拘于"看/听"得见的"有形""有声"之"看/听",而是将"有形""有声"之"看/听""虚无"化为"看/听"不见的空符号。这就是说,在看与听以及对时间与空间的感受上是具有双向性的,这在丰富"空白"形成的可能性之时,也说明了两类叙述"空白"的作用,即在文本中需要被受述者填补的叙述"空白"和起隔断作用的叙述"空白"。

[①] 朱光潜:《无言之美》,北京大学出版社2005年版,第6页。
[②] 同上书,第6—7页。

吐槽文化的狂欢化表征及反思

张胜利　李林澧[*]

（烟台大学人文学院　山东烟台　264005）

摘　要：作为一种新兴的话语形式，吐槽文化最初以吐槽风格的动画、漫画为代表，后又延展到以吐槽为主要特点的舞台表演、网络综艺节目以及网络吐槽行为，后者拥有共享、互动、自由的广场空间，成为吐槽狂欢的主要形式。吐槽文化具有对话性和狂欢化特点，兼具抵抗和笑谑两重表征，既蕴含着逆反心理，也涵盖着戏谑情绪。吐槽文化催生了一个富有叛逆意识、包容精神的新兴群体，但亦是泥沙俱下，应辩证分析。本文以巴赫金狂欢化理论为参照，对吐槽文化进行理论剖析和时代反思。

关键词：吐槽文化；狂欢化；表征

当今社会变迁的潮汐为文化的发展提供助力，文化发展日益呈现多元化态势。主文化、亚文化方骖并路，不断提升着文化的广度和包容度。具有互动性、共享性、及时性和个性化的网络媒体等传播媒介，为多元的文化提供了技术支持和物质载体。新的文化观念和传播媒介的融合，促生了新的文化现象，吐槽文化便是其中一种。吐槽文化是网络媒体时代民间场域的狂欢行为，在吐槽交流中，参与者无空间界限、无等级差别，相互戏谑、宣泄情绪、自娱自乐，呈现出机智幽默、自我解放的文化个性和解构神圣、颠覆特权的游戏精神。当然肆意谩骂、恶意诋毁等非对话行为亦掺杂其中，鱼龙混杂，泥沙俱下，需辩证分析、理性对待。

一　吐槽文化的考察

吐槽作为一种具有抵抗和笑谑特征的亚文化现象，因其灵活性和包容性而广泛流传。"吐槽"一词来源于闽南语"黜臭"。方言口语"黜臭"没有恰当的书面表达方式，

＊ 作者简介：张胜利（1975— ），山东无棣人，文学博士，历史学博士后，烟台大学人文学院副教授，中国中外文艺理论学会会员，研究方向为文学批评、文化研究；李林澧（1997— ），烟台大学人文学院本科生。

根据其发音"thuh-tshau",用"吐嘈""托臭"等词作为对应的书写形式。① 随着网络媒体的普及和发展与日本动漫在我国的流传和风行,众多网民开始接触并关注ACG文化圈。ACG为英文Animation Comic Game的首字母缩写,分别表示"动画"、"漫画"和"游戏"之意,是三者的总称。ACG文化逐渐衍生出二次元的动漫御宅文化产业链,日本"漫才"随之进入中国网民的视野。"漫才"是日本的一种站台喜剧,类似中国的对口相声,由两人组合表演,一人担任严肃的角色找碴儿吐槽,另一人则扮演滑稽的角色装傻耍笨。两人以极快的语速互相嘲弄,并试图从对方的语言或行为中找到一个漏洞或槽点作为切入点,发出带有调侃意味的感慨或疑问。我国台湾地区将日本"漫才"中的"ツッコミ"行为译作"吐槽",与闽南话中的"黜臭"相互联系。后经网民的泛化使用,"吐槽"的含义发生了变迁,该词不仅适用于娱乐表演层面的调侃和嘲弄,还可用于对社会现实各种问题的委婉找碴儿、抱怨和批评。吐槽不仅是一种语言表达方式,也是一种思维方式和行为方式。

吐槽文化最初流行于ACG文化领域,主要体现于表现吐槽风格的动画、漫画和游戏类作品中。这类作品致力于选取一种极具幽默感的叙述角度,以独树一帜的新奇思考和灵活有趣的表演对政治经济、社会文化等各个方面的人物、事件或者不合理现象进行类似"玩笑话"的揭露和批评,在委婉讽刺社会现实的同时,达到娱乐大众的效果。2004年开始连载的日本漫画《银魂》中是吐槽风格代表作品之一。该作品虚构了江户时代末期发生的故事,德川幕府在外星人"天人"的逼迫下签订不平等条约,沦为"傀儡政府",内忧外患、天灾频繁、国势衰微。"天人"手握重权,横行霸道。《银魂》的三位主要角色的形象设定都带有明显的性格缺点:坂田银时年纪轻轻却萎靡颓废,志村新八身担要职却懦弱胆小,神乐能力高强却贪图吃喝,与大部分作品所塑造的"完美主人公"形象形成强烈反差。主人公们玩世不恭、无所畏惧,在丧权辱国的逆境中欢快地生活着,打破了常规化的"主角拯救天下"的剧情套路,推动剧情朝着新奇却又无厘头的方向发展。不过三位主人公也并非完全置身事外,他们擅用冷静吐槽的方式表现对"天人"和幕府的反感,常常妙语连珠,利用语言的双关特质暗示和嘲讽一些不合理的社会现象。由于读者在看漫画的过程中,往往将自身带入作品的语境中,《银魂》利用共情心理,以主人公的吐槽契合读者对漫画中反派势力的抵抗心理,同时吐槽的玩笑特性又帮助大众在鞭然而笑中宣泄负面情绪。

在我国大众文化中,网剧、动漫是吐槽文化的重要载体。如2013年播出的迷你喜剧《万万没想到》,该剧集或以小见大、针砭时弊,或玩世不恭、粗俗随意,通过幽默吐槽取得了较高的收视率和关注率。该剧将吐槽作为主要叙述方式,探究社会生活场景中明星选秀、校园暴力、溜须拍马等不合理现象,通过夸张、放大甚至是怪诞的手法表现出来,以达到妙语解颐、娱乐大众和博得关注的目的。比如第一季第一集《低

---

① 李爽爽:《关于"吐槽"一词的形成及演变研究》,《鸡西大学学报》(综合版)2015年第9期。

成本武侠剧》，主角王大锤经过参演一部低成本武侠剧，发现剧本索然无味，道具粗制滥造，演员素养堪忧，特效敷衍了事，侧面折射电视剧行业的重重槽点的同时也铺设了重重笑点。第二季第二集《学霸的反击》是"学渣"的狂欢，王大锤通过不正经地答题、蒙题和作弊等步骤打败了成绩排名前四的同学。在作弊的情景中，他将小抄用盲文印刻在拖鞋上，此类脑洞大开的桥段实在令人笑意横生。无论主题是否深刻，其通过幽默吐槽取得的成果都是不容置疑的。其他动漫电影、网剧如《十万个冷笑话》《废柴兄弟》《学姐知道》等，对话幽默戏谑、相互讽刺、自我解嘲，具有很强的吐槽特点。

评点是古代文学批评形式之一，读者在阅读诗文时有所感悟，即兴书写于空白处。在受到独具风格和脑洞新奇的作品的感染之后，观众也潜移默化地吸收这种表达方式并对其进行模仿和再创造，弹幕便是评点批注在当今互联网和流媒体时代的新形态。其中常有关于视频播放加载和播放速率较慢的吐槽，比如"卡成PPT"，即说明视频的画面卡顿得如幻灯片一般以一帧一格的视觉效果呈现。弹幕伴随着观众即时性的表达需求而产生，又因其发送形式具匿名性和闪现性，逐渐形成了不吐不快的围观式吐槽氛围。网络技术的发展和商业资本的注入，催生了大量视频网站，这构成我国早期互联网视频生态的主体。新兴的弹幕形式，让年轻人有了不同于聊天软件的全新的互动体验。随着视频播放平台向移动端转化，线上弹幕愈加兴盛，弹幕迎来了发展的新阶段。网剧等视频门类的蓬勃兴起、发弹幕吐槽的无拘束，使各领域的精英和普通大众集聚一堂，陌生而平等，拥有共同的讨论话题，现实身份界限渐渐模糊，可以适度地对主流文化和现实世界进行颠倒和戏谑，发泄情绪、表达诉求，也可以随心地插科打诨、释放个性，从而分享相同或类似的价值取向。

弹幕已经呈现出受众之间的对话吐槽。主体与客体、文本与受众、吐槽者与观者之间进行相互对话吐槽，此类吐槽形式更大程度地实现了无差别和无界限的交流，传受双方互为主体和客体，形成互文关系，并借网络媒体迅猛发展的东风，成为吐槽的主要形式。

面对面的笑谑是主体和客体相互吐槽的最直接形式，也是目前吐槽类综艺节目的主打特色。如网络脱口秀综艺节目《吐槽大会》，其舞台陈设别具匠心，舞台右侧设置了十个座位，中线偏左处布置着话筒和讲台。这种陈设通过聚集众人，缩小座位间的间距，拟造了一个适合吐槽的广场语境。《吐槽大会》的叙述主体不限于一人或者两人，而是众多的话题名人和嘉宾，他们齐坐现场，通过说段子的形式来轮流吐槽，相互调侃嘲讽，自黑自嘲。《吐槽大会》讨论的话题多集中在备受争议甚至是负面的话题上，如广告代言、师徒反目等，从争议话题开始，通过委婉的嘲讽和疏导，达到树立正面形象的效果，这种以退为进的节目设定引起了观众的浓厚兴趣。这些话题以面对面吐槽的方式直击嘉宾痛处，引发酣畅淋漓、大快人心的辩论。无论是明星还是素人嘉宾，节目接受每个人的声音，并为每一位参与的嘉宾提供平等的表达机会、同样的道具器材、共同的舞台空间，打造了一个开放的狂欢广场，创建了一方海纳百川、融会贯通的思想交流形式。

《吐槽大会》一改单口秀为群口秀，营造了狂欢广场的气氛，但因其面对面吐槽的表现形式，舞台空间受限制，参与人数较少，表达方式较委婉，它拟造的吐槽氛围还不能形成全民互动狂欢的效果。而微博、QQ空间等线上公共交流平台，一定程度上补足了匿名气氛，消解了严格的规章制度，给大众提供了一个逃离现实苦闷、自由交流沟通的娱乐空间。这个空间可以延展到网络世界的任何一个角落，可以为任何人使用，它接受着官方和非官方的声音，融会着草根和精英的文化，为各色人群搭建了一个平等互动、即时分享的公共广场。广场上狂欢人群多、话题范围广、参与门槛低，而且大众的讨论热点即时流动，随时更替。在这样的趋势中，吐槽的表演舞台被推向了全然交互的广场语境中。

承载吐槽文化的艺术形式，如同狂欢的广场，收纳着各种赞美与侮辱、娱乐与欺骗、笑谑与抵抗，不同参与主体表达的话语和思想汇聚一体，共同折射着社会的真实，并随着一个个狂欢活动的兴起和消逝，正反两面赋予吐槽文化新的时代意蕴。

二 吐槽文化的狂欢化表征

吐槽文化作为时代的新兴产物，以极具新奇感、机智性或富有抵抗性、叛逆性的思维逻辑和表达方式获得一代人的认可。这种交流行为融合着戏谑态度、抵抗倾向和双关、戏仿、反讽、谐音、降格、颠倒、亵渎、插科打诨等表达技巧，使每一位参与者都沉浸式地置身于输入和输出吐槽的狂欢盛宴中，以释放个人情绪，寻求自我满足。吐槽作为一种亚文化现象，折射着非主流却又令民众喜闻乐见的旨趣，展现着不可忽视的狂欢浪潮。

吐槽文化的新奇感和叛逆性体现在加冕和脱冕的狂欢中。巴赫金《陀思妥耶夫斯基诗学问题》指出："狂欢节上的主要仪式，是笑谑地给狂欢国王加冕和随后脱冕。"[1]加冕和脱冕的对象通常是由小丑或者奴隶装扮的国王，巨大的身份反差展现了狂欢节中平民对权威的戏谑。在仪式中，被选为国王的小丑或者奴隶被穿上华服、赋予权杖、隆重加冕，享受众人的追捧。而在加冕仪式结束后，狂欢国王又会被众人扒下华丽服装、夺去权杖、摘下皇冠，甚至会被讥笑和殴打。因此，加冕一开始就意味着脱冕，两者前后相继形成一种双重仪式，以其明显的落差给众人带来强烈的喜剧效应。2013年上映的影片《天机·富春山居图》被广大网友公认为一部因备受吐槽而成功的电影，是中国电影历史上一次"超低口碑超高票房"的空前创举。该电影在国内权威电影评分网站豆瓣评分中仅获2.9分，创下了71.2%的用户打一星的纪录。但即使评分较低，

---

[1] ［苏联］巴赫金：《巴赫金全集》第五卷，晓河等译，河北教育出版社1998年版，第160页。

该电影还是以 3 亿元票房的成绩取得了 2013 年国内电影票房排行榜前十的好成绩。《天机·富春山居图》由刘德华、林志玲、张静初等知名演员主演。电影意图融会爱情、悬疑、谍战、动作、历史等多种题材，但由于时长、审核机制等多种因素的限制，该电影的结构宽度无法支撑起电影的内容厚度，所以在上映的第一天，差评如潮。众多观影者在观看电影之后，在社交媒体上吐槽其剧情欠缺逻辑、前后矛盾、颠覆三观，调侃其为中国电影的一部"神作"。但大量的差评为其做了意外的宣传。当"《天机·富春山居图》等于零好评电影"的评价多次出现在大众的生活中时，也潜移默化地对大众进行暗示，诱使他们走进电影院一探如此众星云集的高成本电影究竟差在何处。《天机·富春山居图》的票房在吐槽中增长，众多的差评给它增添了一顶新奇的冠冕，使其最终在大众的戏谑中受益。

脱冕在吐槽文化中则表现得稍为叛逆。动漫《十万个冷笑话》是当今动漫视频中吐槽文化的代表，创作者将雷神化作狗，将雅典娜描绘得疯疯癫癫，并伴随着最新鲜的网络流行语对当下热点进行吐槽，形成了较为冲击的视觉感受。《十万个冷笑话》也是将神话人物脱冕形成吐槽效果，衍生出年轻群体间流行的亚文化。万合天宜、土豆网土豆映像联合打造的国内首档影评时评类脱口秀栏目《不吐不快》以平民立场，吐槽家事国事天下事火爆一时。该节目主持人朱子奇特立独行的个性和天马行空的想象力受到广大网友的热捧。他将"老湿"作为艺名，引得众多网友纷纷模仿，将自己的"老师"称为"老湿"。这是对"学高为师，身正为范"的教师的脱冕，赋予节目与众不同的特点。通过参与类似加冕和脱冕的狂欢活动，大众以嬉笑戏谑、前后反差的方式，获得了即来即去的欢乐，有利于形成轻松的生活态度和达观的民间情绪。

吐槽文化的机智性和抵抗性集中体现在吐槽的笑声中。笑有各种表达方式，有充满智慧的谑戏，也有带着抵抗性的嘲笑。吐槽文化中的笑也喻示着人类思维的创造力、语言生命力的释放。日常生活中，越来越多的个人或团队用搞笑幽默的吐槽话语吸引受众，以此获得大众的关注和喝彩。在此情境下，吐槽并非着力于抵抗和嘲讽，而在于娱乐大众、表达自我。启功老师回顾前半生，为自己做了一首"启功自嘲"的墓志铭，他吐槽自己是"中学生，副教授。博不精，专不透。名虽扬，实不够。高不成，低不就"。这首诗以自我戏谑的方式在表达了启功老师人生态度的同时，也体现了他达观的生活态度和宽阔的襟怀气度。机智的戏谑不是简单的嘲弄恶搞，而是在适应大众狂欢化行为的基础上，以看似轻松的形式去戳中社会的痛点，让人产生共鸣并付之一笑。同时，吐槽文化也逐渐建构了一种相对宽松的环境，让公众敢于对无法直接评议的问题进行委婉表态。

"梗"在现代生活中的运用往往能与吐槽之笑相吻合，起到娱乐大众、表达情绪的效果，在网络和现实这两重空间中掀起了一波又一波的浪潮。"梗"意源于"哏"，本指滑稽、可笑、有趣，在综艺节目、动漫游戏中表达艺术作品中的笑点，也指故事的桥段和创意。"梗"以其幽默、机智特征，愈渐融入了大众的表达方式中。例如，网络游戏和手机游戏中都经常设置充钱抽奖的环节，但是花了大价钱而抽得的奖品往往并不尽如人意，渐渐地消费群体中便流传出一句"这钱买排骨它不香吗"以表懊悔和自嘲。久而久之，"这些钱买排骨它不香吗"成为形容某物价超所值、不值购买的梗；"但凡你吃一粒花生米也不至于醉成这样"用来戏弄挖苦说话做事虚浮无实、不着边际的人，其语源是东北方言"别光喝酒，吃菜啊"，表"空腹饮酒容易醉倒"之意，前者较后者隐晦，而隐含的讽刺性和机智感更强；又如"何弃疗"，即"为何放弃治疗"，调侃他人存在傻乎乎的行为，应该及时"治疗"。这样的"梗"在网络世界的交流中广泛产生，并渗透到日常交流中。在适宜的时机下运用"梗"可避免直接露骨地揭人短处，又可制造出乎意料的笑点，达到"一笑泯恩仇"的娱乐效果。"梗"体现了较高的语言交际艺术和智慧。

在富有抵抗性的笑中，模拟笑声运用极广，其典型表现形式为近年来非常惯用的交流词语"呵呵"。"呵呵"本是正常的笑声的拟声词，但在互联网迅速发展特别是QQ、微信等社交平台越来越普及的情况下，"呵呵"这个词被越来越普遍地用于网络聊天工具中。一开始，许多网友将"呵呵"当作语气词和拟声词，表达笑意，使用频次颇高。但随着在会话中的广泛应用，"呵呵"逐渐从单纯地表示开心的浅笑之意演变成无话可说时避免尴尬的形式，暗含着漫不经心、无言以对之意。加之"呵呵"的发音比较独特，发出"呵呵"的读音时人的面部表情近乎皮笑肉不笑。由此，在具有缺点放大效果的网络环境中，大众对其产生了抵触情绪，最终"呵呵"一词被赋予了表意敷衍的性质。延伸至吐槽语境中，"呵呵"也被普遍使用以表达无奈和嘲讽之义。

吐槽文化中的笑具有双重意蕴，既包含对现实环境中的人物或事件的鄙夷回应或无奈心态，蕴含着一种逆反心理，也涵盖由吐槽的新奇和机智而产生的自我良好的感觉，体现着一种戏谑情绪。此外，笑的主体是无限制的，笑的对象也包罗万象，参与者嘲讽他人，也接受他人嘲讽。无论是具有反叛意味的嘲笑还是令人开怀大笑的娱谑，吐槽文化中的双重笑意都有重要的表征意义，表达了人们对公平正义的追求和幸福自由的渴望，表征着人们对异化社会的扬弃和对人性压抑的反抗。

由于社会高速发展，物质生活水平和精神世界追求日渐呈现差异化，物质需求和心理需求失衡的情况普遍出现，吐槽已不再仅仅局限于青年群体中，而嵌入任何非正式的场合和非严肃话题的群体交流中。有别于主流文化，吐槽文化通过暗含反抗、委婉批评、嬉笑戏谑和狂欢娱乐的形式，表现着智慧新奇和叛逆抵抗的二重属性，契合了群众发泄情绪、表达诉求、娱乐大众、自娱自乐、展现自我的需要。吐槽文化在现实环境中的运用为批评和抵抗行为铺垫了一种狂欢的基调，缩小了各个阶层的民众的身份差异和知识鸿沟，营造了一种更加开放、包容的交流氛围，人们自由地绽放精神世界，表述内心想法并将之投置于实践。

三　对吐槽文化的思考

作为一种话语表达形式，吐槽是抵抗和笑谑二者的结合，人们通过吐槽发泄不满，通过嬉笑戏谑来实现解压并获得快乐。吐槽为人们打开了一扇窗，使人们感受到了自由发泄和表达的酣畅，但窗子一旦打开，便会有人想要突破法律和道德的界限，投机取巧、暗度陈仓。因此，肯定吐槽文化在社会生活中起到一定积极作用的同时，也应注意防止其过度娱乐化和情绪化，避免产生不良的影响。

笑谑而委婉的话语包装着抵抗的情绪，机智的表达方式以网络为载体，引起大众的情感共鸣，制造了一定的舆论氛围，强化了普通民众的诉求和声音。现实中有许多各式各样的问题刺激着大众的神经，在遇到不合理的问题又得不到解决时，人的内心很容易产生愤怒、委屈、无奈等负面情绪，而在群体场域中吐诉苦闷、嘲弄事件，不失为一种发泄方式。例如在《吐槽大会》中，各位嘉宾相互吐槽狂欢，以此特殊的减压方式缓解压力，传递社会正能量，获得众多好评。若遇到严峻的公共事件或者重大事故，大众的集体吐槽将衍生出具有震慑性的强大音量，造成轰动社会的舆论效果，促使问题的公正解决。如全国人大环境与资源保护委员会原副主任白恩培与房地产开发商相互勾结，损害人民利益；腾格里沙漠排污，严重破坏沙漠的脆弱生态环境；等等，这些问题都是通过自下而上的举报或者舆论影响而最终得以解决，一定意义上体现了吐槽文化的现代价值。

虽然吐槽能够予以大众多方面积极的影响，但隐藏在吐槽行为背后的过度情绪化和过度娱乐化带来的负效应也不可忽视。在具体的吐槽行为中，过度情绪化的问题已不少见。过度情绪化将消解人的理性思维能力，促使甚至纵容一部分人在是非之际肆意诋毁、恶意谩骂，导致极端的偏执和盲视，使其对公共问题失去理性判断能力和理性表述能力。网络的公共交流空间是一座线上的狂欢广场，它授予参与讨论的主体重重面具，使人与人之间形成了一种半现实半游戏的互动关系，可以无所顾忌地发表自己的意见和看法。加之广场上的参与群体多、话题流动速度快、影响范围广，任何一个人释放出的任何声音都将或轻或重地牵引大众的情绪，使造谣成本越来越低、探求真相越来越难。

在流量即利益的今天，每一场狂欢的背后都有资本推动力，点击量、播放量、转发量等人气访问数据都可以作为经济利益衡量的标准，因此，对吐槽文化的批判性反思显得极为重要。当下，人口红利带来的巨大市场吸引越来越多的好事者将目光投掷于娱乐文化中，他们为了博得关注、获取流量刻意营造狂欢氛围，吸引大众前来吐槽。吐槽日渐改变着人们的思维方式和生活态度，促使人们在媒介的种种刺激之下放弃了严肃认真的态度，潜移默化地走上了过度娱乐化的道路。新媒体往往是过度娱乐化或泛娱乐化的重灾区，如咪蒙新媒体公众号曾因经常发表吐槽各种社会现象的文章吸引了大批受众成为粉丝，声名大噪。但随着咪蒙过度想象新闻事实，并通过过度娱乐化的手段博取眼球和经济利益，最终面临被关停的命运。过度的娱乐化是吐槽文化衍生的负效应，它诱导部分群众沉溺于搞怪、娱乐甚至哗众取宠的信息的洪流中，缺少对时代精神的思考和对经典著作的研读，在认识事物时，只就其表面现象做出随意性、意气化评判，导致思考浅显化、狭隘化，不利于营造包容友好、怡情理性的对话环境。

吐槽文化是会聚集体狂欢特征的一种新兴文化。其盛行反映了现代传播和大众文化的必然趋势，体现了社会开放包容的风尚。尽管包含一些负面因子，但应认识到，吐槽文化不仅仅是一味停滞于浅显的抵抗和单薄的笑谑，更是对现实社会的一种乐观解读和积极建构。吐槽文化的发展应疏导负面情绪和过激言论，以理性对话精神和诙谐幽默心态，彰显大众智慧和民间立场。

现代化转型及现代性反思：贾平凹小说中的西方现代文学因素

张 碧*

（西北大学　陕西西安　710127）

摘　要：对现代化过程中的社会生产形态及人性反思，既是西方现代文学的生成语境，也是贾平凹小说创作的基本视域。正是相近的历史、社会及文学语境，及其一系列类似于西方现代文学的创作条件，使贾平凹的小说创作由此呈现出诸多西方现代文学的因素。

关键词：贾平凹；小说；西方现代文学；因素

在当代中国文坛，被世人称为"鬼才"作家的贾平凹，业已以其举目历史、高远深邃的史性眼光，为新时代的小说书写奠立了高标，以其史家风范而激荡着世人的心魂；同时，以其摇曳多变的文风，感染而影响着当代读者的审美心理。

值得注意的是，在贾平凹小说的书写风格和伦理样态中，西方现代文学的因素，深深地浸渍于贾平凹的创作之中，使之在继承了陕西当代文学一贯持有的现实主义写作范式的同时，形成了其独属的文体风格及其伦理特质，在这一过程中，与诸多西方现代文学一样，表达出对社会现代化进程及相应的现代性的反思。

一　现代化及现代性反思：历史性的逻辑起点

自18世纪以来，市场化的商品流通方式的进一步展开、工业化的生产方式及科层化社会管理方式，逐渐成为西方社会近现代化的基本特征。在这一历史进程中，西方人逐渐形成了独到的精神体验和心理结构，而西方现代文学也正是在这种时代语境及相应的精神氛围中产生的。

本文所说的"西方现代文学"，意指在自18世纪尤其是19世纪开始至今这一历史

---

* 作者简介：张碧（1982— ），陕西西安人，西北大学文学院副教授，博士。

基金项目：本文为陕西省社科界2019年度重大理论与现实问题研究项目"贾平凹小说中西方现代文学因素研究"（项目编号：2019C148）的阶段性成果。

范畴中，西方历史在逐步实现近、现代化的过程中，在相应的现代性领域中所相应派生而成的不同文学形态。首先，它包括自18世纪以来，作为"审美现代性"文类的狭义浪漫主义文学，以及作为其反题形式出现的写实主义文学；其次，亦包含19世纪末以来所形成的诸多现代主义文学。一般而言，西方"现代主义文学"这一概念，源自西方近代以来以对工业文明的反抗为主要思想特征的文学思潮。因此从总体逻辑上讲，西方现代主义文学体现为一种以反抗现代化、工业化对人类个体实现异化的文学形式，是在特定时代的生产条件及由此形成的时代风气、社会风俗中形成的文类。这样，就西方现代文学语境来看，无论是源自19世纪的浪漫主义文学及这一时期的其他文学思潮，抑或在20世纪获得长足发展的现代主义文学，都是在现代化这一大的历史社会生产语境中产生的。

作为当代文坛的文体大家，贾平凹在广泛吸收中西古典——尤其是西方现代文学的创作技法的基础上，业已形成了其独具一格的文学风格。值得注意的是，贾平凹从事创作活动以及获得文坛广泛关注的时间节点，大致与中国20世纪80年代"新时期"这一现代化时间节点相重合。诚然，中国自19世纪下半叶以来，便开始走上近现代化的漫长道路，但长期以来，由于现代化进程本身的缓慢发展，以及中华民族对现代化所营构的历史进步前景的理想性叙述，中国当代文学创作领域及人文社会科学界，均基本未像18世纪以来的西方社会那样，对这种现代化所带来的消极效应进行源自精神性及审美性角度的反思。

然而，贾平凹以作家独有的对待历史的感性体察及理性思考，对20世纪80年代以来现代化本身所引发的一系列人性异变，进行了审美化的表达。一如学者王一燕所言："贾平凹自《废都》以后的国族故事对中国现代化的前景是悲观的。不是说中国不可能实现现代化，而是现代化会带来'真正的中国'的丧失。贾平凹的文化国族主义表达的是文人心中传统价值的失落与绝望及其对现代化或者是西化的惧怕。"① 毫不夸张地讲，对社会现代化及相应的现代性的反思，正是贾平凹小说沿袭西方现代小说的逻辑起点。

二 现代性反思与贾平凹的浪漫主义书写

众所周知，在18—19世纪的欧洲文坛，"浪漫主义"（Romanticism）这一西方近代文学思潮开始兴起，并产生了与之相应的一种全新文体样式。作为文学思潮的浪漫主义，呈现出极为复杂的逻辑和价值样态。在德国和英国所分别具有的浪漫主义文学传统中，对近现代化的反思态度，恰是两种浪漫主义传统对时代的共同态度的体现。

浪漫主义文学对现代化的反对，除了对现代化过程中工业化、城市化及市场化等

---

① 王一燕：《说家园乡情，谈国族身份：试论贾平凹乡土小说》，《当代作家评论》2003年第2期。

生产方式的批判外，更为集中地体现为对现代化中作为现代性的"理性"的深入反思。"理性"（reason）这一概念，在西方思想史上具有十分庞杂而多元的内涵，在古希腊、文艺复兴、古典主义时代及启蒙主义时代等不同时期，其指涉意义均不尽一致，甚至大相径庭。然而，就启蒙时代来讲，被时人称为"哲学"的科学观念，则构成了理性思想的基石。具有科学特质的理性观念，渗透于诸多领域的现代化过程中，在使西方近代社会形成了马克斯·韦伯所说的"祛魅化"状态的同时，对现代人的心理结构进行塑型，使人类因对世界的科学化阐释，而失去了人类先民时期阐释世界所具有的诗意化、情感化思维方式。因此，诸多浪漫主义文学家，无不表达出对理性撕裂现代人情感世界的历史状况的反感，蒂克借其笔下的人物洛维尔之口高呼："我恨那些人，他们用他们的仿造的小太阳（即理性）照亮了每个舒适的阴暗角落"[①]；同时，克莱斯特在其《彭泰西勒亚》等戏剧中，体现出以反对科学理性为主要特征的、浓郁的神秘主义气息；而英国"湖畔派"诗人华兹华斯，在其诗作《转变》中，即表达了科学理性撕裂现代人诗性的忧虑；等等。于是，浪漫主义者往往在作品中表达对自然、神性的归返，以此体现对理性的反动，以及对人类情感性、精神性的诉求。

　　20世纪80年代的中国，在社会生产条件和文化语境等诸多方面，自然与近两百年前的欧洲社会不可同日而语。然而，自这一时期开始，中国对市场经济的接纳，对社会生产工业化的进一步振兴，以及由此引发的当代国人心理结构及价值观念的转变，却与两百年前的西方社会存在诸多相似之处。在这种现代化历史语境中，原本渗透于国人文化—情感结构中儒、释及民间宗教信仰思想因素，本具有一定程度的情感性和超越性因素（"善有善报""孝为天道"等），它们维系着中国人的日常伦理，为其阐释人生的价值和意义提供了重要的精神基础。然而，中国近代以来的工业化过程——尤其是20世纪80年代之后，以及由此引发的理性思维观念的意识形态化，在使当代国人具有现代启蒙观念的同时，却也使其精神传统中的伦理性、情感性和超越性观念日渐淡薄。因此，在对现代化过程中物质生产能力备感欢欣鼓舞的同时，20世纪80年代之后的国人，却也因为现代生产过程中的残酷竞争，而相对于此前的历史年代，更加表达出对现代化进程中理性思维的深沉反思。

　　在贾平凹的思想结构中，潜在地体现出浪漫主义运动始祖卢梭"复返自然"的宗旨，亦即只有使人在孩提时代便接受回归自然的教育，人性才能摆脱人类文明自身的束缚，而呈现出大自然的任真质朴，才能实现身体和心智的完善和健康："我们的才能和器官的内在发展，是自然的教育。"[②] 相对于卢梭，贾平凹同样将人性的自然状态上升到某种道德本体的高度，使人性中"美好"而平和的自然状态，悖论性地却又颇为令人动容地与社会性、政治性的伦理意志交融一体，并以此作为解决现代化中理性所造成的人性危机的方式，描绘出理想的社会画卷。

---

① ［丹麦］勃兰兑斯：《十九世纪文学主流·德国的浪漫派》，刘半九译，人民文学出版社1997年版，第27页。
② ［法］卢梭：《爱弥儿》上卷，李平沤译，商务印书馆2015年版，第8页。

于是，贾平凹便与18、19世纪的诸多浪漫主义作家一样，借对自然风光的描写，表达对现代化过程中备受沾染的人性"复返自然"的期许，由此呼应了西方浪漫主义文学传统。

早年的贾平凹，挚爱着家乡商洛棣花旖旎的山光水色。明媚的阳光和潋滟的水波，宛然是他寄情人生诗思的艺术品。在贾平凹早年的诸多小说作品乃至散文作品中，无不洋溢着这种对自然风光的由衷爱恋。如果仔细加以考察，便不难发现，这种对山光水色的眷恋情思，绝非王国维所说的"无我之境"所生发出的空洞美感，而是被寄寓了深厚的伦理及人文意义。

贾平凹早年的诸多作品（以散文最为明显）中，无不体现出清新而超逸的自然之境与淳朴而美好人性的两相映衬的淡然诗意。美国作家爱默生曾言："对于自然美来说，……正是一种美与人类意志的混合物。美是上帝赋予美德的标记。"① 对于贾平凹而言，即便是在重叙事、轻抒情的小说题材中，这种倾向依旧体现得十分明显：《阿娇出浴》中，男女主人公高洁的人品在晶莹的雪花中得以映衬；《果林里》中，立志扎根于乡村建设的"小青年"忠厚而勤勉；《石头沟》中，勤勤恳恳经营果林事业、勤劳致富的"老汉"立志"为国家换外汇"。此外，还包括《小月前本》中，在个人婚姻生活上显得伶俐而爽朗的小月；《鸡窝洼人家》中，尽管身处不幸境地，却仍不失良善温婉的麦绒；等等。诚然，这些"自然"风貌早已区别于人迹罕至的深山老林，并由于深植人的实践活动，而体现出马克思主义所说的"自然的人化"倾向，且尤其具有鲜明的人性痕迹。只需将这些作品置于贾平凹同一时期普遍具有的山川水色的散文般的创作序列中，便不难发现，这些作品并未脱离作者早年对以家乡风景为核心的自然景观的依恋之情。显然，在这些早期的叙事作品中，清秀温婉的山光水色，不仅使作品带上了浓郁的诗情画意，更为重要的是，以大自然质朴而绵长的悠远意味，暗中隐喻着生活于自然环境中人们的质朴憨直的人性之美。这种人格特征，与卢梭《新爱洛依丝》中与乡民共同经营劳作的朱莉、沃尔玛等人极为接近。大自然般的人性萌发，往往以为他人、为社会做出贡献这一集体主义伦理为前提，这正是贾平凹早年小说中独到的浪漫主义文学观的体现。

如上所述，浪漫主义文学精神，在更大的程度上，是对近现代化、工业化自身所造成的人类精神状况的日渐退缩、人性的日益晦暗的哀思和批判。在贾平凹的小说创作脉络中，对象征着淳朴人性的自然乡村的描写，往往与乡村的市场化、城镇化形成对立格局。例如，在早年的《浮躁》中，以"州城"为主导的市场化经营方式，对周边乡村经济运营及日常生活的影响，却始终贯穿着乡村—城镇、淳朴人性—人性异化的二元格局。这种格局，并不仅仅是对现代性精神结构嬗变的中性描写，而是以源自自然人性的人道主义态度，对中国现代化、产业化进程中人性的衰微所发出的由衷哀

---

① ［美］爱默生：《论自然》，赵一凡译，生活·读书·新知三联书店2015年版，第17页。

叹和尖锐而善意的批判。

昔日,洋溢着诗情画意的乡村及其甘朴诚挚的人性,业已在强劲的城市化过程中受到惨烈的冲击。不难看出,贾平凹昔日笔下的那些充满浪漫情调的自然—人性意象,逐渐被现代城市化、工业化所撕裂和消解。在贾平凹此后的创作中,现实主义创作倾向不断取代着早年的浪漫主义情思,不仅仅是文体风格的嬗变,更投射出贾平凹本人对待历史社会的复杂发展进程的心态的变化。

三 贾平凹"魔幻现实主义"风格的现实渊源

贾平凹自陈,其创作曾受到西方现代主义文学的影响。然而,就"现代主义文学"这一范畴而言,其涵盖的文学价值内涵及哲学背景则极为多样而复杂化。其中,就包括广受学界评议的"魔幻现实主义"文学思潮。

无论是太白山中飘忽变幻的精灵还是西京城中行踪不定的鬼魅,无不为贾平凹小说平添了一层神秘莫测的阅读体验和美学况味。近年来,贾平凹小说作品中的这种超自然描写,引发了读书界和评论界的热烈探讨,其中虽然有文化学、民俗学层面的肯定,然而也不乏某些否定的声音。多数评论者持赞颂、欣赏的态度,称之为中国的魔幻现实主义写法。当然,偶有学者斥之为"装神弄鬼",对其不屑一顾。① 但无论如何,学界似乎大多仅将这种描写视为一种文体风格来对待,而未能从当代非理性文化思潮的角度加以审视。

只需略览西方近代浪漫主义文学便不难发现,在不同西方国家的浪漫主义文学传统中,往往都弥漫着一种始于前现代时期的巫术思维。无论是德国文学家蒂克的《金发的艾克贝尔特》、霍夫曼的《魔鬼的长生汤》,以及同时期的格林童话,还是英国诗人华兹华斯的《转折》、柯勒律治的《古舟子咏》、骚塞的《毁灭者萨拉巴》,抑或是美国的埃德加·爱伦·坡一系列哥特风格的故事,等等,无不体现出某种浓郁的超自然性巫术气息。从文化人类学角度看,这种巫术思维不仅是浪漫主义文学独到的艺术手法,更是其表达其历史观念的独特手段,亦即对现实逻辑的表达技巧。

恰因如此,被世人广泛瞩目的拉美"魔幻现实主义",亦有其浪漫主义文学的渊源。例如,危地马拉作家阿斯图里亚斯的短篇小说集《危地马拉传说》,被视为"拉丁美洲第一本带有魔幻现实主义色彩的短篇小说集"。② 通观整部作品,作者往往以类似于散文诗般的笔触,展现了危地马拉人在由"幻影兽""大帽人""春天风暴的巫师"等形象营建的魔幻氛围中的所思所感,以及特有的生活方式;而剧本《库库尔坎·羽蛇》则借印第安传说中的神明图腾以及拉美诸多的自然精灵间的对话,表达对理想境

---

① 例如李斌、程桂婷编著的《贾平凹创作问题批判》(湖南大学出版社2015年版)一书专设"'道行'的炫惑"一章,对贾平凹的巫术思维进行了批评。
② [危地马拉] 阿斯图里亚斯:《危地马拉传说》,梅莹译,上海译文出版社2016年版,引文见该书勒口。

界中美与自由状态的执着,从而隐含地表达了对危地马拉政治及社会现实的不满。同样,古巴作家阿莱霍·卡彭铁尔则在其《学生》《电梯奇迹》等作品中,同样借类似的手法,表达出对近代拉丁美洲历史状况的反思。在更为世人熟知的《百年孤独》中,马尔克斯同样以颇富神话色彩的描述,表现了哥伦比亚百年来历史的变迁衰落,但事实上,仍是借助这种神话笔法,表达对前资本主义时期的某种自然人性的向往之情。显然,这些表现手法,更接近于浪漫主义思潮在反思近代社会发展状况及人性缺陷时所惯用的笔法。尽管如此,学界对魔幻现实主义中浪漫主义因素的渊源因素,似一直未能予以深入发掘。

在贾平凹小说中,这种对巫术性超自然力量的表现十分常见。它们的呈现,固然与作者本人的某种佛教及民间宗教信仰有一定关系①,然而更为重要的是,在贾平凹的精神世界中,这些带有超自然特征的思维及表达方式,体现出对现代工业时代理性的反思。

有学者注意到,"传统的深厚增加了现实理解的难度,同时,现实中也有理性肯定穿不透的地方。在理性不出场,或出不了场的地方,即是神秘和魔幻的所在。实在的神秘和魔幻的现实共同孕育了人心底的荒诞感"②。这种观点殊为中肯。然而,学界主要从艺术表现技法的角度来描述贾平凹小说的巫术性、超自然性描写。实际上,这些超自然意象,不仅仅是中国人数千年来在农耕文明中形成的文化心理体现,更为重要的是,它们在特定的社会经济结构及文化转型时期,同样体现出作者对现代化的深沉反思意识。

出生于与巫风盛行的楚地文化相毗邻的商洛,使得贾平凹本人亦在某种程度上沾染了某种巫术思维信仰。在这一点上,他与拉美的诸多魔幻小说家一样,将鬼神世界视为理解和阐释世界的某种视角。然而,在具体的小说创作中,这种巫术思维却摆脱了一般的反理性、前现代性特征,而是彰显出某种伦理与审美功能。这种倾向,在一系列小说中均得以体现。例如,《废都》中形影斑驳的鬼迹、"牛"的自思自忖等意象与情节,显然是作为某种居高临下的世事、道德审视者而呈现出来的。有形或无形的"鬼",并不全是像《土门》所描写的游走于阴阳两界之间行踪不定的异物,而是如《红楼梦》大观园中那一声神秘而意味深远的长吟一样,以其诡异、黯然的行迹,对西京城中文人们华丽而浮躁的言行,发出蕴藏着无尽愤懑、不满情感的喟叹。正如那个言行异常的老太太的呓语:"满城的鬼倒比满城的人多!"③ 在这座昔日昌隆繁盛的西京城中,游走于世的所谓文化人士,空有"文化"的外表、道貌岸然的皮囊,实则早已失去有教养的人所应有的悬壶济世、体恤众生的知识分子精神,而不过是些如"鬼"

---

① 例如,贾平凹在《〈秦腔〉后记》中,便谈及自己逝去和健在的亲族们"死鬼和活鬼一起向我诉说"的感受,见《平凹说小说》,陕西师范大学出版社2018年版,第64页。
② 韩春林:《在批判的困境中选择——贾平凹文化批判的视点分析》,《当代作家评论》1999年第2期。
③ 贾平凹:《废都》,作家出版社2009年版,第177页。

一般蝇营狗苟却又意满自得的华丽形骸。在这种文化语境中，那头貌似冷眼旁观冷暖人世的"牛"，悄然查探和审视着人间的浮华、人心的沦丧。在心理活动方面，"牛"的心理活动，往往与叙述者的语言发生混合："现在人与苍蝇、蚊子、老鼠一样是个繁殖最多的种族之一种。可悲的，正是人建造了城市，而城市却将他们的种族退化，心胸自私，度量窄小"①，从叙述学角度讲，作品往往将作为人物角色的"牛"的声音，与叙述者的声音发生"抢话"②，即作为文本信息统摄者的叙述者，如上帝一般玄览洪荒，并借人世中"牛"的世界观、价值观作为自己的价值立场表述，使之具有某种俯瞰人间、臧否人心的格局与气魄。

显然，这些带有巫术色彩的意象，绝非贾平凹在日常生活的言行中所表现的那样，只是其个人的一种自然观的体现，而是深深地浸渍于中国自古有之的传统伦理观念中，借某种超然人世之外的超验事物，表达出对世事伦常的态度鲜明的评判。

当现代社会普遍失去了对蕴藏于未知世界的敬畏态度，也便失去了这种源自前现代时期所形成的伦理意识，而贾平凹小说中那些神异而诡谲的描写，恰是通过某种类似于魔幻现实主义的艺术表现手法，在试图恢复现代人对未知世界的浪漫主义玄想的同时，告诫世人，在现代社会中，在以上苍、鬼神为象征的未知世界普遍从人类心理认知结构中隐退之际，应当保留这种对未知世界随时可能对世人施加的刑罚的敬畏之心，更要对人心与良知保留一种虔诚的心态。显然，贾平凹在其作品中设置的魔幻因素，旨在使其发挥某种匡正人心的准宗教作用，这恰是其作品中魔幻现实主义因素在现代中国文化语境中的呈现方式。

四　其他西方现代主义文学流派因素

贾平凹虽似未曾明确梳理、阐述影响自己的西方现代主义文学流派，但这种影响，除上述魔幻现实主义外，还应当至少源自以下几支西方现代主义文学流派。

第一，意识流小说。一般认为，这一流派源于英国作家斯特恩的《项狄传》，此后，经过19世纪法国、英国等国小说家的发展，形成了反传统叙述的内倾化创作风格。意识流小说受近代以来西方非理性哲学及心理学思想影响，以其反客观描写的写作倾向，强调对人类精神世界本真状态的呈现，并以所谓对"内在真实"的再现，替代现实主义文学中对社会现实"物理性真实"的再现，以此体现对现代性的反驳。

贾平凹曾明确描述过自己对意识流小说的理解与体会。③ 在贾平凹的诸多小说中，《带灯》一作最能够体现意识流小说的内在真实倾向。然而，贾平凹并未全然承袭西方近代非理性心理表现传统及其相应文风，而是在秉持其一贯的现实主义思想倾向和再

---

① 贾平凹：《废都》，作家出版社2009年版，第125页。
② 该术语系援引自赵毅衡《当说者被说的时候：比较叙述学导论》，中国人民大学出版社1998年版，第六章。
③ 贾平凹：《平凹说小说》，陕西师范大学出版社2018年版，第39页。

现技法的同时，将意识流小说作为某种与之并行的表现技法而加以使用。于是，该作中便呈现出两种判然有别的叙述线索：一方面，以第三人称叙述方式，描述带灯与竹子等乡镇干部的日常工作，以及在工作过程中所遭遇的种种繁难、坎坷，这种描写，基本采取了19世纪以来以情节为中心的"外向型"叙述模式，表现出农村生活在城镇化、现代化过程中所遭遇的各种经历与波折；另一方面，则以带灯的自由联想与内心独白，叙述带灯对其所依恋的元天亮的深挚情感，而呈现出一个女性所独有的精神和情感世界。例如，在"中部·星空"的"给元天亮的信"一节中，叙述者带灯在其自由联想中，先后安排"你"（元天亮）、"辣酱"、"鸟"、"老和尚的故事"、"我在小阳沟道的遭遇"、"天气"等意象的铺陈与随机组合。① 贾平凹正是以这种类似于西方意识流小说的笔法，对带灯精神世界中随意漂泊而灵动的意识流进行十分细致的描写，借带灯独立而私人的精神世界的直陈，表达出这位现代女干部有别于其精明、强悍的外表的情感生活，并借女性个体的精神世界与外在世界的并置，彰显出有别于外在世界现代化的独立人格，从而体现出对西方意识流小说书写范式的借鉴。

第二，存在主义。就西方思想传统而言，"存在主义"因其思想渊源及对人类生存际遇的阐释的繁杂性，而历来被视为极难被界定的思潮。但一般而言，存在主义往往被界定为"在人们没有对之进行详尽研究的情况下，就被当作激情主义或纯粹的'心理分析'，当作一种文学态度、一种战后的绝望情绪、一种虚无主义"，它关涉"诸如焦虑、死亡、伪造自我与本真自我之间的冲突、民众的无个性、对上帝之死的体验等问题"②，亦即对人类生存境遇尤其是精神处境的观照。无论是萨特的《禁闭》还是加缪的《局外人》等作品，虽对待人类的生存处境有着不同的态度，却无不是围绕人类的生存及精神处境的探讨而展开叙述。值得注意的是，学界往往将萨特的存在主义类型视为存在主义文学最为主要的代表，本文亦采取这种对存在主义的阐释方式。

贾平凹在其一系列小说中，都通过对生存于社会底层乃至生命绝境的苦难人生的描写，与对人生意义的超验性思考联系在一起，进一步萌发出"人类惨烈人生的意义表现为何"的生存意识，并为之焦虑彷徨甚至黯然伤神。值得注意的是，这类书写并非一般性的"现实主义"的人道主义关怀，而是在表现人的基本生活方式及处境的同时，隐而不彰地探讨了他们的生存境遇及意义问题。在《高兴》中，主人公刘高兴与五富等人怀着过上更好生活的憧憬，从乡下来到灯红酒绿的都市，然而，等待着他们的，却是在为生计而奔波中无尽的焦虑、烦闷，以及在与城里人和其他来城里讨生活的农村人之间，彼此形成了爱恨交织的复杂关系，使其进入了一如海德格尔所说的"烦"的境遇，深切地体会到生命的本真状态："人熙熙攘攘地走过去，人熙熙攘攘地走过来，世人都是忙，忙忙的人多愚蠢呀。"③

---

① 贾平凹：《带灯》，长江文艺出版社2015年版，第213—214页。
② [美]威廉·巴雷特：《非理性的人：存在主义哲学研究》，段德智译，上海译文出版社2007年版，第9页。
③ 贾平凹：《高兴》，作家出版社2007年版，第167页。

法国存在主义哲学家萨特曾言，人类的存在的本质，体现为"自由承担责任"[①]，亦即对自我命运的自主性选择，因此，选择属于本己的生存方式，远比被诸多外界环境所强加的生存"本质"重要得多。在《极花》中，叙述者胡蝶深陷一种类似于古希腊命运悲剧陷阱的人生极境当中。当胡蝶被贩卖到农村并受到当地穷汉在性欲冲动的刺激下的凌辱时，她从内心深处希望逃出这片漆黑而荒蛮的地界，并发自内心地渴求、向往着自由。然而，当她被救出这片是非之地并回到母亲身旁时，扑面而来的并不是新鲜而清冽的自由空气，而是如缠绕于周身的烟雾般恶俗而不易觉察的世俗偏见、市井恶念。相比之下，反倒是从中逃脱的"虎口"更显人间的温情。在这种情况下，胡蝶再次陷入一种不知何去何从的生存窘境之中：应在一种貌似失去自由却实际上获得了暖人心魂的地方生活下去，还是在徒有"自由"表象、实则无处不受他人恶念对待的地方苟活？此处，贾平凹正是通过对主人公所深陷其中的伦理和存在窘境的探讨，表达出人物独有的生存观念：无论人生的本质被以怎样先验的方式所规定，唯有以无畏而超然的态度生活，亦即存在下去，才是人生的头等要务。

第三，黑色幽默。这一主要源自美国的文学流派，带有某种存在主义思想特质，但就其文体风格而言，却以其诙谐而黯然的气质，表达出对人类荒诞的生存处境的淡然一笑。例如，美国作家海勒的《第22条军规》，正是以主人公尤索林等人在军队中所遭遇的种种不可逾越的命运屏障的貌似可笑的生命经历，表达出不可抗拒、不可言说的外在规则对生命的约束与限制。

贾平凹在其诸多小说中，并未一味地将对苦难生命的描述作为其审美旨趣，而是在细致入微地表现苦难命运之途的同时，往往以一种幽默却不乏黯淡色调的笔触，对命运的不公与人世的无奈发出扼腕喟叹。这种特征，在《高兴》及《病相报告》中体现得最为明显。例如，在《高兴》中，刘高兴、五富与黄八等人在西安城里悲喜交加、跌宕起伏的命运，不乏滑稽可笑的幽默的情节，无论是在艰辛的生活中彼此之间的嬉戏打闹，抑或是他们对"城里人"的嗤笑嘲骂，都分明彰显出贾平凹所刻意营造的某种轻松、诙谐的文体风格。[②]

然而，作品意欲表达对底层民众生活境遇的人文关怀，却显然与这种风格并不一致。在这种情况下，这种貌似风趣轻松的文风，便显然以某种反讽的形式，表达出对底层民众不可抗争的命运的痛惜之情。孟纯夷的离去、五富的死等情节，都体现出作者所特意表达的这样一种观念：命运往往以某种戏谑的方式把控人、捉弄人，使人在无常而痛苦的生命际遇中，不得不憾然面对和接受命运的无情安排，并在痛苦而无奈的自我调笑中，为了一息尚存而苦苦挣扎，并以此体现出某种对生命真谛的感悟。这种表现，恰是贾平凹小说中"黑色幽默"小说技法及其主题意蕴的核心要旨的体现。

[①] [法]让-保罗·萨特：《存在主义是一种人道主义》，周煦良、汤永宽译，上海译文出版社2012年版，第26页。

[②] 参见张碧《消费名义下的狂欢与悲悯》，《商洛学院学报》2015年第5期。

中国文论

中国画论

《周易》"观象"与"知几"之辨析
——从意象创构的视角解读

胡远远*

(郑州航空工业管理学院　河南郑州　450046)

摘　要："观象"语出《周易》："仰则观象于天，俯则观法于地"，强调以心灵精神省察，据"象"得"意"，把握细微、"未形"之"变"。"知几"也语出《周易》："知几其神"，认为"知几"是一个有难度的认知和判断过程，能够于运动变化之中把握时机，则堪称合于神道。"观象"和"知几"具有共同的美学内涵，一是两者都强调审美及美感是一个动态生成的过程；二是两者都证实了审美活动以"象"为核心；三是两者都强调主体独特的审美和认知心理在美感生成中的作用。但是，两者也有明显的差异，即"观象"强调美感生成的过程性，"知几"强调美感生成的瞬间性。意象创构是主体在对"象"的感悟（"观象"）的基础上，瞬间完成美感生成（"意""象"融合）的过程。本文通过比较"几"与"象"的概念，辨析"观象"与"知几"的异同，指出两者与意象动态"生成"的特征、意象两元基本结构、尚象思维以及主体独特的审美认知能力、意象生成的瞬间性特征密切相关。"观象"和"知几"都是先秦时期的重要美学概念，从意象创构的视角解读，有助于丰富和充实意象研究的成果。

关键词：几；象；知几；观象；周易

"意象"理论研究是当前学界的一个热点。以中国古代意象思想的产生和流变，以及近代朱光潜、王国维、宗白华、钱钟书等人对意象理论的阐释为基础，近年来，朱志荣先生在汪欲雄先生"意象三书"的基础上，发起了"美是意象"问题的大讨论，众多学者（包括苏保华、何光顺、简圣宇、郭勇健、韩伟等）参与了讨论。讨论以

＊作者简介：胡远远（1981—　），河南永城人，华东师范大学美学博士，郑州航空工业管理学院教师。研究方向为中国古代美学、文艺理论。

基金项目：本文为2020年度教育部人文社会科学青年基金项目"意象范畴的发生及当代价值研究"（项目编号：20YJC760033）阶段性研究成果。

"美是意象"说为论争的中心,诸位学者从多角度切入问题,在"意象"范畴价值重估、"意象"与"美"的关系、"意象"与"现象学"、中西意象理论比较,以及学术研究的方法和逻辑等问题上各抒己见,对于充实中国传统意象思想、辨析与"意象"相关的概念和范畴起到积极作用。

就"美是意象"说而言,朱志荣先生提出该问题的本意在于重申中国传统"意象"范畴的核心地位,及其与中国美学精神的关系,建构其以"意象"为核心的中国特色美学理论体系。这一学说在学界引起了广泛的讨论,"照着说""接着说"蔚为壮观。但是,回归"意象"发生的语境可知,"意象"的发生始于"道"生万物的哲学背景,"象"是事物成"形"之前的存在状态,是一个虚实相生、有无相成的形而上概念。人对世界的认知和审美过程是"观象""得意"的过程。"象"作为"观""感"的对象,本身就是"意中之象",是"意象"。在此前提下,讨论意象的审美特征和意象创构的过程,才是最贴近"意象"本义的。

先秦时期是艺术和审美的萌芽阶段,尚未形成确定的美学概念或体系,甚至在表述相同或相近的思想时,使用了不同的词语。因此,我们在考察某一问题的时候,要关注和辨析此类现象。本文以"观象"和"知几"为辨析考察对象,分析二者是如何体现意象创构过程性及其瞬间性特征的。"观象"语出《周易》:"圣人设卦观象""古者包牺氏之王天下也,仰则观象于天,俯则观法于地",[①] 所观之"象"无论是卦象还是自然之象,目的在于明吉凶、通神明之德或类万物之情。"知几"也语出《周易》:"知几其神乎?……几者,动之微,吉之先见者也。君子见几而作,不俟终日。"[②] "知几"就是要根据事物发展变化的某种征兆,做出正确的判断和应对。先秦时期,受制于社会发展水平,《周易》中的"观象"和"知几"都带有明显的"目的性",尚不能视为纯粹的审美活动。但是,从今天意象创构的理论反向观察,我们发现,意象创构过程中的重要因素,如"物象"、"事象"、主体的感悟、判断和创造以及主客、物我、意象融合而生成美感等,都蕴含在"观象""知几"的基本内涵中。本文从审美及美感的动态生成、"象"的核心地位以及审美和认知心理三个方面分析"观象"和"知几"的相似之处。同时,"观象"和"知几"又各有侧重,从意象生成的过程性和瞬间性来看,"观象"更侧重于意象创构的过程,是由量变到质变的酝酿阶段,而"知几"更侧重于意象生成的瞬间。概言之,"观象"和"知几"既有相成之处,又各有畛域,本文立足文本,从三个方面讨论其共同之处,分析其不同之处,并简析两者意象创构理论的建构意义。

---

① 王弼、韩康伯注,孔颖达疏:《周易正义》,阮元校刻:《十三经注疏》,中华书局1980年版,第81页。
② 同上书,第88页。

一 "观象"与"知几"的三个共同特征

(一)就"几"与"象"的概念而言,两者都是动态变化的审美过程

先看"几"的变化属性:

> 《系辞下》:"几者,动之微。"①
> 周敦颐《通书·圣》:"动而未形,有无之间者,几也。"②
> 王夫之《周易外传·屯》:"阳方来而交阴,为天地之初几,万物之兆始。"③

"动之微"的"动",是指阴阳交会、消长化生万物的循环运动。"几"与"动"是相即不离、互相发明的关系,是道生万物之初萌发、萌动之势。程颐更是赋予"几"以"生物"者的意义。他说:

> 一阳复于下,乃天地生物之心也。先儒皆以静为天地之心,盖不知动之端乃天地之心也。④

"生物"亦即宇宙万物化生运动,依程氏之见,相对于"静",这种化生运动是天地最根本的状态。而"动之端"与"动之微"一样,是事物从无到有的初始时刻。再如,牟宗三先生说:

> "几"这个观念就是采取最开始最具体最动态的观点看。……任何一件事,开始一发动就是"几"。⑤

也把"几"作为一个动态过程的初始状态。可见,"几"与"动"互相依存,在生生不息的动态过程中,"动"中有"几","几"中有"动"。

同样,"象"也是不断运动变化的。"象"是道生万物的过程中,由"道"到"形"的中间状态。它具有虚实相生、有无相成的特征,是事物生灭循环的过渡和媒介。"观象"也是在变化之中预知事态的发展、判断吉凶、调整行动,《周易》多处体现了"象"的变化莫测、玄之又玄。例如:

---

① 王弼、韩康伯注,孔颖达疏:《周易正义》,阮元校刻:《十三经注疏》,中华书局1980年版,第88页。
② 周敦颐:《周敦颐集》,中华书局1985年版,第87页。
③ 王夫之:《周易外传》,中华书局1977年版,第15页。
④ 程颢、程颐:《二程集·周易程氏传·复》,中华书局1981年版,第819页。
⑤ 牟宗三:《周易哲学演讲录》,华东师范大学出版社2004年版,第9页。

《说卦传》:"八卦相错。数往者顺,知来者逆,是故《易》通数也。"①

《系辞下》:"夫《易》,彰往而察来,而微显阐幽。"②

"数"乃天数、玄机,即易象在交错、断连的形式中,隐含着过去和未来的玄机。以上两句以"往""来"为喻,彰显出现时时空之"实"的有限性和历时时空之"虚"的无限性,"通""幽"使"象"在虚实之间呈现的意味凸显出来。这样,在有无、虚实之间,"象"的"幽隐""神妙"使它在事物生生不息的运动变化中,显示出事物盈虚消长、存在与虚无、呈现与非呈现动态变化。

综上,"象"和"几"都具有"动"的意味,这是由道生万物的气化运动哲学思想决定的。《周易正义》中曰:

> 几者,去无入有,理而无形。③

一语道尽"几"蕴含在有无变幻之间的特征。唐华《中国易经哲学思想原理》也说:

> 宇宙间一切物象、事象,无有一刻不变。因其有变,而有生、长、衰、灭,新陈代谢。④

明确指出"象"的运动变化特征。所以,"观象"或"知几"都具有在有无、虚实此消彼长、交互运动中见微知著,在已然和未然之间做出判断的含义。

(二)"象"是审美和认知活动的核心

"观象"和"知几"都以"象"为审美和认知活动的核心。"象"介于"道"和"器"之间,呈现无形到有形、由虚入实、氤氲化生的状态。庞朴曾经这样描述"象"在"道"化生万物过程中的作用。他说:

> 在"形而上者谓之道,形而下者谓之器"之外或之间,更有一个"形而中"者,它谓之"象"。⑤

这个"形而中"者的"象",从特征上看,是阴阳二气绾结,事物从无到有、由虚入实、有无相生、虚实参半的一种存在状态。参照林方直所说:

---

① 王弼、韩康伯注,孔颖达疏:《周易正义》,阮元校刻:《十三经注疏》,中华书局1980年版,第94页。
② 同上书,第89页。
③ 同上书,第88页。
④ 唐华:《中国易经哲学思想原理》,弘扬图书有限公司2013年版,第231页。
⑤ 庞朴:《一分为三》,《庞朴文集》第四卷,山东大学出版社2004年版,第232页。

《易》之原初的"象"便具有"几"的性质。①

这一说法，笔者认为，"几"就是原初之"象"，"知几"审美和认知活动的核心也在于对"象"的感悟、判断。

理论上讲，"几"乃"动之微""象见而未形"，此处"微"和"未形"正是"象"的虚实参半、若有若无的根本特征。《系辞下》：

> 几者，动之微，吉之先见者也。②

意指"几"是一切变化的趋势、征兆和苗头，尤其强调这一趋势、征兆和苗头微乎其微的特征。无独有偶，张载《张子·正蒙》：

> 凡几微者，乃从无向有，其事未见，乃为几也。③

将"几微"并称，既凸显了"几"是从无到有的变化，又指出"几"微乎其微的特征。又有《周易正义》：

> "'几'是离无入有，在有无之际。"韩伯康注曰："几者，去无入有，理而无形，不可以名寻，不可以形睹。"④

都意在指出"几"是从"无"到"有"的发端，是事物化生运动的初始状态，不具形质，极其微妙以至于不可以形名称述。以上所谓"微""几微""有无之际""无形"等都是对"象"的称述。我们可以确定地说，无论是从审美经验上讲，还是从理论上讲，"知几""研几"都是对"象"的感悟、判断，"象"正是审美活动的关键。

"几"在事物形成之前以"象"的形式呈现，这一点，张载《张子·正蒙》如是说：

> 几者，象见而未形也。⑤

实际上，"几""象见而未形"的美学内涵，在《老子》《庄子》《周易》中均可得

---

① 林方直：《"几"的艺理》，《阴山学刊》2015年第6期。
② 王弼、韩康伯注，孔颖达疏：《周易正义》，阮元校刻：《十三经注疏》，中华书局1980年版，第88页。
③ 张载：《张子·正蒙》，上海古籍出版社2000年版，第20页。
④ 王弼、韩康伯注，孔颖达疏：《周易正义》，阮元校刻：《十三经注疏》，中华书局1980年版，第88页。
⑤ 张载：《张子·正蒙》，上海古籍出版社2000年版，第121页。

到印证,《老子》所言"大象""精象"、《庄子》所言"天机"、《周易》所言"道""器"都以"象"为立论的核心。首先,《老子》虽未明确提出"几"的美学范畴,但是他所称述的"精象""大象"也是以"微""象见""未形"为特征的,这与"几""象见而未形"的特征一致。王弼注"凡有皆始于无,故未形无名之时,则为万物之始"一句时说:

  妙者,微之极也。万物始于微而后成,始于无而后生。①

"始于微而后成"与"始于无而后生"以互文的手法揭示"微"与"无"都是"无名无形之时""万物之始"的状态,极微则无形而"象"见:

  道之为物,唯恍唯惚。惚兮恍兮,其中有象;恍兮惚兮,其中有物。②

从宇宙氤氲化生的角度讲,《老子》第十四章认为"恍惚"是事物发生之初"无状之状,无物之象"的存在状态,它不具形名而以"象"为表征。又:

  "大象无形",注曰:"故象而形者,非大象。"③

从反面说明了"大象"是"未形"之象。可见,《老子》所谓"精象""大象"在事物发生之初"微""象见""未形"的特征,与张载所谓"象见而未形也"的"几"是相通的,都强调观"象"在认知活动中的核心地位。

其次,《庄子》也强调事物初发于"无形之象",并以其"无形""忽恍"而称之为"天机"。何为"天机"?《至乐》:

  "万物皆化。芒乎忽乎,而无从出乎?忽乎芒乎,而无有象乎?"《集释》引高岐注:"忽恍,无形之象。"④

"乎芒"同"忽恍",高岐以之为"无形之象",并视之为万物变化之始。这种"无形之象"的"忽恍"之境,《庄子》称为"天机"。"天机"是事物由"象"到"形"转化的开端。张湛注:

---

① 王弼注,楼宇烈校释:《老子道德经注校释》,中华书局2008年版,第1页。
② 同上书,第52页。
③ 同上书,第113页。
④ 郭庆藩撰,王孝鱼点校:《庄子集释》,中华书局1985年版,第613页。

天机，形骨之表所以使蹄足者。①

"形骨""蹄足"都是对有名有形的具体事物的指称，而"使蹄足者"即"天机"则是万物所由出的玄妙"象境"。同样，《至乐》称"种有几"，这里"种"是指万物，而"几"则是"物物者"萌发分化万物的状态。正如胡适所说：

"种有几"的"几"字，当作"几微"的"几"字解。②

即认同"几"作为万物萌发的兆象这一性质。林自《庄子解》：

机者，动静之主，出无入有，散有反无。③

即"机"存在于有无变幻中，我们从老子的"精象""大象"说中知道，事物的产生是由"象"而"形"的过程，"象"是出无入有的初始状态。所以，《庄子》所说的"天机"，实际上也是以变化莫测的"象"为基础的，出无入有、由象到形，任何一个转折点实际上都是"象"的变化使然。

再次，《周易》也以"象"为事物发生及变化之初的微小征兆，并通过"见乃谓之象"与"形乃谓之器"的对比，说明事物成形之前的"象"是最具玩味价值的。《系辞上》：

"见乃谓之象"，韩伯康注曰："兆见曰象"。孔颖达疏曰："'见乃谓之象者'，……露见萌兆。乃谓之象。言物体尚微也。"④

即"象"是从无形到有形的微小征兆。由于"象"以极小的变化征兆呈现，所以《周易》有言："君子所居而安者，《易》之序也；所乐而玩者，爻之辞也。"六十四卦的顺序和卦爻辞，都是以"物象""事象"呈现的，"观""玩"的对象就是"象"。又《系辞上》：

"形乃谓之器"，孔颖达疏："'体质成器，是谓之器物'，故曰形乃谓之器。言其著也。"⑤

---

① 杨伯峻集释：《列子集释》，中华书局1979年版，第257页。
② 胡适：《中国哲学史大纲》第九篇，上海古籍出版社1997年版，第188页。
③ 胡道静、陈莲笙、陈耀庭选辑：《道藏要籍选刊》，上海古籍出版社1989年版，第553页。
④ 王弼、韩康伯注，孔颖达疏：《周易正义》，阮元校刻：《十三经注疏》，中华书局1980年版，第82页。
⑤ 同上。

"言其著"是说"形"指明白显见、具体有形之器物,事物一旦有形有名,就成为具体客观的现实存在,相对于"象"氤氲虚通的无限性,"形"就是认知的固化和极限。所以《系辞下》在阐述"《易》之为书也,不可远"的原因时说道:

> 为道也屡迁,变动不居,周流六虚,上下无常,刚柔相易,不可为典要,唯变所适。①

易象丰富而变化不定,是居处应对等一切活动的象征,"不可远"正是对"易象"在认知、决断中核心地位的认同。

综上,"几"是事物发生及变化之初的趋势、征兆、苗头,它具有微乎其微、"象见"、"未形"的本质特征。"知几"就是通过对"象"的感悟、判断,抓住事物发生转变的关键时机并付诸行动。无论是《老子》的"精象""大象"、《庄子》所谓的"天机"还是《周易》"见乃谓之象"之说,都强调"象"是事物发生及变化时极其微妙的存在状态,即"动之微"。而事物的发生发展变化,是一个连续的过程。如果把这个过程比作无限延伸的时间轴,那么,任意一个时间点都是前一个时间点发生质变的结果,同时,又是下一个时间点量变的开始。每一个时间点都可以视为"象",同时,"象"一旦发生变化或者说发生变化的瞬间便是"几"。由此可见,"几"是某个时间点上的"象",把握时机或者做出事物发展趋势的判断,都要以事物发生过程中极其微小、在有无和虚实之间变幻的"象"为审美和认知的核心。

(三)"观象"与"知几"具有共同的审美心理

从上面的论述,我们可以知道,"几"就是事物发生之初的"象","知几"即据"象"得"意",是主体以"物之初""动之微"为审美对象,在特定的审美心理和思维方式下,把握事物发展变化的征兆于"未形"之际,于变而未变的瞬间知变化之道,即得"意"的过程。这种特定的审美心理和思维方式,其一是尚"象"思维,原因在于"象"是介于"道"和"形"的中间状态,对世界的审美和认知活动要通过"象"这个媒介完成。其二是准确判断的理性思维,原因在于"知几"是对某一关键时机的把握,这需要理性思维果断而准确地参与。"三玄"对这种复杂的思维和心理,用"不二""见独""抱一"等语词,描述主体修养功夫在物我合一、神合体道的审美境界生成中的作用。

首先,"尚象"思维是直观、形象的思维方式,在《周易》中突出表现在"以己观物"的观取方式上,即以人自身及其感受推衍至对外在事物的认知判断上。《周易》"咸"卦,从初六爻起至上六爻止,分别直观地取象于身体的各个部位,如"拇""腓""股""脢""颊舌"等,简明贴切,揭示事物感应之道和男女交感之理,是直观、形象

---

① 王弼、韩康伯注,孔颖达疏:《周易正义》,阮元校刻:《十三经注疏》,中华书局1980年版,第89页。

地"以己观物"思维方式的典范。而《系辞下》：

> 古者包牺氏之王天下也，仰则观象于天，俯则观法于地，观鸟兽之文于地之宜，近取诸身，远取诸物，于是始作八卦，以通神明之德，以类万物之情。①

仰观俯察的人体动作，本质上是将身体的感觉和体验对象化在"神明之德""万物之情"上，从自身身体推演开来以认识和把握事物并做出吉凶的判断，这是"尚象"思维直观、形象特征的突出体现。

其次，"知几"的思维方式还具有理性的特征。具体而言，表现在"占玩""研几""引而伸之，触类而长之"的推理过程中。《系辞上》：

> 是故君子所居而安者，《易》之序也；所乐而玩者，爻之辞也。是故君子居则观其象而玩其辞，动则观其变而玩其占。②

"占玩"的动作在时间中展开，显示出认知的复杂性和过程性，也即是理性思维适用的范围。"研几"，《周易》如是说：

> 夫易，圣人之所以极深而研几也。③
> 探赜索隐，钩深致远。④

"探""索""极""研"为动词，"深""几"等为名词，交代了思维和动作的对象。对此，孔颖达疏曰：

> "至精，精则唯深也。""至变，变则唯几也。""至神，神则微妙无形，是其无也。"⑤

即主体"极深而研几"的动作行为，目的是要达到"至精""至变""至神"的认知和审美境界。因此说，"探""索""极""研"这类有时间长度的动作，充分体现了认识过程中的主动性和创造性，而主动创造是离不开理性思维参与的。

上述可见，"知几"的思维方式既有尚"象"思维的直观性、形象性特征，又有理

---

① 王弼、韩康伯注，孔颖达疏：《周易正义》，阮元校刻：《十三经注疏》，中华书局1980年版，第86页。
② 同上书，第77页。
③ 同上书，第71页。
④ 同上书，第82页。
⑤ 同上书，第81页。

性思维的参与。"知几"思维方式的独特性和复杂性决定主体要具备据"象"得"意"的能力，必须养成独特的审美心理和超越的精神境界。这种人格境界的修养功夫，在中国古典美学中多有称述。以《老子》、《庄子》和《周易》为例，《老子》称之为"抱一"：

> "载营魄抱一，能无离乎？专气致柔，能婴儿乎？涤除玄览，能无疵乎？"注曰："玄，物之极也。"①

"物之极"是天地生物之初"有无""虚实"浑然未分的至境。"抱一""涤除玄览"则是忘却物我之分，泯然入于大一之境的心理状态。《庄子》称之为"见独"：

> 《天地》："视乎冥冥，听乎无声。冥冥之中，独见晓焉；无声之中，独闻和焉。"②
> 《大宗师》："朝彻，而后能见独；见独，而后能无古今；无古今，而后能入于不死不生。"成玄英疏曰："夫至道凝然，妙绝言象，非无非有，不古不今，独往独来，绝待绝对，睹斯圣境，谓之见独。"③

意即"道"具有超出言象之外的玄妙性，"见独"就是人的视听感官不受制于具体有形的事物，而以虚通、整一的"道"为感知对象的审美境界。《周易》也强调"得一""不二"：

> 易曰："三人行，则损一人。一人行，则得其友。言致一也。"注曰："致一而后化成也。"④

一人行而得其友，是指在"不二"的精神状态下与天地为友，强调审美主体专注于"道""天地"的精神状态。"三人行，则损一人"，"三"之数，是排除干扰物我合一之外的一切因素，实质上就是要以最直观、超验的方式"体道"。"得一"见孔颖达疏"天地氤氲，万物化醇"一句：

> 氤氲相附着之义，言天地无心自然得一。……天地若有心为二，则不能使万物化醇也。⑤

---

① 王弼注，楼宇烈校释：《老子道德经注校释》，中华书局2008年版，第22页。
② 郭庆藩撰，王孝鱼点校：《庄子集释》，中华书局1985年版，第411页。
③ 同上书，第252页。
④ 王弼、韩康伯注，孔颖达疏：《周易正义》，阮元校刻：《十三经注疏》，中华书局1980年版，第88页。
⑤ 同上。

即一切有形生于无形,能"得一""不二"才能得万物变化之道。所以,"抱一""见独""不二"意即主体守持精神自我与天地合一的修养功夫。

综上,"知几"和"观象"具有共同的审美心理特征,即直观、形象的尚象思维与准确果断的理性思维的统一。这种思维方式的复杂性,决定了它必须依赖于一定的主体修养和精神境界,即在"抱一""见独""不二"的心理状态下"游心于物之初",达到天人合一的境界。入于道境者,以己之身参与大化流行,无物无我,这才是"知几"和"观象"的最高境界:不做刻意的"知""观",而无所不知无所不观,个人行为无须规范而自然合于规范。

二 "观象"与"知几"的区别

与"象""观象"的高频研究相比,"几""知几"是不甚常见的概念。较之"象"和"观象","几"和"知几"更倾向于认知和审美过程的转折点、契机的意义,强调瞬间性。《哲学大辞典·中国哲学史卷》释"几":

> 事物出现前的细微征兆。①

这一解释准确地将"几"的意义溯回到它产生的原始语境,即道生万物之初,由"微"到"显"、由"象"到"形"的瞬间。现有研究从考察字源字形出发,认为"几"与"机"通。《说文》:"主发谓之机。"②"发"意为启动,蓄势待发,同"时机""契机"之"机"。今人李申说:

> 几,是尚未形成,但即将形成的机。③

肯定了"几"同"机",以及它作为事物变化过程中转折点、关键点的意义。"几"的瞬间性特征,在《周易》中也有体现。《系辞下》:

> "君子见机而作,不俟终日。"注曰:"言君子见事之微则须动作应之,不得待终日也……言赴几之速也。"④

"速",极言"知几"思维方式的瞬间性。"作"是动作回应,"赴几之速"强调动

---

① 冯契:《哲学大辞典·中国哲学史卷》,上海辞书出版社1985年版,第658页。
② 许慎著,段玉裁注:《说文解字·十四篇》(上),上海古籍出版社1981年版,第262页。
③ 李申:《"知几其神"说》,《船山学刊》2014年第4期。
④ 王弼、韩康伯注,孔颖达疏:《周易正义》,阮元校刻:《十三经注疏》,中华书局1980年版,第88页。

作要快。可见,"知几"则是对物象运动变化的瞬间的把握。《系辞上》:

《易》无思也,无为也,寂然不动,感而遂通天下之故。①

"无思""无为",不依赖于逻辑分析的认知过程,"寂然不动""感而遂通"是主体涤除玄览、超越繁杂的物象直达事物本质的审美过程。这一过程极为短暂,是美感和审美境界生成的瞬间,是审美和认知过程经过一段时间的酝酿、量变达到质变的瞬间。

"观象"则更强调认知和审美的过程性特征。之所以说"观象"强调美感生成的过程性,"知几"强调美感生成的瞬间性,原因可以通过辨析"观"的独特意义呈现出来。古人十分重视言意关系,有"信、雅、达"之说,在用字方面不流淌于一般。就"观"而言,它不同于"看"或"看见",《说文》:"观,谛视也",是具有一定时间长度的精神和心灵参悟的审美观察。如《周易》"贲"卦《象》曰:

"观乎天文,以察时变;观乎人文,以化成天下。"《集解》引干宝曰:"观日月而要其会通,观文明而化成天下。"②

"观"天象如日、月,"观"人文如圣人之文章,目的在于"会通化成"。"会通化成"的过程,是主体情感、想象、认知、判断等心理因素共同参与的过程,"观象"就是"味象""玩象",是"心与物游"、物我贯通、意象融合的过程。我们依然从《周易》来看这个问题,《系辞下》:"是故君子居而安者,《易》之序也;乐而玩者,爻之辞也",六十四卦的秩序以及爻辞所立之象,都是具有象征意味的,所以君子"把玩""品位"以获得某种"意义"。

概言之,"观象"是一种审美观察,是主体将视觉、听觉、味觉、触觉等感官体验到的事象物象,在主体心理和情感中内化的过程。这一动态变化的过程,在超越物我、超越具体物象的瞬间获得认知判断或进入审美境界,即为"知几"。正如《玉篇》"知,识也,觉也"和《庄子》"心彻为知"所言,"知"是"识"、是"觉",是认知活动已然的结果,而"心彻"则是涤除玄览、忘乎物我、与道为一的境界。这种境界的实现,是以"观象"量变为基础的,所以《周易》说:"惟神也,故不疾而速,不行而至",正是对审美境界生成过程与瞬间辩证关系的描述。

三 "观象"与"知几"对意象理论的贡献

从意象创构的角度看,"观象"和"知几"两个概念对意象理论的贡献,可以通过

---

① 王弼、韩康伯注,孔颖达疏:《周易正义》,阮元校刻:《十三经注疏》,中华书局1980年版,第81页。
② 黄寿祺、张善文撰:《周易译注》,上海古籍出版社2001年版,第189页。

对二者的比较见出。承上，简要回顾一下"观象"和"知几"辨析的结论可知，一是两者的运动变化属性，这正是意象动态"生成"特征的本原。二是都以"象"为审美和认知的核心，则奠定了意象"意""象"和"主""客"、"物""我"二元基本结构的理论基础。三是思维模式方面，兼具直观形象的"象"思维模式和准确果断的理性思维方式。这种思维模式及其养成过程，正是意象创构对主体尚象思维、形象思维以及独特的审美认知能力的要求。同时，本文指出"观象"和"知几"在审美境界生成的过程性和瞬间性之区别，这正是意象生成过程中，审美感知由量变酝酿到质变的过程。

具体来说，"观象"和"知几"两个概念对意象理论的贡献可以概括为三个方面。

第一，孕育了意象的基本要素和美学特征，包括意象主客二元结构、意象的美学特征、意象生成的心理条件等。"观象"和"知几"的概念，以"道""气"为其思想的基石，由此形成了"形""象""有无""虚实""言意""显隐""内视""游心"等观念，这些观念正是"意象"虚实相生、有无相成美学特征的源头。通过上文的比较，我们可以看出，"观象"和"知几"的实质都是据"象"得"意"，是主体在特定的审美心理和精神状态下，将主观情感和体验投诸客观物象或事象，以形成某种审美感受或认知判断的过程，这一过程，与意象理论"象""意"、主体和客体二元基本结构及其融合的过程是一致的。

其中，尤其是虚实关系，是意境理论的关键。"象"与"几"的内涵，都具有"物生之初的细微征兆"这一意义。《周易》称：

> "知几其神"，孔颖达疏曰："知几其神者乎，神道微妙，寂然不测。人若能豫知事几微，则能与其神道合会也。"①

也就是说，"知几"能预知事之几微，堪称合于"神"了。这里的"神"，用以说明天地、阴阳变化的微妙，"神道"言"道"的神秘不可测，它是审美活动的最高目的和境界。基于此，"观象"和"知几"重体验的感性直观致思方式和生生不息、运动变化的美学观，如"观取""占玩""通""感""会""冲""变""化""返""交""达""配""和"等，都揭示了审美和认知过程对细微、玄妙之"象"的感悟，以及意象融合、超以象外的意境的产生。

现有研究也关注到"几"与审美境界的关系，如李天道《论中国文艺美学之"几"范畴与"知几"说》②等文，将"几"作为文艺美学的一个范畴，强调其隐微性、不可言说性，并由此引发"感悟""神会"在审美境界生成中的作用。再如，孙学堂《"天

---

① 王弼、韩康伯注，孔颖达疏：《周易正义》，阮元校刻：《十三经注疏》，中华书局1980年版，第82页。
② 李天道：《论中国文艺美学之"几"范畴与"知几"说》，《四川师范大学学报》（社会科学版）2011年第11期。

机":一个被忽视的古文论概念》①、张晶《中国古代画论中的"天机"说》②等,从历史探源的角度,将画论中的"天机"说,文论中的"妙悟""神思"以及宋明理学"功夫论"与"几"联系起来。这里强调"几"的隐微性、不可言说性,强调审美和认知过程的直观感悟,与"象"和"几"本质上是"物生之初的细微征兆"紧密相关,奠定了审美活动在虚实、有无之间感悟、创造而生成意境的理论基础。

第二,揭示了意象生成的瞬间性问题。朱志荣先生在《意象论美学及其方法》一文中说:

> 主体的心灵在瞬间对物象或事象及其背景进行审美感悟、判断、创造,最终体现为美的本体,即意象。③

指出了意象生成的瞬间性特征,即主体对事物的感悟、判断、创造是在瞬间完成的。意象生成的瞬间性问题,我们可以对照现象学的"直观""悬置"来说明,以便使问题获得更清晰的解读。现象学所谓的直观,是在意向性的引导下,对事物本质或普遍性、一般性的感知和把握。"观象"的"观"是一种意识行为,带有鲜明的意向性特征,意向指向的对象即为"象",它是某种本质或真相的象征。而"知几"则可以视为现象学本质直观的结果,即"回到实事本身"。这个过程,就是我们通常所说的"观象""知意"("得道"),以把握"象"所预示的事物发展的征兆,调整自己的行为,达到天人合一的境界。可见,"观象"和"知几"两个概念,与现象学所说的"直观""直觉"有着深刻的一致性,清晰地印证了意象生成的瞬间性特征。换言之,意象的生成是经过一段时间的"观象"酝酿,由量变到质变的自然结果。只不过,这个过程是极短的瞬间,"不行而至","不疾而速",主体必须"见机而作,不俟终日",才能体验到与道为一、物我两化的审美境界。

第三,奠定了"象"的形而上性质,"意象"不能等同于具体之物。"观象"与"知几"产生的语境,离不开世界的产生过程以及人与世界的关系这个背景,"三玄"集中地阐述了道生万物的过程,是"道"—"象"—"形"的过程,人对世界的认知和审美也以"象"为媒介,以"道"为最高境界。"道"是人们的意向对象,"象"作为"道"的显现,是主体纯粹意识中显现的东西,主体以悬置的方法分析、描述,以接近"道"的本质。也就是说,"象"在显现之前,已经是主体的意向对象了,只有从"道"的符号和象征这个角度去把握"象",才能使"观象""得道"的意义发生机制获得更加充分的阐释。由此,形象、物象,乃至诗歌意象、影视意象、叙事意象等文学形象或典型,因其客观性、具体性,都不属于意象研究的范围,意象研究必须保持超

---

① 孙学堂:《"天机":一个被忽视的古文论概念》,《文艺理论研究》2003年第1期。
② 张晶:《中国古代画论中的"天机"说》,《艺术百家》2013年第2期。
③ 朱志荣:《意象论美学及其方法》,《社会科学战线》2019年第6期。

象显现、象外之象的向度，才具有美学意义上的探寻。

小　结

"观象"与"知几"是《周易》中两个既有区别又有联系的概念，通过辨析"几"与"象"，可以看出，在道生万物的语境下，"观象"与"知几"都是在运动变化的过程中，通过对"象"的感悟和判断，实现某种美感体验或认知。但是，单纯的微观研究不能够体现这两个概念在中国传统美学中的理论建构意义，将它们置于意象创构的视角考察，正好印证了意象的动态生成特征、意—象二元基本结构特征、意象创构的瞬间性特征等。同时，对"观象"与"知几"这类传统美学概念入手梳理当代美学研究的热点问题，也是从源头考察"意象"范畴的本义，有助于厘清意象的内涵和外延，促进中国传统美学核心范畴研究的深入。

唐代保守派与激进派的文学观之变迁
——从韩柳元白看中唐文学创作

史笑添[*]

（南京师范大学　江苏南京　210024）

摘　要：唐代文学不仅体现出文学的社会性、功能性，还进一步与作者的政治身份、政治追求方向一致。韩、柳、元、白四人在政治生活初期都是激进派，其诗亦指斥当时主流，显出与政治相应的风格。在一系列政治挫折后，韩、白靠近保守派，元、柳则保持激进。政治观念的变化造成审美趣味的不同，韩与柳、元与白后期诗歌风格同其政治观念一起走向分裂。当政治趋于严酷，失望的文人同时放弃了政治理想与文学的社会性，转入私人感情的抒写。相应地，传奇等体裁开始成熟，并在题材、风格上随文人心态发展。

关键词：政治；文学观；韩柳；元白

韩柳与元白，是中唐文坛最具影响力的文学人物。他们都革新了文学的内容与艺术表达手法，在当时文坛，是典型的激进派力量。四人在政治方面也都有过著名的激进主张和行为，政治观念与文学观念在此出现了惊人的一致。唐文学的社会性与功能性，虽早已被论及，但实际上很少得到进一步的考论。不妨以韩柳元白的现象推而广之，来考察唐人的政治与文学具体呈现怎样的一种关系。

过去学者往往是根据古文运动和新乐府运动来论述韩柳与元白的文学激进面目的。但这便无法将韩愈生命末两年的行为、作品，以及白居易晚年尤多写作的闲适诗纳入范畴。所以，必须从一个动态的视角来考察韩柳、元白的文学观念变动。就这一点而言，从政治观念的变动、分歧上探讨这一问题，也未尝不是良好的选择。

而在探讨具体问题之前，还应先对唐代政治与文学的紧密关系，做出详细的研析。

---

[*] 作者简介：史笑添（1995—　），江苏常州人，南京师范大学2017级文艺学专业在读研究生，主要研究领域为中国古代文论、中国古代文学。

一　唐人政治生活与文学的血肉联系

中国古代文学的社会性与功能性，已得到广泛重视。唐代文学与政治、功能的关系之密切，又在中国各朝代中达到顶峰。这一现象在唐代文学史中的典型体现，当属行卷无疑。而一位文人的作品是否能够被接纳，从而正式进入政治集团，所凭依的又不仅是今日所说的"文学性"。至少，作品体现的风格，乃至从"风格即人"概念里提炼出来的作者形象，也是取舍的重要标准之一。诚如学者所言，"干谒诗塑造的干谒形象是把政治人和道德人的分析指标放在了一起"①。

既然如此，则理想的风格与形象，应当是平稳的，属于文学中的保守派，以适应未来仕途中燮理阴阳、粉饰太平的政治需要②。譬如多为保守派的翰林学士，是作为皇帝的高级侍从、秘书，又作为宰相之后备军的。然而，程千帆先生对行卷的考察得出了不同结论："在行卷中标新立异，引人注意，大概是当时举子们所共同努力、希望达到的目标。"③ 这似乎又与上文结论矛盾。

考察程先生所引几条例证，如"唐卢延让"一条中，《唐才子传》载卢延让"薄游荆渚，贫无卷轴"，而赏识其诗歌的成汭，《新唐书》载其少年杀人"亡为浮屠"④，在政治上是雄踞荆南的军阀，至于蜀主王建，《新五代史》更是载其"少无赖，以屠牛、盗驴、贩私盐为事"⑤。其余条目中，又如作为投卷者的皮日休、罗隐，亦皆寒士，前者归附黄巢，后者作《谗书》引起轩然大波⑥。可见这些激进派文学的爱好者，自身皆是寒门，在政治中也表现出激进派的面目。

反观以保守派诗风出现的文士，其入仕道路亦多是归附台阁主体的保守派。如中宗时景龙文馆地位较高的赵彦昭"本以权幸进"。⑦ 今《全唐诗》存诗一卷，大都为稳妥的应制诗。宗楚客本身就是宰相及公主党羽。而此类文士中最典型者，当是王维与宁王、岐王交游，又结交玉真公主，最后及第。

可见，上述矛盾的关键，在于不同唐代文士拥有不同的政治观念。皮日休、罗隐等人出身寒门，其后的政治趋向也属激进派，其文便出现"标新立异"的激进作风。而王维一类文士，入仕之后趋向保守派，其早年诗文便呈稳妥清雅的保守作风。然则

---

① 韩立新：《唐代干谒诗中的士人形象研究》，博士学位论文，河北大学，2013年，第126页。
② 譬如景龙文馆这样的台阁体例。可参看郑迪《唐中宗朝〈景龙文馆记〉诗人群诗歌创作研究》，硕士学位论文，山东大学，2015年。
③ 程千帆：《唐代进士行卷与文学·古诗考索》，中华书局2016年版，第37—38页。
④ （宋）欧阳修、宋祁：《新唐书》，中华书局2013年版，第4224页。
⑤ （宋）欧阳修：《新五代史》，中华书局2013年版，第513页。
⑥ 汪德振：《罗隐年谱》，商务印书馆1937年版，第74—75页。"开平中，累征隐为夕郎，不起。罗衮以诗寄之曰：'平昔时风好涕流，谗书虽胜一名休。'"由此可推断，罗隐的《谗书》当时虽被欣赏，但在政坛确实引起权要忌恨，乃至阻碍了他的名誉与仕途。
⑦ （宋）欧阳修、宋祁：《新唐书》，中华书局2013年版，第3460页。

唐代文士作品的政治性与功能性，并不只是迎合座主的审美，亦不只是通过新异来炫人耳目，更是对自己的政治身份、政治倾向进行认定，并向座主表现出来。唐代文士的政治生活与诗歌创作，也因此而展现出血肉交织、互相促成的态势。

二　韩、柳、元、白的政治与文学联系

上文提到，唐代士人的政治身份、政治倾向，对其文学创作有极深重的影响。作为中唐影响最大的几位作者，有证据显示韩、柳、元、白也无一例外地深谙政治和文学的血肉联系。如《唐摭言》卷七"知己"条载：

> 贞元中，李元宾、韩愈、李绛、崔群同年进士。先是四君子定交久矣，其游梁补阙之门；居三岁，肃未之面，而四贤造肃多矣，靡不偕行。肃异之，一日延接，观等俱以文学为肃所称，复奖以交游之道。①

梁肃乃萧颖士、李华古文集团中的后辈，而复引荐韩愈。可见，古文运动与萧李前古文运动的关系，并不仅是旨趣的相似，而是实际存在相互提携的行为。与此相贯穿的是，《新唐书》记载韩愈"成就后进士，往往知名。经愈指授，皆称'韩门弟子'"②。陈寅恪先生认为，正是韩愈的"奖掖后进"，使"韩门遂因此而建立，韩学亦更因此而流传"③。

值得提出的是，不论萧李的前古文运动，抑或是韩柳的古文运动，都并不仅仅是一场文学思潮，更是针对政治的激进派运动。陈寅恪先生在《元白诗笺证稿》中论曰：

> 此诸公者（萧、李），皆身经天宝之乱离，而流寓于南土，其发思古之情，怀拨乱之旨，乃安史变叛刺激之反应也。唐代当时之人既视安史之变叛为戎狄之乱华，不仅同于地方藩镇之抗拒中央政府，宜乎尊王必先攘夷之理论成为古文运动之一要点矣。昌黎于此认识最确，故主张一贯……古文运动为唐代政治社会上一大事，不独有关于文学。④

在《论韩愈》一文中，陈先生更指出，从萧李至韩柳的古文运动，其针对的现实是"释迦为夷狄之人，佛教为夷狄之法"⑤。换言之，即当时社会主流对佛、道的追求。

---

① （五代）王定保：《唐摭言》，中华书局2017年版。
② （宋）欧阳修、宋祁：《新唐书》，中华书局2013年版，第4075页。
③ 陈寅恪：《论韩愈》，《金明馆丛稿初编》，生活·读书·新知三联书店2001年版，第332页。
④ 陈寅恪：《元白诗笺证稿》，生活·读书·新知三联书店2017年版，第149—150页。
⑤ 陈寅恪：《论韩愈》，《金明馆丛稿初编》，生活·读书·新知三联书店2001年版，第329页。

任继愈先生《中国哲学发展史》即说:"三教的势力并不相等","儒教影响最小"。① 又有学者指出,永隆元年科举考试改动,明经科重视考察背诵经典的"帖经",进士科则重视诗赋。② 儒家经典义理遂不受重视。安史之乱后,前古文运动的成员贾至反思认为,正是"儒道之不举"导致了"禄山一呼而四海震荡"③ 的局面。如此,陈寅恪"古文运动为唐代政治社会上一大事"的论断就可以得到说明,而从萧李到韩柳的古文运动,亦显示出其在政治上激进的面目。

除韩愈外,柳宗元也强烈批评当时在佛道思想下虔信服饵的主流风气④。在《种术》一诗中说:"守闲事服饵,采术东山阿。东山幽且阻,疲苶烦经过。戒徒劚灵根,封植阌天和。违尔涧底石,彻我庭中莎。"⑤ 在《与崔连州论石钟乳书》中,他的意见表露得更明白:"若以服饵不必已,姑胜务人而夸辩博,素不望此于子敬。其不然明矣,故毕其说。"⑥ 而柳宗元在政治的激进上较韩愈更甚,直至成为"二王八司马"的成员,被《新唐书》斥为:"侥幸一时,贪帝病昏,抑太子之明,规权遂私。"⑦

而新乐府运动与韩柳古文运动,又包含千丝万缕的联系。白居易《胡旋女》诗,言"天宝季年时欲变,臣妾人人学圜转""从兹地轴天维转,五十年来制不禁"。⑧ 实质上承袭了古文运动"尊王攘夷"的目的,反对外来文化占据社会主流。《两朱阁》诗则更为直接,他自陈是"刺佛寺浸多也",诗中写道:"第宅亭台不将去,化为佛寺在人间""仙去双双作梵宫,渐恐人间尽为寺"。⑨ 此处与古文运动之辟佛,其实是一脉相承的。

除去直接的创作目的,即便在艺术表现上,韩柳与元白也表现出一定的共同倾向。尽管在造语和命意上,二者存在明显的不同,但陈寅恪也指出:

> 乐天之作新乐府,乃用毛诗,乐府古诗,及杜少陵诗之体制,改进当时民间流行之歌谣。实与贞元、元和时代古文运动巨子,如韩昌黎元微之之流,以太史公书,左氏春秋文体试作毛颖传,石鼎联句诗序,莺莺传等小说传奇者,其所持之旨意及所用之方法,适相符同。其差异之点,仅为一在文备众体小说之范围,一在纯粹诗歌之领域耳。由是言之,乐天之作新乐府,实扩充当时之古文运动,

---

① 任继愈:《中国哲学发展史(隋唐卷)》,人民出版社1994年版,第19页。
② 陈铁民:《安史之乱前后的儒学复兴思潮与问题革新》,《东南大学学报》(哲学社会科学版)2002年第4卷第5期。
③ (清)董诰:《全唐文》卷368,扬州全唐文局刻本。
④ 柳宗元虽然是天台宗信徒,但他虔信的原因,则如《送僧浩初序》所言,是佛教教义"往往与《易》《论语》合",归根结底是立足儒家立场的。且服饵的行为本是近于道家。
⑤ (唐)柳宗元:《柳宗元集》,中华书局1979年版,第1226页。
⑥ 同上书,第838页。
⑦ (宋)欧阳修、宋祁:《新唐书》,中华书局2013年版,第4075页。类似的"小人""无行"一类的指责,在激进派身上屡见不鲜。如《新唐书》也批评元稹:"幸主屠昏,不厎于戮,治世之罪人欤。"
⑧ 朱金城笺校:《白居易集笺校》,上海古籍出版社1988年版,第161—162页。
⑨ 同上书,第208页。

而推及之于诗歌，斯本为自然之发展。①

"为自然之发展"似乎又不只如此。回顾上文，韩柳与元白本身倾向的，就是以寒门为代表的激进派。因此，以寒门的乃至民间的语言进行文学创作的改变，亦不足为奇了。由此亦可见出，韩柳与元白实拥有众多相似之处。推究这相似之处的根源，则同他们所处的激进派位置，以及唐人政治、文学的血肉联系，都是密不可分的②。

除此之外，皇帝对文学思潮的推动作用，也是甚少被人提及但极为重要的一点。沈曾植《海日楼札丛》里说：

> 唐世若文、宣二帝，皆有时贤竞美之心。《唐语林》称"文宗好五言诗，与肃、代、宪宗同，而古调尤为清峻。李珏奏言，宪宗为诗，格合而古。当时轻薄之徒，摘章绘句，聱牙崛奇，讥讽时事。尔后鼓扇声名，谓之元和体"云云。则元、白、张、王之讽刺，韩、孟、刘、柳之崛奇，实宪宗倡之。③

可见，古文运动与新乐府运动的崛起，以及韩、柳、元、白的诗风之形成，同当时皇帝对文学，尤其是对政治与文学之关系的关注，亦有很大关系。换而言之，皇帝乃是当时风气的最高领导者，也是唐人政治与文学血肉联系中一个位置特殊的典型。《新唐书》中说："稹之谪江陵，善临军崔潭峻。长庆初，潭骏方亲幸，以稹歌词数十百篇奏御，帝大悦，问：'稹今安在？'曰：'为南宫散郎。'即擢祠部郎中，知制诰。"④ 联系上文来看，便可以见出元稹诗歌受到皇帝的喜爱，并不是偶然的。元稹的诗歌实际是迎合了皇帝的诗歌喜好的。正因为皇帝自己以诗坛宗主自居，所以诗文成为中晚唐时有力的政治工具，乃至使诗人在政治上起死回生。元稹因此从偏远的同州刺史升任到浙东观察使兼越州刺史，大和三年更是重新入朝，成为尚书左丞了。

三　韩柳政治、文学观念的分裂

韩、柳、元、白身上体现的政治与文学关系，可以说格外紧密。政治观念不仅直接影响了他们的文学创作，还通过对其政治境遇的改变，间接影响了他们的文学观念。研究他们的作品可以发现，文学上并称的韩柳、元白，在彼此的文学内容、风格上，

---

① 陈寅恪：《元白诗笺证稿》，生活·读书·新知三联书店2017年版，第125页。
② （清）沈曾植：《海日楼札丛·海日楼题跋》，辽宁教育出版社1998年版，第263页。《国史补》：'元和以后，为文笔则学奇诡于韩愈，学苦涩于樊宗师，歌行则学流荡于张籍，诗章则学矫激于孟郊，学浅切于白居易，学淫靡于元稹，俱名为元和体。'大抵天宝之风尚党，大历之风尚浮，贞元之风尚荡，元和之风尚怪也。"可见元和诸人对语言风格、表现技法的大量创新，以及政治环境观念的不同导致文学风尚的不同。
③ （清）沈曾植：《海日楼札丛·海日楼题跋》，辽宁教育出版社1998年版，第262页。
④ （宋）欧阳修、宋祁：《新唐书》，中华书局2013年版，第4049页。

其实是有逐渐分歧倾向的。这种分歧，在韩愈、白居易的晚年特别明显。而这种文学分歧，其实同他们的政治观念分歧息息相关，值得对此进行详细的分析。

先以韩柳作为分析对象。韩愈和柳宗元的结识，据学者考证，当在贞元九年前后。甚至二人幼年因父兄而已结识，亦不无可能。① 总之，韩愈和柳宗元至迟二十出头时，已经相与订交。对于二人，有两处值得一提。

首先，韩、柳都具有良好的骈文功底。柳宗元少年善骈文，至今集中还遗留着若干骈文。而韩愈的许多文章中，亦能看见骈文的痕迹，而且措辞属对均极精工。如《进学解》一篇中骈散相间，其节奏整齐，音节响亮。诚如清人李兆洛《骈体文钞》序所说，"自秦迄隋，其体递变，而文无异名。自唐以来，始有古文之目，而目六朝之文为骈俪。而为其学者，亦自以为与古文殊路。……文之体，至六代而其变尽矣。沿其流极而溯之，以至乎其源，则其所出者一也"②。骈文散文本是同源，则文章的极致，应是骈散合一、各取其长的。韩愈诸作正是收骈文散文之精华于一体。对骈文的擅长，并不能削弱韩、柳的文学激进面目。相反，恰恰说明了韩、柳本是参与科举的士人，而在这一前提下，韩、柳依然提倡古文，便更见出其不同于保守派的激进面目了。

其次，韩、柳及其门人的聚集，本是一个层累的过程，并无一宣言性质的作品，更无一开创性事件。亦是这一层累的过程，说明韩柳之间的文学交流，未必是直接针对古文而发的，虽然在文学史上，韩、柳是以古文运动著称。

韩愈和柳宗元，还应包括刘禹锡，在这一段时间内关系甚为深厚。三人激进派的立场，使他们私下谈论了很多政事，甚至涉及忌讳的话题。韩愈于贞元十九年被贬连州后，曾作诗说："同官尽才俊，偏善柳与刘。或虑语言泄，传之落冤仇。二子不宜尔，将疑断还不。"③ 可以想见他们私下所谈论并拊膺的情状，以及意气的相投。然而，贬谪也令韩愈对刘柳二人产生了矛盾的心理。

又考《资治通鉴》贞元十九年，当时作为太子的顺宗已与二王亲善。虽然纪年如此，但《资治通鉴》论及这一条时，起首有"初"字，可见采取的乃是通叙方式，并不拘于这一年月。原文称：

> 叔文因为太子言："某可为相，某可为将，幸异日用之。"密结翰林学士韦执谊及当时朝士有名而求速进者陆淳、吕温、李景俭、韩晔、韩泰、陈谏、柳宗元、刘禹锡等，定为死友。而凌准、程异等又因其党以进，日与游处，踪迹诡秘，莫有知其端者。④

---

① 可参看陈尚君《韩愈与柳宗元的友谊》（《文史知识》2019年第2期）及刘国盈《韩愈、柳宗元交游考》（《北京社会科学》1991年第1期）。
② （清）李兆洛：《骈体文钞》，上海书店1988年版，第19页。
③ 钱仲联：《韩昌黎诗系年集释》，上海古籍出版社2007年版，第288页。
④ （宋）司马光：《资治通鉴》，中华书局2011年版，第7725页。

可见，早在韩愈被贬谪之前，"有名而求速进"的刘柳二人已与二王结交，韩愈并未参与其中。而刘柳纵然不可能直接告密，却完全可能通过王叔文上达韦执谊。考虑到三人这一尴尬的不同立场，韩愈遭贬后对二人的矛盾心理，在此可以获得一个旁证。

紧接着，在韩愈被贬谪之后的第三年，刘柳二人卷入了永贞革新，并最后成为八司马的成员。永贞革新是激进派的一次胜利。然而考虑到永贞革新的结局，这胜利之短暂、后果之严重，更像是激进派的一曲悲歌。韩愈虽在南方，未涉此事，但其诗《永贞行》表露出来的意见却耐人寻味。诗云："君不见太皇谅阴未出令，小人乘时偷国柄。北军百万虎与貔，天子自将非他师。一朝夺印付私党，懔懔朝士何能为。狐鸣枭噪争署置，睗睒跳踉相妩媚。"①

从文意上而言，韩愈对二王八司马极尽斥责。虽然瞿蜕园、陈尚君等学者认为，韩愈此诗不无向皇帝表忠心之意，未必真对二王八司马抱有那么强的恶感，但他们毕竟也同意，韩愈也意在撇清他与刘柳的同党关系。韩愈对于整个永贞革新团队如若赞同，便不会措辞如此了。

更明显的证据是韩愈《答刘秀才论史书》中说："夫为史者，不有人祸，则有天刑，岂可不畏惧而轻为之哉。"② 时有论者认为这是韩愈的迷信思想，却未考虑到此文背景是敕令韩愈修《顺宗实录》时。与其说韩愈恐惧的是"天刑"，不如说正是"人祸"③。其一，承上文所说，韩愈急于撇清自己与永贞革新派的关系，则编修《顺宗实录》时若有措辞不慎，很可能遭祸。其二，韩愈若挞伐新党，则又困于自己激进派的身份，以及顾虑参与革新的刘柳二人的反应。故此，韩愈才会对如何评价永贞革新颇费周章，最终咨询柳宗元的意见。而柳宗元的回答颇为不客气。《与韩愈论史官书》中，他的第一反应是："与退之往年言史事甚大谬。"而后他给出的意见是："凡居其位，思直其道。道苟直，虽死不可回也。如回之，莫若亟去其位。"④ 此处传达出两点信息。其一，柳宗元对自己从事的永贞革新，依然认为是正确的直道。其二，韩愈遭贬，尤其是永贞革新之后，心境变化较大，才会令柳宗元感到韩愈前后言论不一。

韩柳在政治观念上的转变由此而起，甚至这一观念的走向也影响到了二人文学的发展。柳宗元被贬永州后改作古文，彻底走上古文运动的道路。而与此相对的是，他虽然一再被贬，却始终保持政治激进派的身份，撰写大量政论史论性质的翻案文章⑤。而韩愈则对激进派的身份，或说激进的限度产生了怀疑。从其编年诗集中可以发现，

---

① 钱仲联：《韩昌黎诗系年集释》，上海古籍出版社2007年版，第332页。
② 马其昶：《韩昌黎文集校注》，上海古籍出版社1986年版，第667页。
③ 韩愈恐惧编修《顺宗实录》时措辞不慎，可能遭祸的心态，与宪宗本人和宰相李吉甫对当时历史编撰的严厉干涉有极大的关系。详见朱维铮《史官与官史——韩、柳的史观辨》[《复旦学报》（社会科学版）2006年第3期]一文。
④ （唐）柳宗元：《柳宗元集》，中华书局1979年版，第807—808页。
⑤ 如《桐叶封弟辩》《封建论》等。

在贞元十九年被贬前，其作品如《答孟郊》《雉带箭》等，莫不显露出拼斗的典型激进派精神，乃至一种雄心壮志。而在贞元十九年被贬后的数年中，其诗中突然出现大量叹老嗟卑主题的诗歌，如《落齿》《答张十一功曹》等。直到谏佛骨遭贬潮州，终于元和十五年回到长安之后，韩愈才从犹豫变为彻底抛去激进派的形象，转而趋向保守派。柳宗元当年斥责的服饵风气，不料最终发生在其同道韩愈身上。陶毂《清异录》载："昌黎公愈晚年颇亲脂粉。服食，用硫磺末搅粥饭喂鸡男，不使交，千日烹庖，名'火灵库'。公间日进一只焉。始亦见功，终致绝命。"① 这似乎是一种讽刺。尽管柳宗元之后与韩愈交情复笃，乃至柳临终有托孤之举，但二人的政治观乃至文学观，却在保证基本共识的前提下，呈现很不同的趋向。

四 元白政治、文学观念的分裂

元稹和白居易的政治、文学分歧，和韩、柳颇为相似，但二人之间的关系比韩柳更加复杂。元稹和白居易尽管在一段时间内由于分歧而生疏，但他们似乎又较快地重新弥合了关系。元白深厚的交情，固然是一种原因，但这种原因的个体性比较强，似乎还不能从它来考察中唐士人普遍的心态。而政治的衰退趋势成为士人共识，引发其心态转变，也是造成这一现象的重要因素，且更为普遍。

元和九年，即韩愈修撰《顺宗实录》引起柳宗元不客气回复的后一年，韩愈给元稹写信，其中说："足下以抗直喜立事，斥不得立朝，失所不自悔，喜事益坚。微之乎，子真安而乐之者。"② 当韩愈刚回顾永贞年间自己的摇摆立场时，他对元稹的鼓励，无异也是一种寄托，期望元稹能够避免自己当初的犹疑，而"喜事益坚"，坚定不移地进行斗争。由此也可以窥见韩柳、元白在政治观念上的一致，以及随之而来的文学观念的相似。

虽然在二王八司马活跃之时，元白还任秘书省校书郎的职位，不足以影响其事，但二人在诗中都表现出自己对二王八司马的看法，而他们的看法又存在差异。白居易诗集"闲适"部最早的一首，即作于贞元十九年，亦即二王与时为太子的顺宗结交的那一年，题为《常乐里闲居偶题十六韵》。其中说："帝都名利场，鸡鸣无安居。"又说："勿言无知己，躁静各有徒。"③ 倘若不将这两句诗看作泛指，其中意思便颇为有趣。以二王的地位迅速升为太子死党，在当时自称得上是躁进。而诗中，白居易处处以富贵与清贫对照，似不是泛泛对比，而是确实心系此事。到了永贞元年，白居易的闲适诗比例更是大幅上升。其中《永崇里观居》言："季夏中气候"，则时在六月。白居易自陈当时在文史馆"闭户累月，揣摩当代之事"④。然则此月政事之最著者，当在

---

① （宋）陶毂、吴淑撰，孔一校点：《清异录·江淮异人录》，上海古籍出版社2012年版。
② 马其昶：《韩昌黎文集校注》，上海古籍出版社1986年版，第220页。
③ 朱金城笺校：《白居易集笺校》，上海古籍出版社1988年版，第265—266页。
④ 同上书，第272—273页。

宰相韦执谊与王叔文交恶，继而王叔文拟夺宦官兵柄，被迫以母丧去位，永贞革新遂走向失败。白居易既然揣摩时事，对此必然深有感触。诗中又言："何必待衰老，然后悟浮休。"可见确实是意有所指的。同时尚有《早送举人入试》，云："营营各何求，无非利与名""春深官又满，日有归山情"。① 可看出白居易认为永贞革新诸人追名逐利，并对此进行批评。前人论白居易的闲适诗，似少有论及这一层动机的。

反观元稹对永贞革新的态度，则截然不同。宪宗改元之后一日举行典礼，元稹竟然根本没有参加，且当日作一诗，题云："永贞二年正月二日，上御丹凤楼，赦天下，予与李公垂、庾顺之闲行曲江，不及盛观。"则元稹本无要事，可以说是刻意不参与典礼的。诗中云："却着闲行是忙事"②，亦有讽刺之意。白居易以永贞诸人为躁进，元稹却在永贞革新失败后强调"闲行"，这一对比，极耐人寻味。且既然已经改元，元稹却偏写"永贞二年"，亦可以看出他对永贞革新那复杂深厚的情感。③ 元稹尚有诗云《永贞历》，言："半岁光阴在，三朝礼数迁。无因书简册，空得咏诗篇。"④ 颇为肯定永贞革新的作用，并憾恨不能书之于史册之上。

元、白对永贞革新的态度，与韩、柳观念分歧极为相似。而这一态度在元、白后日的政治选择、文学演变中，又确实起到了定调的作用。

元稹仕途的前半段，确实符合韩愈所望。文学上，新乐府运动乃其政治观念的先声。政治上，《新唐书》记载："于时论惨、高弘本、豆卢靖等出为刺史，阅旬，追还诏书。稹谏：'诏令数易，不能信天下。'又陈西北边事。宪宗悦，召问得失。当路者恶之，出为河南尉，以母丧解。"后来分司东都，诸多高官犯法，"凡十余事，悉论奏"。⑤ 可见元稹与韩柳的激进派作风颇为相似。

然而，极力反对宦官的元稹，在元和五年因弹劾河南尹房式，被召回罚俸，夜间

---

① 朱金城笺校：《白居易集笺校》，上海古籍出版社1988年版，第274页。
② （唐）元稹：《元稹诗全集》，崇文书局2017年版，第333页。
③ 对于此日应用年号的问题，需要进行进一步论述。《旧唐书》及《资治通鉴》，均将此日归于元和元年。唯韩愈《顺宗实录》载："永贞二年正月景寅朔，太上皇于兴庆宫受朝贺，皇帝率百僚奉上尊号，曰应乾圣寿太上皇。"但按《旧唐书》和《资治通鉴》记载，宪宗即位、上尊号、宪宗御丹凤楼赦天下，乃是时间有先后，分属不同日期的三件事，宪宗御丹凤楼赦天下，是发生在《顺宗实录》这里记载的上尊号之后的第二天。王鸣盛《十七史商榷》对此事有过论述，说："上顺宗尊号'元和元年正月丙寅朔，皇帝率百寮上太上皇尊号曰应乾圣寿。'此事实录作永贞二年，然是年正月朔为丙寅，而丁卯即改元元和，则永贞之号只此一日，此特因在顺宗实录，不得不如此。……顺宗崩于正月甲申，而实录乃书丙戌朔，则月不得有甲申，乃知甲子纪日传写淆讹，触处皆然，当从旧书作'丙寅朔'。"何焯《义门读书记》曰："永贞二年正月景戌朔。注：戌，史作寅。按：当作寅。所谓永贞二年者，止于此一日耳。翌日丁卯，即下制改元元和。详见旧唐书及通鉴也。"可以作为王鸣盛说法的强力辅证。可见所谓永贞二年，只有上尊号的"元和元年正月丙寅朔"这一天，这是韩愈基于实录体例，只好如此写的。而上尊号的次日，宪宗御丹凤楼赦天下，即元稹提到的"永贞二年正月二日"，是已经下制规定，称作元和元年的。又有柳宗元《代韦中丞贺元和大赦表》言："伏奉正月二日制，大赦天下，永贞二年宜改元和元年。"但此处柳宗元提到"永贞二年"，是出于叙述的方式要求，其本意正是认为应将之改为元和元年。这一条材料，恰恰可以说明当时士人皆认为"元和元年正月丙寅朔"这一日之后，应改为元和元年。因此，元稹"永贞二年正月二日"的称法，是明显违背当时士人共识的，在笔者所见史料中亦仅此一例。
④ （唐）元稹：《元稹诗全集》，崇文书局2017年版，第71页。
⑤ （宋）欧阳修、宋祁：《新唐书》，中华书局2013年版，第4049页。

在驿站，"中人仇士良夜至，稹不让，中人怒，击稹败面"①。随后，"宰相以稹年少轻树威，失宪臣体，贬江陵士曹参军"。恰在第二年，素来提拔元稹的裴垍病卒。这是一向抗争宦官、为人刚直的元稹受到的两个巨大打击。卞孝萱先生由此考证了元稹往后的动向，认为此后元稹先巴结了宦官部下严绶，之后又与宦官崔潭峻等人交好②。考《新唐书》记载："稹之谪江陵，善临军崔潭峻。长庆初，潭峻方亲幸，以稹歌词数十百篇奏御，帝大悦，问：'稹今安在？'曰：'为南宫散郎。'即擢祠部郎中，知制诰。"③可见卞说不误。然则元稹先失去依傍，又认识到宦官掌握的权力在当时是难以动摇的，于是一改从前立场，以宦官为下一个依傍的对象。

当初元白的新乐府诗歌，其下小序仿毛诗，皆指明所刺对象。这也透露出激进派"法先王"的政治观。保守派的特点，则是满足于本朝，满足于当下，将之看作有史以来最完美的政治环境。但不论激进派或保守派的士人，在反对宦官专政方面又是如一的。而元稹变节，他实质上是以一种最激进的，以至于被士人、好友，乃至宦官自身都不齿的姿态，去迎合保守的宦官。元稹与柳宗元都蒙受过无行之讥，而本质上他们确实都有相似之处，即以坚定的姿态，去从事饱受非议的活动。

在元稹变节之后，白居易依然保持自己激进派的身份，故此元稹和白居易的关系由之前的亲密逐渐变得冷淡。这一点，从白居易集中寄答元稹诗歌的逐步稀少、此类诗中感情的由浓至淡可以见出④。但白居易与元稹的关系，在元稹于长庆三年调任浙东观察使兼越州刺史时又复深笃，因为此段时间创作的大量酬和诗歌，又复现于二人集中。

鉴于元稹晚期的作为并无变化，白居易对元稹的态度的回温就耐人考索了。一个表面的原因，是当时白居易正在杭州，与元稹所处的越州颇接近。然而更有可能的是，当时士人已经逐渐认识到宦官势力的强大，并且将结交宦官理解为一种不得不尔、委曲求全的做法。因为三年后，白居易与刘禹锡在扬州共赴王播之宴。而王播由于结交宦官，一直颇受恶名。刘禹锡作为永贞革新成员，也与宦官有矛盾。而二人却愿意赴宴，可见他们的心态确实有所转变。否则，也难以解释何以甘露之变之后，白居易保持乃至加剧娱乐闲适的诗风。

在甘露之变以前，结交宦官已经成为一种常见现象。然而如元稹、王播等人，毕竟仍为一般朝士所厌恶。而甘露之变之后，朝士转为对宦官屈服，而将斗争的对象往内发展为党争。此时白居易走上了韩愈晚年的道路，逐渐放弃了激进派身份，最好的

---

① （宋）欧阳修、宋祁：《新唐书》，中华书局2013年版，第4049页。
② 卞孝萱：《元稹"变节"真相》，《华中师范学院学报》（哲学社会科学版）1979年第4期："元和六年，江陵尹、荆南节度使赵宗儒入为刑部尚书，由严绶接任。严绶是宦官的走狗……谁知严绶到江陵后，不但没有对元稹进行报复，反而'恩顾偏厚'，说明元稹巴结严绶成功了……元和九年，严绶移山南东道节度使，奉命讨伐对抗朝廷的淮西节度使吴元济。'仍命内常侍崔潭峻为监军'。他们把元稹也带去了……元稹依附宦官崔潭峻、魏弘简，做到宰相，史书上有记载，无需多说。"
③ （宋）欧阳修、宋祁：《新唐书》，中华书局2013年版，第4049页。
④ 亦可参看金基元《中唐文人之间的交友研究——以中唐五大家为中心》第三章第二节，博士学位论文，复旦大学，2014年。

体现便是白居易的佞佛。白居易早年写《两朱阁》,自陈用意是"刺佛寺浸多也",及其晚年,却将自己的文集分别藏在圣善寺、东林寺、南禅院等佛寺中。和政治观相对的、白居易早年最激进的新乐府讽谏诗,亦转为最保守的闲适诗歌。

当韩与柳、元与白关系的分裂由一个动态视角呈现出来,他们的悲剧就越发地被放大。从激进派,到初步的胜利,到屡遭挫折乃至生命危险,到理想破灭,柳宗元选择坚持其道路,元稹以更激进的态度走了相反的道路,而韩愈与白居易,则以相对和缓的方式妥协,趋向保守,最终做出自己曾经明确反对的行为。

五 传奇的去政治化与返归政治化

唐代文士身上的"身份政治"格外明显:当文士拥有政治身份时,他的行为往往难以避免政治性,甚至除去参政之外,平日的交游、作品也都具有泛政治性。而当文士像韩愈、白居易那样,由于理想破灭,从心理上抛弃自己的政治身份时,其作品自然而然地一同转向了面对自我的抒情。

大历至大中年间,前后约 100 年,是唐代传奇发展的高峰。这一现象,学者主要认为是"'各征其异说'的风气"与"唐人的小说观念比起前代来,有了较大提高"引起的。尤其是"韩愈柳宗元又大力鼓吹小说"。

的确,韩愈认为小说是"此吾所以为戏耳",又以孔子"犹有所戏"来辩白。柳宗元也以"尽六艺之味以足其口"为理由解释[①]。然而,他们对传奇的态度依然值得考察。

韩、柳、元、白四人皆写作过传奇或类似传奇的作品。韩愈作品中,最近于传奇的是《毛颖传》与《石鼎联句诗序》,分别作于元和五年与元和七年。柳宗元作传奇较多,但均作于其贬官永柳之后。白居易《长恨歌》作于元和元年。元稹《莺莺传》写作时间说法,则有贞元十八年和贞元二十年两种[②]。

由此可以发现,韩、白、元创作传奇的时间相当靠近,皆在永贞革新前后。而柳宗元创作传奇也与永贞革新有关,因为历来论者都认为其传奇指涉永贞革新与宪宗。

而分析四人所作传奇,目的似乎又截然有别。韩愈和白居易的传奇,似少有指涉,更近于娱乐的游戏之作。而柳宗元的传奇指涉颇多,元稹的《莺莺传》则不无凸显自己的风流而又能持身之意。

这与前文探讨四人对永贞革新的心态若合符契。韩愈、白居易本置身事外,然对永贞革新不无微词,感到厌倦。因此以传奇为戏,恰恰符合从其"身份政治"推出的结论。柳宗元置身革新之中,故失败后颇多怨刺。而元稹当时身份尚低,未能进入二

---

① 蒋寅主编:《中国古代文学通论(隋唐五代卷)》,辽宁人民出版社 2005 年版,第 253 页。
② 可参见卞孝萱《〈石鼎联句诗、序〉考》(《周口师范高等专科学校学报》1999 年第 1 期)与吴伟斌《〈莺莺传〉写作时间浅探》[《南京师大学报》(社会科学版) 1986 年第 1 期]。

王集团,却对彼颇为赞美,故要凸显自己的性格品行。

韩、白的传奇创作,自然是典型的去政治化,然而柳宗元的传奇,亦不乏去政治化的色彩。事实上,柳宗元选取传奇这种体例,无非也是因为传奇本身的去政治化特性。将真实的人事,以塑造新角色、故事的方式重新展现,便可以"游戏"为名,获得开脱的借口。而角色、故事与现实的相似性,又往往令人感到它直接的指涉。

柳宗元所作传奇,仍是表示自己的个人情绪或观念。然而,鉴于传奇这种去政治化的隐蔽性,在唐代政局越发恶化的情况下,它被广泛用来表现宫廷禁忌的秘闻,以及当时士人皆有却隐而不发的情感。如《续玄怪录》中收载的《辛公平上仙》,乃是借辛公平上仙的奇遇,暗写唐宪宗遭宦官谋杀的实事。

到甘露之变之后,传奇对禁忌秘事的描绘则越发直露,且清晰传达出当时的士人心态。唐文宗本人有《宫中作》诗,云:"凭高无限意,无复侍臣知。"① 连皇帝亦只能吞声饮恨,无怪当时士人均怀不满却不能显著地抒发。② 前述时人"各征其异说"的风气,极有可能是为了更好地掩饰作文之真实用意而兴起的。此时的诸多作品,几乎毫无例外地充斥着一股阴森幽冷的气息。其中最能表现甘露之变后士人心态的,当属李玫《纂异记》中的《喷玉泉幽魂》。其中以许生夜遇的五鬼,象征甘露之难中被杀的李训、舒元舆、王涯、贾𫗧四相及诗人卢仝。然而,从此也可以见到,被投以同情的五鬼中,并无郑注。这与时人哀悼甘露四相及卢仝,又认为郑注是方士出身,投机反复的"斩斩小人"③ 的态度恰恰相符。

大量文人选取传奇这一体裁作为自己的行卷内容。正如论者所说,这是因为传奇能够充分体现出史才、议论和文笔。将这一论断放在此处看,其意味便格外清晰。正是因为许多文人用传奇来描写时事,所以它必然会显示出作者对事件的剪裁、观念,而又因为政事的禁忌性,作者必须使用大量文笔来掩盖它,将它塑造成一部貌似纯粹审美、娱乐的作品。

然而,正因为传奇的去政治性引来大批文士借此表露禁忌秘闻,传奇又成为政治所敏感的体裁。当时百般考索某传奇,进行条条注解,弹劾作者有不臣之心的做法十分盛行。最典型者,是李德裕著《周秦行纪论》,攻击政敌牛僧孺作《周秦行纪》:"以身与帝王后妃冥遇,欲证其身非人臣相也,将有意于'狂颠'。及至戏德宗为'沈婆儿',以代宗皇后为'沈婆',令人骨战,可谓无礼于其君甚矣!"然而,事实上,从明人开始,学者业已考证出,《周秦行纪》并非牛僧孺所作④。而李德裕从传奇之中,竟能考证出本非著者的牛僧孺之不臣之心。可见传奇又不可避免地被卷入政治化,乃至成为被政治操

---

① 《全唐诗》,上海古籍出版社2018年版,第31页。
② 考虑到文宗之前几任皇帝与文坛的密切关系,则自上而下的肃杀势必波及多数文人,影响其心态乃至转变创作观。简而言之,甘露之变前,文人敢写、敢参政,甘露之变后,则箝口不言,畏祸、避祸成为主流,仅有杜牧等个别例外而已。
③ (宋)欧阳修、宋祁:《新唐书》,中华书局2013年版,第4049页。
④ 参见王伟《〈周秦行纪〉作者及其相关问题考论》,《西北大学学报》(哲学社会科学版)2011年第6期。

控、任意阐释的把柄。传奇的际遇，其实正象征了唐代文人的政治命运。

结　语

本文论述了唐代文人创作与文人政治观念的血肉联系，在此基础上，通过爬梳史料、文学作品等材料，重点论述了韩愈、柳宗元、白居易、元稹四人文学创作与政治的紧密关联。四人在入仕初期，都在政治上保持一种激进派的面目。而他们的文学，一方面明显带有干预政治的意图，另一方面也随作者的政治身份、政治追求，呈现出相似的风格，表现为标新立异、自我表现、反对保守的特征。而随着政治生活的挫折，四人的政治观念发生分歧。韩愈、白居易在晚年脱离了激进的政治路线，而柳宗元和元稹则坚持激进的态度。从文学上看，晚年韩愈与白居易的作品，无论从内容抑或风格上，都回归了保守派文学稳妥、自适的一路。而柳宗元和元稹，则依然保持早年的文学道路，并进一步强化之。因此，文学上并称的韩与柳、元与白，彼此之间的文学观念实际上存在分歧，而政治观念的分歧，又是文学分歧的重要影响因素。韩愈、白居易这种抛弃政治身份的行为，是当时唐代政治衰微的趋势下的缩影，也是多数中唐士人心态的代表。随着政治身份的抛弃，传奇因其去政治化、自我抒情的特点兴盛。然而，在唐代浓厚的政治氛围中，它又被迫趋于相反的方向，变为传达政治观念乃至行使政治手段的工具。这说明了唐代政治之于文学而言，犹如一个包裹一切的旋涡，是无法摆脱的。但保守派与激进派的对抗、转化，却又是这旋涡里最壮丽，也最引人感喟的波澜。

论《列子》对杨慎文学思想的影响

高小慧*

（郑州大学文学院　河南郑州　450001）

摘　要：《列子》对杨慎文学思想的影响大抵分为以下四个方面：用《列子》作为诗学考据的文献资料；从小说发展史的角度指出《列子》的文体学价值；文学创作时承继列子逍遥傲物之文学意象；文学思想方面汲取列子的贵"虚"说。《列子》在文学史上的意义和价值亦通过杨慎对它的接受而得以彰显。

关键词：杨慎；《列子》；接受；小说史；贵虚思想

列子是战国前期著名的思想家和文学家，是老子和庄子之外的又一位道家思想代表人物，与郑穆公同时代。其学本于黄帝老子，主张清静无为。东汉班固《艺文志》"道家"部分著录《列子》八卷，早佚。今本《列子》八卷是东晋人张湛所辑录增补。

对于列子的真实性以及其著作《列子》的真伪，历代均有论述。但是我们更倾向于以下两个观点。如刘向《列子新书目录》说：

> 列子者，郑人也，与郑缪（穆）公同时，盖有道者也。其学本于黄帝老子，号曰道家。道家者，秉要执本，清虚无为，及其治身接物，务崇不竞，合于六经。而《穆王》《汤问》二篇，迂诞恢诡，非君子之言也；至于《力命》篇，一推分命；《杨子》之篇，唯贵放逸，二义乖背，不似一家之书。然各有所明，亦有可观者。……孝景皇帝时贵黄老术，此书颇行于世。及后遗落，散在民间，未有传者。且多寓言，与庄周相类，故太史公司马迁不为列传。[①]

刘向认为列子本于道家，其著述论作因与庄子相似，所以司马迁不为立传。而唐代陈景元《列子冲虚至德真经释文序》也肯定了列子的存在：

---

* 作者简介：高小慧（1975—　），河南平舆人，文艺学博士，郑州大学文学院副教授，硕士生导师，主要从事明清文学文论以及中原文化研究。

① 杨伯峻集释：《列子集释》，中华书局1979年版，第278页。

> 夫庄子之未生，而列子之道已汪洋汗漫充满于太虚，而无形蚘可闻也，故著书发扬黄老之幽隐，剖抉生死之根柢，堕毁解爻，决疣溃痈，语其自然而不知其然，意其无为而任其所为。辞旨纵横，若木叶干壳，乘风东西，飘飘乎天地之间无所不至。而后庄子多称其言，载于论说。故世称老庄而不称老列者，是蠡庄子合异为同，义指一贯，离坚分白，有无并包也。昔列子陆沈圃田四十年而人莫识，藏形众庶在国而君不知，天隐者也。人有道而人莫誉，道岂细也夫？书有理而世罕称，理岂粗也夫？之人也，之书也，深矣！远矣！与物返矣！不其高哉！①

可见列子有生之年应是驰誉诸侯。《战国策》《尸子》《庄子》《吕氏春秋》等诸书都提及列子，也显现出列子思想在先秦时期具有一定程度之影响力与重要价值。即便历代都有学人持列子不存在的观点，认为他是虚构之人物；即便今本《列子》应是魏晋时所编因而其价值要大打折扣，但是列子在中国文学史和文化史上的价值依然是不容忽视的。其书默察造化消息之运，发扬黄老之幽隐，简劲宠妙，辞旨纵横，是道家义理不可或缺的部分，对后世产生了非常重要的影响。本文试从《列子》对杨慎文学思想的影响来印证列子在文学史上的意义和价值。

一 《列子》与杨慎的文献考证

杨慎博闻强识，著述之富，明代第一。他在文学鉴赏和批评中运用考据方法观照诗歌，考证名物、探究本事、考察版本、溯源体式、发掘源流，开创考据诗学之先河，可谓诗学史上的一大功臣。② 杨慎《升庵集》卷六十一《昔昔盐》条考证：

> 梁乐府《夜夜曲》，或名《昔昔盐》。"昔"即"夜"也。《列子》："昔昔梦为君。""盐"亦曲之别名。③

杨慎以《列子》为据，认为《昔昔盐》就是梁代乐府《夜夜曲》，一般来说为隋、唐乐府题名。清阮葵生《茶馀客话》亦云："盐即曲之别名，昔与夕通，无庸深解。"④《四库全书总目提要》曰："且盐乃曲名，隋《薛道衡集》有《昔昔盐》，唐张鷟《朝野佥载》有《突厥盐》，可以互证。"⑤ 从阮葵生到四库撰官都汲取了杨慎的观点，可见《列子》的文献支撑为杨慎对《昔昔盐》的理解找到了有力的证据。

---

① 杨伯峻集释：《列子集释》，中华书局1979年版，第282页。
② 详见高小慧《杨慎〈升庵诗话〉及其考据诗学》，《郑州大学学报》2013年第4期。
③ 杨慎：《升庵集》，文渊阁四库全书本。
④ 阮葵生：《茶馀客话》卷十一，中华书局1959年版，第306页。
⑤ 纪昀等：《四库全书总目提要·碧鸡漫志》，文渊阁四库全书本。

《升庵集》卷八十一《八骏》：

> 八骏之名，见于《列子》，而他书所载互有不同，今列之于后。①

而后杨慎征引的八骏之名实则出自《列子·周穆王第三》："王大悦。不恤国事，不乐臣妾，肆意远游。命驾八骏之乘，右服骅骝而左绿耳，右骖赤骥而左白䲷。……右服渠黄而左逾轮，左骖盗骊而右山子。"为周穆王西游仙话平添了几分栩栩如生的细节。

《升庵诗话》卷七《神瀵》条云：

> 陈希夷诗："倏尔火轮煎地脉，愕然神瀵涌山椒。""神瀵"出《列子》，即《易》所谓"山泽通气"、《参同契》所谓"山泽气相蒸，兴云而为雨"是也，地理书"沃焦"、"尾闾"，皆此理耳。②

杨慎考证出五代宋初道教人物陈希夷诗："倏尔火轮煎地脉，愕然神瀵涌山椒"之句意象"神瀵"出自《列子·汤问》："当国之中有山，山名壶领，状若甔甀。顶有口，状若员环，名曰滋穴。有水涌出，名曰神瀵。臭过兰椒，味过醪醴。"③《周易·说卦》第二章："天地定位，山泽通气，雷风相薄，水火不相射，八卦相错。数往者顺，知来者逆，是故《易》逆数也。"④魏伯阳《周易参同契》卷下："自然之所为兮，非有邪伪道。山泽气相蒸兮，兴云而为雨。泥竭遂成尘兮，火灭化为土。"⑤亦是源于《列子》。接着用《庄子·秋水》："天下之水，莫大于海，万川归之，不知何时止而不盈，尾闾泄之，不知何时已而不虚；春秋不变，水旱不知。此其过江河之流，不可为量数"⑥之"尾闾"一词和《文选·嵇康〈养生论〉》注引司马彪云："尾闾，水之从海水出者也，一名沃燋，在东大海之中。尾者，在百川之下故称尾；闾者，聚也，水聚族之处，故称闾也。在扶桑之东，有一石方圆四万里，厚四万里，海水注者无不燋尽，故名沃燋"⑦之"沃燋"点明他们之间道家思想的承继关系，可谓慧眼独具。

《升庵诗话》卷十《裋褐》条：

> 杜少陵《冬日怀李白》诗"裋褐风霜入"，惟宋元本仍作"裋"，今本皆作

---

① 杨慎：《升庵集》，文渊阁四库全书本。
② 丁福保辑：《历代诗话续编》（中），中华书局1983年版，第765页。
③ 杨伯峻集释：《列子集释》，中华书局1979年版，第163页。
④ 郭彧：《周易译注》，中华书局2006年版，第403页。
⑤ 魏伯阳等：《周易参同契集释》，中央编译出版社2015年版，第64页。
⑥ 陈鼓应：《庄子今注今译》，中华书局1983年版，第411页。
⑦ 同上书，第414页。

"短褐"。"裋"音"竖",二字见《列子》。①

《列子·力命》篇云:"朕衣则裋褐,食则粢粝,居则蓬室,出则徒行。"② 裋褐为粗布衣服,古代多为贫苦者所服。如果读者从鲁鱼亥豕的传抄错误都真的误作为"短褐",真乃是望文而生义,风马牛而不相及也。

《升庵诗话》卷八《阡眠》条:

> 《楚辞》:"远望兮阡眠。"陆机诗:"林薄杳阡眠。"吕延济曰:"阡眠,原野之色。"按《说文》:"𡶌,山谷青𡶌𡶌也。"则"阡眠"字当作"𡶌眠"。又《列子》云:"郁郁芊芊。"注:"芊芊,茂盛之貌。"李白赋:"彩翠兮芊眠。""𡶌眠"作"芊眠",亦通。《文选》别作"盱眠",字皆从目。③

杨慎从《列子·力命》篇"美哉国乎!郁郁芊芊"④一句来理解诗句"阡眠",可谓找到了诗词含义的滥觞之源。

二 "小说"观念的发展和《列子》的文体学价值

"小说"一词最早见于《庄子·外物》:

> 任公子为大钩巨缁,五十犗以为饵,蹲乎会稽,投竿东海,旦旦而钓,期年不得鱼。已而大鱼食之,牵巨钩錎没而下,骛扬而奋鬐,白波若山,海水震荡,声侔鬼神,惮赫千里。任公子得若鱼,离而腊之,自制河以东,苍梧以北,莫不厌若鱼者。已而后世辁才讽说之徒,皆惊而相告也。夫揭竿累,趣灌渎,守鲵鲋,其于得大鱼难矣;饰小说以干县令,其于大达亦远矣。是以未尝闻任氏之风俗,其不可与经于世亦远矣。⑤

庄子用汪洋恣肆的想象为我们描绘了任公子大钩巨缁钓到了一条庞然大鱼,而后世辁才讽说之徒"揭竿累,趣灌渎,守鲵鲋,其于得大鱼难矣"的故事来说明"饰小说以干县令,其于大达亦远矣"的道理。其时的"小说"并不是以一种文体,而是作为一个名词出现,所指即琐屑的言论。庄子是第一个提出"小说"名称的人,但是最

---

① 丁福保辑:《历代诗话续编》(中),中华书局1983年版,第840页。
② 杨伯峻集释:《列子集释》,中华书局1979年版,第194页。
③ 丁福保辑:《历代诗话续编》(中),中华书局1983年版,第798页。
④ 杨伯峻集释:《列子集释》,中华书局1979年版,第213页。
⑤ 陈鼓应:《庄子今注今译》,中华书局1983年版,第706—707页。

早创作小说的人是早于他的列子。明代冯梦龙（绿天馆主人）在《古今小说叙》中说："史统散而小说兴。始乎周季，盛于唐，而浸淫于宋。韩非、列御寇诸人，小说之祖也。"①虽然文中韩非在列御寇之前，但是实际情况是韩非比列子晚大约200年，所以"小说之祖"这项桂冠列子当之无愧。一般学界在论述古代寓言或者小说发展的时候，多关注《韩非子》与《庄子》二书，一则应是因为《韩非子》有"说林""储说"等专门以"说"为命名的篇章，二则应是因为"《列子》文词逊《庄》之奇肆飘忽，名理逊《庄》之精微深密"②，《庄子》的文学接受和后世影响比《列子》更为广泛和普遍。但是这并不能抹杀《列子》在古代小说史上的地位。《列子》与《庄子》《韩非子》一样，有很多寓言、传说和神话故事。如"疑邻盗斧""薛谭学讴""利令智昏""愚公移山""朝三暮四""杞人忧天"等名篇"工于叙事，娓娓井井"③，完全具备小说的元素。它们有性格鲜明的人物，有曲折完整的情节，也有生动的环境，多角度构成了《列子》的小说因素内核。对于这一点，杨慎每每有所揭橥。

《升庵集》卷六十《子书传记语似诗者》条云：

> "美色不同面，悲音不共声。"《论衡》"片玉可以奇，奚必待盈尺。"（《抱朴子》）"两江珥其市，九桥带其流。"扬雄"生无一日欢，死有万世名。"（《列子》）④

"生无一日欢，死有万世名"一句出自《列子·杨朱》篇"凡彼四圣（指舜、禹、周、孔）者，生无一日之欢，死有万世之名。名者，固非实之所取也"⑤。意思是，这四位圣人生前并没有享受一天的快乐，死后却有流传万代的美名。死后的美名和本人已经没有什么实质上的关系，亦不是实际生活所需，无论称赞抑或是诋毁，奖赏抑或是惩罚，本人都不会知道，那就与树桩土块没有什么差别了。杨慎以子书《列子》发掘诗歌的音韵美感，应该是从《列子》的文学接受中体验到其驳杂和奇幻的"滋味"之美。⑥

《升庵集》卷七十一《九曲珠》条云：

> 《小说》云：孔子得九曲珠，欲穿不得，遇二女教以涂脂于线，使蚁通焉。此与《列子》"两儿辨日事"相似。言圣人亦有所不知也。⑦

---

① 丁锡根：《中国历代小说序跋选》，人民文学出版社1996年版，第773页。
② 钱钟书：《管锥编》，中华书局1986年版，第457—458页。
③ 同上。
④ 杨慎：《升庵集》，文渊阁四库全书本。
⑤ 杨伯峻集释：《列子集释》，中华书局1979年版，第232页。
⑥ 钱钟书：《管锥编》，中华书局1986年版，第457—458页。
⑦ 杨慎：《升庵集》，文渊阁四库全书本。

南朝梁殷芸所撰《殷芸小说》是我国古代第一个以"小说"命名的短篇小说集。里面记载了孔子手拿一颗九曲明珠，想用线穿起来，却未能成功。后来，有位年轻女子教他一个办法：把蜜涂在珠孔的一端，把线拴在蚂蚁腰上，让其从珠孔的另一端爬进，蚂蚁贪吃蜜，闻味而进，可以带线穿过明珠。孔子按照这个办法做，果然成功了。杨慎认为这个故事和《列子·汤问》的两小儿辩日之事有异曲同工之妙①，说明了圣人并非生而知之、无所不知的。这里杨慎把《殷芸小说》和《列子》相提并论，可见亦发现了二者文体相类似的特点。

《升庵集》卷七十一《韵语纪异物》云：

> 余尝爱晋宋人以韵语纪物产，如郭璞《尔雅赞》、《山海经赞》，王微《药草赞》之类，皆质而工，其原出于《逸周书》"火浣布"数语。今汇书于后：火浣之布，入火不灭，布则火色，垢则布色，出火而振之，皎然疑乎雪。《周书》说火浣布。日南出野女，群行不见夫，其状晶且白，遍体无衣襦。②

火浣布指用石棉纤维纺织而成的布。由于其具不燃性，在火中能去污垢，中国早期史书中常称为"火浣布"或"火烷布"。火浣布在《列子·汤问》中有详细的记载："火浣之布，浣之必投于火；布而火色，垢则布色，出火而振之，皓然疑乎雪。"③ 张华《博物志》卷二："《周书》曰：西域献火浣布，昆吾氏献切玉刀，火浣布污则烧之则洁，刀切玉如脂。布，汉世有献者，刀则未闻。"④ 而文中杨慎引用的张华《博物志》《逸周书》、周密《齐东野语》等都是具有博物性质的小说，可见在杨慎的眼里，它们属于同一种文体范畴。

三 列庄并举与浪漫逍遥的文学意象

在进行文学创作的时候，杨慎一般会列庄并举，承继其浪漫逍遥的文学意象。《升庵集》卷四十七《汉书列子纪年》条云：

> 《汉书·律历志》："上元至伐桀之岁，十四万一千四百八十年"。《列子·杨朱》云："伏羲至今三十余万岁。"二说既参差，而《路史》及《外纪》其年代复与二家参差，邵尧夫《皇极数断》以天地始终止十二万八千年，以邵子之言，参之《汉书》《列子》，则天地之始终又两番矣，其孰为是邪？善乎《庄子》之言曰：

---

① 杨伯峻集释：《列子集释》，中华书局1979年版，第168页。
② 杨慎：《升庵集》，文渊阁四库全书本。
③ 杨伯峻集释：《列子集释》，中华书局1979年版，第190页。
④ 范宁：《博物志校证》，中华书局1980年版，第26页。

"六合之外，圣人存而不论"。《汉书》《列子》之言诚荒唐矣！邵子之言，亦安知其的然耶？存而不论可也。①

刘勰《文心雕龙·诸子》说："列御寇之书，气伟而采奇"②，意思是《列子》具有气势磅礴的浪漫主义风格，想象奇特而又富于文采。刘勰还说："若乃汤之问棘，云蚊睫有雷霆之声；惠施对梁王，云蜗角有伏尸之战；列子有移山跨海之谈，淮南有倾天折地之说：此踳驳之类也。是以世疾诸，混洞虚诞。"③ 踳驳的本义是交错驳杂荒唐可笑，即《列子》寓言有匪夷所思的荒诞性。《列子》和"以谬悠之说，荒唐之言，无端崖之辞"为特征的《庄子》一样，"俱有曲致"，"《列子》实为《庄子》所宗本，其辞之诙诡，时或甚于《庄子》"，④ 其比喻，其联想，合乎情理而又出人意料，想出天外，不着边际，因手笔的奇妙和思想的广阔而充满了浪漫主义色彩。

童庆炳《文学理论教程》将意象界定为："审美象征意象是指以表达哲理观念为目的，以象征性或荒诞性为其基本特征的，……达到人类审美理想境界的'表意之象'。它不仅是观念意象的高级形态，也与典型、意境一样，属于艺术至境的高级形象形态之一。"⑤《列子》全书共载故事寓言、神话传说等一百多则，通读《汤问》《周穆王》篇，列子通过离奇的构思而塑造的荒诞而新颖的意象比比皆是。林传甲《中国文学史》一文论述了《列子》的意象之美："即人心营构之象而言，以尽世情之奇变，非造作邪说以诬世也。释典之文，如《圆觉》之深妙，《楞严》之光博，《维摩》之奇肆，皆可属于《列子》之附庸矣。"⑥ 杨慎上面所谓的"荒唐"就是说《列子》一书所呈现的文学意象大都不符合常理人情，使人感到离奇。

如《升庵集》卷一《乐清秋赋》云：

皇天平则成四时兮，窃独乐此清秋。澹吾虑以抚景兮，遁歊威于金䑓。祛赫曦之焰焰兮，追凉飔之飕飕。屏羽扇而箧藏兮，御纨素之轻柔。听琅玕之朝坠兮，玩金波之夕流。桂连蜷于山阿兮，兰猗靡于岩陬。既葳蕤其可怀兮，又芬苾以绸缪。嘉华黍与膏稷兮，获万宝于西畴。繄妇子之欢欣兮，固人足而我优。命一觞而高咏兮，奚必吴歈与秦讴。慕漆园之樊鹦兮，畅逍遥以优游。⑦

"秦讴"的典故出自《列子·汤问》："薛谭学讴于秦青，未穷青之技，自谓尽之，

---

① 杨慎：《升庵集》，文渊阁四库全书本。
② 周振甫：《文心雕龙今译》，中华书局1986年版，第161页。
③ 同上书，第159页。
④ 刘熙载：《艺概·文概》，上海古籍出版社1978年版，第9页。
⑤ 童庆炳：《文学理论教程》，高等教育出版社2004年版，第236页。
⑥ 林传甲：《中国文学史》，陈平原编：《早期北大文学史讲义三种》，北京大学出版社2005年版，第137页。
⑦ 杨慎：《升庵集》，文渊阁四库全书本。

遂辞归。秦青弗止,饯于郊衢,抚节悲歌,声振林木,响遏行云。薛谭乃谢。求反,终身不敢言归。"① 秦青为传说中的古代善歌人物。"斥鷃"的典故出自《庄子·逍遥游》:"穷发之北,有冥海者,天池也。有鱼焉,其广数千里,未有知其修者,其名为鲲。有鸟焉,其名为鹏,背若泰山,翼若垂天之云。抟扶摇羊角而上者九万里,绝云气,负青天,然后图南,且适南冥也。斥鷃笑之曰:'彼且奚适也?我腾跃而上,不过数仞而下,翱翔蓬蒿之间,此亦飞之至也。而彼且奚适也!'"② 鲲是庄子想象的一种大鱼,当它化为鸟就叫鹏。鹏的翅膀若垂天之云,一飞能冲上云霄;而斥鷃只能盘旋低飞在蓬蒿之间。在鲲鹏看来,斥鷃是很可怜的,而庄子认为二者都是逍遥自在,各得其所。在杨慎看来,无论是居庙堂之高还是处江湖之远,都应该抱有达观疏狂的情怀,享受诗酒笑傲的生活,可谓深得列庄安时处顺、哀乐不入的逍遥御风之旨。

又如《升庵集》卷一《蚊赋》:

有物于此,孕于丹鹢,氏于白鸟,育于朱陵,殷于丰草。翾翾以作状,薨薨以成象,昭昭以相避,冥冥以相向。阁阁㭰㭰,据以为营;郁郁彬彬,窃以为名。霡霂昑雨,丰隆混声。贞女弃骼,壮士挫精。公子不知,筮诸灵蓍。灵蓍曰:针之喙,嚼肤之利,利在三宵,群嬉群嚣,醉血不醒,疾毙于掌戟。蓍颂喻寡,征诸玉瓦。玉瓦曰:仙鼠聚粮,萑苇之乡,伏鳖攸戕,利距森张,何彼皇皇,不见肃霜。瓦辞难读,讯诸射覆。射覆大夫曰:烟火其屯,镫烛其喜,焦螟以为巢,蠛蠓以为使。芸瓜而来,零粟而逝,秋风夕起,斯害也已。公子喻矣,是曰蚊理。③

其中焦螟的典故和意象出自《列子·汤问》:"江浦之间生麽虫,其名曰鷦螟。群飞而集于蚊睫,弗相触也;栖宿去来,蚊弗觉也。"④ 杨慎《后蚊赋》云:"谅何力兮,谓尔有睫"⑤,亦出自《列子》此篇,用"鷦巢蚊睫"极言细微。杨慎才华横溢而又狂放不羁,《蚊赋》的写作颇带有诙谐色彩、以文为戏的笔调。尽管自晋傅选的《蚊赋》问世以来,以蚊为表现对象的赋不少,杨慎却另立新意,将重点放在描写蚊虫的嗜血成性上,表现出作者鲜明的刺世之意,表达出作者对社会上那些以谗毁陷害忠良之士为业的吸血虫般的奸佞宵小的愤怒鞭挞和全面揭露,传达出作者被谪穷荒远地期间的不平心态。

又如《升庵集》卷三十有《顾箬溪中丞载酒过滇馆》:

---

① 杨伯峻集释:《列子集释》,中华书局1979年版,第177页。
② 陈鼓应:《庄子今注今译》,中华书局1983年版,第12页。
③ 杨慎:《升庵集》,文渊阁四库全书本。
④ 杨伯峻集释:《列子集释》,中华书局1979年版,第157页。
⑤ 杨慎:《升庵集》,文渊阁四库全书本。

> 钓竿未拂珊瑚树，杯酒重登玳瑁筵。春梦依稀蕉鹿后，晨星寥落雪鸿前。逡巡醉写张颠帖，咫尺忘归范蠡船。①

"蕉鹿"典故见《列子·周穆王》："郑人有薪于野者，遇骇鹿，御而击之，毙之。恐人见之也，遽而藏诸隍中，覆之以蕉，不胜其喜。俄而遗其所藏之处，遂以为梦焉。"② 郑国人在郊野砍柴，遇到一只受伤的鹿跑过来，就把鹿打死。又担心被人看见，就把死鹿藏在沟里，并盖了一些蕉叶伪装。后来他忘记了藏鹿的地方，怎么也找不到那头鹿，无奈只好当作自己做了同样的梦。"雪鸿"典故见苏轼《和子由渑池怀旧》诗："人生到处知何似，应似飞鸿踏雪泥。泥上偶然留指爪，鸿飞那复计东西。"比喻人世无常。在杨慎看来，既然人生如梦，世事如烟，唯有对酒消愁，才可以忘记烦忧。

杨慎词作《山城子·丙戌九日》：

> 客中愁见菊花黄，近重阳，倍凄凉。强欲登高，携酒望吾乡。玉垒青城何处是？山似戟，割愁肠。
> 寒衣未寄早飞霜，落霞光，暮天长，戍角一声，吹起水茫茫。关塞多愁人易老，身健在，且疏狂。③

上阕言岁月不居人易老，白头不归更悲伤。重阳佳节，霜叶黄花，登高怀人之时本来就容易感伤，更那堪客居他乡的冷落清秋时节？满目的青山也利如矛戟，割人愁肠。但是下阕杨慎笔锋一转，勉励自己要以他乡为故乡，要及时行乐，疏狂放达。如此潇洒自然、洒脱豪放的风格在杨慎后期作品中极为多见。

四 贵虚思想

列子的贵虚思想也对杨慎的文学思想产生了重要的影响。《列子·天瑞》中有一段话论述超然的"气"：

> 昔者圣人因阴阳以统天地。夫有形者生于无形，则天地安从生？故曰：有太易，有太初，有太始，有太素。太易者，未见气也；太初者，气之始也；太始者，形之始也；太素者，质之始也。气形质具而未相离，故曰浑沦。浑沦者，言万物相浑沦而未相离也。视之不见，听之不闻，循之不得，故曰易也。易无

---

① 杨慎：《升庵集》，文渊阁四库全书本。
② 杨伯峻集释：《列子集释》，中华书局1979年版，第107页。
③ 王文才辑校：《杨慎词曲集》，四川人民出版社1984年版，第28页。

形埒，易变而为一，一变而为七，七变而为九。九变者，究也，乃复变而为一。一者，形变之始也。清轻者上为天，浊重者下为地，冲和气者为人。故天地含精，万物化生。①

天道、地道、人道皆凝结聚集为气，这是列子气学概念的基本解释和阐释格局。列子也正是怀抱着这样的思想，所以能够"达致不知生死、不知来去、不知坏与不坏的纯粹至境"②。这种"纯粹至境"也就是列子所谓的"虚"，消融了所有差别，也就无所谓轻重贵贱等概念。

列子多次提到"虚"一词。

《列子·天瑞》篇云：

或谓子列子曰："子奚贵虚？"列子曰："虚者无贵也。"子列子曰："非其名也。莫如静，莫如虚。静也虚也，得其居矣；取也与也，失其所矣。"③

《列子·黄帝》篇云：

乘空如履实，寝虚若处床。云雾不硋其视，雷霆不乱其听，美恶不滑其心。④

《列子·杨朱》篇云：

生民之不得休息，为四事故：一为寿，二为名，三为位，四为货。有此四者，畏鬼，畏人，畏威，畏刑，此谓之遁民也。可杀可活，制命在外。不逆命，何羡寿？不矜贵，何羡名？不要势，何羡位？不贪富，何羡货？此之谓顺民也。天下无对，制命在内，故语有之曰："人不婚宦，情欲失半；人不衣食，君臣道息。"⑤

关于列子的学说，刘向认为："其学本于黄帝老子，号曰道家。道家者，秉要执本，清虚无为，及其治身接物，务崇不竞，合于六经。"《尔雅·释诂》邢昺《疏》引《尸子·广泽》篇及《吕氏春秋·不二》说："子列子贵虚。"张湛《列子注》认为："其书大略明群有以至虚为宗，万品以终灭为验，神惠以凝寂常全，想念以著物为丧，生觉与化梦等情。巨细不限一域；穷达无假智力，治身贵于肆任；顺性则所之皆适，

---

① 杨伯峻集释：《列子集释》，中华书局1979年版，第5—8页。
② 夏静：《文气话语形态研究》，商务印书馆2014年版，第49页。
③ 杨伯峻集释：《列子集释》，中华书局1979年版，第28—29页。
④ 同上书，第42页。
⑤ 同上书，第235—236页。

水火可蹈。忘怀则无幽不照，此其旨也。"① 虚者，谓去其扰万绪，纷然百虑，而使胸中一片澄澈空明，如皓月之千里，如塘水之清鉴；静者调心不驰物，物不溺心，敛首低眉，神闲气定，泰山崩于前而色不变，麋鹿兴于左而目不瞬。唯虚唯静，乃能涵摄万有，烛照物类；人能虚空自己，则悟道愈深。所谓贵虚，其目的就是驱除内心的杂念，忘记了功利的考虑，"雷霆不乱其听，美恶不滑其心"，唯求"自然而已"，忘怀利害得失而静守本心。唯有清静与虚无才能忘形骸，虚物我，一荣辱，齐生死，泯是非，任天真于智虑之表，超情思任自然于得失之源。《列子》所推崇的所谓"真人""至人"，其实就是由虚静进入齐一状态进而达至自然的体道得道者。与看重人的社会属性、带有强烈政治色彩的儒家思想相比，列庄哲学则强调人的自然本性，关怀人的生命和精神。

杨慎《升庵集》卷七十三《梦说》条：

> 释氏经曰：梦有四，一曰四大偏增，二曰旧识寻游，三曰吉凶先兆，四曰无明熏习。熏习字最妙，今本作重习，非也。《草木子》曰："梦之大端二，想也，因也。想以目见，因以类感，举世皆梦也。"梦，梦也，不梦，亦梦也。梦乎梦，不梦乎不梦。是故得失，蕉鹿也；物我，蝴蝶也；荣枯，黄粱也；情感，巫峡也。②

杨慎认为梦就是非梦，不梦其实也是梦，如同列子蕉鹿之梦幻，如同庄周蝴蝶之幻变，可谓领会了列庄齐大小、有无、美丑、是非、荣辱、死生、贵贱、寿夭等种种位于相对两极的价值观念。

杨慎《丹铅余录》卷十三云：

> 宠辱若惊：言宠即辱也，惊宠是惊辱也。贵大患若身：言身即大患也，贵身是贵患也。惊宠与辱同，则无辱矣。贵身与患同，则无患矣。何谓宠辱？宠非宠也，实乃辱也。分宠与辱，妄见也；以宠为辱，真见也。宠为下，言福兮祸所伏也。……失之若惊，惊而悲也，悲其忽然胡为而去也，不知天去其辱矣，是为宠辱若惊。③

我们可以从中觅到列庄齐万物、一死生的贵虚思想。由于受到列庄贵虚非功利文学观的影响，杨慎非常重视文学之审美功能，《升庵集》卷五十二《论文》云：

> 论文或尚繁，或尚简。予曰：繁非也，简非也，不繁不简亦非也。或尚难，

---

① 杨伯峻集释：《列子集释》，中华书局1979年版，第279页。
② 杨慎：《升庵集》，文渊阁四库全书本。
③ 杨慎：《丹铅余录》，文渊阁四库全书本。

或尚易，予曰：难非也，易非也，不难不易亦非也。繁有美恶，简有美恶；难有美恶，易有美恶。惟求其美而已。故博者能繁，命之曰"该赡"，左氏、相如是也，而清客者顷刻能千言；精者能简，命之曰"要约"，公羊、榖梁是也，而曳白者终日无一字；奇者工于难，命之曰"复奥"，庄周、御寇是也，而郇谟、刘辉亦诡而晦。辨者工于易，张仪、苏秦是也，而张打油、胡钉铰亦浅而露。论文者当辨其美恶，而不当以繁简难易也。①

杨慎认为丰赡是一种美，要约也是一种美；汪洋恣肆是一种美，纵横捭阖也是一种美；繁复古奥是一种美，浅显直露也是一种美。文学没有别的功利性目的，就是"惟求其美而已"，文风的繁简多寡和文思的难易迟缓都不是观照和评价文学的核心标准，论文者当以文学自身的美恶作为标准，才能"工致天然"②"质任自然"③。这些观点和《列子》的贵虚自然有着一脉相承的关系。

---

① 杨慎：《升庵集》，文渊阁四库全书本。
② 丁福保辑：《历代诗话续编》（中），中华书局1983年版，第743页。
③ 杨慎：《丹铅总录》，文渊阁四库全书本。

"社会"与"人生"的纠葛：沈雁冰"社会民族的人生"文论话语

康建伟[*]

（甘肃政法大学文学与新闻传播学院　甘肃兰州　730070）

摘　要：沈雁冰将周作人提出的"为人生的文学"理解为"一社会一民族的人生"，这"人生"渐次为"社会"所置换，最后走向"为革命"。这一走向背后主要是沈雁冰效仿宗教人道主义的俄罗斯文学，尤其推崇在基督教人道之爱基础上大力提倡平民艺术的托尔斯泰，不过沈雁冰对人道之爱的理解恰恰是筛除了其中浓厚的宗教情怀，通过对外向的博爱维度的推举，走向民族国家之爱。

关键词：社会；人生；文学研究会；俄罗斯

"为人生"文论话语的历史轨迹，呈现出两种倾向：一是周作人式的"为人生"，即"浑然的人生的艺术"；二是沈雁冰、郑振铎式的"为人生"，即"社会性"的"人生派"。[①] 这种两歧性倾向也是五四思想两歧性倾向的具体呈现。有学者早已指出五四思想存在着两歧性倾向："世界主义与民族主义，伴着理想主义与浪漫主义、怀疑精神与宗教精神、个人主义与群体意识，都在那里回旋激荡，造成五光十色，扑朔迷离的思想气氛。"[②] 周作人式的"为人生"文学观念是其"个人主义的人间本位主义"在文学上的投射。沈雁冰、郑振铎式的"为人生"的文学观则带有更为强烈的功利色彩和时代特色。"为人生"本是周作人为抵制晚清"文学救国论"这一功利性的文学功能论而提出的，在文学研究会沈雁冰等人的笔下反倒成为艺术功利性的代名词。

一　"为人生的文学"理论行程之文学研究会

1920 年 1 月，周作人在北平少年中国学会的讲演《新文学的要求》中，正式提出

---

[*] 作者简介：康建伟（1980— ），甘肃会宁人，文学博士，甘肃政法大学文学与新闻传播学院，从事文艺学研究。

基金项目：2019 年甘肃省哲学社会科学规划项目"现代人生文论话语的观念史研究"（项目编号：19YB095）。

① 王嘉良：《现代中国文学思潮史论》，上海文艺出版社 2011 年版，第 171—172 页。
② 张灏：《幽暗意识与民主传统》，新星出版社 2006 年版，第 223—224 页。

"人生的文学"。虽然在此之前，我们可以从梁启超、王国维以及早期周氏兄弟的相关论述中找到相关痕迹，但其尚未作为一个明确的表述得以呈现。周作人"人的文学"通常被认为是"为人生的艺术"的理论依据，① 就在同一个月，文学研究会在北京中山公园来今雨轩正式成立，周作人执笔的《文学研究会宣言》强调文学"是于人生很切要的一种工作"。② 这一论述并非《宣言》重心所在，在流传中却被强化而成为文学研究会的标签。据沈雁冰回忆，文学研究会的这种态度，"在当时是被理解作文学应该反映社会的现象，表现并且讨论一些有关人生一般的问题"③。很多研究者也以此文作为文学研究会提倡"为人生"的直接佐证，而将文学研究会命名为"为人生派"。

经过沈雁冰、郑振铎等理论旗手的大力宣扬，文学研究会有了大致趋同的理论表述：沈雁冰的"表现人生指导人生""民族的文学""国民性的文学"；郑振铎的"血和泪的文学"④；耿济之"人生的艺术——文学"；⑤ 胡愈之"注重人生描写"的"为人生之艺术"；⑥ 冰心"发挥个性，表现自己'真'的文学"；⑦ 李之常"革命的自然主义的文学"⑧ ……诸多观点，虽然不尽相同，甚至互有抵牾，但主导倾向都是对"社会""人生"的关注，对写实风格的提倡，各方的主张在这种主导倾向下达到了一种结构性的平衡。然而，好景不长，1922年周作人"人生的文学"立场发生转向，开始营建"自己的花园"，这种平衡即被打破。几乎同时，一批受周作人影响的学者也开始转向，1922年底1923年初朱自清在写给俞平伯的书信中，首次明确宣示了他的"刹那主义"，⑨ 转而接受沃尔特·佩特的唯美主义，推崇为艺术而艺术。俞平伯也渐趋古典，倡言"矛盾"、"没奈何"和"毁灭"的唯美颓废人生观。⑩

从社团组织的角度而言，文学研究会虽然设定了章程、制度，希冀成为全国"著作者的协会"，但究其实质是一个颇为松散的社团，并无严格的约束。正因如此，大批作家、文学研究者得以聚拢，但也由于这个原因，文学研究会成员倾向于成立更趋细分的社团学会。⑪ 这种细分从组织上弱化了文学研究会的核心凝聚力，更为重要的是在

---

① 苏兴良：《文学研究会》，贾植芳：《中国现代文学社团流派》，江苏教育出版社1989年版，第56页。
② 《文学研究会宣言》，《小说月报》1921年1月10日第12卷第1号。
③ 沈雁冰：《中国新文学大系·小说一集·导言》，《中国新文学大系导论集》，上海书店1982年影印本，第87页。
④ 西谛：《血和泪的文学》，《文学旬刊》1921年第6期。
⑤ 耿济之：《前夜·序》，商务印书馆1921年版。
⑥ 胡愈之：《近代文学上的写实主义》，《东方杂志》第17卷第1号。
⑦ 冰心：《文艺丛谈（二）》，《小说月报》1921年4月10日第12卷第4号。
⑧ 李之常：《支配社会底文学论》，《文学旬刊》1922年第35期。
⑨ 俞平伯：《读〈毁灭〉》，《俞平伯散文杂论编》，上海古籍出版社1990年版，第45页。
⑩ 解志熙：《美的偏至：中国现代唯美——颓废主义文学思潮研究》，上海文艺出版社1997年版，第107—114页。
⑪ 1923年1月朴社正式成立，发起人共十人：郑振铎、顾颉刚、王伯祥、叶圣陶、周予同、沈雁冰、胡愈之、谢六逸、陈达夫、常燕生，由顾颉刚任会计。前八位是文学研究会成员，后两位陈达夫、常燕生是叶圣陶在上海中国公学中学部时的同事。1925年3月12日上海江湾立达学园组织的立达学会成立，文学研究会主要成员夏丏尊、叶圣陶、郑振铎、朱自清、胡愈之、周建人、丰子恺、周予同、王伯祥、徐调孚等人均系该会成员，并是该会刊物《立达季刊》和《一般》的经常撰稿人。同时，文学研究会成员开始脱离社团，自立门户。1923年3月新月社在北京成立，文学研究会成员徐志摩等人参加。鲁迅、周作人等人也于1924年11月17日组织成立语丝社。

观念认同上出现了弱化乃至偏差。

这种转型鲜明地体现在文学研究会机关刊物的改弦易帜上。1925年5月10日,作为文学研究会机关刊物的《文学》周刊第172期出版,正式改名为《文学周报》,① 完全脱离《时事新报》独立发行,在《今后的本刊》中,编者声称以前的本刊是专致力于文学的,现在却要更论及其他诸事。从前的本刊是略偏于研究文字的,现在却更要与睡梦的、迷路的民众争斗。此后,《文学周报》由较为纯粹的文学研究转向政论性的时政刊物,开始关注文学以外的其他诸事,文学研究会机关刊物的这种自我定位,已由个别理论家的倡导变为组织宣言,标志着文学研究会主导话语的整体转型,也标志着在"为人生而艺术"的理论行程中,以文学研究会为代表的社团规模的集中倡导不再出现,至此告一段落。

二 "社会"与"人生"的话语纠葛：沈雁冰"社会民族的人生"

我们以沈雁冰在20世纪20年代早期的几篇核心文献来具体分析一下他对"为人生"文论话语的理解。在《现在文学家的责任是什么？》一文中,沈雁冰极力宣传"为人生的文学",他认为："文学是为表现人生而作的。文学家所欲表现的人生,决不是一人一家的人生,乃是一社会一民族的人生。"② 不同于周作人笔下"人生的文学"淡化国家、民族、种族等共同体,直接促使个人主义与人类主义统一,沈雁冰笔下的人生,趋向社会、民族这些共同体,呈现为集体主义的人生。

《新旧文学平议之评议》认为"新文学就是进化的文学。进化的文学有三件要素：一是普遍的性质；二是有表现人生指导人生的能力；三是为平民的非为一般特殊阶级的人的"。③ 分析这三要素,第一、三条沿袭周作人《平民的文学》的基本观点。周作人1919年发表的《平民的文学》倾向平民的文学,以"普遍与真挚"区分贵族的与平民的文学,但到1922年《贵族的与平民的》一文已不再坚持平民的文学。除此之外,"阶级"一词的出现,也暗含了时代思潮的转换与沈雁冰个人思想的动向。第二条最为显著的特征是在"表现人生"之外加上了"指导人生",在周作人那里,多呈现为"描写人生",主要通过集中的呈现暗含作者的观点,启蒙、指导之意并未直接形诸文字,而在沈雁冰这里,则直接表达为"指导人生",这种民众启蒙者、思想领路者的自我角色定位是非常明确的。同时,他强调新文学唯其是为平民的,所以要有人道主义的精神。将平民与人道主义作为前因后果,分析其间的因果关系,沈雁冰对人道主义的理

---

① 文学研究会的机关刊物初名《文学旬刊》,1921年5月10日创刊,1923年7月第81期变为周刊,改名《文学》,1925年5月第172期改名《文学周报》,按期分卷独立发行,1929年12月第9卷第5期休刊,前后8年共出了380期。
② 沈雁冰：《现在文学家的责任是什么？》,《东方杂志》1920年1月10日第17卷第1号。
③ 沈雁冰：《新旧文学平议之评议》,《小说月报》1920年1月25日第11卷第1号。

解更加倾向于利他、慈善、博爱主义。

在《文学和人的关系及古来对于文学者身份的误认》中，沈雁冰以个性、社会、国家和民众为标准，设想了一个文学发展的进化层级：

（太古）　　　（中世）　　　（现代）
个人的——帝王贵胄的——民众的

值得注意的是，沈雁冰用"民众"一词来代替"人类"，并认为这种置换是当时的一种普遍现象。据作者回忆，"这里的民众一词不须解释，'全人类'一词太模糊，但'人类'一词在当时习惯上是指全世界的民众"。① 这种置换，以相似性掩盖了"民众"与"人类"的差别。"民众"强调的是一种群体性特征，集体主义意味明显，而且这种集体主义随时都会呈现出阶级的倾向，当使用"人类"一词时，则会强调与国族相对的世界范畴内人的共同体，以及与动物、神性相对的界别层面归属性。"民众"代替"人类"这种差别将一笔勾销，而且无意间也置换了周作人文本中的含义。沈雁冰认为："人的文学——真的文学，才是世界语言文字未能划一以前底一国文字的文学。"沈雁冰按进化的序列，设想了文字统一之后会形成一种世界的文学，然而在这种文学到来之前，以语言差别为外在标志的国家文学，就是"人的文学——真的文学。［……］在我们中国现在哪，文学家的大责任便是创造并确立中国的国民文学"②。周作人刻意淡化的国家、民族层面，在沈雁冰这里得到强化，周作人使用"人类"时强调其区别于动物性、神性的人性属性，沈雁冰将"人类"理解为"全世界的民众"，侧重的是群、力的特征，暗含了一种"多数"与"力量"可能。后来到了提倡无产阶级文艺时，则将这种"民众"具体转变成"下层民众"，由暗含集体主义意味的表述直接转化成阶级的代名词。

直到 1921 年，将"为"与"人生"组成固定搭配的"为人生"，才开始在沈雁冰笔下集中出现，1 月 10 日的《小说月报》，刊载了沈雁冰执笔的《〈小说月报〉改革宣言》，宣称"对于为艺术的艺术与为人生的艺术，两无所袒，必将忠实介绍，以为研究之材料"③。第一出现便刻意避免偏向性，而强调一种持中公允的态度。2 月 10 日《新文学研究者的责任与努力》中写道："虽则现在对于'艺术为艺术呢，艺术为人生'的问题尚没有完全解决，然而以文学为纯艺术的艺术我们应是不承认的。"沈雁冰在这里虽然没有鲜明地表达对"为人生的艺术"的支持，但明确地表达了对"艺术为艺术"观念的反对，并批评了这一派的代表人物王尔德。文学研究会被称为"为人生派"，也正是在论战中逐渐被命名的。

1922 年 8 月，沈雁冰在松江第一次暑期学术演讲会上的演讲《文学与人生》中，阐述"文学与人生的关系"，其使用的理论资源主要是丹纳的种族、时代、环境三要素论，只不过代之以人种、环境、时代，同时增加作家的人格。此演讲中沈雁冰将"文

---

① 沈雁冰：《我所走过的道路》（上），人民文学出版社 1997 年版，第 182 页。
② 沈雁冰：《文学和人的关系及古来对于文学者身份的误认》，《小说月报》1921 年 1 月 10 日第 12 卷第 1 号。
③ 沈雁冰：《〈小说月报〉改革宣言》，《小说月报》1921 年 1 月 10 日第 12 卷第 1 号。

学是人生的（Reflection）"，解释为"人们怎样生活，社会怎样情形，文学就把那种种反映出来"，因此，可以说"文学的背景是社会的"，沈雁冰将"社会"默认为"人生"，或将"人生"称为"社会"，在他眼里"人生"与"社会"几乎可以画上等号。①而在1922年《文学与政治社会》中，通过批评艺术独立，列举俄国、匈牙利、挪威、波希米亚、保加利亚等国文学例子，说明在革命的大环境下，文学作品会自然而然地成为社会的政治的。②1923年《"大转变时期"何时来呢？》热情呼吁国内文坛大转变时期的到来，希望文学能够担当唤醒民众而给他们力量的重大责任，比起"指导人生，改造社会"的提倡，已由文学功利论渐见革命色彩。③

从对人生倾向社会民族层面的理解，到将人生等同于社会，再到革命色彩的渐趋浓烈，伴随着文学研究会社团的逐渐分化，机关刊物《文学》的改弦易辙，作为文学研究会理论旗手的沈雁冰开始转型，走向了人生的革命化维度，倡导无产阶级艺术。1925年5月10日，沈雁冰的长篇论文《论无产阶级艺术》开始在《文学周报》连载，用"无产阶级艺术"来充实和修正"为人生的艺术"的观点，初步表达了作者的无产阶级的文学主张。随着"五卅"运动和国民革命的兴起，"为人生"文学观念开始被冠以个人主义、人道主义、观念论的标签受到各方的否定，"为人生"开始逐渐趋向"为革命"。1928年无产阶级革命文学的倡导，马克思主义取代了资产阶级个人主义和人道主义思想的主流地位，完成了从"为人生"到"为革命"的转化。

在"为人生"文论话语的理论行程中，以沈雁冰、郑振铎为理论旗手的文学研究会，对这一文学观念做出了新的阐述。周作人注重灵肉一致、个类统一，带有世界主义、人类主义倾向的"人生"，在沈雁冰这里逐渐等同于更为关注外在倾向的、带有阶级性的"人生"，"民众"代替了"人类"，"人生"置换为"社会"，"为人生"混同于"为社会"，最后在"革命"这一时代话语的冲击下，走向了"为革命"的浪潮。对"文以载道"的反对，变成了在"文以载道"的思维模式下以新的"社会民族"之"道"代替了传统之"道"，正在这个意义上，司马长风将其评价为"以反载道始，以载道终"。④

三 人道之爱：沈雁冰"为人生"文论话语的俄罗斯资源

长期的帝制统治使中国革命者对俄国前辈的经历感同身受，十月革命的胜利，又使这种亲近感变得似乎不再遥不可及。在世界民族文学之林中，浸渗着血泪、厚重而

---

① 沈雁冰：《文学与人生》，最初发表于1923年出版的松江《学术演讲录》第一期。收入《茅盾全集·中国文论一集》，人民文学出版社1989年版，第268—273页。
② 沈雁冰：《文学与政治社会》，《小说月报》1922年9月10日第13卷第9号。
③ 沈雁冰：《"大转变时期"何时来呢？》，《文学周报》1923年12月31日。
④ 司马长风：《中国新文学史·导言》，香港：昭明出版社有限公司1980年版，第4页。

深沉的俄罗斯文学一经译介到中国,便引起苦苦摸索的中国作家的共鸣,引为知音,早期共产党人瞿秋白在为《俄罗斯名家小说集》所写序言中便清晰地表达了这样的认识。① 多年之后,晚年沈雁冰回忆起刚接触俄国文学时的情形,犹记得那份震惊与欣喜:"恐怕也有不少像我这样,从魏晋小品、齐梁词赋的梦游世界里伸出头来。睁圆了眼睛大吃一惊的,是读到了苦苦追求人生意义的俄罗斯文学。"② 受《新青年》的影响,沈雁冰从1919年起便开始注意俄国文学,主编《小说月报》期间,推出两期专号:"被损害民族的文学"和"俄国文学研究"。③ 1921年9月第12卷号外"俄国文学研究"作为第一个国别文学研究和翻译的专号,译者之多,范围之广,都堪称大手笔,除俄国文学本身的艺术魅力、时代需要之外,沈雁冰个人的好恶也不失为一个重要的原因。

五四时期沈雁冰着重译介推崇的文学思想主要有三:一是俄罗斯文学,二是以左拉为代表的自然主义,三是新浪漫主义,以罗曼·罗兰的新理想主义为代表。对自然主义的提倡主要强调真实性,以此来克服新文学存在的不重科学观察、主观臆想的弊端。沈雁冰将当时现代主义的先锋思潮命名为新浪漫主义,对新浪漫主义的提倡,则是对世界文学发展趋向的主动回应,希冀中国文学能够了解并借鉴世界文学发展的最新观念,然而,这只能是心向往之,先锋实验文学与中国现实格格不入,在商务印书馆胡适对他的一番规劝,也促使他转变观念,不再提倡新浪漫主义。将上述三种文学思想纳入沈雁冰"表现人生,指导人生"的"为人生"文论话语体系中考察,"表现"需讲究叙事策略,凸显真实性、科学实证的自然主义刻画,以及对先锋、实验的新浪漫主义文学技巧的探索,有助于实现对"人生"的有力"表现",因此,自然主义与新浪漫主义倾向于"表现人生"层面。"指导"则强调自上而下,我"启"你"蒙"式的理论阐释或榜样示范,而国情上的相似、发生革命时间较近的俄罗斯,备受注目。在对俄罗斯民族苦难史反思基础上形成经验总结,移植到中国,借以达到对人生指导的目的。正如有研究者指出"'表现人生'是基石,'指导人生'为旨归"。④ 所以比较而

---

① 瞿秋白在1920年就已注意到了这种情形,他分析道:"俄罗斯文学的研究在中国却已似极一时之盛。何以故呢?最主要的原因,就是:俄国布尔塞维克的赤色革命在政治上,经济上,社会上生出极大的变动,掀天动地,使全世界的思想都受它的影响。大家要追溯它的远因,考察它的文化,所以不知不觉全世界的视线都集于俄国,都集于俄国的文学;而在中国这样黑暗悲惨的社会里,人都想在生活的现状里另辟一条新道路,听着俄国旧社会崩裂的声浪,真是空谷足音,不由得不动心。因此大家都要来讨论研究俄国。于是俄国文学就成了中国文学家的目标。"[瞿秋白:《俄罗斯名家小说集(第一集)·序》,新中国杂志社1920年版]

② 茅盾:《契诃夫的世界意义》,《世界文学》1960年第1期。

③ 《俄国文学研究》专号共分为三栏:论文、译丛、附录,"论文"20篇,有耿济之译的俄国沙洛维甫的《十九世纪俄国文学背景》,陈望道译的日本升曙梦的《近代俄罗斯文学底主潮》,沈泽民译的俄国克鲁泡特金著的《俄国的批评文学》和英国拉哀脱著的《俄国的农民歌》,夏丏尊译的日本白鸟省吾著的《俄国底诗坛》和日本西川勉著的《俄国底童话文学》与俄国克鲁泡特金著的《阿蒲罗摩主义》,周建人译的英国约翰·科尔诺著的《菲陀尔·梭罗古勃》,沈雁冰的《近代俄国文学家三十人合传》等;"译丛"29篇,有托尔斯泰、高尔基、契诃夫、果戈理、屠格涅夫、陀思妥耶夫斯基、安德列夫、库普林、普希金等人的作品;"附录"4篇:周作人的《文学上的俄国与中国》、沈泽民的《克鲁泡特金的俄国文学论》和《布兰兑斯的俄国印象记》、明心的《俄国文艺家录》。

④ 翟耀:《茅盾的文学思想与俄国批评现实主义文学》,《文史哲》1992年第1期。

言倾向价值判断的"指导人生"比之注重叙事策略的"表现人生"更为重要,自然主义和新浪漫主义没有俄国文学那般更加符合中国国情,如果以"为人生而艺术"概括沈雁冰早期文学观的主要特征,那么俄国文学便是这一文学观的重要来源。

对俄国文学的总体特征,鲁迅在 20 世纪 30 年代概括为"为人生":"从尼古拉斯二世时候以来,就是'为人生'的,无论它的主意是在探究,或在解决,或者堕入神秘,沦于颓唐。而其主流还是一个:为人生。"① 1920 年周作人在《文学上的俄国与中国》中也指出:"中国的特别国情与西欧稍异,与俄国却多有相同的地方,所以我们相信中国将来的新兴文学当然的又自然的也是社会的、人生的文学。"② 这篇文章影响颇大,时人论述俄国文学时被反复引用。除此之外,瞿秋白、郑振铎、③ 王统照、④ 耿济之⑤等都表达了相同的观点,可以说,在人们的眼中,俄国文学几乎和"为人生"画上等号。19 世纪俄罗斯文学中的人道主义,有学者称为"理性——宗教人道主义",⑥ 认为对现实的批判更多地诉诸理性,对未来的憧憬更多地诉诸上帝,主体还是理性占据主导地位。

就沈雁冰对俄国文学的接受来看,我们会发现他对文学的阅读带有强烈的现实针对性,在译介西方文学作品时始终坚持一种比较、评判的态度,而选择的标准便是是否有益于中国救亡图存的现实需要。他比较易卜生和托尔斯泰,便认为前者"多言中等社会之腐败",而后者"则言其全体也",从而在反映社会人生的广度和深度上,形成俄国文学优于欧洲其他国家文学的印象。⑦ 将这种印象推而广之,较之英、法文学,俄国文学"沉痛恳挚,于人生之究竟,看得较为透彻"。⑧

---

① 鲁迅:《〈竖琴〉前记》,《鲁迅全集》第 4 卷,人民文学出版社 2005 年版,第 443 页。早在 1910 年胡愈之介绍屠格涅夫时,就强调俄国文学的人生层面:"托尔斯泰以道德来解释人生,陀斯妥耶夫斯基以宗教来解释人生,屠格涅夫以艺术来解释人生。"(愈之:《杜介涅夫》,《东方杂志》1910 年第 4 号。)王统照认为俄罗斯文学"描写人生的苦痛,直到了极深秘处,几乎为全世界呼出苦痛的喊声来"(王统照:《俄罗斯文学片面》,《曙光》1921 年第 3 号,田仲济主编:《王统照文集》第 6 卷,山东人民出版社 1982 年版)。
② 周作人:《文学上的俄国与中国》,钟叔河编订:《周作人散文全集》,广西师范大学出版社 2009 年版,第 263 页。原载《晨报》1920 年 11 月 15、16 日。这篇文章最早是 1920 年 11 月 8 日周作人在北京师范大学做的演讲,13 日在北京协和医学校再次讲演。随后刊载于 1920 年 11 月 15、16 日《晨报副刊》,11 月 19 日《民国日报》副刊《觉悟》,1921 年元旦《新青年》,1921 年 5 月《小说月报》的《俄国文学研究专号》。
③ 1920 年 3 月 2 日,耿匡、沈颖等翻译的《俄罗斯名家短篇小说集》第一集由北京新中国杂志社出版。郑振铎为此书作序:"俄罗斯的文学是人的文学,是切于人生关系的文学,是人类的个性表现的文学……""俄罗斯的文学是平民的文学。"同年 6 月 1 日出版的《新学报》上,他又发表了《俄罗斯文学底特质与其略史》,肯定 19 世纪后的俄国文学是"多讨论社会问题、人生问题的文学",富有人道和平民精神。1923 年他更是撰写了我国第一部《俄国文学史略》,专章介绍了俄国革命民主主义文学理论。
④ 王统照:"文学不外人生的背影,所以大致说来,如德国的文学,偏于严重,法国的文学,趣于活泼,意大利文学优雅。而俄罗斯文学则幽深暗淡,描写人生的苦痛,直到了极深秘处,几乎为全世界呼出苦痛的喊声来。"(王统照:《俄罗斯文学的片面》,《曙光》1921 年第 3 卷第 3 号)
⑤ 耿济之:《俄国四大文学家合传》,商务印书馆 1925 年版,第 2 页。
⑥ 雷永生:《东西文化碰撞中的人:东正教与俄罗斯人道主义》,华夏出版社 2007 年版,第 41 页。
⑦ 沈雁冰:《托尔斯泰与今日之俄罗斯》,《学生杂志》第 6 卷第 4—6 号。
⑧ 同上。

沈雁冰在1920年将俄国近代文学的特色概括为："平民的呼声和人道主义的鼓吹。"① 对俄国文学的这一概括，在此之前李大钊也有论述。1917年李大钊在《俄罗斯革命之远因近因》中就认为，俄国二月革命的远因之一便是革命文学的鼓吹，俄国文学的特质是人道主义之文学。② 1918年的《俄罗斯文学与革命》认为俄国文学的特质，一为社会的色彩之浓，一为人道主义之发达。③ 李大钊对俄罗斯文学特征的归纳主要是从革命的视域来审视，将其看作俄国革命的思想动力之一，沈雁冰坚持了这一观点。

就"平民的呼声"而言，沈雁冰认为普希金的《黑桃皇后》标示着俄国浪漫主义的结束，而果戈理的《外套》则代表写实主义的开端，并分析《外套》的特色是描写贫人苦况、官僚妄作威福、贫弱者对强暴者的报复，这都是以前文学作品中不曾出现的。沈雁冰虽然1920年即已加入上海共产主义小组，但他的文学观念相对政治观点而言，并没有马上转向激进，直到1925年《论无产阶级艺术》才开始接受革命文学的观点。对《外套》的分析，也没有直接出现阶级斗争的论述，但是沈雁冰对这篇小说的解读明显侧重于贫富对立、贫弱者对强暴者的报复。小人物的辛酸，官员的跋扈，以及九等文官悒郁而终后仍不忘抢下警察署长的外套，这种行径，虽然不免凄凉悲苦，但毕竟也是一种报复，尽管是一种弱者的报复。这样一种解读，体现了沈雁冰对俄罗斯文学描写平民人生层面的看重。

就"人道主义的鼓吹"而言，沈雁冰认为同样是对底层社会的描写，狄更斯"缺乏真挚浓厚的感情"，莫泊桑也是"悲惨有余，惋叹不足"，屠格涅夫、托尔斯泰的作品则"如同亲听污泥里人说的话一般"。比较法国文学与俄国文学，法国文学"带着股杀气，有拔剑相斗，誓死报复的神气"，俄国文学则"带着股慈气，[……]用柔顺无抵抗的态度来搏取读者的同情"，"一个使人怒，使人愤"，一个"使人泪，使人悔悟"。④ 在沈雁冰的理解中，法国文学浪漫主义的抒发走向了极端主义的杀戮戾气、以暴制暴的报复循环，而俄国文学则以不抵抗主义将暴力渐渐消弭于宽厚博爱之中，最终达到爱的和解。

尤其需要注意的是，沈雁冰将写实主义与人道主义做趋同性的理解，认为"写实主义的开端，也就是人道主义的文学的开端"，沈雁冰笔下的写实主义，是通过对平民生活的真实刻画，从而描摹出他们悲苦挣扎的生存现状，引起读者的怜悯与关怀，产生出利他、博爱的人道主义同情。因此，俄国文学体现出的人道主义情怀是一种呈现出外倾型的利他主义、博爱主义维度。沈雁冰介绍托尔斯泰的《艺术论》一书，认为其代表托尔斯泰利他主义的极度，而托尔斯泰见识高远、襟怀坦白都可称为"近代第

---

① 沈雁冰：《俄国近代文学杂谭》（上），《小说月报》1920年1月10日第11卷第1号。
② 中国李大钊研究会编著：《李大钊全集》第2卷，人民出版社1999年版，第538—542页。
③ 李大钊：《俄罗斯文学与革命》，中国李大钊研究会编著：《李大钊文集》第2卷，人民出版社1999年版，第224—231页。
④ 沈雁冰：《俄国近代文学杂谭》（上），《小说月报》1920年1月10日第11卷第1号。

一人也"。① 这种利他主义、博爱主义的人道主义本身就包含着服务社会乃至走向革命的可能性，沈雁冰分析为从主观上的关爱与怜惜，产生改良生活的愿望，俄国近代文学具有这种社会革命的观念。在这个意义上，我们看到了后来被屡屡提及的、被视为现实主义形象化表述的"秦镜""禹鼎"之喻："实在是民族的'秦镜'，人生的'禹鼎'，不但要表现人生，而且要有用于人生。"②

"平民的呼声和人道主义的鼓吹"——俄罗斯文学的这一特点在托尔斯泰身上表现明显，或者说沈雁冰就是从对托尔斯泰的阅读中认同对俄国文学这一概括的。托尔斯泰在当时中国声望显赫，耿济之称之为"俄国的国魂"，③ 沈雁冰奉托尔斯泰为俄国第一个文学家，如果说俄国文坛群峰竞秀，众星云集，那么托尔斯泰当之无愧为俄国文坛的最高峰，其他文豪则环峙其侧。当《幻灭》发表后，沈雁冰明确表示自己喜欢左拉，也曾经大力鼓吹左拉的自然主义，可是当自己进行创作的时候，却是更加接近于托尔斯泰。④ 以上推崇，并非个人偏嗜，而是与当时对俄国文学译介情况一致。⑤ 沈雁冰将托尔斯泰作品划分为三期，以体裁而论，第一期追忆前事，偏重于感情主义（Sentimentism），第二期描写观察，近于写实主义（Realism），第三期描写人生，多用故事体和寓意体。从格调而言，第一期轻倩缠绵，第二期苍凉雄浑，第三期则满满都是人道主义，无抵抗主义，其特色一是平民的文学，一是"人犯罪恶，而读者不恨其人之作恶，及悯其因而灵魂堕落"。⑥ 并没有对恶行简单否定，而是追究作恶背后的灵魂堕落，并表之以怜悯同情。

伯林认为托尔斯泰具有"提出过分简单但根本、他自己又无法回答的问题的习惯，［……］提出的问题，古来没有答案、未来似乎也可能不会有答案"。⑦ 托尔斯泰没有在覃思冥想中营构自己的理论大厦，也没有在片面深刻的自足中推出某种让人侧目的一家之言，而是以自己浓烈的生命关怀投入土地、教育、农民、人类等永恒而又现实的泥沼里，在这些根本性问题的反复思考中自虐般地折磨自我，并加诸己身，亲力亲为，至死靡它。托尔斯泰过于鲜明乃至偏于一隅的回答，使得世人往往称其为优秀的小说家，糟糕的思想家。但也有研究者认为"他对观念的分析，其敏锐、透亮、

---

① 沈雁冰：《托尔斯泰与今日之俄罗斯》，《学生杂志》第6卷第4—6号。
② 沈雁冰：《俄国近代文学杂谭》（上），《小说月报》1920年1月10日第11卷第1号。
③ 耿济之：《俄国四大文学家合传》，商务印书馆1925年版，第2页。
④ 茅盾：《从牯岭到东京》，《茅盾全集·中国文论二集》，人民文学出版社1985年版，第176页。
⑤ 据高荣国统计，五四以前有11篇介绍俄国作家的专题文章，其中研究和介绍托尔斯泰的就有10篇。1919年以前翻译出版的65种俄国文学作品中，托尔斯泰33种（结集出版或重译作品除外），屠格涅夫14种，契诃夫8种，高尔基4种，克雷洛夫3种，普希金2种，莱蒙托夫1种（高荣国：《晚清民初时期托尔斯泰作品的译介路径》，《外国文学研究》2013年第3期）。查阅《中国新文学大系·史料索引》（1919—1927）《翻译总目》，这8年间，共翻译外国文学作品187部，其中俄苏文学65部，占1/3，而在俄苏文学中，托尔斯泰12部，契诃夫10部，屠格涅夫9部，几占一半。
⑥ 冰：《俄国近代文学杂谭》（下），《小说月报》1920年2月10日第11卷第2号。
⑦ ［英］以赛亚·伯林：《俄国思想家》，彭淮东译，译林出版社2003年版，第280页。

令人信服，反而丝毫不逊于他对本能、性格或行动的分析"。①

托尔斯泰对农奴制度的批判可谓鞭辟入里，他认为农奴制度并没有随着农奴制的废除而消灭，资本主义工商业制度只不过是农奴制在现代的变形，工人、农民"这些一生都在执行着违反人的本性也为他们本人憎恶的职责的人也都是奴隶"。② 在清晰地描述出当代奴隶制现状的基础上，托尔斯泰更进一步探究了奴隶制度产生的根源。奴隶制度源于法律，法律源于制定者，法律和法律的制定者均以政府为支撑，政府则依靠暴力统制，少数人能够使用暴力统治则依靠欺骗。③ 如何才能摆脱这种奴隶制度的牢笼呢？托尔斯泰开出的药方是"勿以暴力抗恶"和"道德自我完善"，暴力是恶，如果以暴易暴，只不过是一种新的恶对抗旧的恶，最后胜利的依然是恶，以暴易暴，只能是暴力的循环，仍然是恶的世界。与暴力相对，应该采取一种消极的不合作态度，停止服从暴力，而要做到这一点，就需借助理性的力量。道德的自我完善，即不通过教会和神职人员而依靠个人靠近上帝，完全是一种个人的行为，个人必须运用独有的理性这一手段去追求真理。除此之外，还需要借助爱的力量，在基督教教义中："爱不是一种需求，不服从于任何其他事物，而是人的灵魂的本质。"④ 作为人的灵魂本质的爱，与个人的现实遭际以及爱恶喜好都没有关系，自然不会因施予他人而渴望回报，这是一种神性的超越世俗的爱，体现了一种极其博大厚重的境界，这种爱也就是善，是爱与善的统一。

明了于此，我们也可以理解，沈雁冰所说的平民的文学便看到托尔斯泰在现实层面对奴隶制度根底上的批判，更侧重于颠覆这一制度的力量——平民。托尔斯泰分艺术为平民的艺术与贵族的艺术，对贵族的艺术极尽挞伐，而大力提倡平民的艺术。他所提倡的"未来艺术"也可以称为"平民艺术"："将来艺术的内容只是促人类连合的情感；它的形式就是众人所能达得到的东西。所以将来完善的理想不是数人能达到的情感的特殊性，却是它的普遍性。"⑤ 未来艺术几乎就是在对贵族艺术的挞伐和对平民艺术的推崇，当然这里的平民文学是归属于托尔斯泰的基督教艺术——实现人类友爱的联合——体系之下。

沈雁冰所说的人道主义文学，从理想层面对人道主义尽情讴歌，但又筛除了其中浓厚的宗教情怀，而注重外倾、利他的人道主义博爱维度。对沈雁冰思想理路，似乎可以顺理成章地推导出这样一个过程：将爱由个人转移到家庭再转移的部落、民族或国家，但托尔斯泰恰恰在这一点上明确表达了否定："爱是一种情感，这种情感可以被

---

① 以赛亚·伯林转引俄国批评家米哈伊洛夫斯基的评价。见［英］以赛亚·伯林《俄国思想家》，彭淮东译，译林出版社 2003 年版，第 279 页。
② ［俄］列夫·托尔斯泰：《当代奴隶制度》，《列夫·托尔斯泰文集》，陈馥译，人民文学出版社 1989 年版，第 405 页。
③ 雷永生：《东西文化碰撞中的人：东正教与俄罗斯人道主义》，华夏出版社 2007 年版，第 135 页。
④ ［俄］列夫·托尔斯泰：《天国在你心中》，孙晓春译，吉林人民出版社 2004 年版，第 89 页。
⑤ ［俄］托尔斯泰：《托尔斯泰谈艺术》，耿济之译，中国青年出版社 2013 年版，第 203 页。

感受，但却不可以被教导；此外，爱需要有一个对象，而'人类'这是一个现实的对象，它只是一个虚构的对象。"① 人道之爱的理论基础是社会的人生观，而上帝之爱来自基督教的人生观，两者完全不同，托尔斯泰否定了实证哲学家、共产主义者和各种社会主义者的人类之爱。

细究沈雁冰与托尔斯泰关于爱的理解，呈现出一种明显的错位与时差，沈雁冰通过对外向的博爱维度的推举，而走向了民族国家之爱，而托尔斯泰则明确将爱视为一种人的灵魂本质，来自上帝，不分差别地投诸所有人和事物。虽然存在这样的错位与时差，但在爱的呈现形态上的一致性，使得沈雁冰将托尔斯泰看作自己民族国家之爱的重要理论来源。也正源于此，沈雁冰主要是从革命榜样的视角理解俄罗斯文学的，对托尔斯泰的解读也遵从于这样一种革命功利主义的整体认识，所以会出现将托尔斯泰看作十月革命"最初之动力"的偏颇观点。② 倡导"勿以暴力抗恶"的托尔斯泰，在中国知识分子的解读中却成了他避之不及的革命动力，在这样一种悖论性的解读中我们得以窥见历史的吊诡。这种为革命寻找榜样的"中俄相似性"，以及对托尔斯泰"革命动力"的解读是建立在中国知识分子有意取舍基础之上的。中国知识分子认同一种提供最合适的启蒙主义文学资源的"亲切的俄罗斯"，而刻意回避了"颓废的俄罗斯""宗教的俄罗斯"。③ 在此基础上，他们将这种"中俄相似性"固化为一种具有典范示效作用的真理性话语，逐渐成为一种价值判断，征引的事实，一种似乎不证自明的前提性假设。然而，正如佛克马注意到的，鲁迅从未译过托尔斯泰、屠格涅夫、陀思妥耶夫斯基这些俄国大文豪的作品，而专注于阿尔志跋绥夫、安特莱夫、迦尔洵这样一些较小名气的作家。④《小说月报》后期对托尔斯泰、陀思妥耶夫斯基的作品翻译也没有安德列夫、阿尔志跋绥夫等作家多。其中原因颇多，但一个重要的原因便是，随着人们对托尔斯泰阅读的加深，便自然发现托尔斯泰对底层平民的关注并没有走向革命的暴力，而是以他"理性——宗教人道主义"含纳、消解这种了这种倾向，而走向归于灵魂的宗教关怀。沈雁冰自然也认识到了这点："陀思妥耶夫斯基的思想或者确是偏的极度，他的爱与牺牲的宗教或者竟如一二评论家所说，是歇斯底里患者的幻想。这些关涉问题的永久性的话，我们现在不去讲他也罢；我们就现在讲现在……"⑤ 这话虽然是针对陀思妥耶夫斯基而言，但其间"爱与牺牲的宗教"何尝不是托尔斯泰的真实写照，面对如此"永久性"的话题，沈雁冰采取的态度也只能是"现在不去讲""现在讲现在"。托尔斯泰思想的影响逐渐淡化，革命论调渐次加强，抽象的人性论也被阶级人性论所取代，但作为沈雁冰长期揣摩研读的托尔斯泰，已内化为沈雁冰的艺术品格，

---

① [俄] 列夫·托尔斯泰:《天国在你心中》,孙晓春译,吉林人民出版社2004年版,第86页。
② 沈雁冰:《托尔斯泰与今日俄罗斯》,《学生杂志》第6卷第4—6号。
③ 林精华:《误读俄罗斯——中国现代性问题中的俄国因素》,商务印书馆2005年版。
④ [荷] D. 佛克马:《俄国文学对鲁迅的影响》,乐黛云编:《国外鲁迅研究论集》,北京大学出版社1981年版,第281页。
⑤ 沈雁冰:《陀思妥耶夫斯基的思想》,《小说月报》1922年1月第13卷第1号。

终于在 20 世纪 30 年代的《子夜》中喷涌而出，可谓向托尔斯泰的致敬之作。

　　周作人回到"自己的园地"之后，文学研究会的理论旗手沈雁冰高擎起"为人生而艺术"的大旗，周作人为抵制晚清"文学救国论"的功利性而推出的"为人生的文学"，在沈雁冰、郑振铎等人的笔下反倒成了艺术功利性的代名词。沈雁冰将之理解为"一社会一民族的人生"，等同于更为关注外在倾向与阶级性的"人生"，渐次为"社会"所置换，"为人生"混同于"为社会"，最后走向"为革命"。这一走向背后主要是沈雁冰对坚持平民的立场和鼓吹"理性——宗教人道主义"的俄罗斯文学的效仿，尤其是对基督教人道之爱基础上大力提倡平民的艺术的托尔斯泰推崇备至，不过他对人道之爱的理解恰恰是筛除了其中浓厚的宗教情怀，通过对外向的博爱维度的推举，走向民族国家之爱，他对俄罗斯文学和托尔斯泰的解读都遵从于这种革命功利主义的整体认识。

中国文论·专题:《三国演义》与中国叙事学

小说评点的叙事功能:以毛评本《三国演义》对庞德形象的重塑为例

崔文东[*]

(香港城市大学　香港)

摘　要:《三国演义》版本众多,毛评本自清初以来一枝独秀。毛氏父子主要借助小说评点这一叙事手法对全书立意、人物形象做出调整,庞德形象就是其中突出的例子。从《三国志》到《三国演义》早期版本,著者都极力赞美庞德忠于曹操、宁死不屈。毛氏父子对此颇为不满,刻意将庞德塑造成勇而无义、背叛故主、投奔国贼、无亲亦无君的小人。究其原因,关键在于毛氏父子坚持蜀汉正统论。在他们看来,庞德投奔曹操,又与故主对抗,即使勇武不屈,也无法弥补其道德上的过失。作为评点者,他们对庞德形象的成功重塑,凸显出小说评点蕴含的强大叙事功能。

关键词:毛评本《三国演义》;庞德形象;小说评点;叙事;正统论

一　序言

　　三国故事在千百年的流传过程中展现出不同的面向,或著录于史册,或搬演于舞台,或是经由说书人的锦心绣口而家喻户晓,或是诉诸文人的生花妙笔而广为流传。在漫长的历史进程中,不同的文本背后所蕴含的书写者的思路也千差万别,从早年的尊曹魏为正统到后来尊刘贬曹思路的兴盛,是最为显著的变化。[①] 至于人物形象的差异、道德观念的区别,更是难以尽数,反映了时代思潮的走势,也见证了个人的立场与心态。就影响而言,在诸多三国故事文本中,毛纶、毛宗岗父子《三国演义》评点本可谓翘楚,塑造了清初以来读者对于三国故事与英雄人物的认识。众所周知,毛评本是在《三国演义》早期版本基础上加以修改、评点而成,经过毛氏父子的精心改造,

---

[*] 作者简介:崔文东(1984—),安徽合肥人,香港城市大学中文及历史学系助理教授,研究方向为中国现代文学、比较文学及世界文学。

① [韩]金文京:《〈三国演义〉的世界》,邱岭、吴芳玲译,商务印书馆2010年版,第46—121页。

无论人物形象还是思想内涵，都与此前的版本有所不同。学界对此早有研究，颇多创获，① 不过论者大多关注曹操、刘备等主要人物与主要事件，而《三国演义》规模宏大，毛评本对次要人物形象的改动也值得仔细解读。

本文讨论的正是毛评本对于曹操麾下大将庞德形象的重新塑造。在《三国演义》早期版本的故事框架内，庞德所占的分量并不重，但是因其宁死不屈而备受称赞。虽然属于次要人物，毛评本对庞德亦十分关注，在相关的章回中运用各种叙事手法推翻其英雄形象。那么毛评本中的庞德形象与此前诸版本有何不同？又如何重塑其形象？为何毛氏父子对庞德如此苛刻？这背后反映了怎样的思想立场？毛氏父子重塑人物的最主要手段是添加评点，通过与早期版本的文本对读，我们会发现传统小说评点具备扭转人物形象的强大叙事功能。《三国演义》中与庞德处境类似的人物颇多，毛评本却并非一概贬斥，通过比较分析其中的原委，我们又可以解读出毛氏父子评价历史人物的标准。

二 庞德形象的衍化：从《三国志》到《三国演义》

作为历史人物的庞德，其事迹早已载入史书，盖棺定论。在毛评本问世之前，无论史书还是《三国演义》的诸多版本，都将他塑造成为视死如归的英雄。追根溯源，这一基本形象是《三国志·魏书十八·庞德传》奠定的。史官陈寿概述了他的一生，包括如何在马腾麾下征战，如何为马超效劳，又如何归顺曹操，不过全传浓墨重彩渲染的是庞德之死，占去大半篇幅：

> ［庞德］遂南屯樊，讨关羽。樊下诸将以德兄在汉中，颇疑之。德常曰："我受国恩，义在效死。我欲身自击羽。今年我不杀羽，羽当杀我。"后亲与羽交战，射羽中额。时德常乘白马，羽军谓之白马将军，皆惮之。仁［曹仁］使德屯樊北十里，会天霖雨十余日，汉水暴溢，樊下平地五六丈，德与诸将避水上堤。羽乘船攻之，以大船四面射堤上。德被甲持弓，箭不虚发。将军董衡、部曲将董超等欲降，德皆收斩之。自平旦力战至日过中，羽攻益急，矢尽，短兵接战。德谓督将成何曰："吾闻良将不怯死以苟免，烈士不毁节以求生。今日，我死日也。"战益怒，气愈壮，而水浸盛，吏士皆降。德与麾下将一人，五伯二人，弯弓傅矢，乘小船欲还仁营。水盛船覆，失弓矢，独抱船覆水中，为羽所得，立而不跪。羽谓曰："卿兄在汉中，我欲以卿为将，不早降何为焉？"德骂羽曰："竖子，何谓降也！魏王带甲百万，威震天下。汝刘备庸才耳，岂能敌邪！我宁为国家鬼，不为

---

① 刘敬圻：《〈三国演义〉嘉靖本和毛本校读札记》，收氏著《明清小说补论》，生活·读书·新知三联书店2004年版，第229—268页；沈伯俊：《论毛本〈三国演义〉》，《海南大学学报》1991年第3期；周建渝：《多重视野中的〈三国志通俗演义〉》，中国社会科学出版社2009年版，第131—163页。

贼将也。"遂为羽所杀。太祖闻而悲之，封其二子为列侯。①

史官着意描画了庞德的勇猛与气节，面对强敌奋战不息，被俘后坚贞不屈，毫不畏惧。陈寿在论赞里亦极力称扬："授命斥敌，有周苛之节"，②将他与忠于刘邦、被项羽烹杀的周苛相提并论。

罗贯中撰写《三国演义》的文本依据正是《三国志》与裴松之注，③他笔下的庞德事迹也是如此。以毛评本的主要底本李卓吾评本为例，④庞德主要出现于五十八、五十九、六十四、六十七、六十八、七十二、七十四回，事迹皆脱胎于史书。其中五十八、五十九回叙述马腾为曹操所杀，马超与叔父韩遂兴兵雪恨，攻破长安，大败魏军，曹操割须弃袍，庞德则是马超麾下大将，有勇有谋，屡立战功。后两军相持不下，曹操施反间计，令马超、韩遂自相残杀，马超兵败入羌。至六十四回，马超攻打陇上诸县，凉州刺史韦康不听杨阜劝告，投降马超后，全家遇难，杨阜借兵复仇，马超大败，与庞德投靠张鲁。到六十七回，马超奉张鲁命南取益州，曹操此时攻打张鲁，庞德出战，曹操贿赂张鲁谋士杨松，诬陷庞德，庞德战败，因思张鲁不仁，拜降于曹操。六十八回提及庞德征吴，斩陈武。七十二回提及魏延围住曹操，庞德救驾。至于七十四回，则是据前引《三国志》传文铺陈庞德大战关羽，直至被杀的历程。这里且以嘉靖壬午本、李卓吾评本、《六卷本三国志》为例，展示小说家如何依据正史铺陈庞德之死：⑤

> 关公又令押过庞德来。庞德睁眉怒目，立而不跪。关公曰："汝兄见在汉中，故主马超亦事吾兄为将。吾欲招汝为将佐，何不早降，却被吾擒之？"德大骂曰："竖子！何谓降也？吾魏王有带甲百万，威震天下。刘备乃庸才耳，吾岂肯降汝！宁死于刀下，安降无名之将耶！"骂不绝口。公大怒，喝令刀斧手推出斩之。德舒颈受刑。公怜而葬之。有诗赞曰：威武不能屈，节操不能改。生当立金銮，死尚披铁铠。烈烈大丈夫，垂名昭千载。南安庞令明，日月竞光彩。⑥

> 关公又令押过庞德，睁眉怒目，立而不跪。关公曰："汝兄见在汉中，故主马超亦事吾兄为将。吾欲招汝为将佐，何不早降，被吾擒之？"德大骂曰："竖子！何谓降也？吾魏王有带甲百万，威震天下。汝刘备乃庸才耳，安能及也！吾宁死

---

① （晋）陈寿撰，（宋）裴松之注：《三国志》第三册，中华书局2001年版，第546页。
② 同上书，第554页。
③ ［韩］金文京：《〈三国演义〉的世界》，邱岭、吴芳玲译，商务印书馆2010年版，第13—45页。
④ 关于《三国演义》版本的考证，重要的著作有周兆新主编《三国演义丛考》，北京大学出版社1995年版；［英］魏安《三国演义版本考》，上海古籍出版社1996年版；中川谕《〈三国志演义〉版本研究》，上海古籍出版社2010年版。学界公认毛评本以李卓吾评本为底本。
⑤ 现有的版本研究都认为此三个版本分属不同系统。
⑥ 罗贯中：《三国演义：二十四卷嘉靖壬午本〈三国演义〉》，人民文学出版社2008年版，第515页。

于刀下，岂降无名之将耶？"骂不绝口。公大怒，喝令刀斧手推出斩之。德引颈受刑。关公怜而葬之。后人有诗赞曰：威武不能屈，节操不能改。生当上金銮，死尚披铁铠。烈烈大丈夫，垂名昭千载。南安庞令明，日月兢光彩。①

又令押过庞德来，德扬眉怒目，立而不跪。关公曰："汝兄在汉中为官，汝故主马孟起，尚事吾兄为将。吾欲招安，汝何不早降？今被吾擒也。"德骂曰："竖子！何谓降耶？吾魏王带甲兵百余万，威震天下。汝刘备庸才耳，岂能及魏哉！我宁为国家鬼，不降贼将也！"骂不绝。云长大怒，叱令推出斩之。庞德引颈受刑。云长怜而葬之。史官诗曰：威武不能屈，节操不能改。生当立金銮，死尚披铁铠。烈烈大丈夫，垂名昭千载。南安庞令明，日月争光彩。②

显而易见，《三国演义》早期各版本系统中的庞德形象毫无二致。小说家沿袭了正史的叙述，只是在细节上有所润色，并且加入诗赞来渲染庞德的忠节。不仅如此，罗贯中还将于禁的经历整合进来，与庞德作对比。曹操任命于禁为大将，庞德为先锋，于禁手下董衡献言："庞德原系马超手下副将，不得已而降魏；今其故主在蜀，职居五虎上将，况其亲兄庞柔亦在西川为官。今使他为先锋，是泼油救火也"，③ 于禁连夜入府向曹操进谗言，曹操几乎收回任命，庞德极力剖白方才作罢。待到与关羽对阵，庞德勇不可当，射中关公，于禁又从中作梗，"恐他成了大功，灭己威风，故鸣金收军"，④ 使得庞德半途而废。关羽水淹七军，魏兵大败，于禁被擒，贪生怕死，"拜伏于地，乞哀请命"，⑤ 得到赦免。两相对照，于禁听信谗言，嫉贤妒能，卑躬屈膝；庞德则一心报国，光明磊落，视死如归。相对于正史，庞德的形象更为丰满而高大。由此也可看出罗贯中对于庞德之忠非常欣赏。

由于庞德的英雄形象根深蒂固，早期版本的评点者也纷纷致上赞美。譬如李卓吾评本、钟伯敬评本七十四回回末总评均表彰庞德：

庞德舁榇而行，志已必不两立，非彼即此，定当一伤，此亦丈夫图事之法也。天下事只有成败两途，成则为王，败则为寇，此定理也，何必畏首畏尾以取笑天下乎？如庞德者，真丈夫图事之样子也，可取，可取。云长欲降庞德，庞德不降，两两丈夫，俱堪敬服。如于禁者，真犬彘耳，何足言哉！⑥

---

① 罗贯中原著，沈伯俊、李烨校注：《三国演义（新校新注本）》，巴蜀书社1993年版。此书据《李卓吾先生批评三国志》之绿荫堂本为底本整理而成。
② 罗贯中：《六卷本三国志》第二册，中华全国图书馆文献缩微复制中心1995年版，第577—578页。
③ 罗贯中原著，沈伯俊、李烨校注：《三国演义（新校新注本）》，巴蜀书社1993年版，第748页。
④ 同上书，第751页。
⑤ 同上书，第754页。
⑥ 同上书，第755页。

将军战死沙场，幸也。庞德舁榇而行，何哉！天下成败两途，原不并立，其有死无二，百折不回，须眉丈夫，决不可无此壮志。①

庞德抬棺上战场，宣示了必死的决心，评者对此称扬不绝，强调不可以成败论英雄。庞德与关羽虽然各事其主，但其忠勇并无不同，均是大丈夫。

综上所述，无论是正史的记载还是《三国演义》的诸多版本，都着力宣扬庞德忠贞不屈的气节。而《三国演义》中视死如归的英雄其实屡见不鲜。与庞德故事临近的六十三、六十四回，就出现了镇守巴郡的"断头将军"严颜，杀死庞统、镇守雒城的张任，关羽的结局也可纳入同一母题。由此可见，对于忠贞不屈的赞美是《三国演义》原著及早期版本的重要主旨。

三 从英雄到小人：毛评本对庞德形象的重塑

关于毛评本的改动及其效果，学界已有诸多讨论，或是注重毛评本对人物形象的改造如何加强尊刘贬曹的主旨，②或是讨论毛评本如何在《三国演义》的人物与事件之间建立联系，与原本对话。③不过，若是全面对读毛评本与早期版本，依然可以发现值得讨论的话题，庞德形象就是其中之一。在人物繁多的《三国演义》中，庞德并非举足轻重的角色，然而毛氏父子对于他特别在意，借助各种手段——尤其是回前总评、夹批等小说评点——来扭转庞德的形象。由于毛评本广为流传，历史上为国捐躯的英雄庞德也成为人所周知的道德有亏的小人。

问题在于，毛评本对于视死如归的英雄行为其实非常赞赏。譬如抵抗刘备、效忠刘璋的张任，至死都是刘备的敌人，毛氏父子评点相关情节时，却充满褒扬：

> 玄德谓张任曰："蜀中诸将，望风而降，汝何不早投降？"张任睁目怒叫曰："忠臣岂肯事二主乎？"玄德曰："汝不识天时耳。降即免死。"任曰："今日便降，久后也不降！可速杀我！"[夹批：不肯诈降是硬汉，便说实话是直汉。]玄德不忍杀之。张任厉声高骂。孔明命斩之，以全其名。[夹批：张任倒是断头将军。]后人有诗赞曰：烈士岂甘从二主，张君忠勇死犹生。高明正似天边月，夜夜流光照雒城。④

---

① 钟宇编：《〈三国演义〉名家汇评本》下册，北京图书馆出版社2007年版，第457页。
② 例如刘敬圻《〈三国演义〉嘉靖本和毛本校读札记》，《明清小说补论》，生活·读书·新知三联书店2004年版，第229—268页。
③ 例如周建渝《多重视野中的〈三国志通俗演义〉》，中国社会科学出版社2009年版，第131—163页。
④ 罗贯中著，毛宗岗评：《三国演义（评注本）》，上海古籍出版社2014年版，第625—626页。

在毛氏父子笔下，不事二主的张任虽然对抗明君刘备，但仍不失为"硬汉""直汉"。不仅如此，毛氏在六十四回总评中也赞叹，"乃玄德欲任降，而任终不肯降，若张任者，则真断头将军矣"。① 对毛氏父子而言，即使是与正统政权蜀汉对抗的战将，只要践行忠义，同样值得赞赏。

可是毛氏父子对于庞德之死的看法极为不同。毛评本对于庞德的定位非常清晰，乃是背主求荣之辈，没有任何可取之处，譬如七十四回总评就提到：

> 关公初欲与马超比试，而今与马超之部将争锋，是与战马超无异也。马超既与关公为一家，而庞德乃与关公死战，是亦与战马超无异也。以关公敌马超，犹未为损重；而以庞德斗马超，毋乃为背主乎？其后既不肯背曹操而降关公，其初何以背马腾而降曹操？故庞德之死，君子无取焉。②

毛评本强调对于庞德之死，"君子无取焉"，显然是针对李卓吾评本的"可取，可取"。毛氏父子深知庞德历来被视为英雄，且经由《三国演义》广泛流传，但是他们并不认同，因为庞德事实上早前曾经背叛马腾，忠节有亏。他们于是借助删减文本、添加评点等手法对庞德展开全方位的批判，希望影响读者，树立"正确"的道德观。

毛评本最直接的修改方式是删节。例如在庞德主动请缨出征讨伐关羽时，早期各版本都记录了庞德救国护民的表白，对其武艺智谋又有一番赞美。这里且以李卓吾评本为例：

> 操又问曰："谁敢作先锋？"一人奋然出曰："某愿施犬马之劳，生擒关将，献于麾下，上报我王宠遇之恩，下救黎民倒悬之急。"操观之大喜。未知此人是谁，下回便见。
>
> 一将立于阶下，其人少不务农，长而好勇，智谋不弱于云长。身高八尺，面黑发黄，首不能回顾，衣不能任体。跣足履山谷，猿猱不能比其健。手斫木成器，斧斤何以及其利。临战阵，衣青袍，跨白马，军中号为"白马将军"，使一口截头大刀，乃南安狟道人也，姓庞，名德，字令明。操大喜而言曰："关将军威震华夏，未逢对手；今遇令明，真劲敌也。"加于禁为征南将军，加庞德为征南都先锋。③

在罗贯中笔下，庞德形象魁伟，智勇双全，毛氏父子大笔删削，仅剩下"一人应

---

① 罗贯中著，毛宗岗评：《三国演义（评注本）》，上海古籍出版社2014年版，第621页。
② 同上书，第715页。
③ 罗贯中原著，沈伯俊、李烨校注：《三国演义（新校新注本）》，巴蜀书社1993年版，第747—748页。

声愿往。操视之，乃庞德也"，与曹操大喜之后的感叹。①

　　相对而言，毛氏父子更善于借助评点来重塑人物形象。在相关章回里，毛氏父子添加大量总评与夹批，反复对庞德的道德加以否定。例如七十四回，庞德请战时向曹操宣称因杀死嫂嫂，与兄长早已断绝关系，毛评本认为，"杀嫂绝兄，是为无亲"，"背主从操，是为无君"；②关平辱骂庞德时，毛评本禁不住欣然赞同，"背主二字，骂得切当"③。甚至于禁因为忌妒庞德，阻止其乘胜追击，毛评本也幸灾乐祸，称"于禁忌庞德，正为庞德背马超之报"，"庞德前为杨松之忌，遂降曹操；今有于禁之忌，何不降关公？"④待到后文展示庞德的英勇，尤其是当庞德与关羽对战被俘之时，毛评本又忍不住不断嘲讽：

> 德令军士用短兵接战。德回顾成何曰："吾闻勇将不怯死以苟免，壮士不毁节而求生。[夹批：此一语在被擒于曹操时何不记之？]今日乃我死日也。[夹批：死则死矣，但不知木椁何处去耳。]汝可努力死战。"成何依令向前，被关公一箭射落水中。众军皆降，止有庞德一人力战。正遇荆州数十人，驾小船近堤来，德提刀飞身一跃，早上小船，立杀十余人，[夹批：有此本事，可惜力之不得其当。]……关公又令押过庞德。德睁眉怒目，立而不跪。[夹批：不肯跪关公，独肯跪曹操，殊无足取。]关公曰："汝兄现在汉中；汝故主马超，亦在蜀中为大将。汝如何不早降？"[夹批：绝不记被射之恨，何等卓荦。]德大怒曰："吾宁死于刀下，岂降汝耶！"[夹批：德之所以不降者，想以妻子在许昌故耶？嫂可杀，兄可绝，而妻子独不可弃耶？]骂不绝口。公大怒，喝令刀斧手推出斩之。德引颈受刑。关公怜而葬之。[夹批：此时定是关公另以木椁葬之，原来之椁，不知漂没归何所矣。]⑤

　　庞德面对关羽劝降忠贞不屈，毛氏父子却指出他早年被擒于曹操，很快屈膝投诚，其实忠节有亏。不仅如此，他们进一步揣度其动机不纯，视死如归很可能并非出于忠义之心，仅仅是忧心投诚之后妻子遭遇不测。总之，毛评本力图将庞德塑造为勇而无义、背叛故主、投奔国贼、无亲亦无君的小人。

　　那么毛氏父子为何对庞德如此反感？是否仅仅因为庞德乃是背主之贼？更为关键的原因可能在于庞德投靠的是曹操。前文引述的"何以背马腾而降曹操"，"独肯跪曹

---

① 罗贯中著，毛宗岗评：《三国演义（评注本）》，上海古籍出版社2014年版，第716页。毛评本的这一改动，与《三国志传》系统的某些版本类似，例如："操问：'谁可为先锋？'南安庞德曰：'某愿施犬马之劳，生擒关羽，以报主公知遇之恩。'曹操言曰：'云长威震华夏。未逢对手；今遇庞令明。真其敌也。'加于禁为征南将军。加庞德为征南都先锋。"罗贯中：《六卷本三国志》第二册，中华全国图书馆文献缩微复制中心1995年版，第570—571页。不过，根据现有研究，毛评本应该没有参考《三国志传》系统的版本。
② 罗贯中著，毛宗岗评：《三国演义（评注本）》，上海古籍出版社2014年版，第716页。
③ 同上书，第717页。
④ 同上书，第719页。
⑤ 同上书，第720—721页。

操"等说法皆是明证。曹操是毛氏口诛笔伐的焦点,忠于曹操也就触犯了毛氏的"正统论"论述。庞德不仅背叛故主,还与故主对抗,因为在毛氏看来,"马超既与关公为一家,而庞德乃与关公死战,是亦与战马超无异也"。按照毛氏的道德标准,庞德与故主归顺的蜀汉政权作对,是双料地违背了"正统论"。毕竟,对于毛氏而言,《三国演义》的主旨乃是"严诛乱臣贼子,以自附于《春秋》之义"。①

前述杨阜的例子可以用来作为对照。杨阜乃是为故主报仇而反击马超,忠于故主本是毛氏所赞赏的行为,此处却遭到批评:

> 杨阜之为韦康报仇,义也;而其攻马超以助曹操,则非义。马腾两番受诏,两番讨贼,固汉之忠臣也;其子之欲雪父恨则孝,承父志而讨国贼则忠。奉一欺君罔上之曹操,而攻一忠孝之马超,以超为贼,而不知操之为贼,故杨阜之义,君子无取焉。②

依据毛评本的阐释,马超忠孝双全,曹操则是国贼。杨阜为故主报仇,攻击马超,虽然符合"义",但是其所作所为有益于曹操,有害于汉室,也就违背了至高无上的《春秋》之义。对毛氏父子而言,昧于《春秋》大义行为,绝对无法认同。杨阜并没有直接损害蜀汉政权,尚且难辞其咎,直接对抗关羽的庞德更是罪无可逭:

> 庞德之背马超而从曹操,犹不至如杨阜之攻马超以助曹操也,而君子以为无异;不惟无异,且有甚焉。凡阜之所以涕泗纵横,必欲破马超而后快者,不过以韦康之见杀耳。阜为康之参军;而为康报仇至于如此之激;德为马腾家将,而乃甘心事一杀马腾之曹操,是独何心哉?君子曰:庞德于是乎不及杨阜。③

庞德并未如杨阜一般攻击马超,但是其作为更令人不齿,因为杨阜忠于主上,庞德则背主投敌,按照毛氏的标准,他罪大恶极:背叛故主,投靠乱臣贼子,实为弃明投暗;又与故主为敌,为乱臣贼子效劳,可谓助纣为虐。由于他不能识《春秋》之义,无论如何忠贞不屈,都于大节有亏。虽然《三国演义》里背故主从曹操之人数不胜数,"张辽旧事吕布,徐晃旧事杨奉,贾诩旧事张绣,文聘旧事刘表,张郃乃袁绍之旧臣,庞德乃马超之旧将",④ 但是张辽、徐晃、贾诩、文聘、张郃在小说中并没有宁死不屈的表现,也没有被大加赞美,而庞德的忠义却被渲染,颇受称赞,且历来评者都意见一致,在毛氏看来也就更为危险。在毛氏看来,不符合《春秋》大义的"忠"不应该

---

① 《读三国志法》,收入罗贯中著,毛宗岗评《三国演义(评注本)》,上海古籍出版社 2014 年版,第 1167 页。
② 同上书,第 621 页。
③ 同上书,第 715 页。
④ 同上书,第 244 页。

受到肯定，所以不断贬斥其人格，着力扭转世人对庞德的看法。他们借助删节以及极为绵密的评点，也确实达到了这一目标。

四　结语

有学者认为《三国演义》与《战国策》《史记》在叙述模式与主题上存在文本互涉关系，从魏、吴、蜀三方的离与合可以读出《战国策》与《史记》中秦、楚、齐三国关系的移置与转换。① 而我们回想战国时期仁人志士的忠孝节义，是没有国界之分的，也即是说，在《战国策》《史记》的世界里，无论忠于哪个政权，抽象的道德都是史官赞美的对象。在《三国演义》早期版本的世界里，亦是如此，无论严颜、张任、关羽，还是庞德，宁死不屈的断头将军都能得到小说家、评点者的称扬，也为一代又一代的读者所钦仰。

毛氏父子的立场则颇为不同。对他们而言，忠义也需要加以辨别，相对于忠，更重要的是能否识得《春秋》大义。忠于乱臣贼子，对抗正统政权，就不值得赞美，若是弃明投暗，就更需要口诛笔伐。所以毛氏父子无法认同《三国演义》早期诸版本中的庞德形象，反复点出庞德的道德缺陷，向读者展示一套正确的道德判断标准。如果说此前的《三国演义》各版本主旨在于赞美忠义，对于毛评本而言，《春秋》大义与正统论才是评价人物的最高标准。由于毛氏父子是评点者，他们重塑人物的主要手段是添加评点，借助总评、夹批等各种手段，他们充分释放评点的叙事功能，注入上述价值观，从而成功地扭转了读者对庞德形象的认知。

---

① 周建渝：《多重视野中的〈三国志通俗演义〉》，中国社会科学出版社 2009 年版，第 41—54 页。

作为叙事动力的异人书写：以《三国演义》的超自然人物为中心

李向昇[*]

(香港大学中文学院　香港)

摘　要：《三国演义》中有一类人物所占篇幅极少，较少引起关注，然而对全书的叙事结构却不无重要作用，如掌握超自然力量的异人。本文拟以异人书写为题，探讨南华老仙、张角以及于吉等人在《三国演义》中的形象及作用，以及彼此的关系。本文以为，三人和全书的主旨及结构紧密相关。三人所代表的天命与人力张力，正是全书的内在叙事动力。并且三人的异人特质也形成一种有脉络的结构关系，在横跨数十回合的篇幅中，影响着全书故事的发展。

关键词：《三国演义》；叙事；南华老仙；张角；于吉

一　引言

在小说中设计怪力乱神的情节，加插如仙如道、亦神亦妖的人物，是民间文学常见的手段，最能体现民间趣味。《三国演义》是从历史事件混合民间传说，经由历代的传述者、说书者、作者乃至评点者，累积而成的章回小说，在故事定形的过程中，有明显的文人化的趋向，然而其中依然保有大量的怪力乱神的人物情节。纵观整部小说，虽然这类人物在故事中并非主要角色，却往往发挥极为重要的作用，推进整个剧情的发展。这便形成了一种有趣的张力，作者最用力刻画叙述的故事，最终是由笔墨最轻的神怪情节维系推衍。这更和整部小说，或说评点家所点出的天命观相呼应，不论英雄豪杰如何叱咤风云，其成败皆由天定。从这个角度来看，则怪力乱神的描写，别有意义。那么《三国演义》中的异人书写是如何展现的？作者是否刻意经营，别具深意？更重要的是，若这种异人书写，在整部小说中能够形成一种模式，则这种模式与三国叙事的结构乃至全书的寓意又有怎样的关系。本文拟就此展开讨论。

---

[*] 作者简介：李向昇（1987——　），福建人，香港大学中文学院讲师，香港中文大学中文系博士，研究方向为明清文学。

二 天命与人力：南华老仙、张角的叙事作用

首先需要解释的是"异人"这个概念，这里特指神人方士一类，具备一定超自然能力的人物。晋代郭璞《江赋》有"纳隐沦之列真，挺异人乎精魄"①之句。李善注引桓谭《新论》："天下神人五：一曰神仙，二曰隐沦，三曰使鬼物，四曰先知，五曰铸凝。"②可知"隐沦"便是神人之一种。此处与"异人"相对，正是指神仙一类人物。实际上，《三国演义》中也曾运用这个名词，第四十九回，孔明自荐借东风，以助火攻时，便自云："亮虽不才，曾遇异人，传授奇门遁甲天书，可以呼风唤雨。"③"奇门遁甲天书""呼风唤雨"，正是"异人"的当行本色。更重要的是《三国演义》以颇有怪力乱神的意象开篇，且隐含着天命与人力之间的张力，更显这些异人在全书中的特殊作用。

以毛评本的开篇为例，毛本在正文之前加插了杨慎调寄《临江仙》一词，"浪花淘尽英雄""是非成败转头空""古今多少事，都付笑谈中"，④在长江、青山以及象征隐逸的渔樵看来，英雄成败，历史功业，终是一场空。以一种超越时空的宇宙观，为整部三国历史故事定下基调，书中着重刻画经营的魏、蜀、吴三国，文臣武将，各出其谋，各尽其力，争夺天下，最终却无一胜者，尽归于晋，正是一种人力与天意的对峙。如此安排，主题意识显然比《三国志》以及嘉靖本《三国志通俗演义》来得强。开篇第一句"天下大势，合久必分，分久必合"⑤，所谓"势"似乎并非人力所能左右，分合乃是必然，也正是同一种意思。而这层意思的铺展，却是通过怪力乱神的异象开始的。首段概要描述了从周末至汉的历史更迭，继而聚焦当下乱世，然后具体到这一历史大背景中的建宁二年四月望日。这一时期所见的异象，除去地震水灾等自然现象，就是："殿角狂风骤起，只见一条大青蛇，从梁上飞将下来，蟠于椅上""雌鸡化雄""黑气十余丈，飞入温德殿中""有虹现于玉堂，五原山岸，尽皆崩裂"。⑥这一系列怪异的现象都导向同一个讯息，汉室衰微。虽然汉室朝政的败坏是人事所致，如书中所言宦官弄权，却是经由异象昭示，其背后似乎暗示着天之于人间秩序的绝对支配。如果种种异象正是象征着天，并作为三国历史展开的大背景，这种天人交织的格局就显得别有意涵。而紧接其后，全书的第一个异人——南华老仙，便登场了：

那张角本是个不第秀才，因入山采药，遇一老人，碧眼童颜，手执藜杖，唤

---

① 郭璞：《江赋》，载萧统《文选》，京华出版社2000年版，第346页。
② 李善注，见萧统《文选》，京华出版社2000年版，第346页。
③ 罗贯中：《三国演义》，人民文学出版社2002年版，第402页。
④ 同上书，第1页。
⑤ 同上。
⑥ 同上书，第2页。

角至一洞中，以天书三卷授之，曰："此名太平要术。汝得之，当代天宣化，普救世人。若萌异心，必获恶报。"角拜问姓名。老人曰："吾乃南华老仙也。"言讫，化阵清风而去。①

南华老仙的出场，正是承接前面的异象而来，两相呼应。南华老仙一角不见于《三国志》，显然是作者的创造。有趣的是，此处毛评倾向于认为，遇南华老仙是张角虚构的。然而既是第三人称叙述，出于作者的描述，则未必是张角所自言。②张角三兄弟作为引子带出后面的刘关张三人，形象偏于负面，毛宗岗父子如此评正是出于扬后抑前。南华老仙的形象和一般常见传统戏曲小说中的世外仙人差别不大，然而这里他的异人性质，经由授书转而由张角承担。张角自得南华老仙授《太平要术》后，便能呼风唤雨、书符念咒，在民间散符施水，为人治病。此时张角形象的异人性质还并不强烈，直到他"萌异心"，认为"至难得者，民心也。今民心已顺，若不乘势取天下，诚为可惜"，③打算夺取天下时，在战争中使用妖术，其异人的特性便得到了完全的彰显。全书第一回中，卢植遭谗言被囚，对刘备说："我围张角，将次可破，因角用妖术，未能即胜。"④这里只是略微一点，第二回便呼应"妖术"，描绘了张角兄弟张宝施行妖法：

张宝就马上披发仗剑，作起妖法。只见风雷大作，一股黑气，从天而降，黑气中似有无限人马杀来。⑤

张宝一方作妖法，刘备则依朱隽之言，准备"猪羊狗血并秽物"，以破其法力。两方的战争全然变成一场斗法，以秽物破法术，正是典型的民间特色，而这里法术的成败也正是此战成败的关键。值得注意的是，披发仗剑似乎是作法者的惯有形象，后来孔明的七星坛祭天借风，以及五丈原禳星续命，也都是如此。显然作者并不着力于异人形象的刻画，作为小说人物，异人并不突出，与其说是人物不如说是工具，以达成某种叙事功能。比如说，前面南华老仙嘱咐张角"若萌异心，必获恶报"，南华老仙异人性质的凸显，除了化作清风而去，略微着笔外，正在此句。张角兄弟所施妖术当正是从南华老仙处学来，原本其法术应当用于救济百姓，此时却用来征战，违反了南华老仙的嘱咐，而他萌起异心，要夺取天下，更早就预示了其必遭恶报的结果。南华老仙的这句话如同咒语，施加于张角身上，张角兄弟果然战败身亡。也就是说，张角的

---

① 罗贯中：《三国演义》，人民文学出版社2002年版，第2页。
② 毛评云："此事谁见来？张角是自言之，人遂信之，正与篝火狐鸣一般伎俩。"语见罗贯中《三国志演义》，山东文艺出版社2007年版，第2页。
③ 罗贯中：《三国演义》，人民文学出版社2002年版，第3页。
④ 同上书，第9页。
⑤ 同上书，第11页。

结局在其异心一起之时,就已经定下了。即便不起异心,他的生命格局也已经被安排好了,没有第三种可能。作为第一个出场的异人,南华老仙,似乎有着颇为特殊的作用,他既以仙名,自非世间凡人;作者对其形象又只以"老人""碧眼童颜,手执藜杖"二语描绘,是一般典型的对世外仙人的想象,而其出现又是来则来,去则去,十分飘忽,正和民间所信仰的"天"相吻合,都是虽有人格化的特点,如所谓"老天爷",却没有确定清晰的人物形象。从这个角度看,他正是天的代表。而他断言的"若萌异心,必获恶报"正是天命对张角的限定,不论张角如何征战,人力终不能胜天。把南华老仙和张角兄弟这一故事线置于开首所描述的历史大背景来看,当中的寓意便昭然若现,从《临江仙》到"合久必分,分久必合",天命之不可抗拒与人力之微渺柔弱,这一张力便是构成全书的基本力量,也是三国故事悲剧性的关键所在,作者在开首便已将此主题点出,而三国的结局也就隐晦地藏于其中了。

另外,从叙述结构来看,异人书写在这里也起了承上启下的作用。就承上的方面来讲,《三国》开篇可以说是从"天"谈起,如前文所说,通过一系列的异象来昭示汉室衰微,天下大乱,天命与人力的张力也在这里隐然铺排。后文势必要转入人间的群雄逐鹿以相呼应。然而如何从"天"接到"人"?异人的书写正是极好的过渡。南华老仙并非凡人,正是天的代表,他之授书张角,张角之萌起异心,争夺天下,正是一步步涉入凡尘,卷入乱世。仅此一线,便逐渐把各路英雄都引了出来。故毛评谓张角兄弟,正是"以此兄弟三人,引出桃园兄弟三人来"①。实际上,从异人书写的角度来看,这何止引的是刘、关、张三兄弟,更是把三国乱世、各路英雄引将出来的楔子。这也就是此处异人书写启后的作用。从"天"到"异人"到"人",《三国》的开首层次分明而环环相扣,借助异人书写,形成一种富有寓意的结构,引领全书展开故事。

三 异人书写脉络:于吉与三分格局的形成

继开篇南华老仙、张角之后,较重要的异人书写,当属第二十九回"小霸王怒斩于吉,碧眼儿坐领江东"。这一回孙策与于吉的矛盾是故事的关键。周建渝《多重视野中的〈三国志通俗演义〉》从解构主义的理论角度切入,讨论孙权与于吉的对话,并与第六十八回左慈与曹操的对话相对照,提出叙事中出现众声喧哗的复调效果,揭示了文本意义的丰富甚至歧义的内涵,认为在小说中出现的并非如李福清所认为的以儒家"君子之道"为主导,②而是儒、释、道三者并存,"在同一部作品中呈现自己的声音,并在互动中产生对话关系",③即便儒家思想较为突出,也是杂有佛、道的儒家思想。然而从异人书写的角度来看,作者对于吉的描写,在小说叙事或许还有其他

---

① 毛评见罗贯中《三国志演义》,山东文艺出版社 2007 年版,第 2 页。
② 详可参李福清《三国演义与民间文学传统》,上海古籍出版社 1997 年版,第 183 页。
③ 周建渝:《多重视野中的〈三国志通俗演义〉》,中国社会科学出版社 2009 年版,第 107 页。

的作用。

　　于吉的出场颇为突然，当孙策箭伤渐愈，正和袁绍使节陈震商讨合盟共讨曹操时，于吉突然于城下出现，引得百姓诸将前去参拜，惹怒了孙策，二人的矛盾从此展开。于吉被孙策认为是："汝即黄巾张角之流"，① 这自然是小说作者有意建构于吉与张角之间的关系，可以说是一种内在的文本互涉。那么综合前文对南华老仙以及张角的分析，孙策的这句话便值得思考，于吉与前面的异人书写存在什么样的关系？从南华老仙到张角，前文已述，是异人性质的转移，张角继承了南华老仙的一部分异人性质，这里作者通过孙策之口，又将于吉与张角相关联，正形成脉络颇为清晰的关系链。我们可以比对分析三者的形象及其作用。

　　首先，作者刻画南华老仙的形象是"碧眼童颜，手执藜杖"，② 而于吉的描写则是"身披鹤氅，手携藜杖"。③ 简短的十六字概括，几乎是同一形象不同侧面的描写，若将两句合为"碧眼童颜，身披鹤氅，手携（执）藜杖"，所呈现的形象不仅全无矛盾，反十分恰当。虽然传统小说、民间文学对于仙道的想象常有雷同，然而在《三国演义》全书的异人书写中，只要将南华老仙、于吉与后来的形象粗丑的左慈、管辂比对，则其差异还是十分明显的。作者此处对二人的刻画如此相似，不难令人联想于吉是否南华老仙的再现。此外，南华老仙授张角之书名为《太平要术》，而于吉"顺帝时曾入山采药，得神书于水上，号曰太平青领道，凡百余卷，皆治人疾病方术"，④ 一为《太平要术》，一为《太平青领道》，皆以"太平"为名，所指当既是早期道教"太平道"，二书抑或当为道藏中的《太平经》。如此，从南华老仙到张角再到于吉，至少在教派上，三人应当相同。其次，南华老仙授书张角之后，嘱咐"当代天宣化，普救世人。若萌异心，必获恶报"，作者的叙述显然是将张角安排在后者"若萌异心，必获恶报"之上，反观于吉，他自言"贫道得之（指《太平青领道》一书），惟务代天宣化，普救万人"⑤，这恰是南华老仙对张角之嘱咐的前两句。作者又通过张昭等人说："于道人在江东数十年，并无过犯，不可杀害。"⑥ 以及吴太夫人说："此人多曾医人疾病，军民敬仰，不可加害。"⑦ 进一步做实了于吉"代天宣化，普救世（万）人"的行迹，这可以说又是一处内在的文本互涉。也就是说，在南华老仙、张角、于吉这一异人书写脉络中，有着紧密的呼应关系，于吉即便不能坐实为南华老仙的重现，但他与张角分别承载南华老仙叮嘱的一部分，应无疑义。这便引出一个问题，第一回中的南华老仙与张角，在全书中并非重要人物，然而到了第二十九回，相隔如此之远，作者依然照

---

① 罗贯中：《三国演义》，人民文学出版社 2002 年版，第 245 页。
② 同上书，第 2 页。
③ 同上书，第 244 页。
④ 同上书，第 245 页。
⑤ 同上。
⑥ 同上。
⑦ 同上。

应,如此安排是否别有用意？这个问题我们可以回到文本,分析张角、于吉二人之于南华老仙的叮嘱,得到了怎样的应验,加以探讨。

南华老仙的"代天宣化,普救世人。若萌异心,必获恶报",可以说是代天立言,判定了张角的命运,萌异心,遭恶报,张角果然战败阵亡。然而反观于吉,他确实是"代天宣化,普救世(万)人",然而他的下场如何？孙策接受吕范的建议,考验于吉的法术,让他祈雨赎罪,但"于吉谓众人曰：'吾求三尺甘霖,以救万民,然我终不免一死。'众人曰：'若有灵验,主公必然敬服。'于吉曰'气数至此,恐不能逃。'"① 果然,于吉虽祈得大雨,然而孙策依然"叱武士将于吉一刀斩头落地",并"命将其尸号令于市,以正妖妄之罪"。于吉的下场似乎和张角相去不远。前文言南华老仙是天的代表,那么他的预言应当是有不可违抗的力量的,为何于吉所行虽合于南华老仙"代天宣化,普救世人"之言,却仍遭恶报？作者的意图是否要减弱天命的力量,而凸显人力左右时局的影响力,以为后文三分天下,群雄逐鹿铺垫？

于吉的下场是否代表天命力量的减弱,可以从此回在全书三分天下的故事格局中的作用来考虑。三分天下的格局正是在此回孙策因于吉而死后,隐现雏形,三方势力的形成正是人力左右时局的显证。然而巧妙的是,尽管如此,文本中依然不断出现天命的作用,与其说是天命力量的减弱,不如说是人力与天命之间的协调,我们正可以从三分天下的角度加以分析。三分的正式提出是在第三十八回的隆中对,然而在此之前作者早已作了铺垫,第二十九回可说是最后伏笔。此回之前,魏、蜀、吴三国鼎立的格局虽尚未正式成型,然北方曹操挟天子以令诸侯,势力已相对稳固；刘、关、张三人脱离袁、曹,又得赵云等人,古城聚义与桃园结义相应,有象征性意义,预示刘备一方将有作为,且曹操煮酒论英雄时,刘备已被叙述为能夺天下的英雄。如此则魏、蜀两方已见雏形,只剩东吴。于吉的出现便是为了写东吴势力的成形。孙策之不能为帝王霸业,已在其逐鹿时为贡客所害有所隐喻,"一日,孙策引军会猎于丹徒之西山,赶起一大鹿,策纵马上山逐之"②。"逐鹿"正是争夺天下的象征,孙策不仅未能射得大鹿,且遭贡客埋伏袭击,以致重创,预示了孙策不能成帝王之业。孙策之必杀于吉,而孙策反因于吉而死,若于吉如南华老仙一样,是天命的代表,则是孙策不能胜天。此外,于吉已然料到自己劫数难逃,亦在天命之内,更何况于吉被砍头时,"只见一道青气,投东北去了"③, 暗示于吉精魂不灭,因而后来屡屡显现于孙策面前。以上种种正彰显了天命依然有着巨大的影响力。

但孙策亡故,孙权坐领江东后,鲁肃谏言：

> 昔汉高祖欲尊事义帝而不获者,以项羽为害也。今之曹操可比项羽,将军何

---

① 罗贯中：《三国演义》,人民文学出版社2002年版,第246页。
② 同上书,第243页。
③ 同上书,第246页。

由得为桓文乎？肃窃料汉室不可复兴，曹操不可卒除。为将军计，惟有鼎足江东以观天下之衅。今乘北方多务，剿除黄祖，进伐刘表，竟长江所极而据守之。然后建号帝王，以图天下，此高祖之业也。①

以称帝图天下为大业，这显然是人力的彰显。鲁肃的这番谏言可以说奠定了东吴作为三分天下之一员的地位。前有曹操论英雄，中有鲁肃谏孙权，后有孔明隆中对，三国鼎立的雏形在这一回初现端倪，与前后呼应。往后数回的重点一是袁绍官渡败战，势力减退，再无争夺天下之可能；二是铺排孔明出场，三顾草庐隆中对，三分天下便几成定论。三分天下的大势是由孔明正式提出的，而其形成也是各路人马征战所致，在这样的格局中，再来看于吉与孙策之死，天命反倒成了协助人力，而非决定大势。从南华老仙、张角到于吉，异人书写背后所隐含的天命力量，在全书中并非一种固定不变的形态。这一回，作为三分天下的转折点，恰是天命与人力两相配合所促成的。从结构上讲，若南华老仙代表着完整的天意，张角则代表天意的分裂，于吉则是天意之变化，这和全书叙事，由完整汉家天下到分裂为群雄突起再变化为三分局势，异人书写正与此两相呼应。

四　结语：兼论左慈与管辂

综上所论，可见《三国演义》中的异人书写，其人物虽非重要角色，但作者的经意刻画亦自有深意。实际上，除了上述所论三人，尚有左慈、管辂二人，且作者所用笔墨也较前三人为多，然二人的作用实际上正是对此前异人书写的一种呼应。若从南华老仙、张角到于吉，是天命力量的铺展，作为一种隐含寓意的叙事框架，来统摄全书，那么左慈、管辂则是从术与数两个方面，将原本隐含的寓意作了具体的展现。毛评便认为：

左慈术之幻者也，管辂数之真者也。术之所变，令人不可测试；数之所定，亦令人无可奈何。诚知其无可奈何，而竭智尽能以图逞其欲者，亦复何为哉？故不独左慈之术所以点化老贼，而管辂之数亦所以醒悟奸雄。②

左慈以术，管辂以数，二人虽有不同，但皆是点化曹操。关于左慈以空点化曹操，周建渝《多重视野中的〈三国志通俗演义〉》将之与于吉、孙策之对话对照，已有精辟的论述，③此处仅略及之，以这两位在《三国演义》书中最后出现的异人作结。

---

① 罗贯中：《三国演义》，人民文学出版社2002年版，第250页。
② 毛评见罗贯中《三国志演义》，山东文艺出版社2007年版，第465页。
③ 详见周建渝《多重视野中的〈三国志通俗演义〉》，中国社会科学出版社2009年版，第97—107页。

左慈、管辂与前文所述异人较为不同，两人分别于第六十八回及第六十九回相继出现，左慈"眇一目，跛一足，头戴白藤冠，身穿青懒衣"，①管辂则是"容貌粗丑，好酒疏狂"②，不再是"碧眼童颜，身披鹤氅，手携藜杖"又或"披发仗剑"的形象。显然二人的形象并不讨好，都偏向于"粗丑"，而这形象的不同，实际上也带出了与前不同的另一种异人。相比南华老仙、于吉出世异人的形象，左慈、管辂则更多且积极地参与了世事。二人的术数得到极大程度的发挥，两回中过半的篇幅皆在描写左、管二人施展术数，第六十九回更是为管辂作了一篇传。左慈是主动出现，以空柑、取胆、献花、钓鱼、得姜、分杯、活羊、化身，诸样幻术戏弄曹操，要曹操随他往峨眉山中修行，有着点化曹操的明确目的。管辂虽是曹操召至，且卜算皆不尽言，然而对于曹操所要求卜算传祚修短、百官相面、卜东吴西蜀、卜算出兵，皆一一预言相告。左慈的术，管辂的数，前者以幻，后者以真，皆是彰显"空"。左慈的幻术自不必言，管辂则是甫上场便把幻否定了，对于曹操的头风之病，他说"此幻术耳，何必为忧？"③这种否定不但不破坏"空"的彰显，更进一步把这层寓意推向极致，幻术也终成空。

然而有趣的是，此后管辂又算到东吴折将、西蜀犯界、许都火灾。其中西蜀犯界，曹操本欲出兵，然管辂劝止，这带来一个问题，所谓定数，西蜀犯界故是，然曹操之出兵与否则全然在于管辂的影响。李渔眉批认为曹操之不出兵也是数之所定，"盖管辂所卜者数也，数之所在岂能掩乎？"④连管辂之告知火灾亦是定数。但若将管辂曾卜少年赵颜三日内必死，又为其消灾之事相参看，管辂所谓"此乃天命，安可禳乎？"⑤又未必为实，他能知南北二斗之星，而使天命有变，正是对定数的挑战。从这一点来看，对照前文论于吉虽履行南华老仙的叮嘱但仍遭恶报，似乎天命并非绝对不可反抗，人力依然有强大的影响力。不过，作者显然为人力的影响范围设下了局限，管辂受到南北二斗告诫"再休泄漏天机；不然必致天谴"⑥。天谴仍然是天的力量在发生作用，虽管辂神算，亦不得不受其限制。

从南华老仙、张角、于吉到左慈、管辂，《三国演义》中的异人书写，似乎正能形成一种统摄全书叙事的结构。从南华老仙的隐示天意到张角的违背天意、于吉天意的变化，然后到左慈、管辂，从不同方面显明地昭示"空"的寓意，几个人物之间跨越数十回，彼此遥遥照应。在异人书写的天命框架下，各路英雄豪杰的征战，正是人力的对峙。天命时而显示出绝对的力量，人力又时而有所突破，形成张力，将全书历史故事涵盖其中。这或正是《三国演义》异人书写中虽多非全书关键人物，但仍具有重要意义的原因。

---

① 罗贯中：《三国演义》，人民文学出版社2002年版，第566页。
② 同上书，第570页。
③ 同上书，第572页。
④ 李渔眉批，见钟宇辑《三国演义：名家汇评本》，北京图书馆出版社2007年版。
⑤ 罗贯中：《三国演义》，人民文学出版社2002年版，第571页。
⑥ 同上。

形象，仪式与叙事节奏
——毛评本《三国演义》中的"武侯泪"

金 佳[*]

(香港中文大学（深圳） 深圳 518172)

摘　要：本文拟以孔明在毛评本《三国演义》中的十四次哭泣为讨论对象，分析形象迭用手法下"武侯泪"在文章结构前后呼应上、叙事节奏控制上分别扮演的重要角色。本文认为，落泪的冷面军师与善哭的君主刘备之间因为哭泣而形成了形象的重叠，哭泣象征着西蜀主权的传递；诸葛亮运用哭计安抚人心也类似于曹操用哭来激励将领、周舫急哭来蒙骗曹休，哭泣使前后文产生呼应；西蜀大将身死、诸葛亮落泪与西蜀国运的衰落曲线间也存在紧密联系。作者利用诸葛亮的哭泣来控制叙事节奏，表现出独特的叙事技巧。

关键词：《三国演义》；孔明；泪；叙事节奏；形象迭用

一　前言

长久以来，孔明在各类艺术作品中都以沉着冷静、运筹帷幄著称，一提起他，大众脑海中都会浮现一个睿智的军师形象。但细读毛评本《三国演义》文本就会发现，以西蜀建国为节点，孔明的形象有一个明显的转变，从意气风发转为脆弱无力，并在不同场合大哭、低泣、落泪，这些因悲而泣的情节也与之前以哭为计的情节产生了对比。

据笔者统计，毛评本《三国演义》中诸葛亮共哭泣十四次，其中大部分是小说虚构的情节。与《三国志》记载相符的有：第八十六回刘备死前君臣哭作一团的场面、第九十一回《出师表》中的"临表涕零"、第九十六回挥泪斩马谡部分，但该回思怀先主部分有所改动，《三国志》中诸葛亮一直器重马谡，马谡下狱身故后诸葛亮也为他流泪。但《三国演义》中改作马谡被斩之后诸葛亮大哭却是因为懊悔当时没听从刘备临

---

[*] 作者简介：金佳（1989—　），广东汕头人，香港中文大学（深圳）讲师，研究方向为汉语句法学。

终遗言错用马谡守街亭。《三国志平话》中只有一次诸葛亮哭泣的记载，并且不与《三国演义》的描写重复，是在吩咐完后事之后："军师哭而告曰：'吾死，可将骨殖归川。'众人皆泣下"。另：元杂剧三国戏有王仲文已佚的《哭周瑜》和残曲《秋风五丈原》（无哭泣），不可知毛评本《三国演义》中第五十七回吊周瑜、第一百四回安排后事中孔明哭泣的场面描写是否受过这两出剧目的影响。根据声音、动作、原因、对象等不同，笔者将这十四次哭泣归纳为四类。第一类中孔明的眼泪或是奇谋巧计还是礼尚往来，与此相关的分别是第五十七回吊周瑜、第六十六回索荆州、第八十五回受托孤和第九十一回祭泸水。第二类武侯在折损大将时哭，哭的是第六十三回凤雏归天、第九十七回赵云老死、第九十九回张苞伤逝和第一百二回关兴病亡，大将一个个凋零代表着西蜀一步步走向覆灭。第三类是怀念先主，当第九十一回上《出师表》时、第九十六回斩马谡时和第一百二回五出祁山时，哭的是"奉命于危难之间"却最终无力回天。第四类是深知自己命不久矣却壮志未酬，悲从中来，分别在第九十回火烧藤甲、第一百三回答杨颙谏、第一百四回安排后事时无声落泪。

从以上的分类方法我们可以看到的是"孔明为什么而哭"，但是作者让孔明"哭"，除了塑造一个睿智也脆弱的多面悲剧英雄形象，另一层深意是以"哭"为主要元素运用形象迭用手法将人物与人物、事件与事件关联起来，让前后文产生呼应，并控制小说的叙事节奏。

二 形象换位与形象迭用：以"哭"重叠的君臣

在《三国演义》中，提起以哭为手段来为自己争取利益的人物，首推刘备，都说他是"哭出来的天下"。但是我们发现，原来他的军师诸葛亮也是演哭戏的能手，他不止一次利用眼泪赚得人心。首先看在"哭"这个行为上诸葛亮与刘备的互动。第六十六回诸葛瑾奉命来索荆州，诸葛亮与刘备唱了一出双簧。出人意料的是，这一出里是刘备扮白脸没有哭反而孔明扮红脸抢着哭："孔明哭拜于地，曰：'吴侯执下亮兄长老小，倘若不还，吾兄将全家被戮。兄死，亮岂能独生？望主公看亮之面，将荆州还了东吴，全亮兄弟之情！'玄德再三不肯，孔明只是哭求。"最后一句是毛氏父子加上的，愣是让冷面军师在这一回里哭成一个泪人，这种形象的换位给读者留下十分深刻的印象，而孔明与刘备的形象在这一回里出现了某种意义上的重叠。自然的，诸葛亮这么一哭，诸葛瑾也放不了狠话，最后只有无功而返。

再看第八十五回刘备托孤，在这一场里君臣都流泪不止、哭作一团。主公将死，伤心肯定是有的，但是这一回里孔明的三次哭多是伴随着"拜"这个动作，礼节感更强，而且哭也是君臣间的一种互动甚至角力：刘备哭着交给孔明一个烂摊子西蜀、一个扶不起的阿斗，作为臣下也只能"汗流遍体，手足失措，泣拜于地曰：'臣安敢不竭股肱之力，尽忠贞之节，继之以死乎？'"所以说这一回里孔明的"哭"不是计，却是一种不可避免的响应方式,某种意义上讲,这一次是刘备的哭计成功了。而我们也看到,刘备死了,军权交给了诸葛亮,为蜀国而哭的权利和义务也在这一回交给了他。通过流泪来看"西蜀主人"的转换,我们发现,关羽、张飞死时,刘备哭得撕心裂肺,但诸葛亮没有哭;庞统死时两人都落泪了,但当时两人并不在同一空间里,因此并不冲突;之后张苞和关兴死时,诸葛亮也痛心流泪,又是一处重叠。因此,之后诸葛亮一哭,我们也很容易联想起先主,而且,之后他也好几次因为思怀先主而哭。

例如,第九十一回一出祁山之前向后主上《出师表》,最末两句是"临表涕零,不知所云"。表面上看,这里孔明是面对后主刘禅而"涕泣"——在事实层面的确如此。不过,如果细读表文,不难发现,让他下泪的动情之处,其实是在对先主的回忆之中。自开篇的"先帝创业未半而中道崩殂"开始奠定基调,全篇屡屡以"先帝"提顿,再接入自己的情绪,如怀想"先帝不以臣卑鄙,猥自枉屈,三顾臣于草庐之中,咨臣以当世之事",转即写自己"由是感激,遂许先帝以驱驰";追忆白帝城托孤"先帝知臣谨慎,故临崩寄臣以大事也",转笔即是"受命以来,夙夜忧叹"。终篇又是"不效,则治臣之罪,以告先帝之灵","深追先帝遗诏"。感激之泪,忧叹之泪,壮志雄心而又诚惶诚恐之泪,皆为"先帝"而下!不仅如此,令诸葛亮最为挂心的后主本身就是先主留给他的重担,所以我们说,他在这里对着后主涕泣,但实哭的是先主刘备。

在小说叙事之中,作者也有意用各种手法为读者揭示出"哭"与"泪"中蕴含的叙事功能与寓意。换言之,哭泣并不仅仅作为悲伤的情节出现,更是要为表达文本的潜在含义或主旨服务。例如第一百二回五出祁山,当谯周质疑他逆天而行时,他命有司设太牢祭于昭烈之庙,涕泣拜告曰:"臣亮五出祁山,未得寸土,负罪非轻!今臣复统全师,再出祁山,誓竭力尽心,剿灭汉贼,恢复中原,鞠躬尽瘁,死而后已!"嘉靖本中的叙述"孔明即设太牢,祭先帝之庙"相对较为简单。毛评本特意敷衍其文,加入"设太牢""涕泣拜告"等细节描写,正是要以"哭"渲染孔明对先帝的感激和出师之悲壮。又如第九十六回挥泪斩马谡,小说文本中不但反复以"谡泣曰""孔明挥泪曰""孔明流涕而答曰"等描写强化"泪"这一要素,更在结尾特写一笔孔明落泪之原因:

> 孔明大恸不已。蒋琬问曰:"今幼常得罪,既正军法,丞相何故痛哭耶?"孔明曰:"吾非为马谡而痛。谡与吾义同父子,今违令斩之,又何悔焉?吾想先帝在白帝城临危之时,曾嘱吾曰:'马谡言过其实,不可大用。'今果应此言。乃恨己之不明,追思先帝之言,因此大痛也!"大小将士无不流泪。

这里以"孔明大恸"、蒋琬追问引出对"先帝"遗言的追思,从叙事方式上看与赤壁之战后曹操哭郭嘉构思相似:

> 陆续败兵皆随首将归南郡。操点将校,中伤者极多,操令将息。坐至半夜,

仰天大恸。众将曰:"丞相于虎窟龙潭中逃难之时,全无惧怯;今已到城中,人已得食,马已得料,整顿军马,再去复仇,何故痛哭?"操曰:"孤哭郭奉孝耳。"众将曰:"郭嘉已丧久矣,此哭何意?"操曰:"若郭奉孝在,不使孤有此大失矣!"遂捶胸大哭曰:"哀哉奉孝!痛哉奉孝!惜哉奉孝!"众皆默然。

一是以君哭臣,一是以臣哭君,两两遥对,正是同一手法的运用。叙事者特意用看似奇怪的"哭"与旁人的"问",引出出人意料而又在情理之中的解答,深化了哭泣的叙事含义。孔明时时刻刻将先主挂在心上嘴边,这是作者有意将其塑造成一个以"忠"为本的理想文臣,而"哭"正是一种具体化的表现手段,孔明因思念而哭并哭善哭之刘备,是一种双重的关联。作者运用了形象选用的手法将这一对君臣联系了起来。

三 仪式化叙事与去仪式化叙事

关于诸葛亮文中有两个相似的"哭祭"情节。第一场"哭祭"是第五十七回,诸葛亮"以吊丧为由,往江东走一遭,就寻贤士佐助主公",再加上之前他"夜观天文,见将星坠地,乃笑曰:'周瑜死矣!'"我们可以清楚看到"吊周瑜"就是一个幌子,势均力敌的对手提早下阵,乐多于悲也是自然。但他在周瑜灵前演得却毫不含糊:"孔明祭毕,伏地大哭,泪如涌泉,哀恸不已",这出戏使他达到两个目的:一是"众将相谓曰:'人尽道公瑾与孔明不睦,今观其祭奠之情,人皆虚言也。'"——东吴上下消除了对孔明、西蜀的敌意,联盟依旧稳固;二是成功寻得凤雏。我们对照嘉靖本之后发现,毛氏父子将"伏地而哭"改作"伏地大哭",增一个"大"字,加大了动作的幅度,也增强了这一场面的戏剧感,可见毛氏也意识到这是一场戏。毛评提到诸葛亮是"哭其不能助我以攻曹,乃真哭,非假哭也"确实有理,但这只能说明他的哭不全是戏,里头也有实心眼泪。但是站在东吴的立场,这一"实心眼泪"其实仍是"虚假"的。第二场"哭祭"是在第九十一回,诸葛亮平南蛮的归途中,泸水闹鬼不可渡,于是设坛祭亡灵,"读毕祭文,孔明放声大哭,极其痛切",结果"情动三军,无不下泪",连蛮子降将也被感动:"孟获等众,尽皆哭泣",自然亡灵也都散去,武侯得以顺利班师回朝。这一场面的描写中,毛氏同样作了细微改动,将原本的"痛切不已"易为"极其痛切",仔细体味我们会发现,把一个普通的结果补语换作一个高级的程度副词,"痛切"被夸张化了,戏味也就更强了。

两回的哭泣有一个共同点,孔明哭之前都有一篇祭文,那么哭泣这一行为作为仪式的存在感就更加强烈。如吊周瑜之文云:

呜呼公瑾,不幸夭亡!修短故天,人岂不伤?我心实痛,酹酒一觞;君其有灵,享我蒸尝!吊君幼学,以交伯符;仗义疏财,让舍以居。吊君弱冠,万里鹏抟；定建霸业，割据江南。吊君壮力，远镇巴丘；景升怀虑，讨逆无忧。吊君丰度，佳配小乔；汉臣之婿，不愧当朝。吊君气概，谏阻纳质；始不垂翅，终能奋翼。吊君鄱阳，蒋干来说；挥洒自如，雅量高志。吊君弘才，文武筹略；火攻破敌，挽强为弱。想君当年，雄姿英发；哭君早逝，俯地流血。忠义之心，英灵之气；命终三纪，名垂百世，哀君情切，愁肠千结；惟我肝胆，悲无断绝。昊天昏暗，三军怆然；主为哀泣；友为泪涟。亮也不才，丐计求谋；助吴拒曹，辅汉安刘；掎角之援，首尾相俦，若存若亡，何虑何忧！呜呼公瑾！生死永别！朴守其贞，冥冥灭灭，魂如有灵，以鉴我心：从此天下，更无知音！呜呼痛哉！伏惟尚飨。

在白话小说中插入这一段四言韵文，正是以叙述语言和文体的变化改变叙事的节奏，凸显仪式性的效果。祭文中随着内容与情感的变化转换韵脚，不但层次分明地总结了周瑜之生平功业，更步步推进地在结尾将文章的情感推向了高潮。孔明哭毕，东吴众将皆为"祭奠之情"所感动，"鲁肃见孔明如此悲切，亦为感伤，自思曰：'孔明自是多情，乃公瑾量窄，自取死耳。'"正是通过小说人物的反应侧面折射出哭祭的情感效果。"哭祭"的情感是真是假？这是此一仪式中最耐人寻味的问题。仪式和祭文表达出来的情感越"真"，叙事上反讽的效果也就越强烈。祭告泸水亡魂之文则是用更庄严肃穆的文体写成：

维大汉建兴三年秋九月一日，武乡侯领益州牧丞相诸葛亮，谨陈祭仪，享于故殁王事蜀中将校及南人亡者阴魂曰：我大汉皇帝，威胜五霸，明继三王。昨自远方侵境，异俗起兵；纵蛮尾以兴妖，恣狼心而逞乱。我奉王命，问罪遐荒。大举貔貅，悉除蝼蚁。雄军云集，狂寇冰消。才闻破竹之声，便是失猿之势。但士卒儿郎，尽是九州豪杰；官僚将校，皆为四海英雄。习武从戎，投明事主，莫不同申三令，共展七擒。齐坚奉国之诚，并效忠君之志。何期汝等偶失兵机，缘落奸计。或为流矢所中，魂掩泉台；或为刀剑所伤，魄归长夜。生则有勇，死则成名。今凯歌欲还，献俘将及。汝等英灵尚在，祈祷必闻。随我旌旗，逐我部曲，同回上国，各认本乡。受骨肉之蒸尝，领家人之祭祀。莫作他乡之鬼，徒为异域之魂。我当奏之天子，使尔等各家尽沾恩露，年给衣粮，月赐廪禄，用兹酬答，以慰汝心。至于本境土神，南方亡鬼，血食有常，凭依不远。生者既凛天威，死者亦归王化。想宜宁帖，毋致号啕。聊表丹诚，敬陈祭祀。呜呼，哀哉！伏惟尚飨！

开头的"维大汉建兴三年秋"和诸葛亮的结衔表明此文作为国家典礼之文的属性，故与祭周瑜文情感的奔涌流动相比，祭泸水文相对是平缓、潜隐、沉重的哀伤。文章用四六句式，工整谨饬，但不用韵，气氛更为庄重。祭周瑜和祭泸水同样是仪式性的"哭"，但前者更富有"个人"色彩，后者则是以"汉丞相"的身份致敬牺牲的军士，故在文体和情感上都显现出不同的特征。

与这些仪式化、有意的哭泣相比，反差十分大的是，小说的后期我们看到孔明好几次在大悲之中无声落泪：第九十回，在火烧藤甲兵的高潮描写之后，小说补叙一笔："孔明垂泪而叹曰：'吾虽有功于社稷，必损寿矣！'"第一百三回，在司马懿"孔明食少事烦，岂能久乎"的惊人之语后，杨颙亦进谏劝说诸葛亮不必自理细事，"孔明泣曰：'吾非不知。但受先帝托孤之重，惟恐他人不似我尽心也。'"亦是在一个小高潮之后以孔明的黯然泪下补上一个收束的尾音。第一百四回，在面见成都来使、安排后事之时，嘉靖本但云"孔明令坐，而言曰：吾不幸中道而亡……"，毛评本则特加入"流涕"二字，改作"孔明流涕曰：'吾不幸中道丧亡，虚费国家大事，得罪于天下。'"无声的落泪可以看作一种"去仪式化"的哭泣书写。这几处垂泪、泣与流涕都是"无意为之"，小说的叙事者也没有放缓节奏，用浓墨重彩加以渲染。我们从这一系列的情节中，深刻感受到了神仙一般的诸葛亮其实是一个有血有肉的老人，他料事如神却躲不过天命，他眼睁睁地看着自己的生命流逝即将到达终点，却有心无力、有谋无功，完不成当初的诺言，不知泉下该如何面对先主，没有任何祭文、无须什么观众，也不是哪位大将身死的噩耗，眼泪无法控制地静静淌下，正是所谓的大悲无声。相比之下，我们看到这两回里都是声音和动作上十分夸张的"大哭"，可以清楚感知叙事者将这假意真情的两类哭泣在角色的动作、声音上作了区别描写。

说起来曹操也是惯用哭计的老手："一日，昼寝于帐中，落被于地，一近侍慌取覆之。操跃起，拔剑杀之，复上床睡；半晌而起，惊问：'何人杀吾近侍？'众以实对，操痛哭而厚葬之。"以流泪来掩盖险恶用心，奸雄果然狠辣。因此在读孔明哭戏的时候，我们也容易联想起曹操哭典韦、哭郭嘉的情节。毛评也提到："曹操前哭典韦，而后哭郭嘉。哭虽同而所以哭则异。哭典韦之哭，所以感众将士也；哭郭嘉之哭，所以愧众谋士也。前之哭胜似赏，后之哭胜似打。"不管是赏是打，曹操的哭都不是真哭，而是一种激励将士的手段，与诸葛亮哭周瑜、哭亡灵而安抚人心的计谋前后相呼应。后文第九十六回"周鲂断发赚曹休"里周鲂也是用"情急而哭"的手段骗取了曹休的信任，我们认为这也与之前曹操的哭计、孔明的哭计互相呼应。

四　大将死、军师泪与西蜀衰落的叙事曲线

相比之前的哭戏，我们发现孔明的第一次因悲伤而落泪可以追溯到第六十三回庞统被射死在落凤坡时，当时诸葛亮也是前后哭了三次：先是看见星陨"孔明失惊，掷杯于地，掩面哭曰：'哀哉！痛哉！'"为众官解疑之后又"大哭曰：'今吾主丧一臂矣！'"最后得知凤雏身死的确切消息再次"大哭，众官无不垂泪"。这是我们在文本中

第一次看到一个这么悲痛的军师，不难看出凤雏身死这一事件对孔明、西蜀的打击之大。事实上由于庞统死而孔明被迫离开荆州、关羽失荆州而吴蜀联盟破裂、刘备执意伐吴而西蜀元气大伤……像连续倒下的多米诺骨牌一般，凤雏之死正是西蜀从鼎盛走向衰落的开端。

第九十七回赵云病故时孔明的反应与这一回十分接近：先是他也看见异象料得折损大将便"大惊，掷杯于地曰：'子龙休矣！'"预言得到证实后又"跌足而哭曰：'子龙身故，国家损一栋梁，吾去一臂也！'"叙述顺序相同，"大惊""掷杯""丧（去）一臂"等词语重复使用，加上凤雏与卧龙是惺惺相惜的知己、赵云与孔明又是配合默契的战友，这两人在作者笔下通过孔明的落泪在形象上产生了重叠，隔着三十四回遥相呼应着，提醒读者蜀国正在不断走下坡路。

紧接着又有一对关系密切的人物相继死去：张苞与关兴。第九十九回张苞因为之前受伤后来不治身亡，"孔明闻知，放声大哭，口中吐血，昏绝于地。众人救醒。孔明自此得病，卧床不起。"第一百二回关兴也毫无预兆地病死："忽报关兴病亡，孔明放声大哭，昏倒于地，半响方苏。众将再三劝解，孔明叹曰：'可怜忠义之人，天不与以寿！'"对比之下我们看到，这两次孔明都是在没有心理准备的情况下被告知噩耗，反应也都是"放声大哭""昏厥（倒）于地"，两名小将作为关羽和张飞的后代，本身也是肝胆相照的异姓兄弟，虽然一个死在三出祁山的归途（张苞）而一个死在六出祁山的发兵之际（关兴），写法稍有差别，但形象选用的手法仍然在这里起着明显的作用。

这里关于"大哭"的描写，有别于之前的哭戏，因为有呕血、昏厥等真实反应为证①，可见丞相确是悲痛欲绝，而这一情节的另一功用是交代了"孔明自此得病"，解释了不久之后的身死五丈原。不断的落泪描写也在暗示读者：曾经英姿勃发的军师此时已经是渐渐老迈、历经沧桑、有心无力并且正不断承受失去爱将打击的老人了。

同样值得注意的是，这一次两人身死只相差寥寥三回，《三国志》本无关兴、张苞的记载，这里恐是作者有意将两位小将的病亡安排在临近几回，我们感受到了西蜀灭亡的脚步也正在加速。

这里引出一个问题：这些身份形象相关的西蜀重要武将的死加上诸葛亮的哭，是不是作者用来控制叙事节奏的一种手段？我们将以上分析过的几个情节放进魏、蜀、吴三国事件的时间线中：一出祁山（结束—马谡被斩—挥泪）；陆逊破魏；二出祁山（开始—赵云老死—跌足而哭）；孙权称帝；三出祁山（结束—张苞伤逝—大哭吐血）；四、五出祁山；六出祁山（开始—关兴病故—大哭昏厥），六出祁山（结束—武侯归天—低泣流涕）。我们可以看到，六次出兵祁山中每隔一两个事件，就有西蜀大将身亡以及孔明落泪的情节出现，西蜀大将包括孔明自己，在作者笔下一个一个，伴随着武

---

① 毛评也说："曹操哭典韦，孔明哭张苞。然曹操不病，孔明则病，哭可假，得病却假不得。"

侯的眼泪，按照一定的节奏①逐步死去。眼泪在营造西蜀悲剧氛围的同时，更象征着死亡，而从凤雏到卧龙的死亡是一个个的点，连成一条代表着西蜀国运衰落的抛物线，越往后走越陡峭。

五　结语

总而言之，分析毛评本《三国演义》中诸葛亮的十四次哭泣，我们看到形象选用手法在三个方面发挥着作用：首先，落泪的冷面军师与善哭的君主刘备之间因为哭泣而形成了形象的重叠，哭泣象征着西蜀主权的传递，是西蜀内部的一个前后呼应；其次，诸葛亮运用哭计安抚人心也类似于曹操用哭来激励将领、周舫急哭来蒙骗曹休，是小说整体结构上的前后呼应；最后，身死的西蜀大将在诸葛亮落泪一幕中的前后关联，隐含着西蜀国运的衰落曲线，作者利用哭泣来控制叙事节奏。因此我们有理由认为，诸葛亮的哭不只在英雄形象的塑造上、悲剧气氛的渲染上发挥作用，更在文章结构的前后呼应上、控制小说叙事节奏上担任着重要角色。

---

① 笔者认为，这里的一定节奏与之前"加速"的说法并无冲突，节奏是事件的节奏，作者每隔一个事件就提醒读者：蜀国已经衰落；而间隔回数相对少则从一个事件到另一个事件的阅读时间少，感觉上是加速了。

西方文论

西方文论·专题：亚里士多德原典研读

《诗学》中的模仿理论分析

常家凤*

（中国政法大学　北京市　100088）

摘　要：亚里士多德的《诗学》一书主要论述了关于艺术模仿的理论，指出模仿是一切艺术的共性，源自人的本能与人求知的天性，为悲剧下定义为一种关于模仿的艺术，认为模仿应表现必然性、或然性的某种类型的人和事物。他的模仿理论为西方悲剧乃至整体艺术的研究奠定了哲学基础，影响深远，引发了后来许多哲学家的探讨。本文旨在梳理其模仿理论的历史渊源，分析其模仿理论的主要内涵，探讨其模仿理论的限定，对其模仿理论进行评价。

关键词：亚里士多德；诗学；模仿；艺术

绪　论

模仿，在古希腊哲学史上早有研究，其思想渊源可谓源远流长。作为社会的人、历史的人，人类的思想意识都会受到一定历史社会的影响，哲学家也不例外。亚里士多德的模仿理论即是在继承和发展前人思想的基础上而诞生的。

亚里士多德的老师——柏拉图，其"理念论"使"模仿"一词广为人知。柏拉图的"理念论"认为理念是万物的本原，具有真实性，只能为理智所把握；现实世界只是理念世界的摹本，艺术又只是现实世界的摹本，也就是摹本的摹本，只有理念世界才是真实的，现实世界和艺术都是失真的模仿，所以这种模仿只是组建关于实体的假象，无法展示事物的实质。柏拉图把世界分为理智的、知识的可知领域和非知识的、意见的可感领域，模仿作为可感领域的一种，并不能带给人们以知识和真理。"所以我们可以说，从荷马起，一切诗人都只是模仿者，无论是模仿德行，或是模仿他们所写

---

* 作者简介：常家凤（1993—　），河北唐山人，中国政法大学硕士研究生。

的一切题材,都只得到影像,并不曾抓住真理。"[1] 作为一名理念论者,柏拉图提出哲学家为王,在他那里,艺术只能是服务于政治,无意艺术本身的研究。他列出诗的模仿的罪状,"再如性欲、忿恨,以及跟我们行动走的一切欲念,快感的或痛感的……它们都理应枯萎,而诗却浇灌它们,滋养它们……这些欲念都应受我们支配,而诗却让它们来支配我们了"[2]。

但是,柏拉图并非模仿论的首创者。最初,模仿的意义是指祭祀活动的舞蹈、奏乐和演唱等行为。之后,公元前5世纪,古希腊医学家希波克拉忒斯特明确提出了技艺模仿自然的思想,他认为技艺是对自然的模仿,通过技艺协助自然的运作、推动自然的发展,更好地实现人类需求。无独有偶,前苏格拉底哲学家德谟克利特也持有同样的观点,他指出人类向动物学习一些技巧,比如人模仿蜘蛛学会了编织和缝补、模仿燕子学会了造房子、模仿黄莺学会了唱歌。德谟克利特的模仿包含了对自然科学的探索以及对人类社会的研究,时至今日,人类还是在不断地进行着模仿这一行动,比如模仿蛋壳构建薄壳建筑,模仿蝙蝠的回声定位发明雷达,等等。

另外,前苏格拉底哲学家赫拉克利特以古代朴素唯物主义的立场提出了艺术模仿自然,这种模仿不是指简单地再现自然,而是要揭示其内在规律,"万物据逻各斯产生"。毕达哥拉斯学派也曾提出"模仿"的理论,认为数是万物的本原,万物都是按照和谐有序的形式去模仿数,模仿的主要领域是音乐,因为音乐完美地呈现了数的和谐形式。可以看到,之后柏拉图的艺术模仿理论与之很相似。亚里士多德指出:"仅仅'分有'这个词是他(柏拉图)改变了的,因为毕达哥拉斯派说事物由于模仿数而存在,而柏拉图则说它们由于分有而存在,仅仅是一个词的改。至于这个形式的'分有'或'模仿'究竟是什么,他们留下一个悬而未决的问题。"[3]

自此,在亚里士多德以前,模仿就有了双重含义:其一,是人物行为意义上的模仿;其二,是制造相似物意义上的模仿。

一 《诗学》中模仿理论的内涵

亚里士多德与柏拉图的艺术观有着本质上的区别。在本体论上,亚里士多德批判柏拉图的"理念论",提出"实体"学说,他认为,现实世界就是唯一真实的存在,模仿现实的艺术也就是真实的。因此,同哲学一样,艺术也能给人以真理。艺术不应该受到攻击,应当对艺术本身加以研究,并将其发扬。

(一)模仿的定义

《诗学》一书中处处提及模仿,可以说,模仿理论是亚里士多德《诗学》的基石,

---

[1] [古希腊]柏拉图:《柏拉图文艺对话集》,朱光潜译,安徽教育出版社2007年版,第84页。
[2] 陈中梅:《柏拉图诗学和艺术思想研究》,商务印书馆2002年版,第31页。
[3] [古希腊]亚里士多德:《形而上学》,李真译,上海人民出版社2006年版,第33页。

但是亚里士多德并未对什么是"模仿"给以明确定义，我们只能对《诗学》中对模仿一词所做出的相关描述性内容加以研究，以期获得全新的认识。

《诗学》开篇，亚里士多德便对"模仿"这一术语进行了探讨。他认为艺术的本性即在于模仿，"史诗的编制，悲剧、喜剧、狄苏朗勃斯的编写以及绝大部分供阿洛斯和竖琴演奏的音乐，这一切总的来说都是模仿"①。艺术总是通过媒介进行模仿，不同艺术之所以不同，是由于它们的模仿媒介、模仿对象和模仿方式不同。比如在模仿媒介上，器乐的模仿用音调和节奏，舞蹈的模仿只用节奏，诗人的模仿是都使用了格律文；在模仿对象上，喜剧倾向于模仿比一般人差的人物，悲剧倾向于模仿比一般人好的人物；在模仿方式上，史诗以叙述的方式，悲剧以行动的方式。

后来的德国文艺理论家莱辛在《拉奥孔》中提出诗与画的界限："绘画用空间中的形体和颜色而诗却在时间中发出声音，……那么空间中并列的符号就只适于表现那些全体或部分本来也在空间中并列的事物（物体），而时间中先后承续的符号也就只适于表现那些全体或部分本来也是在时间中先后承续的事物（动作）。"②画以无声的方式整体呈现，诗以有声的方式娓娓道来，这一观点也恰恰体现了模仿是众多不同艺术的构成方式。

结合亚里士多德的哲学观，他指出，从根本意义上说实体就是客观独立存在的、物质的、具体的个别事物，是"第一实体"，普遍的东西本身不是以单一实体的形式存在着，只是作为一定概念和一定物质所构成的整体存在着。不难发现，模仿就是通过不同的媒介、对象和方式，形成不同的概念和物质的整体，即事物自身实体。因此，笔者认为，亚里士多德意义上的"模仿"除了简单的"模仿人物行为"和"制造相似物"之外，还有十分具有哲学意味的一点，即"成为事物自身实体"，是其所是。

（二）模仿的原因

亚里士多德是一位典型的目的论者，他认为事物自身都包含各自的目的："终极基质，它不再是表述别的任何东西的，以及那个作为一个'这个'，它也是分离的，每一个个别事物的形式和形状就具有这种本性。"③比如，鸭子脚上长有蹼是为了游泳，植物生长出叶子是为了遮挡果实……这些都是出于天性并为了某种目的。亚里士多德指出：模仿，是为了求知。

在《诗学》第四章中亚里士多德提出诗艺的产生有两个原因，二者都与人的天性有关。"首先，从孩提时代起人就有模仿的本能，人和动物的一个区别就在于人最善于模仿，并通过模仿获得了最初的知识。其次，每个人都能从模仿的成果中得到快感。"④在亚里士多德看来：模仿是人类的天性，模仿可以让人们学到知识；求知也并非哲学

---

① [古希腊] 亚里士多德：《诗学》，陈中梅译注，商务印书馆1996年版，第27页。
② [德] 莱辛：《拉奥孔》，朱光潜译，人民文学出版社1984年版，第82页。
③ [古希腊] 亚里士多德：《形而上学》，李真译，上海人民出版社2006年版，第132页。
④ [古希腊] 亚里士多德：《诗学》，陈中梅译注，商务印书馆1996年版，第47页。

家专属，求知的天性属于每一个人，人类都以学到知识为乐趣；人具有欣赏模仿作品的能力，模仿的成果会使人得到快感，所以人们乐于欣赏艺术品。比如艺术品的逼真再现会使人类产生审美的快感，人类会对音乐的节奏和旋律产生快感。因此，模仿这一人类本能既使人类学到知识，又可以陶冶人类的审美情趣。

这里涉及关于艺术可以陶冶性情的论述，亚里士多德认为，悲剧可以通过引发怜悯和恐惧使这些情感得到疏泄。这种疏泄不仅有益于身心健康，同时有益于道德净化。亚里士多德哲学的最高目的是追求人类最高的幸福，这种幸福是指生命所拥有的最旺盛活跃的一种思想状态——沉思。"正如我们即将要看到的，神圣沉思对亚里士多德的伦理学来说是一个重要观念，因为它牵涉到他关于人类本性的见解。"[①] 虽然从属神的角度来说，"沉思"由于其自主自足性而高于其他德行的实现活动，但是从属人的角度来说，需要走出形而上学，走进现实生活："但是，人的幸福还需要外在的东西。因为，我们的本性对于沉思是不够自足的。"[②] "然而，作为一个人并且与许多人一起生活，他也要选择德行的行为，也需要那些外在的东西来过人的生活。"[③] 亚里士多德认为，善的本质是政治上、道德上合于奴隶主贵族利益的"正义"，而艺术所具有的这种"善"和"美"的陶冶作用，是可以通过情感的陶冶，实现政治上和道德上的一种理性认识，即是实现理性认识的一种审美途径。

（三）模仿的限定

值得注意的是，亚里士多德认为模仿应表现必然性、或然性的某种类型的人和事物："诗人的职能不在描述已经发生的事，而在于描述可能发生的事，即根据可然或必然的原则可能发生的事。历史学家和诗人的区别不在于是否用格律文写作，而在于前者记述已经发生的事，后者描述可能发生的事。"[④] 艺术的模仿含义是出于必然、或然，是可能发生的事，它不一定已成为现实，却与现实事物具有相似性。也正是如此，亚里士多德认为诗比历史更具有哲学性和严肃性，因为诗更具有普遍性，历史则是已发生的事物，具有特定性。

笔者认为，亚里士多德所说的模仿是表现必然性、或然性的某种类型的人和事物，这种必然性与或然性并不矛盾冲突，反而呈现出一种由潜能转变为现实的发展态势，换句话说，这是一种应然性。

二 关于"模仿"的限定的探讨

《诗学》大部分内容致力于阐述悲剧，由亚里士多德给悲剧的定义不断展开，悲剧

---

① ［美］汤姆森、米纳斯：《亚里士多德》，张晓林译，中华书局2002年版，第69页。
② ［古希腊］亚里士多德：《尼各马可伦理学》，廖申白译，商务印书馆2003年版，第310页。
③ 同上书，第311页。
④ ［古希腊］亚里士多德：《诗学》，陈中梅译注，商务印书馆1996年版，第63页。

中的模仿是其模仿理论中的重要一笔。亚里士多德认为作为艺术的一种——悲剧，其本质也是一种关于模仿的艺术："悲剧是对于一个严肃的、完整的、有一定长度的行动的模仿，它的媒介是经过'装饰'语言，以不同的形式分别被用于剧中的不同部分，它的模仿方式是借助人物的行动，而不是叙述，通过引发怜悯和恐惧使这些情感得到疏泄。"①

由于亚里士多德并未给模仿以明确的定义，也未对悲剧中的模仿到底是一种怎样的模仿展开详述，其悲剧理论中的"模仿"引发了当代学者的一系列探讨，这里就涉及了前文所提到的模仿的限定。

英国学者乔纳森·巴恩斯指出：或许亚里士多德默认大家都很熟知柏拉图的著作，因此并没有对什么是模仿给予解释。而其老师柏拉图的模仿概念，至少包含两种含义：荷马史诗这种以剧中人物而非作者自身叙述的模仿，在这一层面，模仿性的诗与叙述性的诗有所区别；以及像《理想国》中对床进行的相似却并非真实的模仿，即制造某物的相似物的模仿，在这一层面，所有的诗都是模仿。根据《诗学》中的叙述，亚里士多德也考虑到了模仿的两层含义：对自然的模仿（行为上）和制造相似物意义上的模仿。但是，并不是所有诗人、所有画都是对自然的模仿，也不都是制造相似物意义上的模仿。巴恩斯认为，亚里士多德意义上的模仿既不是指对自然的模仿，也不是相似物的制造，而是一种代表性，一种虚构性的特别意义上的模仿。什么纳尔逊的自画像也好，吉本的《罗马帝国衰亡史》这种历史故事也好，都是有某种参照物、真实发生过的，因此都不能算作亚里士多德意义上的模仿。只有像爱德华·马奈的《草地上的午餐》这样的绘画才算得上亚里士多德意义上的模仿，因为，这幅画作将赤身裸体的女子和衣冠楚楚的男子画在同一片草地上，两位裸女的神态举止都与两位男士的画风格格不入，且光影的运用也使得这几个人看起来并非处于同一时空。无论是画作内容还是色彩布局，都让人们认定了现实中不可能存在这样一场草地上的午餐，这幅画完全是一种诗人脑子里虚构出来的、具有代表性的画。巴恩斯提出，亚里士多德意义上的模仿是一种虚构性的代表物，是代表这一类，而不是代表这一个。"亚里士多德意义上的诗接近于我们概念中不同于真实故事的虚构性小说，因此大体上来讲，其模仿就是一种虚构性的代表物。"②

而相对于巴恩斯的观点，美国学者克里斯托弗·希尔兹认为亚氏的模仿是不仅限于重复性的再现的观点，则是要宽泛了许多。希尔兹指出，亚里士多德的模仿可能包含一种对行为的模仿和一种对客体的模仿两种方式。他也提到了重复性再现和虚构性再现两种模仿方式，他认为，"亚里士多德的模仿是一个比单纯性复制意义上更宽泛的模仿。因为他很乐于讲述对并不存在的事物的模仿。更多的，亚里士多德认为模仿活动就如同坚持可能会被打破的规则，所以不存在的事物只是尚未被模仿。那么很明显，

---

① ［古希腊］亚里士多德：《诗学》，陈中梅译注，商务印书馆1996年版，第81页。
② Jonathan Barnes，*The Cambridge companion to Aristotle*，Cambridge University Press，1995，p. 276.

亚里士多德的模仿绝不仅限于重复性再现的代表物"①。但希尔兹又认为亚里士多德的模仿更类似于一种表现或者描述，根本不需要现实存在的实体作为被模仿对象。在这里，希尔兹实际上是避免了对虚构性的模仿应表现某种类型的人和事物的必然性、或然性的探讨。

  两位学者对亚里士多德思想研究的论述都有理有据，都是站在研究亚里士多德哲学的时代前沿。就《诗学》中的悲剧模仿内涵论述来讲，巴恩斯的论述似乎是靠近亚里士多德的模仿理论体系的。虽然亚里士多德并没有明确提出悲剧中的模仿具体是一种怎样的模仿，但我们可以据其《诗学》中对模仿的定位给予分析。前面提到，《诗学》中的模仿理论值得注意的一点：亚里士多德认为模仿应表现必然性、或然性的某种类型的人和事物。历史学家和诗人的区别就在于前者记述已经发生的事，后者描述可能发生的事。历史是已发生的特定事物，而诗更具有普遍性，诗比历史更具有哲学性和严肃性。所以巴恩斯认为，亚里士多德认为的艺术之模仿是出于必然、或然，是可能发生的事，与现实事物具有相似性，不是重复性的再现，而是一种虚拟性的、代表某一类型的模仿。

  但是我们如何能确定《草地上的晚餐》这幅图景就只是作者马奈想象出来的，而并非曾经真实发生过的场景呢？又如何能够确定《罗马帝国衰亡史》记载的历史故事完全是确确实实发生过的，没有一丝虚构的成分呢？既然提到亚里士多德说了模仿要出于必然、或然，是可能发生的事，那么，如此来看，巴恩斯反倒是把自己推翻了，因为巴恩斯正是断定《草地上的午餐》中的场景按照常理是不可能在现实生活中出现的，才认为这是亚里士多德真正意义上的模仿，那么，我们是不是可以推论不可能在现实中出现的，即否定的，既不是或然也不可能是必然的，显然，它不属于亚里士多德模仿限定的范畴。

  笔者认为，根据亚里士多德在《诗学》中给模仿的定位来看，其模仿既不是巴恩斯所说的是"一种虚构性意义上的模仿"，也不是希尔兹所说的是"一个比复制性意义上更宽泛的模仿"，而是一种"基于复制性模仿的虚构性再现的模仿"。首先，这种模仿——虚构性的再现不是巴恩斯意义上的虚构性模仿，因为这里的虚构性再现是指有可能在现实中发生的，并且有可能已经发生过的，而巴恩斯所认为的虚构性是指在现实中不可能存在的事物。其次，这种虚构性的再现与希尔兹认为包含单纯的复制性意义上的模仿也不相同，这种所基于的复制性并不包含在其中，因为倘若只是单纯性的复制，那么一张照片是否超越了任何画作，而算得上完美的艺术呢？显然答案是否定的。

---

① Christopher Shields, *Aristotle*, Routledge, 2013, p.461.

三 《诗学》中模仿理论的评价

一方面,亚里士多德对于艺术模仿理论的诠释充分彰显了其哲学的睿智,真切体现了亚里士多德"吾爱吾师,吾更爱真理"的美好品质。在本体论上,亚里士多德对柏拉图理论进行批判,提出"实体"学说,指出现实世界就是唯一真实的存在,模仿现实的艺术也是真实的。且模仿既是对现实的再现,又是现实的自由表现,各种艺术形式从不同角度表现人和现实生活,给人以真理和智慧。亚里士多德并不像柏拉图那样贬低艺术是为政治服务的工具,而是从本体论上给艺术以真理性的地位,从艺术本身进行研究,进一步指出模仿这一人类本能既使人类学到知识,又可以陶冶人的审美趣味,净化人类的道德情感。其模仿理论切实地论述了艺术的本质,考察和提炼出古希腊艺术求真、求善、求美的创作精髓,并在后来文艺理论、戏剧理论的借鉴中历久弥新,绽放光芒。其模仿理论的美学思想、艺术理论产生了宽泛、深远的影响:不限于一个时代,也不限于一个地域。其诸多合理见解,至今仍有借鉴意义。

另一方面,虽然亚里士多德提出的艺术模仿理论是对前人艺术理论的本质性跨越,重新确立了艺术真实性的现实基础,但他并未建立起现实主义的大厦。因为亚里士多德认为,艺术源于生活却高于生活,因而真实性无法作为衡量艺术作品价值的尺度。其美学思想里,既有唯物主义又有唯心主义,既有进步之处,又有混沌之见。毋庸置疑,亚里士多德同样会受其所处时代的局限,这与整个时代的文明、文化发展程度密切相关,同时,会受其个人生活经历以及艺术趣味的影响。固然每一位学者都想要更加全面、理性地解决各种问题,却终究不可避免存有瑕疵,对真理的认识是一个过程,需要不同时空的人们不断地梳理、探讨和批判。

"悠悠的过去只是一片漆黑的天空,我们所以还能认识出来这漆黑的天空者,全赖艺术家所散布的几点星光。"[①] 我们要珍重并且努力散布这几点星光,通过不断地解读《诗学》这部伟大的著作,去体会亚里士多德深邃的美学思想,并不断涌现我们这个时代的新的认识理念。

---

① 朱光潜:《谈美》,中华书局 2016 年版,第 7 页。

卡塔西斯
——欲望怪兽的安抚

伍 桐*

(中国政法大学 北京 10088)

摘 要：亚里士多德在《诗学》第六章定义悲剧时提到"卡塔西斯"，但对于何为"卡塔西斯"、悲剧如何引发"卡塔西斯"以及"卡塔西斯"进行过程中更精密的发生机制为何等问题并无相关解释。于是，这一概念的空白成为后来研究者各抒己见的空间，在医学、宗教、政治、心理学等不同领域都有颇为丰富的观点，前人对于"卡塔西斯"的解读冲动总是源于对遥远年代"未知"的求知欲，它屡次拉扯我们与"卡塔西斯"的距离。笔者从《诗学》本身出发，结合亚里士多德哲学体系、学说产生背景及当时悲剧艺术实践，尽可能还原"卡塔西斯"发生的历史场域。以《诗学》第六章为核心，以亚氏"卡塔西斯"观在其《政治学》中的体现、亚氏哲学体系、时代背景作为依次扩大讨论的圈层，着重于讨论在神话宗教深入人心的时代，"卡塔西斯"发生的原因，期望通过此种追溯更好地理解亚氏笔下的"卡塔西斯"。

关键词：卡塔西斯；《诗学》；亚里士多德

《诗学》第六章中，关于悲剧，亚里士多德这样定义："悲剧是对一个严肃、完整、有一定长度的行动的模仿，它的媒介是经过'装饰'的语言，以不同的形式分别被用于剧的不同部分，它的模仿方式是借助人物的行动，而不是叙述，通过引发怜悯和恐惧使这些情感得到疏泄。"[①]

上文的"疏泄"就是"卡塔西斯"众多翻译中的一种，在本文中对此概念的解读，笔者将使用音译"卡塔西斯"，以避免翻译所致的误读。首先悲剧是对"行动"的模仿，此种"行动"在亚氏看来是"严肃、完整、有一定长度"的，其表达媒介是"语言"，悲剧要通过引发"怜悯"和"恐惧"使"这些情感"得到"卡塔西斯"。定义中的"这些情感"是指哪些情感？是"怜悯"和"恐惧"，还是除去"怜悯"和"恐惧"之外的某些情感？又或者是包括这两种情感在内的"这些情感"？所谓的"这些情感"

---

* 作者简介：伍桐（1994—），河南开封人，中国政法大学研究生。
① ［古希腊］亚里士多德：《诗学》，陈中梅译注，商务印书馆1996年版，第63页。

是如何发生的？感受"这些情感"的主体是谁？又是如何得到"卡塔西斯"的？

以上种种疑问，皆指向了对另一个概念的理解——"悲剧的功效"（ergon tragoidias）①。简言之，悲剧的 ergon 是：通过能使人惊异的剧情引发怜悯和恐惧并使人们在体验这些情感中得到快感。《诗学》除第六章"悲剧定义"中涉及悲剧功效外，在第十四章亚氏讲到恐惧和怜悯最好出自情节本身的构合，"我们应通过悲剧寻求那种应该由它引发的，而不是各种各样的快感。既然诗人应通过模仿使人产生怜悯和恐惧并从体验这些情感中得到快感，那么，很明显，他必须使情节包蕴产生此种效果的动因"②。从此段话中可见出，"怜悯"和"恐惧"是事件、行动、情节所引发的；并且，在这段文字中，亚氏将"怜悯与恐惧"和"快感"做了区分，快感是通过体验怜悯与恐惧而感受到的，那么是否能够理解为：由于是诗人在进行模仿，所以这种快感是"诗人的快感"。对于"怜悯"与"恐惧"的体验者是诗人，获得快感的也是诗人，是情节引发了怜悯、恐惧、快感这样的情感。再有，第十八章中写道："在处理突转和简单事件方面，他们力图引发他们想要引发的惊异感，因为这么做能收到悲剧的效果，并能争得对人物的同情。写一个聪明的恶棍——如西苏福斯——被捉弄，或一个勇敢但不公正的人被击败，便可能产生这种效果。"这是亚氏对事件情节效果和对人物设定的理想要求，目的是达到悲剧的效果以及令观众对悲剧主人公产生同情，至于能收到什么样的"悲剧的效果"并没有进一步的阐释，在这里，发生同情这种情感的是"观众"。第二十六章中写道："由此看来，如果悲剧不仅在上述方面优于史诗，而且还能比后者更好地取得此种艺术的功效。（它们提供的不应是出于偶然的，而应是上文提及的那种快感），那么，它就显然优于史诗，因为它能比后者更好地达到它们的目的。"③ 在这章中亚里士多德将"悲剧"与"史诗"相比较，由于悲剧具备史诗所有的一切，又可以更生动地进行表现，因此，从某种意义上而言，"功效"的实现，并非仅限于静止的文本，表达方式也并不拘泥，整个"功效"发生过程的参与由上述文本可比较出：产生情感又通过这些情感得到"卡塔西斯"的大概率群体是"观众"。悲剧的表演环节所运用的艺术手法恰恰是为了给观众留下深刻的印象，以达到悲剧的"功效"，进而达到"目的"。为达到悲剧的"卡塔西斯"、更好地实现悲剧"功效"是其艺术手法的价值所在。

理解"卡塔西斯"需要理解悲剧的功效，而对于悲剧"功效"的讨论，不得不涉及悲剧的起源问题。根据柏拉图在《法律篇》中的说法，"究明起源阶段的希腊歌曲计有祷歌、哀歌、谢神歌、酒神颂歌、赞颂歌，但喉咙里的剧场唱腔则采柔和的样式，哀歌与祷歌、酒神颂歌与谢神歌每每互相转换移用"④。学界认为，希腊悲剧一般取材

---

① ［古希腊］亚里士多德：《诗学》，陈中梅译注，商务印书馆1996年版，参考第六章注释第38条。
② 同上书，第105页。
③ 同上书，第191页。
④ 林国源：《古希腊剧场美学》，书林出版有限公司2000年版，第7页。

自荷马史诗和民间神话,"许多伟大的悲剧杰作中仍然可以感到自然成分的影响,它不再以具有肉身的神、鬼、女巫等古老粗糙的形式向我们显现,而是呈现出巧妙、更难以捉摸的形状"。① 朱光潜先生在《审美态度和应用于悲剧的"心理距离"说》中认为悲剧首先是一种艺术形式,而观看悲剧则是一项审美活动。"从整个希腊悲剧看起来,我们可以说他们反映了一种相当阴郁的人生观。生来孱弱而无知的人类注定了要永远进行战斗,而战斗中的对手不仅有严酷的众神,而且有无情而变化莫测的命运。"② 因此,对于亚里士多德时期的思想状态观照非常有必要,其中最扑朔迷离、最不能用理性和科学分析的部分便是宗教,对于精神生活虽然无法量化,但仍有逻辑可循,此种逻辑就是古代希腊宗教的社会起源、发展、呈现、接受及演绎的过程。寻求神谕在公元前4世纪的希腊是极为普遍的,比如《远征记》中,大小事宜均要寻求神的启示,以进行下一步的作战计划,与中国商朝的甲骨占卜极为相似,甚至可以认为是同一本质的活动,此类活动并非玄而又玄的,恰恰相反,进行占卜祈求神灵指点正是为了可以更好地指导生活、规避可预测到的灾祸,出于此种功用,人们自然会对此心怀敬意,甚至不断自行发生心理暗示,至于占卜结果是否有效、为何有效,反而被这样的心态所掩盖其不合理之处,进一步被神秘化、合理化,且理所应当地长久参与生活。

"《远征记》所表现的宗教体系是全体希腊人共享的体系,虽然他们及占卜师来自于希腊各地的多个城市,但他们能够轻松地遵循一套公共规则。"③ 此种默契绝非一朝一夕所能达到,而是源于长久形成的传统,城邦中的节日也都刻写在市政广场的执政官柱廊内,这些传统节日的拟定和传承总是有社会根源的,长久地举行也是由于文化的认同,戏剧节——狄奥尼索斯节和勒那亚节所上演的喜剧、悲剧对宗教和政治领域的普遍价值观给出了大众认可的解读。④ 于是,既可以通过戏剧看观念,又可以通过观念解读戏剧,双向交互的理解过程并无障碍,这就正好说明了原生艺术的本土特色。

出于对狄奥尼索斯形象的理解总是有这样的参与与演绎:

①一方面他接受官方的城邦崇拜,在雅典、德尔斐都是地位重要的神;但另一方面,他几乎从未成为一个城邦的首要神祇,在他的一些官方仪式上会出现怪异的、不正常的行为;⑤

②狄奥尼索斯和珀尔塞福涅帮助人类通过净化仪式和祭祀找到释放的途径;⑥

③提坦模仿通常的祭祀行动,以恐怖的方式将狄奥尼索斯杀死、烹熟并吃掉;⑦

---

① 朱光潜:《悲剧心理学》,江苏文艺出版社2009年版,第37页。
② 同上书,第101页。
③ [英] 西蒙·普莱斯(Simon Price):《古希腊人的宗教生活》,邢颖译,晏绍祥校,北京大学出版社2015年版,第4页。
④ 同上书,第51页。
⑤ 同上书,第133页。
⑥ 同上书,第137页。
⑦ Cf. Detienne 1979: ch. 4, 转引自 [英] 西蒙·普莱斯(Simon Price)《古希腊人的宗教生活》,邢颖译,晏绍祥校,北京大学出版社2015年版,第137页。

④欧里庇得斯的《巴科斯的女祭司》中，神宣称狄奥尼索斯同时是"最可怕的和最温柔的"。①

①中提到，狄奥尼索斯是重要的神，但对于他的形象设定总是非理性的。总是无法成为正统、权威、严肃的神的形象存在，而怪异、不正常的表现正是他的可爱之处。神秘、感性地发泄、迷狂的状态更是真实地存在于现实生活中的状态，生活行为的种种总是不能全部运用理性进行诠释与规约的，面对理性之外的事物，怪异的形象是人们能为它找到的最能获得安慰的寄托。

狄奥尼索斯是人类的帮助者，所以他一定会受到人们的祭祀和崇拜，"净化仪式"、狄奥尼索斯、悲剧，此三者的联系并非唯一但也确实无法割断。②、③、④结合在一起分析，公元前4世纪的出土文献（俄尔菲斯金叶）中有记载，在真正达到冥界之前，会看到记忆之湖水，在饮用记忆湖水之后，才能走上神圣之路，其他入会者和酒神信徒也会光荣地走上此路。②"你有酒作为你幸运的荣耀。"③可见此种俄尔菲斯教活动中酒神、酒、记忆之湖水是重要的元素，毕达哥拉斯派为了加强灵魂的力量，"避开遗忘之水、接触记忆之水"④。信徒们所考虑的世界已经不仅仅局限于现世、当世了，而是认为有冥界有来生，灵魂需要得到净化洗礼，才能通往神圣的世界，这种提升最重要的是通过净化，加强灵魂的力量，对灵魂进行淬炼，因此宗教是达到灵魂淬炼的手段，哲学家们认为对智慧的追求和不断的探索也是一种提升灵魂的手段，所有的方法都为了人更有神性，进入更美好的宇宙圈层。死亡也并非终结，而是另一个阶段的起点，毁灭亦是重生，在《酒神的伴侣》的颂歌中：

> 阿刻罗俄斯到处游荡的女儿，
> 神圣的迪尔刻，纯洁的水。
> 古时候他不是在你那里沐浴，
> 宙斯神的那个神秘小孩，
> 正是从那永生的火中神把他抱了出来。⑤

"纯净的水"和"永生的火"都能用来洗礼，洗礼的目的是赋予被洗礼者力量，火的永生性质恰恰说明这样的洗礼是非凡的，圣火并非为了毁灭，从某种意义出发思量，

---

① [法]让·皮埃尔·韦尔南：《古希腊的神话与宗教》，杜小真译，商务印书馆2015年版，第91页。
② SEG 26.1139, 4.647, 参考[英]Simon Price：《古希腊人的宗教生活》，邢颖译，晏绍祥校，北京大学出版社2015年版，第141页。
③ SEG37.494A, 参考[英]西蒙·普莱斯（Simon Price）《古希腊人的宗教生活》，邢颖译，晏绍祥校，北京大学出版社2015年版，第141页。
④ [英]西蒙·普莱斯（Simon Price）：《古希腊人的宗教生活》，邢颖译，晏绍祥校，北京大学出版社2015年版，第143页。
⑤ [古希腊]欧里庇得斯：《酒神的伴侣》，第518行；转引自[英]简·艾伦·赫丽生《古希腊宗教的社会起源》，谢世坚译，广西师范大学出版社2004年版，第30页。

正是赋予被洗礼者重生的力量。笔者认为这样的"洗净"是悲剧中对"卡塔西斯"的源头解释——"卡塔西斯"是为了使某人某物具有新的力量,类似于所要接受卡塔西斯的对象为一个稳定的能量团,将能量团中最容易吞噬掉高贵纯净的成分剔除,更新为更接近美好、神性的正能量成分。

悲剧的体验离不开最原始的宗教、神话情怀,就与童年对于一个三观成熟的成年人极为重要的道理相同,上文可看作对悲剧中宗教、神话情节的探索,接下来联系亚氏在《政治学》中有关"卡塔西斯"的文本来分析:

> 有些人受宗教狂热支配时,一听到宗教的乐调,就卷入迷狂状态,随后就安静下来,仿佛受到了一种治疗和净化。这种情形当然也适用于受怜悯恐惧及其他类似情绪影响的人在不同程度上受到音乐的激动,受到净化,因而心里感到一种轻松舒畅的快感。因此,具有净化作用的歌曲可以产生一种无害的快感。①

《神谱》中也有关于音乐治愈的说法:

> 如果有人因心灵刚受创伤而痛苦,或因受打击而恐惧时,只要缪斯的学生——一个歌手唱起古代人的光荣业绩和居住在奥林波斯的快乐神灵,他就会立刻忘了一切忧伤,忘了一切苦恼。②

音乐为人们带来听觉体验,旋律节奏的变化表达出不一样的音乐效果,遂会带来不一样的听觉体验,由以上文本可得知音乐的治愈功效并非最早由亚氏提出,甚至比赫西俄德也早得多,亚氏在《政治学》中的提法更像是一种常识性的总结,那么"卡塔西斯"是否也是在如此的状况下提出的呢?在观赏悲剧时,引发对道德命运的思考,并产生恐惧与怜悯,情绪波动之后又归于平复,回到现实的生活情境、现实情绪中,身为有思考能力、有感情的个体,人们总会将观赏悲剧时自己的内心变化看成观看悲剧的重要体验。于是,悲剧所引发的"卡塔西斯"既要考虑宗教情怀,又要考虑生理体验,并且宗教情怀和生理体验是相伴发生的,思想影响着内心情绪的变化起伏,生理的体验又会反作用于思想、观念的形成及自我认知。所以笔者认为正是人同此心、心同此理的共同生活经验,助成了观念的形成,在了解观念之后,又有了生活体验的回馈,从而更加认定了观念的合理,于是一些代代相传的经验性常识,不需要真正地付诸实践便也能认定是正确的,遂笔者理解"卡塔西斯"亦是这样的经验性常识,结合亚氏心中的理想悲剧《俄狄浦斯王》进行举例分析。

---

① [古希腊] 亚里士多德:《政治学》第八卷,转引自朱光潜《悲剧心理学》,江苏文艺出版社 2009 年版,第 175 页。
② [古希腊] 赫西俄德:《工作与时日神谱》,张竹明、蒋平译,商务印书馆 1991 年版,第 30 页。

剧中有以下几点值得注意：

①俄狄浦斯虽然能够破解斯芬克斯之谜，但是无法逃脱早已神谕的命运；

②俄狄浦斯是一个英雄，但是他性格中的缺点使他做了错事；

③"弑父娶母"的背后蕴含着人类原始的冲动，此种"血污"是出于怎样的原因。

俄狄浦斯的智慧战胜了斯芬克斯，但是无法摆脱神谕，恰恰是一种命运观的体现，人类即使再强大都只是人类，无法和高于他们的神做斗争，虽然神也是有缺点的，但是神终究高于人类，人类面对这样的事实无论如何努力也无法改变。如此理解命运没有什么不妥，因为在人类发展的历程中总会遇到无法克服的诸多事情，尽人事听天命即是此理。《俄狄浦斯王》这部悲剧在无法战胜的诸多事件中选出"弑父娶母"，残酷无情，正是在对人自身的深刻反思基础上进行情节设定的。

《斐多篇》中，苏格拉底认为，作为一个真正的哲学家，灵魂需要彻底地摆脱身体的嗜欲和激情，得到自由和净化。① 究其行动的根源，笔者认为是"原始只利己的感性欲望"，"原始"是因为这样的欲望没有受到文明的约束，因此也只为了"利己"，未必有害人之心，在懵懂中的这种欲望不是经过理性的深思熟虑，而是出于"感性"的需要。如赫拉克利特所言"对于那些醒着的人，存在着一个单一的、共同的世界，然而在睡梦中，每一个都转向一个私人世界"②。醒着的人是理智的文明的社会人，而睡梦中的人才是真正的原始的人，我们身为醒着的人所犯下的错最后都指向了睡梦中的我们，犯错的原因是睡梦中的欲望在主导，面对最真实的、赤裸裸的欲望，需要理智、信仰对它进行约束，不然就会秩序大乱，"卡塔西斯"的作用就是让睡梦中的我们永远不要梦游，通过拟造出类似的"梦境"来释放原始的欲望，从而使醒着的人正常地生活。

俄狄浦斯所犯下的罪是人神共愤的，柏拉图在《法律》卷三中有提到即使生命受到威胁，法律也不许出于自卫的缘由杀死父母，③ 可见弑父这一情节的安排是打破社会规则的，娶母这一安排使得俄狄浦斯彻底打乱了秩序和伦理，陷入无限的深渊，如此安排是一种触犯了"塔布禁忌"（Taboo Restrictions）的表现，"'触犯禁忌者其本身也就变成了禁忌'，违禁行为所导致的某些危险可以通过赎罪（Atonement）和净化（purification）行为而消除"④。触犯了禁忌的人必定要受到惩罚，通过赎罪和净化消除罪恶与禁忌，这里的净化（purification）就是"卡塔西斯"，可见悲剧通过触犯禁忌的故事来引起观众的"卡塔西斯"是有直接教育意义的，它告诉大众，塔布禁忌千万不可以触犯，一旦触犯自己也成了禁忌本身，是要遭到惩罚的。而悲剧中所发生的"卡

---

① Plato, *Phaedo*, 64d. Plato Complete Works, Edited, with Introduction and Notes, by John M. Cooper, Associate Editor D. S. Hutchinson, 1997 by Hackett Publishing Company.

② Heraclitus, Fragments 89. 转引自肖厚国《自然与人为：人类自由的古典意义——古希腊神话、悲剧及哲学》，华东师范大学出版社 2006 年版，第 105 页。

③ Plato, *Law*, Book 3, Plato Complete Works, Edited, with Introduction and Notes, by John M. Cooper, Associate Editor D. S. Hutchinson, 1997 by Hackett Publishing Company.

④ [奥]西格蒙德·弗洛伊德：《图腾与禁忌》，赵立玮译，上海世纪出版集团 2005 年版，第 30 页。

塔西斯"是一种对触犯禁忌的现身说法，从而引起观众的"怜悯"和"恐惧"，使自己的原始欲望得到"卡塔西斯"。《法律》卷三还提到在接受审判之时要向宗教法规专家、预言家、神谕寻求意见，可见宗教、预言、神谕对于社会生活的渗透，以至于完全参与其中，因此社会中的人们在观剧之时同样明白宗教、预言、神谕的意义，"卡塔西斯"便毫无障碍地发生。拉卡里埃尔提出这样一个问题：希腊人"莫不是在寻找……在揭示悲剧性本身的一些秘密规律？这种悲剧的手法是否和一种追求结合在一起了呢？即追求——在人类命运中追求——希腊科学和哲学所显示出的那种宇宙秩序范畴内的和谐"。①

亚氏所认为的，引起"卡塔西斯"的"怜悯"和"恐惧"是何种感受？

> 怜悯是在不幸、灾难性、痛苦事件面前所产生的一种情绪，这些灾难和不幸降临在并不应受此难的人的身上，因此我们期望这样的灾祸不降临在我们自己和朋友身上。②（Ⅱ8，1385b12-15）

我们会感到"怜悯"，当"记得类似的不幸曾发生在我们或我们的朋友身上，或者有预感不幸将在未来发生"（Ⅱ8，1386a14-16）。

当不幸发生在和我们关系比较近的人的身上的时候，我们不会感到"怜悯"："据他们说，当他看到他的儿子将要死亡的时候，父亲没有哭；但当他看到一个朋友行乞的时候，父亲却哭了。后者的感情是怜悯，前者的感情是痛彻心扉的。"（Ⅱ8，1386a19-21）

在《尼各马可伦理学》中亚氏提到恐惧和自信之间的情感表现是勇敢，笔者认为"恐惧"和"怜悯"这两种情感可以在同一个人身上同时发生，上述第二条引文既可以看作对怜悯的解释，也可以看作对恐惧的解释，第三条引文说明了怜悯与痛彻心扉的不同程度。俄狄浦斯的故事不会发生在平常人的生活中，但是类似的悲剧可能真的会在真实的生活中上演，意识到命运无常、人类弱小的观众们产生了"怜悯"与"恐惧"的情感，使得人们沉睡的"原始只利己的感性欲望"在"卡塔西斯"的梦中得到释放和安抚，不会醒来。

讨论至此，回忆起弗洛伊德在《图腾与禁忌》中的总结："在对这种极其压缩式的探讨予以总结时，我乐意坚持这种观点，即这种探讨的结果表明：宗教、道德、社会及艺术的肇始都汇集于俄狄浦斯情结之中。"

---

① ［法］克洛德·列维-斯特劳斯：《嫉妒的制陶女》，刘汉全译，中国人民大学出版社2006年版，第197页。
② The Cambridge Companion to Aristotle, *edited by Jonathan Barnes*, Cambridge University Press, 1999, p. 267.

浅论亚里士多德《诗学》中的情节观

付渝丹*

(中国政法大学　北京　100088)

摘　要：《诗学》是古希腊哲学家亚里士多德的伟大著作，他在书中对悲剧进行了详细的探讨。亚里士多德认为悲剧由六个成分组成，即情节、性格、思想、台词、歌曲和扮相，其中情节是《诗学》中讨论的核心内容，情节作为悲剧的主干，本质是对行动的模仿，所有人的成败取决于他们的行动。情节要具有整一性，因果叙事链条必须严谨，"突转"和"发现"应当是情节进展的自然结果。

关键词：《诗学》；情节；整一性；突转；发现；情感效应

亚里士多德是古希腊伟大的思想家、政治家、教育家，堪称希腊哲学的集大成者。特别是在美学领域，亚里士多德的美学研究不同于早期的德谟克利特、苏格拉底等人基于自然哲学和道德原则的零散观点，而是从现实主义的角度出发，将希腊艺术史的演变过程和其中诞生的艺术杰作作为研究的对象，最终通过《诗学》这部著作总结出艺术创作的规律和艺术发展的脉络，可以说《诗学》是西方第一部较为完整的美学著作。在《诗学》中，他对悲剧，尤其是悲剧的主干情节，进行了全面的论述。亚里士多德的戏剧理论不仅含有美学的思想，也与他的知识论和伦理思想有着千丝万缕的联系，这些思想共同构成了亚里士多德的哲学体系，通过对《诗学》情节观的研究，可以发现亚里士多德在批判地继承古希腊悲剧理论和柏拉图的理论基础上对戏剧理论进行了大胆的创新，更对后世悲剧理论及美学的发展产生了深远的影响。

一　情节整一律

古希腊的悲剧结构形式十分严谨，早期的古希腊悲剧通常是三部曲的形式，三个部分相互承接又相对独立，一般以时间顺序进行单线的叙事。在这种叙事结构下，第一部分提出情境，第二部分产生逆转，第三部分解决问题，最终形成一个简单而完整

---

* 作者简介：付渝丹（1991—　），重庆人，中国政法大学研究生院人文学院硕士研究生。

的情节。亚里士多德在《诗学》中将之总结为情节的整一律，即从整体结构上看，戏剧情节既要完整，又要有适合的长度。完整指事之有头、有身、有尾。长度以易于记忆者为限，当然，如果情节能做到有条不紊，那么长度越长越美。

在《诗学》的前三章中，亚里士多德便提出了"模仿"的概念，根据不同艺术所模仿的对象不同，采用的媒介和方式也是有所区别的。但是亚里士多德虽然强调了情节是对行动的模仿，但他并不认为这是事无巨细的模仿，而是强调情节的紧密结合，当一个事物在整体中出现与否都不会产生显著的差异时，那它就没有必要作为整体的一部分存在。在一个完整的行动里面的事件一定要有紧密的组织，任何部分一经搬动或删减就会使整体松散崩溃，这样的事物才有存在的价值。因而亚里士多德定义的悲剧并不是单纯地把主人公所有的行为都用"摄像机"拍摄下来的"纪录片"，而是用语言和动作等媒介将经过取舍的情节和事物本身蕴含的内在规律加以呈现。那么，从戏剧的结构上看，悲剧的整个情节就必须是一个封闭的结构。之后的古典主义理论家又丰富了亚里士多德的悲剧结构的整一性，形成了"三一律"即时间整一律、地点整一律和情节整一律。

当然，即便要遵守这些规则，诗人也并不是完全没有自己发挥的余地，只是这种发挥是有限度的，亚里士多德强调，作为创作者的他们只能将自己的思考借助情节表现出来，"与其说诗人应是格律文的制作者，倒不如说应是情节的编制者"，诗人在创作时即便想要表达自我，也最好是通过主人公之口说出情节需要的话，或者通过歌曲、人物动作以综合的手段呈现出艺术效果。

莎士比亚在创作《哈姆雷特》的时候便很好地遵循了亚里士多德的情节整一律，开篇作为王子的哈姆雷特光明坦荡，相信世间一切美好的事物，直到他见到父亲的鬼魂，知道了黑暗与罪恶，并深陷其中，但最终还是以生命为代价报了杀父之仇。这样的情节设置基本符合古希腊戏剧传统的三部曲形式，并且将"突转"与"发现"运用得十分得当。

二　突转与发现

最早提出"突转"和"发现"这一结构技巧的就是亚里士多德。他在《诗学》第十章写道："情节有简单的，有复杂的。所谓'简单的行动'，指按照我们所规定的限度连续进行，整一不变，不通过'突转'与'发现'而到达结局的行动；所谓'复杂的行功'，指通过'发现'或'突转'，或通过此二者而到达结局的行动。"

亚里士多德的意思是说，凡是情节结构中有"突转"和"发现"的，就可以被认为是复杂的情节，而没有"突转"和"发现"，都可以视为简单的情节，都可视为简单的情节。他接着说道："但'发现'与'突转'必须由情节的结构中产生出来，成为前事的必然的或可然的结果。两桩事是有先后顺序，还是互为因果，这是大有区别的。"

亚里士多德在这里特别强调,"必须由情节的结构中产生出来,成为前事的必须的或可然的结果",即"突转"情节尽管出现得很突然,但它必须有前因后果,符合逻辑,绝不是偶然的。

《诗学》第十一章中强调:"'突转'指行动按照我们所说的原则转向相反的方面,这种'突转',且如我们所说,是按照我们刚才所说的方式,是按照可然率或必然率发生的。"简而言之,即:人物情节由顺境转入逆境或由逆境转入顺境。亚里士多德认为"发现"和"突转"是故事情节的灵魂。如果能因"发现"而"突转",或者因"突转"而"发现",戏剧就会更加跌宕起伏。更能引人入胜的办法是把"因发现而突转"和"因突转而发现"结合到一处。

"突转"和"发现"虽然不是所有戏剧情节必不可少的部分,但在许多优秀剧作的戏剧性场面中时常被采用。例如约公元前431年由著名的古希腊剧作家索福克勒斯创作的《俄狄浦斯王》。这部作品采用的就是合理到趋近完美的闭环式结构,在高潮中不断回溯过往,在"发现"中产生情节的"突转"。根据情节需要,设置多种互为关联的铺垫,使情节的组合得到了优化,从中可以看到作者巧妙的构思和对戏剧理论的熟练掌握。

在《俄狄浦斯王》第三幕中,从科任托斯来报信的人告诉俄狄浦斯,他的父亲波吕波斯已经死了,他此次前来是为了迎接俄狄浦斯回去继任王位。但是因为之前听到的预言,俄狄浦斯对自己可能误娶波吕波斯的妻子产生了担心。之后报信人揭露了俄狄浦斯的身世,其实他并非波吕波斯的儿子,而是拉伊俄斯的牧羊人把他从拉伊俄斯的妻子伊俄卡斯那接来转送给波吕波斯的养子。报信人的这番话便是情节"突转"的开始,本来他是打算借此来消除俄狄浦斯的恐惧心理,却无意中揭示出俄狄浦斯的真实身份。这个秘密公之于众就造成了俄狄浦斯从处于主动追查杀害先王凶手的"正义"顺境陷入了极其被动又无力回天的逆境中,"杀父娶母"的罪名坐实,俄狄浦斯瞬间落入了毁灭的深渊。

此外还有许多作品也有类似的情节设置,在此不一一举例。"突转"表现形式是千变万化的,总结起来大体有以下两种:第一种是人物命运的顺转或逆转;第二种是人物的道德精神状态的顺转或逆转,例如幻想的破灭、假象的揭穿、希望的毁灭等。而"发现"则更倾向于从不知到知的转变,通过"发现"使那些处于顺境或逆境的人物意识到,他们和其他角色有亲属关系或仇敌关系,也或许是乔装平民、乞丐或强盗的贵族,到最后被揭露出真实身份而引起急剧的"突转",这样的例子在西方古典剧作里非常多,《俄狄浦斯王》只是其中之一。

此外还有其他种类的发现,如琐碎细节被寻找到的"发现",刻意隐瞒的事情被揭露的"发现",等等。制造"发现"的方法也有很多,例如:被诗人刻意制造出来,或者被诗人刻意制造出来,由某一次会面引起,复杂一点的还有经过推理的结果以及由事件本身产生出来,这些"发现"都是通过可能的事件揭示出结果而起到引起观众惊奇的效果。

在古希腊戏剧中将"突转"和"发现"运用得十分得当的作品，最具代表性的是《俄狄浦斯王》。在中国的戏剧中其实也有这样的运用，比如元代纪君祥创作的杂剧《赵氏孤儿》。这部作品取材于春秋时期晋国发生的历史事件：因为佞臣屠岸贾的蓄意陷害，忠臣赵盾一家被满门抄斩，只有襁褓中的孙儿赵武被赵家的门客程婴救出。屠岸贾为了斩草除根，下令将全国一月至半岁的婴儿全部杀尽。程婴走投无路之下找到了晋国退隐老臣公孙杵臼，并与公孙杵臼商量出一个"偷天换日"的办法，用自己的孩子替代赵氏孤儿。一切安排妥当后，程婴假意告发公孙杵臼，屠岸贾到公孙杵臼家中搜到了假孤儿并杀害，公孙杵臼撞阶自杀。而程婴继续忍辱负重抚养赵氏孤儿，二十年后赵氏孤儿终于长大成人，程婴将真相告知，赵氏孤儿终于杀死屠岸贾，报了血海深仇。

剧中残暴无道的屠岸贾和不惜身家性命的程婴、公孙杵臼、韩厥等忠臣义士两方围绕着"孤儿"展开了一场曲折惊险、摄魂夺魄的"搜孤"与"救孤"的殊死较量。其中最关键的部分在于"孤儿"真实身份的"保密"，倘若屠岸贾识破了程婴和公孙杵臼的计谋并杀害了赵氏孤儿，也就不会有后面复仇的情节，众人的牺牲也都白费。而这个秘密一直被隐瞒了二十年，直到孤儿赵武长大成人，才由程婴吐露出来。这一人物关系的"发现"给权佞屠岸贾的结局敲响了丧钟，同时成为这场腥风血雨的忠奸斗争的起点。

合理运用"突转"与"发现"可以让戏剧的情节与观众的期望产生张力，增加了吸引力和戏剧性。但是"突转"与"发现"必须从情节的结构中产生，而不是突兀的、刻意制造出来的，这样的情节是不完整的。当然，在创作的实践中，过分强调"情节"，也容易陷入"唯情节论"的怪圈，如果把情节当成目的，那作品的主题可能就不够突出，要时刻谨记情节只是文学作品诸多构成要素的一个"手段"，只有将其与人物性格、事件有机地整合起来，才能充分展现作品的主题思想，真正实现传达感情的效果。

三　悲剧情节引发的情感效果

既然最完美的悲剧的结构应是复杂型而不是简单型的，既然情节所模仿的应是能引发恐惧和怜悯的事件（这是此种模仿的特点），那么，很明显，首先，悲剧不应表现好人由顺达之境转入败逆之境，因为这既不能引发恐惧，亦不能引发怜悯，倒是会使人产生反感。其次，不应表现坏人由败逆之境转入顺达之境，因为这与悲剧精神背道而驰，在哪一点上都不符合悲剧的要求——既不能引起同情，也不能引发怜悯或恐惧。再者，不应表现极恶的人由顺达之境转入败逆之境。此种安排可能会引起同情，却不能引发怜悯或恐惧。①

---

① ［古希腊］亚里士多德：《诗学》，陈中梅译注，商务印书馆1996年版，第97页。

亚里士多德认为，引发恐惧与怜悯的情感是悲剧特有的效果。剧中人物遭遇苦难的逆境会引起观众的恐惧，与此同时，他们会因为对剧中人物遭受不应当遭受的厄运而产生同情与怜悯的情绪。

亚里士多德定义恐惧是一种"对降临的灾祸因臆想到它会导致毁灭或苦难而引起的痛苦不安的情绪"，人们听到比自己更好或与自己相似的人"受到祸害，推人及己，想到自己也可能受害，就会有恐惧心态"。他对怜悯的定义是："因见知不应受害者身上落有毁灭性或痛苦的灾祸，觉得自己或亲友也有可能遭受相似灾祸，就会引起怜悯这种痛苦情感。"怜悯是怜惜不应之难，恐惧是为如我者恐惧。

由此可见，没有恐惧就没有怜悯，二者是相伴相生的，都是因为观众想到剧中人物面临的厄运、灾祸可能相似地发生在自己的实际生活中才引发的感情。所以亚里士多德强调悲剧创作要情节逼真、情感逼真，他要求诗人在创作时必须做到与剧中人物产生共情，创作者必须真切地进入角色的情感，亚里士多德认为这不是所谓"迷狂"，而是一种天才的"灵敏"。作品是作者与读者的桥梁，如果作者都不能从自己的作品中体会到情感，读者就更难产生共情。

亚里士多德还认为恐惧与怜悯之情只有靠情节引发，才能显示出诗人的才华。若是靠扮相来产生这种情感效果，只能表明缺乏艺术手法。极为凶恶的扮相只能造成怪诞的恐惧，并非悲剧意义的恐惧，并不产生艺术的快感。他强调："我们应通过悲剧寻求那种应该由他引发的，而不是各种各样的快感。既然诗人应通过模仿使人产生怜悯和恐惧并从体验这些情感中得到快感，那么，很明显，他必须使情节包蕴产生此种效果的动因。"①

但是在诗人创作时必须考虑悲剧的效果，尽量不要写好人从顺境转入逆境，因为可能会令人生厌而无法引发恐惧和怜悯之情；也尽量不要写坏人由逆境转入顺境，这样违背了悲剧的精神。另外如果是介于二者之间既不善良也不公正的人，则要强调出他深陷厄运并非真的是由于作恶，而是可能犯了一个小错误，这样才能为观众提供正向的道德引导和愉悦的审美感受。②

根据亚里士多德的分析，悲剧的目的不在于模仿人的品质，而在于模仿某个行动，剧中人物的品质由他们的"性格"决定，而他们的幸福与不幸都取决于他们的行动。仍旧以《哈姆雷特》和《麦克白》为例，这两部悲剧的情节设置很明显地体现了亚里士多德所说，悲剧冲突是由人物自己的"行动"和"过失"造成的。深入分析一下，这种悲剧冲突可以理解为"内部冲突"，产生于"自己人"的相互残杀、自身行动前后不一等种种矛盾对立之中。此外，亚里士多德提出过一个很有意思的观点："最好的悲剧都取材于少数几个家族的故事"，尤其是发生在近亲之间的互相斗争，比如争夺王位的戏码，《哈姆雷特》如此，《麦克白》亦然，包括中国传统的戏剧也多是王侯将相、

---

① ［古希腊］亚里士多德：《诗学》，陈中梅译注，商务印书馆1996年版，第105页。
② Husain, M., *Ontology and the Art of Tragedy*, State University of New York Press, 2001, p. 28.

豪门望族之间的纠葛。普通人的生活过于波澜不惊,难以产生剧烈的冲突,这或许也是悲剧题材受到限制的原因之一。

其实不管是什么样的题材,只要能激发作者的创作激情,又能引起读者的共鸣,从而达到亚里士多德所言悲剧使心灵得到净化的效果,就不失为一部好的作品。净化是亚里士多德心中悲剧的首要目的,遗憾的是针对他的"净化"(catharsis)的概念,至今没有公认的明确解释,英国牛津大学古典哲学教授克里斯托弗·希尔兹认为"净化"是通过激发观众的恐惧与怜悯,提升他们的精神高度,促使他们感性地参与进剧中人物的悲剧情节之中,这样即使观众离开了剧院,也会产生对人类的悲剧的共情。[1] 这与大多数观众想要通过欣赏悲剧获得娱乐的目的或许并不一致,但是在娱乐的过程中,人们会潜移默化地通过剧中的人物和情节观照现实,获得快感的同时也获得教化。亚里士多德所言"少数几个家族"其实可以概括为"伟大的家族",普通人看了他们的故事,会不自觉地以"伟大"和"崇高"来要求自己,然后在恐惧与怜悯的情绪中使自身的心灵得到"净化"。

四 论悲剧的模仿

从上述分析中亦可看出,诗人的职责不在于描述已经发生的事,而在于描述可能发生的事,即根据可然或必然的原则可能发生的事。历史学家和诗人的区别不在于是否用格律文写作(希罗多德的作品可以被写成格律文,但仍然是一种历史,用不用格律不会改变这一点),而在于前者记述已经发生的事,后者描述可能发生的事。所以,诗是一种比历史更富哲学性、更严肃的艺术,因为诗倾向于表现带普遍性的事,而历史却倾向于记载具体事件。所谓"带普遍性的事",指根据可然或必然的原则某一类人可能会说的话或会做的事——诗要表现的就是这种普遍性,虽然其中的人物都有名字。所谓"具体事件"指阿尔基比阿得斯做过或遭遇过的事。[2]

《诗学》中的这段话表达了亚里士多德一个重要的观点,即:艺术虽然是对现实的模仿,但艺术比现实更为真实。这是对其老师柏拉图模仿理论的反驳,柏拉图认为艺术就是对现实世界的模仿,而柏拉图哲学体系中的真实世界是理念,现实世界则又是对理念的模仿,所以艺术世界是"摹本的摹本""影子的影子""与真理隔三层"。亚里士多德继承了"艺术即模仿"的说法,但赋予了它新的含义。"'模仿'不仅仅是对现实生活的简单描摹,不仅仅是对个别事件和人物的记录和叙述,它的要旨在于从个别具体的人物和事件中找出普遍的意义,揭示事物发生、发展的普遍规律。"[3]

与柏拉图不同的是,亚里士多德认为模仿的世界和诗人吟唱的世界不再是影子的

---

[1] 参见 Christopher Shields, *Aristotle*, *Second edition*, London: Routledge, 2013, p. 454.
[2] [古希腊] 亚里士多德:《诗学》,陈中梅译注,商务印书馆1996年版,第81页。
[3] 章启群:《新编西方美学史》,商务印书馆2004年版,第115页。

影子，而是真实的可能世界的显现；相反现实世界才是由一些不真实的、偶然的事件组成的。"由于模仿不是简单地再现偶然事实，而是表现普遍真理，所以模仿具有从个别事例中提升出普遍规律的意思，从这种意义上来说，模仿也是一种创造。由此，以模仿艺术为研究对象的诗学，就自然属于创作的科学了。"①

《诗学》中探讨了很多悲剧模仿的方式，所有这些方式都围绕一个主题：把模仿自然中的实存与潜在结合在一起，通过情节中"突转"与"发现"的操控，引起观众的恐惧与怜悯，使其情感得到净化，提升其道德情感，实现悲剧的价值。

在创作领域，亚里士多德的情节观也有着重要的参考意义，当下文学创作虽然有了更丰富、更多元的题材，但是许多作品弱化、淡化叙事文学的线性因果关系，导致波涛起伏的悬念和离奇曲折的故事性渐渐消失，出现了淡化情节的现象，值得我们警惕。有些作品标榜靠某种心理或情感来打动读者，殊不知这样的作品很容易陷入空洞乏味的窠臼，只是考虑文学的"现代性"，盲目地追求意识流，脱离艺术产生的根本——我们的现实生活，最终呈现出的只是空中楼阁。《周易》中有"君子以言有物"的说法，因而我们有必要再次翻开《诗学》，从亚里士多德的情节观中汲取养分。倘若一味忽视情节的作用，作品的文学性何在？

---

① 彭锋：《美学的感染力》，中国人民大学出版社2004年版，第26页。

从"过失说"到"冲突论"
——试论黑格尔对亚氏悲剧"情节中心说"的扬弃

胡月明*

(中国政法大学 北京 100088)

摘 要：在亚里士多德看来，情节是悲剧中最为重要的因素。悲剧人物在不知情的情况下由于自己的"过失"犯下不可挽回的错误，这种情节最好发生在亲友之间，如此安排最能引起观众恐惧与怜悯的情绪，从而达到"净化"的效果。黑格尔认同这种情节安排的方法，并且将亚氏所提出的偶然因素相互作用下的"命运"归结为伦理力量分化的必然结果。悲剧中的人物代表着由伦理实体分裂而成的不同的伦理力量，伦理实体必将通过否定各方的片面性回归其自身，达成不同伦理力量之间的和解，并在这个过程中显示出"永恒正义的胜利"。

关键词：性格；情节；净化；伦理力量

一 亚里士多德的"情节中心说"

亚里士多德在《诗学》中对悲剧的起源、创作手法、悲剧引发的效果等多个方面进行了系统的阐释。他给悲剧做出了定义——"悲剧是对于一个严肃、完整、有一定长度的行动的模仿。"这个定义首先说明了悲剧的模仿对象是"行动"，而这个模仿对象的特征是"严肃、完整、有一定长度"，之后亚里士多德进一步解释悲剧模仿的方式是借助人物动作做出表达，目的是引起观众怜悯和恐惧的情绪再使其情感得到净化。

(一) 行动（情节）决定性格

亚里士多德强调，艺术模仿的对象是"处于行动中的人，要在行动中表现出人的品格"。是行动决定了人物的性格，而不是相反。亚里士多德在《诗学》中对悲剧中人物的"性格"做出了具体的规定，它与我们在日常生活中所说的"性格"含义并不相同。《诗学》中集中讨论"性格"问题的观点有两个。一是"性格"指显示人物的抉择

---

* 作者简介：胡月明（1993— ），内蒙古包头人，中国政法大学美学硕士，现为清华大学附属中学将台路校区语文教师。

的内容："一段话如果一点不表示人物的取舍，则其中没有'性格'。"二是"性格"的四个特点，即"善良""适合""相似""一致"。亚里士多德尤其强调第一点——善良，他称之为"最重要之点"。因而，"选择"与"善良"就成了亚里士多德悲剧理论中最为重要的因素。

史诗中的英雄人物大多是智勇双全的"大善"之人，他们的故事中往往包含"选择"的内容，比如赫克托耳抛别父母妻儿奔赴战场，奥德修斯历尽千辛万苦回乡。这些英雄人物，既"善良"又不断面对"选择"，这些通过行动展示出的人物特点完全符合《诗学》当中对"性格"的规定。早期的悲剧人物也是如此，不过就其"善良"的程度而言似乎不及史诗中那么完美，悲剧作家们认为不那么完美的人物设定能更好地激起人们的怜悯与恐惧，达到悲剧特有的审美效果。成熟阶段的悲剧作品在这方面表现出根本的不同，故事情节的高潮往往就是主人公面临重大的"选择"，但他们因为命运的不可抗力做出违背"善良"的事情。欧里庇得斯的《美狄亚》中的主人公美狄亚，在如何处置自己孩子的问题上，本身是有"选择"的，但她最终还是了杀死了自己的儿子。作为母亲，她亲手毁灭自己孩子的生命向丈夫复仇，致使自己也成为被毁灭的一部分。为此，亚里士多德判定，欧里庇得斯及其以后的诗人所写的悲剧都没有"性格"。

悲剧中人物的品质由性格决定，而性格是在行动中表现出来的。行动构成情节中的人，幸福与不幸都是行动的结果，性格不是天赋，人的种种本能只是给行为提供了诸多可能性，人们在生活中反复从事某项活动，自然就会产生某种"性格定式"。情节才是悲剧中最为重要的因素，因为它是悲剧内在的设定，其他成分都是外部的，都要服务于"情节"的安排，这是其作为模仿艺术的本质所决定的。

由此，亚里士多德也提出了一个重要观点，艺术比现象世界更为真实，艺术所模仿的不是现实世界中的现象，而是现实世界运行的本质和规律。为了追求表达效果，情节的真实性并不是必需的。诗人的责任不在于描写已发生之事，而在于描写可能要发生的事。朱光潜先生认为这个观点就是"艺术幻觉"说的起源，只要可以自圆其说，虚构和假定是被允许的，许多时候，它们甚至是必不可少的。在艺术创作中不可能发生却可信的事比可能发生却不可信的事更为可取。

亚里士多德提出情节中心说实际上与他当时所处时代的社会历史背景密切相关。当时的悲剧大多取材于古代神话和史诗，这些作品中的人物多是人们熟知的名人，他们早已在读者的心中留下了固有印象，因而难以从性格方面进行突破。而情节的安排具有更大的灵活性，悲剧作家可以在情节中寻求更多的新意。所以，亚里士多德提出的情节中心说是符合当时社会发展规律的。亚里士多德将情节首推为悲剧艺术中最为重要的构成部分，他对古希腊悲剧提出的理论观点独树一帜，使其作为诗学的分支而备受文艺理论家们的关注。文艺复兴之后，人文主义思潮的兴起使得"性格中心说"逐渐在悲剧理论领域占据重要位置。现实社会生活日趋复杂，人的性格、心态的复杂化也让艺术家们越来越重视对人物性格的刻画。

（二）"净化"——情节安排的理想效果

亚里士多德认为悲剧的目的是要引起观众恐惧和怜悯的情绪，从而引起情感的"净化"。净化在希腊文中是 Katharsis，主要是指痛苦和不愉快的情绪得到宣泄、消灭，转化为相反的激情。悲剧所引起的恐惧与怜悯也不同于日常生活中的简单情绪反应，观众目睹善良的人因为命运的捉弄而遭受巨大的痛苦，随之产生强烈的同情和惋惜，可命运力量之强大让人进退维谷，观众在同情悲剧人物的同时会产生对不可知的命运的敬畏之感。最后，观众看到悲剧主人公面对命运的不公乃至生命的威胁时依然保持精神人格的自由和尊严，并从中受到鼓舞，这种审美体验类似于崇高感。文艺欣赏活动中的审美反应本身实质上就可被归结为这种净化，或称为复杂的情感转化。亚里士多德认为"悲剧倾向于表现比今天的人好的人"①。此处的"表现"指的就是"模仿"，"悲剧模仿比今天的人高贵、显赫和更具英雄气概"②，但由于不可抗拒的宿命最终悲惨收场，这样的故事情节会激起观众怜悯和恐惧的情绪，并最终达到"净化"心灵的效果，至于那些本身就在人格上有问题的人是不应该作为悲剧表现的对象的。

要达到预期的"净化"效果，情节的设计和安排便是重中之重，为此，亚里士多德针对悲剧中的情节安排做出了明确的规定。首先，悲剧创作过程中必须遵循情节的"整一性"原则。情节的"完整"，是指事之有头、有身、有尾。《诗学》中解释到：所谓"头"，指上承他事，但自然引起他事发生的内容；"尾"与此相反，指按照必然律或常规自然的上承某事的内容，但无他事继其后发生；所谓"身"，指承前启后的部分。悲剧的情节应当是由环环相扣的事件构成的有机整体，如果某一个部分可有可无，对于情节的进展并没有显著的作用，那它就不足以成为整体的有机构成部分。索福克勒斯在《俄狄浦斯王》中没有按照时间顺序叙事，而是用一场瘟疫做引子，围绕着追踪杀死老王的真凶这个主线开始展开情节，俄狄浦斯被遗弃、老王被杀等重要的情节被穿插其中，作为主要情节的适当补充，这就使悲剧情节紧凑丰富、层次鲜明。整一的情节是悲剧创作的首要要求。

具有了"整一性"的悲剧作品在情节的安排上也要具有匠心，情节的安排其实就是专指"突转""发现"与"苦难"这三个成分的安排。"突转"即事情突然向相反方向发展，突转的主人公不能由逆境转入顺境，而必须由原来的顺境转入逆境，"突转"情节中的主人公并不是坏人，却因自己的"过失"犯下了不可挽回的错误。"发现"一般是指主人公对原有重大事件由不知到知的情节变化，比如俄狄浦斯发现自己的身世，这个情节使俄狄浦斯陷入极大的矛盾与痛苦中，引起观众强烈的情感共鸣。"苦难"则是悲剧主人公由顺境转入逆境，面临生活的巨大考验或是命运的重大抉择，亚里士多德认为"悲剧应包容使人惊异的内容，但史诗更能容纳不合情理之事——此类事情极

---

① ［古希腊］亚里士多德：《诗学》，陈中梅译注，商务印书馆1996年版，第38页。
② 同上书，第39页。

能引发惊异感——因为它所描述的行动中的人物是观众看不见的"①。

亚里士多德在《诗学》中强调悲剧要达到其特有的审美效果,即激起人们的怜悯与恐惧之情,以复杂剧(完全靠"突转"与"发现"构成)的结构为最佳。"最好的是发现和突转同时发生。"② 剧情的突转引起新的发现,揭开隐藏的事件真相,整个情节达到高潮,而悲剧的主人公也要在此刻面临重大的抉择。亚里士多德认为戏景的设计和渲染可以使观众在直觉上产生恐惧等情绪,但优秀的悲剧应当以情节本身的安排做到这一点。情节中的人物关系分为三种,亲人、仇敌、非亲非仇。后两种人物关系之间的争斗不能使观众体会到悲剧主人公内心的挣扎与痛苦,而发生在亲人之间的斗争会引起观众恐惧和怜悯的情绪。在此基础上,亚里士多德还提出了更为具体的三种情况。

第一种是人物在知晓和了解情势的情况下做出的动作,比如美狄亚在知情的情况下杀死了自己的孩子。第二种是在对对方做出可怕的事情时并不知道对方的真实身份,过后才知道对方与自己的亲属关系,比如俄狄浦斯弑父娶母。第三种是本打算对对方做出不可挽回的事情,但因为突然发现了与对方之间的亲属关系而停止行动。其中最令人厌恶的是知情后不再做出行动,这种安排无法引起悲剧效果。最好的一种安排是:苦难事件发生在亲朋之间,并且情节之中的人物在做相互伤害的事情时,并不知道对方是谁,事后才发现他与对方有亲属关系,这种结构方式增加了悲剧的厚重感,容易使观众理解主人公的心理状态,产生强烈的代入感,因此而产生怜悯恐惧的心理。比如俄狄浦斯无法逃脱命运的安排,在不知情的情况下亲手杀死了自己的父亲,事后却又知道了这个可怕的真相。悲剧主人公由顺境转入逆境,其原因不在于人物为非作恶,而在于他犯了大错误,由此导致了一个不幸的结局。亚里士多德认为这种情节的安排最为巧妙,即使观众没有看到演出,只是听到了故事的情节,也会感到悚然并产生怜悯之情。

二 从"过失说"到"冲突论"

黑格尔继承发展了亚里士多德的观点,他认为悲剧主要是在表现由动作构成的情节,而矛盾冲突的情境创设最适用于悲剧。情境的严肃性和重要性因为冲突而凸显,人物性格的高度和深度也因此得到了展现。悲剧情节的最佳安排是人在不知情的情况下做了某件事,后来才知道自己的行为破坏了某种值得用理性尊敬的道德力量,因此陷入矛盾痛苦的心理状态。亚里士多德将悲剧情节的发展归结于悲剧人物的"过失",而黑格尔认为悲剧的本质是表现两种对立的普遍伦理力量的冲突及其和解。

亚里士多德明确对悲剧人物的品质做出了判断,即"悲剧模仿比今天的人高贵、

---

① [古希腊]亚里士多德:《诗学》,陈中梅译注,商务印书馆1996年版,第169页。
② 同上书,第25页。

显赫和更具英雄气概"[①]，他们往往比日常生活中的人具有更加完善的品德。索福克勒斯的代表作《俄狄浦斯王》就是典型的例子，俄狄浦斯热爱城邦、大公无私，他积极反抗命运的魔咒，但还是在不知情的情况下"杀父娶母"，得知真相后的俄狄浦斯刺瞎了自己的双眼，自我放逐，以此来惩罚自己不可饶恕的罪过。这都体现了主人公善良、勇敢的品质。黑格尔反对对悲剧人物做简单的善恶判断，认为他们只是不同伦理力量的代表。黑格尔指出在悲剧中应当有符合悲剧人物所代表的伦理力量特征的伦理行动，一旦行动发生，悲剧人物便不怕对自己的行动负责，并且不把自己的悲剧诉诸命运。表面上看，俄狄浦斯身陷命运的魔咒，在不知情的情况下由于无心的"过失"引发了十分严重的后果，但究其实质，这种结局的发生是必然的，俄狄浦斯等悲剧人物行动的动机和目的虽然是正义的、合理的，但由于其所代表的伦理力量的片面性，最终必然会损害另一方的利益，尽管如此，他们明知不可为而为，并且勇于承担后果，这也体现了悲剧人物的崇高性。

（一）伦理实体的分化与冲突

黑格尔的哲学思想与古希腊悲剧内含的理性主义精神、神秘主义思想十分契合。他认为原始悲剧的真正题旨是神性的东西，而"伦理性"因素就是处在人世现实中的神性因素，也就是说，悲剧人物的性格和动作情节的展示是神性的伦理力量在现实生活中的体现。"绝对精神"不仅是事物的本原和基础、构成事物本质的实体，还是具有创造性的发展主体，它自身包含着矛盾运动，世界上的一切事物都是"绝对精神"运动内在过程的体现。而"伦理实体"就是悲剧领域的"绝对精神"，是悲剧的本原。

黑格尔将其哲学思想中的辩证法贯彻于悲剧研究之中。他认为悲剧情节发展的动力是伦理实体自身分裂形成的不同伦理力量之间的对立统一。伦理实体为了实现自身的具体存在，分裂为不同的伦理力量，伦理实体因此而具有了初步的规定性，因而成为悲剧的表现对象。

> 形成悲剧动作情节的真正内容意蕴，即决定悲剧人物去追求什么目的的出发点，是在人类意志领域中具有实体性的本身就有理由的一系列的力量：首先是夫妻、父母、儿女、兄弟姐妹之间的亲属爱；其次是国家政治生活，公民的爱国心以及统治者的意志；第三是宗教生活，不过这里指的不是不肯行动的虔诚，也不是人类胸中仿佛根据神旨的判别善恶的意识，而是对现实生活的利益和关系的积极参与和推进。[②]

悲剧中的人物处于不同的情境、出于不同的目的表现出各自的特点，却只代表着某一种力量，这些相互区别的力量显现于活动之中，就是追求某一种人类情致所决定

---

① ［古希腊］亚里士多德：《诗学》，陈中梅译注，商务印书馆1996年版，第39页。
② ［古希腊］黑格尔：《美学》第三卷下册，朱光潜译，商务印书馆1981年版，第284页。

的具体目的从而使自己获得实现。这个过程中，各种力量之间原有的和谐就被否定或者消除掉，它们就转到相互对立相互排斥的关系中，代表不同伦理力量的人物处于冲突的情境，对立双方各代表片面的伦理力量，通过否定对方才能肯定自己，所以都有"罪过"。矛盾斗争使得不同伦理力量相互否定，通过否定又达成肯定，达到不同伦理力量之间的和解，最终实现永恒正义的胜利，即向伦理实体的回归。

伦理实体在分化前是纯精神的，又被称为永恒正义。"实体具有普遍性的含义，实体不是偶然性的感性存在，而是必然性的理性存在，伦理实体具有必然性。"[①] 悲剧人物无所谓善恶，他们只是个人性格与不同伦理力量结合的成果，他们为了维护各自所坚持的伦理力量而发生激烈的冲突，但悲剧人物所坚持的伦理力量往往是片面的，比如安提戈涅坚持为"逆反"而亡的哥哥收尸是在维护兄妹的伦理亲情，而国王由此惩罚安提戈涅是因为她没有遵循国家的意志，最终国王的儿子为安提戈涅殉情，王后也因为丧子自杀。国王与安提戈涅为了维护各自所代表的伦理力量展开了激烈的斗争，结局却是两败俱伤。他们在坚持自己认同的伦理力量的同时必然会违背对方所维护的伦理力量。

> 亚里士多德的"过失说"说明的是悲剧人物的过失导致伦理关系受损害，黑格尔的"悲剧冲突论"说明悲剧人物为了维护自己所坚持的伦理力量对对方所坚持的伦理力量的破坏。[②]

冲突是情境的最高状态。冲突或许会毁灭掉悲剧人物的肉身，但伦理实体和永恒正义必将得以彰显。黑格尔将悲剧冲突分为三种，第一种是自然原因引起的冲突，比如自然灾害、疾病等。这种冲突情形的确会破坏生活的"和谐"，但其实可以将其归结为本身并不具有重要意义的偶然事件。第二种是人与外在世界的冲突，这种冲突包括家庭出身基础、天生性情造成的主观情欲等。归根到底，这些冲突都只是导致心灵因素分裂与对立的外部条件。黑格尔最为重视的是第三种冲突，即"由心灵（精神）的差异产生的分裂"，前两种冲突都带有偶然性，在黑格尔看来第三种非常适合于理想悲剧人物的塑造，真正的动作指的是由悲剧人物间的重大矛盾对立引发的生死斗争。悲剧的冲突应该是排除偶然性具有必然性的冲突。

艺术美不是静止的，而是发展的，事物内部感性与理性力量的矛盾斗争为艺术发展提供了源源不断的动力。悲剧情节发展的过程就是克服感性与理性之间的矛盾不断向前发展的过程。通过分裂、冲突、和解，伦理实体实现了自身的展开，成为具体的存在，成为矛盾双方的统一体。人物性格的塑造因为悲剧双方激烈的冲突而得以生动具体展示。

（二）从"净化"到"伦理力量的和解"

黑格尔在亚里士多德"净化"说的基础上推进了对伦理实体的解释，他反对以

---

① 孙云宽：《黑格尔悲剧理论研究》，上海三联书店 2010 年版，第 42 页。
② 同上书，第 111 页。

"能否引起快感"作为衡量悲剧好坏的标准。与亚里士多德所说的同情只是个人感情不同,在黑格尔看来,外界有限事物的威力所引起的恐惧是可以克服的,人应该感到恐惧的不是外界有限事物的威力,而是伦理的力量。这种力量代表着"人自己的自由理性"中的一种规定。如果人违反了它,那就"无异于违反他自己"①。同样,悲剧引发的怜悯也不是对于旁人所经历的灾祸或者苦痛的同情,而是对投射在人物身上的伦理理由的同情,"也就是对他所必然显现的那种正面的有实体性的因素的同情"②。悲剧的效果并不在于引起哀怜和恐惧,从而达到单纯情感的净化。在悲剧的单纯的恐惧和哀怜之上还有"调解的感觉",那就是悲剧通过冲突的展开实现了"和解"。

> 真正的实体性因素的实现并不能靠一些片面的特殊目的之间的斗争,尽管这种斗争在世界现实生活和人类行动中可以找到重要的理由,而是要靠和解,在这种和解中,不同的具体目的和人物在没有破坏和对立的情况中和谐地发挥作用。③

当代表片面力量的悲剧人物毁灭或退让妥协,也就是破坏伦理实体的片面因素遭否定时,冲突因此"和解"。虽然从悲剧人物自身角度来看,被不公正的命运戏弄似乎是无辜的,但就整个世界的秩序而言,主人公的确做出了违反伦理秩序的事情,受到惩罚是必然的,而且他所代表的精神并不会因为他个人的毁灭而随之消散。只有将片面性扬弃,才能达到真正的伦理理念,这种真正的伦理理念就是所谓的"永恒正义"。真正的恐惧与同情在永恒正义中克服了各方面的片面性后得到了升华。

悲剧精神洞察人生的痛苦,因而不同于乐观主义,同时又战胜人生的痛苦,因此也不同于悲观主义,它在本质上是超越于两者之间的对立而存在的。在悲剧中,坚不可摧的意志不再害怕人生的痛苦,亦不再求救于希腊众神的形象。悲剧人物虽然意识到自己存在的有限性甚至是虚无性,但不因此否定自身的价值和意义,也不停留于对无力改变现状的行动的厌倦,而是在认识到生命的这种真理后,更加无条件地肯定和热爱自己不完满的存在。

从"情节中心说"到"伦理冲突论"、从"净化"到"伦理力量的和解",黑格尔赞同亚里士多德悲剧理论中最具戏剧冲突效果的分析,并且将其发展为以剧烈的冲突为特征、以伦理实体为基础的悲剧理论。在整个西方悲剧理论史上,黑格尔是第一个用辩证的对立统一观点去解释悲剧结构内容的人,作为黑格尔心目中最适合表现辩证法规律的艺术形式,悲剧被抽象为伦理力量自身的分化—冲突—和解这种模式,颇具理论抽象意义。

---

① [古希腊]黑格尔:《美学》第三卷下册,朱光潜译,商务印书馆1981年版,第288页。
② 同上。
③ 同上书,第287页。

浅析罗兰·巴特"中性"思想在中国的接受
——从"零度"入手

刘亚楠[*]

(吉林外国语大学　吉林长春　130117)

摘　要：罗兰·巴特（1915—1980）是20世纪法国著名文学批评家。"中性"一词始于其早期创作，后成为其文论研究的重要概念。他早期的结构主义符号学进入国内学界可追溯至20世纪60年代，后期文本思想的接受则在80年代初期，"中性"受到国内学者关注始于21世纪之初。本文以巴特的"中性"思想为视角，选取另一相关术语"零度"，梳理国内学界对"中性"的接受，分析学者阐释与作者原意的关系，进而阐明"中性"在不同语境之下的含义分歧及多元价值。

关键词：中性；零度；写作；文本

一　为何是"中性"？

在20世纪西方文学批评领域中，结构主义兴起于20世纪初，60年代其在西方发展得如火如荼。罗兰·巴特最初以结构主义者身份亮相，基于瑞士语言学家索绪尔的语言学，试图建构一种应用于各种社会神话分析的结构模式。正当结构主义风起云涌之际，内部出现分歧，包括巴特在内的诸多西方学者开始批判结构主义秉持的科学性与客观性。巴特逐渐发现结构主义存在缺陷，认为单从语言结构引发的共性出发，难免错失必然存于物体对象之中的个性。此外，他愈加意识到自己曾经全力破除的窠臼即将被重建，用一种新的结构揭露、刺破、消解、摧毁另一种结构，意义何在？这便是他走向后结构时期的源头。对于其思想的整个演变过程，他在《罗兰·巴特自述》（*Roland Barthes par Roland Barthes*）一书中将自身写作生涯概括为四个阶段：一是受马克思、萨特和布莱希特影响的"社会神话"创作时期；二是受索绪尔影响的"符号学"写作时期；三是受索莱尔斯、克里斯特娃、德里达和拉康影响的"文本性"写

---

[*] 作者简介：刘亚楠（1989—　），河北石家庄人，吉林外国语大学助教。

作时期；四是受尼采影响的"道德观"写作时期。

那么，巴特思想在中国文学批评界的接受情况如何？事实上，国内学者对其思想的关注没有跟随其思想本身的舒展，而是脚踏中国文论自身发展的节拍。1966年的《通讯》第8期上刊登了巴特的《叙述文结构分析入门》（"Introduction à l'analyse structurale du récit"）一文，他的结构主义作为一种方法论顺应了当时文学作为革命工具的形势，因此他的结构主义理论在新时期初期最先被译介。到了90年代，经济社会转型，新旧文化出现断裂，以商品化、城市化、多元化为特征的大众文化现象蜂拥而至，文学内部美学原则也开始革新。中国社会内在认识论的变革，成为巴特后结构主义思想进入中国的契机。研究者大都先从巴特理论的某一重要命题入手，或者从"作者之死"、漂游、解构《萨拉辛》、阅读、叙事、文体、快感、倒错、迷醉等关键概念入手，"试图从巴特众多的著述中梳理出一条线索，勾勒出他的文本理论的轮廓"[①]。梳理这一接受过程，有利于完成巴特"中性"思想的定位。"中性"一词出现在他早期的文章里，而作为一种主张被提倡，却是在以文本理论为主的后期研究中。晚年巴特曾于1977年1月至1980年3月6日去世之前，在法兰西学院开设三门以"文学符号学"为中心的课程，而"中性"就是第二门课的主题。在此背景下，"中性"受到越来越多学者的关注，它的提出早于巴特系统性结构主义思想的形成，且一直延伸至巴特晚期的文学符号学研究。"中性"是贯穿于作家前期结构主义符号学与后期文本理论转向的重要线索，对于该词的研究颇具意义。

笔者围绕巴特自身涉及"中性"观点的著述和国内关于"中性"思想的述评，展开对比分析。前者主要包括《关于〈局外人风格的思考〉》（1944）、《写作的零度》（1953）、《符号学原理》（1965）、《文本的快感》（1973）、《罗兰·巴特自述》（1975），后者则涵盖了自2001年至今已发表的数十篇文章，既有对"中性"本身的钻研，也有与国内文艺理论发展的结合。具体而言，国内最早较详尽地研究"中性"的文章是2001年屠友祥在《古修辞学描述（外一种）》一书中的《中性之物的意义》，但仅限于对巴特后期著述《S/Z》的"中性"研究，侧重在反传统意义上作阐释；接着是2005年的《"零度"的乌托邦——浅论罗兰·巴特〈写作的零度〉》一文，当时主要把"中性"概念作为"零度"的同义词，前者是对后者的解释，这主要由于巴特的"零度写作"在中国先于"中性"概念被接受。类似的情况还有，2011年发表于《求索》的《论罗兰·巴特的"零度写作"观》和2012年《广州大学学报》的《"零度写作"在中国的接受过程》。然而，钱翰在《"中性"作为罗兰·巴尔特的风格》中论及"中性"与"零度"时，可明显读出两者的差别。

随着对巴特后期文论思想关注的加深，"中性"这一重要概念在近几年的研究中频繁出现。有学者提出"中性"迥异于"零度"，并在更深层次上挖掘"中性"的内涵，

[①] 陈平：《罗兰·巴特的絮语——罗兰·巴特文本思想评述》，《国外文学》2001年第1期。

谈及"阅读"①"话语"②"性别"③"修辞"④"美学"⑤ 等。还有学者将巴特的中性思想置于西方后结构主义思潮之中展开思考⑥。此外，一些研究内容涉及"中性"领域的拓展⑦，或"中性"在国内的译介⑧。

在国内学者对"中性"的阐释中，"中性"与"零度"两个概念呈现一种若即若离的关系，或将其看作一组近义词，或试图做出区分。通过钻研巴特有关"中性"的著述，可以发现若要探究"中性"观点，对于"零度"的解释至关重要。因此，从"零度"入手，分析"中性"在国内的接受有理有据。我们可将通过"零度"对"中性"的阐释分为两种情况，即等同与非等同关系。本文着眼于它们各自被提出的时间及其内涵，对两种关系展开分析，并爬梳巴特自身对于"中性"的阐释，进而观察上述观点各自的偏颇之处。

二 "中性"等于"零度"

有些学者以巴特1953年出版的《写作的零度》（*Le Degré zéro de l'écriture*）为依据，认为此书的问世使"中性"与"零度"同时进入读者视野。《罗兰·巴尔特的"中性"修辞学》阐述道："'中性'概念是巴尔特与'零度'概念同时提出的，但是直至他1978年集中地讨论了这个概念它才获得了读者和批评者的重视。"⑨

至于"中性"与"零度"的含义，部分学者将二者等同。首先存在一种绝对的等同关系，例如《论罗兰·巴特的"零度写作"观》一文称"零度写作"就意味着"中性"；此外还有一种约同关系，尽管《为了思想的写作》一文指出"零度"与"中性"有所差异，但未明确指出："在《写作的零度》中，他特别剥开了马克思主义话语的单义性倾向和斯大林话语的独断性。这在当时的左派知识分子当中是相当清醒的。这一思考起点蕴含了巴特日后所有的思想母题：符号语义学，'写作'、'文本'以及他认同的'零度的写作'，一种尽量悬置意义和判断的语言创造，类似巴特后来所说的'中性。'"⑩

另有观点称中国20世纪八九十年代兴起的新写实小说具有一种"零度"意味，并将其等同于巴特的"中性"思想。《80、90年代之间的新写实》一文的作者取用了巴特

---

① 参见吴琼《图像的零度：罗兰·巴尔特的图像阅读》，《中国人民大学学报》2015年第4期。
② 参见金松林《"中性之欲"：罗兰·巴尔特的解构论美学》，《华南农业大学学报》2015年第2期。
③ 参见金松林《罗兰·巴特的"中性"理论与性别批评》，《新余学院学报》2015年第1期。
④ 参见张汉良、韩蕾《罗兰·巴尔特的"中性"修辞学》，《当代修辞学》2015年第3期。
⑤ 参见金松林《"中性"：罗兰·巴尔特美学的辐辏》，《美育学刊》2017年第2期。
⑥ 参见徐金柱《罗兰·巴尔特中性思想探究》，硕士学位论文，复旦大学，2012年。
⑦ 参见王干《80、90年代之间的新写实》，《文艺争鸣》2015年第6期；魏少华《新闻可以"零度写作"吗？》，《传媒观察》2013年第9期。
⑧ 参见张智庭《罗兰·巴特的"中性"思想与中国》，《文艺研究》2016年第3期。
⑨ 张汉良、韩蕾：《罗兰·巴尔特的"中性"修辞学》，《当代修辞学》2015年第3期。
⑩ 程小牧：《为了思想的写作》，《社会科学报》2015年8月20日。

的"零度"与"中性"这两个概念,在概括兴起于20世纪八九十年代的新小说的特点时,提出了一种"情感的零度",实质是"将意识形态抽空",具有一种冷静、客观的"零度叙事"或者说"中性叙述"。深究作者的意图不难发现,他在冷静与狂躁、客观与主观这两组二元对立中均选取了前者,并用来定义"零度"或"中性"的风格,可见他理解的"中性"是对立双方之一。

然而,巴特在《写作的零度》中说:"某些语言学家在构成某一对极关系(单数与多数,过去时和现在时)的两项之间建立一个第三项,即中性项或零度项",而"这种中性的新写作位于各种呼喊和判决之中,却又毫不介入;它恰恰由后者的'不在'所构成"①。他把中性,或者说零度更多地置于一种"不在"和"毫不动心",近似一种"此处无声"的境界,并非如上所述的二选一的抉择,尽管"冷静""客观"的意味在某种程度上与"中性"相似。

再者,巴特在《中性》课程中提出了一种更为现实、能够捕捉的策略,即中性就是"保持间距"。中性"将是一场在参照物之间保持良好距离的微妙艺术(包括情感领域里的参照人物,关涉一种"有关鱼群之间至关重要的距离"②,中性是保持距离,制造空间,"但不是拉大距离,拒而避之"③。"新写实作家'零度情感'的叙事,从根本上偏离了传统现实主义的叙事轨迹。叙事对他们来说已不再是主体意识的高扬,也不再是创作主体理想、理念与情感的表现过程,而是理想远逝、理想幻灭、激情消退后直面现实的无可奈何与无能为力,是对现实的一种别无选择的妥协与认同。"④ 而且进一步称,这是对于大众真实生活现状的"零度情感"的再现。然而,正是通过巴特所强调的中性并非意味着躲避,而是寻找一种微妙的距离这一点,从而推出,中性不是在感知了现实社会、真实生活中令人沮丧、绝望的现象之后的完全而绝对的颓废与躲避,所谓的"零度情感"实际上疏远了"中性"。

除此之外,关于"中性"的解读,还存在一种夸张的说法。在《零度写作在中国的接受过程》一文中,作者将"零度写作"描述为"一种无所驻心的中性的'白色写作'",甚至是"一种纯结构性的单调色的写作——白色写作"⑤。此处的"无所驻心的中性"有悖于巴特的观点,因为他曾明确指出,中性写作不是没有中心的,它的中心正是语言。其次,白色可以是一种单调色彩,但巴特的白色写作绝不单调,而是像真正意义上包含了所有光谱的白色一样,以表面的"无"换来深层的"有",通过打破二元对立的聚合关系,破除既定意义,换取一片对立消失后的广阔的意义空间。

---

① Roland Barthes, *Le degré zéro de l'écriture*, in Œuvres complètes, tome I, Paris: éd. du Seuil, 2002, p. 217.
② [法]罗兰·巴特:《中性》,张祖建译,中国人民大学出版社2010年版,第234页。
③ 同上。
④ 赵联成:《"主体"的陨落与消失——新写实小说新论》,《宁夏大学学报》2006年第4期。
⑤ 文玲:《"零度写作"在中国的接受过程》,《广州大学学报》2012年第2期。

三 "中性"异于"零度"

有些学者谈及"中性"概念时提到《关于〈局外人〉风格的思考》① (Réflexion sur le style de L'Etranger)一文,例如《"零度"的乌托邦——浅论罗兰·巴特〈写作的零度〉》《罗兰·巴尔特在"人生的中途"》。时间轴向后推移,两者并非同时出现,而是"中性"早于"零度"。需要指出,直到《写作的零度》,巴特对"中性"与"零度"的解释尚未出现明显分歧。《关于〈局外人〉风格的思考》是巴特为加缪的小说《局外人》作的评论。在这篇文章里,巴特认为《局外人》流露出一种迥异于传统写作的风格,一种沉默而中性的文风,并对之大加赞赏。国内研究者通过这篇更早的文章里所提及的"中性",为巴特的"中性"思想追根溯源。而关于"中性"与"零度"的含义,也出现了更深层的探究。

第一种观点是,较零度而言,中性的含义更丰富。屠友祥在《修辞的展开和意识形态的实现》中的"中性之物的意义"一节中说:"巴特标举的'零度概念',以及经常运用的格雷马斯'符号学方阵'的中性项,其实都是'中性'之喻的变体。"②《图像的零度:罗兰·巴尔特的图像阅读》一文则认为,零度写作就是要在写作风格与语言结构之间建立一个阻隔,打破二者之间的平衡与张力。"'零度'成为对抗语言建制和写作规制的手段,零度写作是中性的、沉默的、断裂的。"③ 与之相比,"中性"除了具有一种对既定模式的僭越,更增添了"一种自我享用的伦理",且这种意味"本质上来自文本的阅读姿态",读者的快乐正是从阅读中来。这种中性的写作风格完美地解决了冲突,与传统的文风相比,传递的是一种灵活自如的阅读感受。钱翰在《"中性"作为罗兰·巴尔特的风格》中称:"'中性'不再是寻找一片没有被符号和神话污染之地的努力,不再是对回归零度和白色的想象,而是对现实更广阔的容纳与混同。"④ 某种程度上,对比可回归的、静态的"零度"而言,"中性"呈现为动态的,并蕴育变化。

第二种观点是,"零度"是"中性"的导引。具体而言,《罗兰·巴尔特中性思想探究》⑤ 一文对"零度"与"中性"的前因后果进行梳理,首先提出"零度写作"是"中性写作"的导引,《写作的零度》中提出的零度概念是用中性来作进一步诠释,但事后他更倾向于阐释与运用中性,而忽视了零度。然而作者迫使"零度写作"紧跟"中性"发展的步伐,但窘于找不到可以追逐的借口,便以与之孪生的中性来为其填充,"我们姑且借用'零度写作'的空壳来称呼这些充满'中性之欲'的写作",随后

---

① 巴特的《关于〈局外人〉风格的思考》一文发表于1944年7月,参见《罗兰·巴特全集》第1卷,塞伊出版社2002年版,第75—79页。
② 屠友祥:《修辞的展开和意识形态的实现》,上海人民出版社2001年版,第244页。
③ 吴琼:《图像的零度:罗兰·巴尔特的图像阅读》,《中国人民大学学报》2015年第4期。
④ 钱翰:《"中性"作为罗兰·巴尔特的风格》,《文艺研究》2019年第2期。
⑤ 徐金柱:《罗兰·巴尔特中性思想探究》,硕士学位论文,复旦大学,2012年。

在下文中，作者一直用所谓的"零度写作"来诠释巴特对于写作的"中性之欲"。此处透露出一种强把零度与中性对立的嫌疑。而其实，巴特最初抱有一种非传统、反模式的幻想，并将其幻化为零度与中性两个概念，只是后来发现后者更具潜力，于是疏远前者，中性比零度更具有一种实体意义。

第三种观点是，"中性"的受重视程度大于"零度"。《"中性之欲"：罗兰·巴尔特的解构论美学》一文认为巴特在初期的文学批评中不加分别地使用了"零度"与"中性"的概念，但是在告别结构主义符号学、转入后结构主义文学理论之后，"他基本上舍弃了零度概念，而将'中性'擢升为一种方法"，并指出这样做一方面是因为符号在历史演变与社会发展中不可能屏蔽任何外界赋予其的含义，所以零度不具有可实现性，根本无法达成；另一方面则因为"将中性作为方法，对于巴尔特来说，主要是为了在时代的竞争中树立自己的风格"。通过"零度"地位的衰弱与"中性"立场的提升这一鲜明对比，该观点突出了"中性"作为一种方法论与立足点在巴特后期思想中发挥的重要作用，从而透露出对"中性"的重视程度大于"零度"这一观点。

尽管学界纷纷认可"中性"后劲十足，变幻丰富，但为何其与中国文论的结合并不密切？首先，中性与写作的相关性在传统意义上难以建立联系。在《中性》一书中，巴特试图从六个方面描述"中性"概念指涉的领域：语法上无"阴""阳"之分的性属关系；候选人不表达立场的政治状态；繁殖器官夭折的植物学现象；无性器官的动物学现象；物理学中不带电流的中性物质；非酸非碱性的化学物品。① 而《现代汉语词典》中对于"中性"的解释有两点，一谓不表示性别。鲁迅在《且介亭杂文末编·女吊》中说："在周朝或汉朝，自经的已经大抵是女性了，所以那时不称它为男性的'缢夫'或中性的'缢者'。"二指化学上既不呈酸性又不呈碱性的性质，如纯水的性质。② 在2009年由上海辞书出版社出版的第六版《辞海》中，对于"中性"一词的解释更为丰富，共包含五项：①指语言文字的意义既不褒也不贬。如：中性词；中性用语。②谓不表示性别。如：中性人；中性厕所。③化学上指既不呈酸性又不呈碱性的性质。如纯水的性质即为中性。④指立场、态度不偏向于任何一方。⑤语法名词。另外，在"性"这一词条之下的第八项解释为：语法范畴之一。通过一定的语法形式表示名词、代词等语法上的性别。一般分为阳、阴、中三类。③ 基于上述汉语语境中对"中性"词条的两种解释，可见"中性"与文学之间存在某种疏离，因此国内文论界在接受"中性"用于写作之时，难以迅速产生联想与融合。

其次，相比之下，"零度"概念更接近于"无"与"去除"，呈现的是一个铲除、摆脱的过程，迎合了20世纪八九十年代文论呼吁弱化马克思主义意识形态，摆脱传统文学模式的禁锢的趋势。王干在《80、90年代之间的新写实》中提到："'新写实'的

---

① 参见罗兰·巴特《中性》一书的第12、13页。
② 参见2005年商务印书馆出版的第5版《现代汉语词典》中对"中性"这一词条的解释。
③ 参见2009年上海辞书出版社出版的第六版《辞海》中对"中性"词条的解释。

内核,就是一个'零度'的问题,就是怎么抽空意识形态,回到生活本身。"而且"零度"被接受的程度在权威意义上同样受到认可,例如在《辞海》对"巴特"这一词条的评价:"提出文学的零度概念以反对萨特关于文学干预时事的理论",而只字不提"中性",暂且不论对巴特思想解读的贴切与否,起码可以表明"零度"比"中性"的接受更为普遍。

四 巴特的"中性"与"零度"

回顾上述两种情况,"中性"难以割舍与"零度"的必然关联,却又在不同程度上与之分隔。若触及巴特自身思想发展脉络,能否清晰找准"中性"与"零度"的位置,明显感知它们的脉动?如果脱离时间与意义的轨道,只在单一层面衡量二者的关系,恐怕难尽如人意。我们不妨梳理"中性"从始至终的发展过程,同时探析其在各个阶段与"零度"保持了怎样的距离。

在《关于〈局外人〉风格的思考》中,巴特将加缪《局外人》一书的风格视为一种基于形式的内容所产生的奇特效果之典范。"准确地说,《局外人》的风格有一种大海的感觉:那是一种中性实体,但由于单调而使人眩晕,时而有些闪现,但海底静止不动的沙砾将它固定,为其着色。"[①] 此时巴特定义的"中性"不是虚无,是一种建立在形式之上的内容,颜色的单调会让人捉摸不定,但零星的闪烁是最吸引人的地方。这是巴特首次提出"中性",表达了对于具有中性意味的写作风格的赞赏,"一篇漂亮的文本正如一片海水;它的颜色源自其内容在表面上的反射,正应该在此徜徉,而非天空,亦非深渊"[②]。从时间上看,"中性"的出现的确早于"零度"。

诚然,借由《写作的零度》一书的问世,"零度"首次出现在公众视野中,我们不妨回溯一下此书的创作过程。蒂凡娜·萨摩耶(Thiphaine Samoyault)在2015年1月出版的《罗兰·巴特传》中为我们讲述了巴特与凯罗尔(Cayrol)的相遇,以及与出版《写作的零度》一书的门槛出版社的结缘。凯罗尔1949年进入门槛出版社,在当时的文学领域是个重要人物。他试图吸纳那些在战后文学领域中占有一席之地的年轻作家,致力于丰富出版社在文学批评与公众领域的形象,并于1951年开启多种文集的投资运作。同年,在凯罗尔的提议下,巴特拿到了他的第一份合同,即《写作的零度》的签约出版。"在这期间,巴特继续撰写关于'零度'的文章;他反复阅读,做了许多修改,然后打印出来再次阅读,划掉后做替换。比如在导言部分有这样一个句子'因此古典时代的写作破裂了,从福楼拜到我们所处的时代,整个文学都变成了一种语言的问题(参考于《写作的零度》译本)',在手稿中被加上了'当然是未被解决的问题,

---

① Roland Barthes, Réflexion sur le style de «L'Etranger», op. cit., p. 75.
② Ibid..

因为历史总是被异化,而意识被分裂:写作的消失仍然不可能'"①。诸如此类的修改目的恐怕不仅在于弱化一位马克思主义者的背叛性话语,而且在于"纯化风格,减少意象,或许为了更加靠近他自身所谈论的那些写作方式"②,即加缪、布朗肖、凯罗尔风格的写作。在某种意义上,巴特对于《写作的零度》一书所寄予的,不仅是谈及一种"零度写作"的风格,更是对自己心念已久的"中性"观点的初步实践。

巴特在 1965 年的《符号学原理》③(Eléments de sémiologie)中对二元对立的普遍性提出质疑,并依靠语言学的模式初步提出一种"复杂"的操作来对抗二择一的模式,即"由四个项目构成的对立,其中包括两个对极项(此或彼),一个混合项(此和彼),和一个中立项(既非此也非彼)"④。接着又提出了中性化现象的第一层含义,先从语言学出发,意指一种"适当的对立失去了其适当性",意味着被中性化。例如当位于词尾的两个音位 é 和 è,因失去了其"适当的"词尾这一位置,换到词中或词首而造成只有一个音位,此时最初的两个音位特征就被中性化了。巴特试图在符号学领域解释这一中性化现象,指出"当两个能指可由同一所指产生,或两个所指可对应同一能指,就有中性化现象"⑤,这便是巴特提出的"中性"之第一层含义。在这里,我们已经隐约可以看出他希望用"中性"来抵制传统认知中普遍存在的二元对立模式,还为"中性"的诠释建构了一个语言学模式,只是此时还未对"第三项""零度""中性"作明确的区分,仅说成对立于 A、B 两项的另外一项而已。

巴特在 1973 年的《文本的快感》(Le Plaisir du texte)中关于"群落"一节中,将"文友社"(société)形容为一种"完全散逸"的"游徙"者的群落,其中存在矛盾与差异,但是"差异并不招引冲突,或者柔化冲突;而是在冲突之外被获得,超越冲突,又与其并排靠拢"⑥,差异能够逐渐取代冲突。此处对于差异的强调可谓直接影响了后来在《中性》中所说的中性旨在区分细微差别这一观点。同时,这里的"超越"与"并排"隐约透露出,"中性"并不是与既有的两个对立项之间的第三项,而是与这三者平行的另外一个维度。而在此节的末尾,巴特提出"一旦将个体语言之想象蓄积层荡除,文便很可能成为中性之物",在译者对于此处的"中性"作注解时说:"中性之物,逸出于二元对立之外,非言非默,泯灭了意义,也超越了语言。"⑦ 在该书的"复原"一节中,巴特在谈到对于"白与黑"这对纵聚合体的"巧妙的瓦解"之时,正

---

① Thiphaine Samoyault, *Roland Barthes*, Paris: éd. du Seuil, 2015, pp. 247-248.
② Ibid..
③ 1987 年辽宁人民出版社版译为《符号学美学》、1988 年生活·读书·新知三联书店译为《符号学基础》、1992 年广西民族出版社版译为《符号学原理》、1999 年王东亮译为《符号学原理》,《巴特文论在中国的接受研究》一文中提出传统上译为"原理"有夸大的嫌疑,不如"要略""略述""基本概念"等字眼更贴切。
④ Roland Barthes, *Eléments de sémiologie*, in Œuvres complètes, tome Ⅱ, Paris: éd. du Seuil, 2002, p. 690.
⑤ [法]罗兰·巴特:《符号学原理》,李幼蒸译,生活·读书·新知三联书店 1988 年版,第 166、167 页。
⑥ Roland Barthes, *Le Plaisir du texte*, in Œuvres complètes, tome Ⅳ, Paris: éd. du Seuil, 2002, p. 227.
⑦ [法]罗兰·巴特:《文本的快感》,屠友祥译,上海人民出版社 2002 年版,第 25 页。

是要"不直接地涉及毁坏，而是躲避纵聚合体，寻觅另外一项，即第三项，但它不是综合的项，而是反常且奇特的项"①。需要注意的是，此处的"第三项"并不等同于对A、B进行复杂操作时的第三项，而是指"第二维度中的第一项"。在此，巴特已经初步为"中性"确立了一个新的维度，一个不同于两个对立项，以及"零度"和"复合项"所在维度的又一个维度。

巴特在1975年的《罗兰•巴特自述》中罗列了种种中性的外在形象，总结归纳为"一切躲避或者破坏炫耀、掌控和威胁甚至使其显得嘲弄可笑的东西"②。而紧接着对"不存在自然"的解释，已经可以看出巴特对于"中性"的"乌托邦"意味的表露，并将其从一种目标、一种口号升华为一种欲望的思想转变。他认为之所以不存在自然，是因为一切都可归属于两种自然，即"假自然"与一种"反自然"的斗争，前者指"多格扎""自然性"等，而后者则是他"全部的个人的乌托邦"，并称前者是"可憎恨的"，而后者是"可希望的"，只是在后来的漫长过程中，他发觉这种斗争过于戏剧化，因而将中性与之分离开来。至此，巴特明确提出："中性不是一种兼具了语义与争执之对立关系的第三项——零度；它处于言语活动语链的另一个阶段，属于一种新聚合的第二项。"③ 在这里首次明确指出"中性"不是"零度"，如果说"零度"是一种明确的方向与高喊的口号，那么"中性"便成为一种欲望。纵观"中性"与"零度"经历的这一过程，不难发现，后者似乎一直站在原来的位置不曾改变，而前者却一直在原有的位置上逐渐抽离，旨在从一种"实体"幻化为一种"欲望"，从一种确定演变为一种可能，而这其中透露的不确定性不代表巴特对于自己主张的"中性"的怀疑，而是对它的一种升华。

纵观"中性"概念在巴特思想发展中的演变可以得出，"中性"概念的提出早于"零度"，而在《写作的零度》一书中，"中性"写作风格初露端倪，而且初期的"中性"具有"零度"的内涵。后来，"零度"在巴特中后期的作品中较少被提及，而"中性"概念逐渐升温。时隔三十四年之后，以"中性"为主题的课程在法兰西学院开设，一时间成为关于巴特后期思想的热议话题。纵观这一历程，"零度"充当了改变"中性"的调味剂，兼具双重功能，既是最初"中性"之具象，又是后期"中性"之导引。因此，单纯将二者关系确定为"相同"或"相异"，只在某一时间点具有合理性，恐难概括全部。

如果就此评判国内学界对于巴特"中性"思想的接受究竟在多大程度上符合巴特思想的实际，抑或在多大程度上属于主观感受，恐难一概而论。首先，纯粹的客观其实并不存在。德国美学家汉斯•罗伯特•姚斯（Hans Robert Jauss）在探讨文学作品的接受模式时指出："最初的观众可能作出的反应，很可能取决于该时代特定的'期待

---

① Roland Barthes, *Le Plaisir du texte*, op. cit., p. 253.
② Roland Barthes, *Roland Barthes par Roland Barthes*, op. cit., p. 707.
③ Ibid..

视野'与新作品对读者审美感受力提出的要求两者之间的距离或悬殊"①，正是这一"期待视野"决定了接受过程中加入主观感受，从而使理解过于表现为片面与表面，造成不同程度的误读。其次，研究巴特"中性"思想在中国的接受情况，使我们窥视自我与他者相遇之时的变化。意义，并非存在于意义自身或追寻意义的过程中，而诞生于不同思想之间富有成果的交流中，关键在于立足互相尊重的基础，审视自我与对方，实现对望和交流。

除此之外，巴特认为一切习以为常的聚合关系是压迫性的，"中性"的提出正是为了反抗这一压迫性，它意味着去性别化、去分类化、发展个性、包容多元。一种学术思想在最大程度上发挥价值，就是与不同文化交锋，在不同语境中碰撞，从而迸发出多元的观点。因此，围绕"中性"问题的探讨体现的是一种对于多元价值的提倡与宽容。

---

① 张隆溪：《道与逻各斯》，江苏教育出版社 2006 年版，第 158 页。

反具身化的绘画实践：论 T. J. 克拉克对塞尚的保罗·德·曼式解读

诸葛沂[*]

(杭州师范大学艺术教育研究院　浙江杭州　311121)

摘　要：一直以来，塞尚艺术的魅力与多义性持续吸引了各种艺术研究方法的尝试，这其中，当代杰出的艺术社会史家 T. J. 克拉克的研究独树一帜：他不仅反对弗莱和格林伯格的形式分析，也否定梅洛-庞蒂的"具身化"（embodiment）的现象学分析，还借用符号学家、解构主义文学批评家保罗·德·曼（Paul de Man）的理论，从"现象性"（Phenomenality）和"物质性"（Materiality）的视角，通过类比和鉴别，揭示了塞尚晚期艺术创作的彻底唯物主义倾向，并将塞尚绘画归位于克拉克自己的艺术社会史的现代主义理路中。

关键词：T. J. 克拉克；保罗·德·曼；塞尚；现代主义

> 我并不是在寻找一个离经叛道的答案，但在探索过程中，我发现弗莱、格林伯格和梅洛-庞蒂对塞尚的解读都错了。与此相反，我想伴随他们走向尽可能的深度。
>
> ——T. J. 克拉克《塞尚作品中的现象性和物质性》
> (Clark, Phenomenality and Materiality in Cézanne, 105)

> 这就将我带回到现象性这个关键的概念，以及德·曼对它的讨论："符号的现象性"。
>
> ——T. J. 克拉克《塞尚作品中的现象性和物质性》
> (Clark, Phenomenality and Materiality in Cézanne, 100)

---

[*] 作者简介：诸葛沂（1981—　），浙江建德人，杭州师范大学艺术教育研究院副教授。
基金项目：国家社会科学基金青年项目"T. J. 克拉克艺术社会史思想及其中国参照研究"（项目编号：16CZW011）。

一 引论

正如美国学者维切尔（Beverly H. Twitchell）所说："塞尚作品的地位和影响是无可争议的，他的绘画对艺术批评和艺术史的影响巨大，就像它们对其他艺术家的作品的影响一样。结果是，现在已经不可能在不受到人们关于塞尚绘画的形式、意义及其影响所讲的那些话的左右下来观看他的画了。"[①] 确实如此，不管是从罗杰·弗莱（Roger Fry）、赫伯特·里德（Herbert Read）到埃尔·洛兰（Erle Loran）和格林伯格（Clement Greenberg）的形式主义批评，还是法国哲学家莫里斯·梅洛-庞蒂（Maurice Merleau-Ponty）的现象学艺术批评，抑或是夏皮罗的心理学/图像学/形式主义的综合批评，都体现了塞尚艺术无与伦比的多义性，及其对各界学者的诱惑力。[②] 随着新艺术史的兴起与发展，塞尚绘画更成为各种批评方法跃跃欲试、一展身手的主题。其中，当代杰出的艺术社会史家 T. J. 克拉克（T. J. Clark）的研究独树一帜：他不仅反对弗莱和格林伯格的形式分析，也否定梅洛-庞蒂的"具身化"（embodiment）的现象学分析，还借用符号学家、解构主义文学批评家保罗·德·曼（Paul de Man）的理论，从"现象性"（Phenomenality）和"物质性"（Materiality）的视角，通过类比和鉴别，揭示了塞尚晚期艺术创作的彻底唯物主义倾向，并最终将塞尚绘画归位于克拉克自己的艺术社会史的现代主义理路中。

克拉克的两篇论文，《弗洛伊德的塞尚》（Freud's Cézanne, 1999）和《塞尚作品中的现象性和物质性》（Phenomenality and Materiality in Cézanne, 2001），都提及了德·曼的理论，尤其在后者中，克拉克充分挖掘了德·曼理论在解析塞尚绘画时所拥有的批评潜力，从文章题目上便直接呼应了德·曼《康德作品中的现象性和物质性》（Phenomenalityand Materiality in Kant, 1996）一文。早在 20 世纪 80 年代中期，德·曼便出现在克拉克《波洛克的抽象》一文的注释和文末，而在 1992 年一篇名为《一种颠覆性的艺术史理念》（On the Very Idea of a Subversive Art History, 1992）的会议论文中，克拉克认为，德·曼提供了对"艺术社会史"的"导引"，其后，在 1994 年于纽约举办的高校艺术协会（College Art Association, CAA）年会上，身为主席的克拉克投递了一篇题为《一种德·曼式的艺术史？》（A de Manian Art History? 1994）的论文，进一步探讨德·曼理论与艺术史进行链接的可能性。这确实让人感到奇怪：一个以马克思主义艺术社会史家闻名于世的英裔美国学者，怎么会拾起德·曼这位背负着道德阴影的冷酷的解构主义理论家呢？[③] 毋庸讳言，德·曼的作品确实启发了克拉克

---

① Twitchell, "Cezanne", p. 3.
② 沈语冰：《弗莱之后的塞尚研究管窥》，《世界美术》2008 年第 3 期。
③ 德·曼于患癌症病逝后获颁耶鲁大学人文学科的斯特林教席。然而，人们发现了二百多篇他在第二次世界大战时为敌方报章所写的文章，其中一份报章更带有鲜明的反犹太主义色彩。参见 S. Wood, "Paul de Man", p. 87.

在 20 世纪末的艺术批评和艺术史写作,但是,他并不是将德·曼的文学理论直接照搬、移植到塞尚绘画研究中,而是经过深思熟虑的借鉴、比对和鉴别,最终迂回地将结论引回他自己的现代主义理论中。

要理解克拉克复杂的论述逻辑,我们就要先从德·曼理论本身进入,理解其文本唯物主义观点和对"具身化"美学的批判。只有这样,我们才能把握克拉克解析塞尚的逻辑,并最终进入克拉克现代主义理论的宏旨之中。

二 德·曼的文本唯物主义及"具身化"批判

与其说克拉克机械地将德·曼理论强压进塞尚作品研究之中,倒不如说他在德·曼的文本中找到了物质性和现象性等概念,找到了一种文本唯物主义立场及对"具身化"美学的批判,进而拥有了运用这些概念来认真处理塞尚晚期绘画中的彻底唯物主义的可能性。①

在进入德·曼理论的具体概念和立场之前,有必要对"具身化"(embodiment)这一概念稍作解释。"具身化"这个主题,在 18 世纪中叶已经生成,现已经与审美哲学密不可分。它的宗旨是,在对于感觉事物(sensuous things)的专注(attentiveness)和回应(responsiveness)中,身体用感性(sensual)调和了概念性(conceptual),而精神会赋予物质以表达和调和(reconciliation)的原则,正如特里·伊格尔顿(Terry Eagleton)所说,解释这种"具身化"一直是美学的首要目标,哲学美学自身成为"天生的身体话语"(born as a discourse of the body)②。

但是德·曼对此持有异议。哲学家尼古拉斯·达维(Nicholas Davey)指出,德·曼的文本唯物主义挑战了解释学美学和"具身化"概念③。德·曼晚期的那种虚无主义、不近人情的语言观念,正是来源于对那以意义的"具身化"为原则来确定文学价值及其重要性的拒绝。德里达(Jacques Derrida)对德·曼的立场给予了恰切的评价,他认为,德·曼的文本唯物主义理论,悬置了那些"表现性的、意向性的、拟人化的、指示性的、比喻性的、象征性的"语言模型,因为这些语言模型都是表示艺术的意义和真理的传统修辞手段。④

德·曼的文本唯物主义体现在他反对"具身化"美学、强调现象性和物质性的概

---

① Spencer, Jeremy, "The Bodies and The Embodiment of Modernist Painting", *Journal of Visual Art Practice*, Volume 5 Number 3, 2006, p. 231.
② Eagleton, T., *The Ideology of the Aesthetic*, Oxford: Blackwell, 1992, p. 13.
③ Davey, N., "The Hermeneutics of Seeing", in Heywood and Sandywell (eds.), *Interpreting Visual Culture: Explorations in the Hermeneutics of the Visual*, London and New York: Routledge, 1999, p. 8.
④ Derrida, J., "Mnemosyne", *Mémoires: for Paul de Man*, Revised Edition, New York: Columbia University Press, p. 31. Norris, C. (2000), *Deconstruction and the "Unfinished Project of Modernity"*, London: Athlone Press, 1989, p. 139.

念上。尽管他在晚年写作中日益频繁地使用这两个词,但并没有清晰地解释它们的定义。然而,基本上,"现象性"意指"直觉和认知的可及性"(accessibility to intuition and cognition),它是"再现的"(representational)、"形象的"(iconic)、"感官体验的"(sensory experience),德·曼认为,它在文学作品压缩、集束了一个确凿无疑的愉悦的"审美时刻"。① 也就是说,现象性能够避免能指和所指的混乱,从而把符号的暧昧性约简到彻底透明的程度。如任何人都不会在心智正常时,在漆黑的夜晚,仅仅因听到"白天"(day)这个词就出去种植葡萄,因为夜晚这一现象辟清了现实。② 现象性概念表现的是一种普通的指示性的能力,它被假定为符号的力量,能够唤起自然的或经验主义的现实中丰富的感官体验。

德·曼认为,为了寻求现象性,人们就需要物质性的理解和行为方式,在进行文本阅读或其他审美活动时,也一样需要物质性的理解方式。但是,有些学者认为,能指和所指的混乱正是审美体验的本质,反对"具身化"美学的后果,是走向一种"没有活力的唯美主义"(effete aestheticism)。然而对于德·曼而言,这是一种"对这类美学的误读",因为这种误读回避了那显著地体现在康德美学中的彻底的唯物主义③。德·曼作品中有三个紧密关联的物质性议题:文字或题词的物质性、历史的物质性,以及物质性视觉(material vision)。④ "物质性视觉"的出处在康德《判断力批判》论崇高的章节中,在那里,"诗人"被设想的观看自然的方式是神秘的物质性的(enigmatically material)。于是,德·曼便坚持认为,康德的美学批评是唯物主义的,在某种程度上甚至比"现实主义"或"经验主义"这样的术语还要传递出更彻底的唯物主义意味。⑤ 他认为,康德提供了一种唯物主义的审美批评,这种批评"与那关联着审美体验的所有价值和特征背道而驰"⑥。"美学实际上……是一个意义和理解的过程的一种现象主义",他将美学描述为"由感觉性所显现的意义的具体化"⑦。根据德·曼的理解,康德美学无涉于象征的或感觉的具体化,它们并不产生集聚的思想和观点,这样,康德式的唯物主义在德·曼的文本中便显现为一种"反—美学"(counter-aes-

---

① Gasché, R., *The Wild Card of Reading*: *On Paul de Man*, Cambridge, MA and London: Harvard University Press, 1998, p. 53. de Man, P., "Hyprogram and Inscription", *The Resistance of Theory*, Minneapolis, 2002, p. 34.

② de Man, P., "Hyprogram and Inscription", *The Resistance of Theory*, Minneapolis, 2002, p. 11.

③ de Man, P., "Kant's Materialism", in Warminski (ed.), *Aesthetic Ideology*, Minneapolis: University of Minnesota Press, 1996a, pp. 128, 123.

④ Miller, J. H., "Paul de Man as Allergen", in Cohen et al. (eds.), *Material Events*: *Paul de Man and the Afterlife of Theory*, Minneapolis, MN and London: University of Minnesota Press, 2001, p. 187.

⑤ de Man, P., "Kant's Materialism", in Warminski (ed.), *Aesthetic Ideology*, Minneapolis: University of Minnesota Press, 1996a, pp. 128, 121.

⑥ de Man, P., "Phenomenality and Materiality in Kant", in Warminski (ed.), Aesthetic, 1996b, p. 83.

⑦ de Man, "The Resistance to Theory", *The Resistance to Theory*, Minneapolis, MN and London: University of Minnesota Press, 1986, pp. 3-20; Loesberg, J., "Materialism and aesthetics: Paul de Man's", *Aesthetic Ideology*, Diacritics 27: 4, 1997, p. 89.

thetic），其反对的是传统的美学观念。当然，要捋清这种"反—美学"是困难而复杂的，在德·曼的晚期写作中，对此出现了省略性和隐喻性的倾向。

但是，德·曼对"具身化"的批评是明确而坚定的。他的晚期论文和讲座，总是在质问哲学美学中的"具身化"概念，他的初衷是要让"能指"摆脱指称意义（referential meaning）的束缚而欣快释放。① 对于德·曼来说，从德里达那里借用的"解构"（deconstruction）一词的大体意思是：撤销或揭露那强加于文本之上的主题的或审美的总体性；取消对于文本的主题化解读。解构，本质上是审问、拷问那些接受、默许了表面上的所谓的文本的"总体景象"（totalizing images）的解读方式。德·曼1982年的论文《黑格尔美学中的符号与象征》（Sign and Symbol in Hegel's Aesthetics，1982）表现了对"具身化"概念的一种持续性审问，这一审问是通过分析黑格尔对符号学和心理学的论述，以及黑格尔对它们对美学分类状况的影响的分析而展开的。"象征"阶段是黑格尔艺术史的第一阶段，根据德·曼的语言学分析，黑格尔"一直认为，象征经由符号与意义之间的不断增加的亲近性而实现"，"这一亲近性，由相似、类比、谱系认定、解释及其他原则所促成的，是这些原则加强了符号与意义之间在相同点上的联系"。德·曼认为，黑格尔所谓的"象征"是一种接合、融合和代替的比喻，黑格尔将象征设想成参与指定一个总体性的"更具有普遍意义的感觉［等价物］（the sensorial [equivalent]）"。② 而德·曼确实从中发现了惊人之处，即，在黑格尔赋予艺术的身份以象征的本质中，黑格尔并没有将象征抬得很高，相反，"符号"在黑格尔的文本中是"伟大的"，因为它证明了我们执意而极端地转化、誊译世界的能力。符号能"抹去它的属性，并让其他东西取代它"③。

为什么符号具有这种抽空自身、欣快释放、摆脱指称意义的能力？这种能力从何而来呢？德·曼认为，正是在其物质性中，符号不仅不能表达出言说主体，也不能表达出，在这个世界上，主体对这个符号自身的识别，同时它又是一个真实的"自消除"（self-erasure）的中介。而符号，亦因其物质性，而区别于象征。那么，没有任何指称意思的符号，便因其纯粹的物质性而实现了现象性。④

三 克拉克的德·曼式的塞尚

德·曼对"具身化"的批判，对于克拉克来说，是哲学美学的一个形影不离、恒

---

① de Man, P., "Roland Barthes and the Limits of Structuralism", *Reading the Archive: On Texts and Institutions* (Yale French Studies, No. 77), 1990, p. 180.
② de Man, "The Rhetoric of Temporality", *Blindness and Insight: Essays in the Rhetoric of Contemporary Criticism*, Second Edition, Revised, London: Routledge, 1989, pp. 189–192.
③ de Man, "Sign and symbol in Hegel's aesthetics", *Critical Inquiry* 8: 4, 1982, p. 767.
④ Spencer, Jeremy, "The Bodies and The Embodiment of Modernist Painting", *Journal of Visual Art Practice*, Volume 5 Number 3, 2006, p. 235.

定不变和意识形态的主题，它激发了克拉克向塞尚画作质问的那个问题：塞尚画中的唯物主义到底是如何达到的？

克拉克在分析塞尚时的基本立场，显然是与"具身化"的美学背道而驰的。对于现代主义美学而言，身体是一种紧密关联着社会和历史体验的文艺实践手段，这些社会和历史体验，正是身体想要去清晰地揭露出来的东西。比如，绘画中的身体，似乎允许我们超越艺术再现的意识形态中介，于是，媒介不再是身体的替代物，而正是身体本身。这种现代主义美学显然恢复了我们直接感知事物的能力，依靠这种能力，在其直观性（immediacy）之中，我们就能够将绘画假设为一种"具身化"的艺术。①

如果要给一个用"具身化"原理来分析塞尚的最佳范例，那必属法国现象学家莫里斯·梅洛-庞蒂。依据梅洛-庞蒂1961年的论文《眼与心》（Eye and Mind）中的洞见，是身体在绘画，而非心灵。他认为，绘画呼应着无法逃避的视觉呈现条件和艺术家的身体运动。在梅洛-庞蒂那里，视觉必然受惠于身体运动，并与其交织着，因为身体必然要转过来看，眼睛才会随之移动而观看。同样地，一幅画将呼应、唤起一个艺术家对其绘画主题所最初经历的身体体验。在他以现象学理论介入艺术批评的名篇《塞尚的疑惑》（Cezanne's Doubt，1945）中，梅洛-庞蒂指出，塞尚"意在接近"（tending toward）圣维克多山，并且"意在接近"在画布上表达此山，倒过来，塞尚也通过在画布上制作那座山，"意在接近"表达本身。而塞尚在投身于绘画时所感到的疑惑，被梅洛-庞蒂认为是一种笛卡尔普遍怀疑论的体现。对塞尚来说，疑惑乃是一种已经化合之物，在战栗、汗水以及他可能永远也无法实现他想要的东西的恐惧中显示自身。由于不能确定他能否将对那座山的表达"挪到"画布上，结果是产生了化合，亦即一种生理体验。② 说到底，这仍然是一种具身化的美学。克拉克认为，弗莱、格林伯格和梅洛-庞蒂全都错了。③ 实际上，塞尚的计划是要用画痕/笔触（mark）的物质性实现现象性，以达到形式与自然的完全对等。这无疑是一种不可能完成的任务。

克拉克在《弗洛伊德的塞尚》中认为，塞尚的最后三件《浴者》（Bathers），是对那"总被用来达到与自然对等的目的"的"一套特定的再现能力"的检验。通过将它们"物质化，通过简化为一套实际的、技术的运用"，塞尚的画考验了"再现能力"。④ 他写道，塞尚在当时所进行的，是一种唯物主义的计划。

克拉克认为，"现代主义和唯物主义如影相随"，尽管"在过去一百五十年的艺术

---

① Spencer, Jeremy, "The Bodies and The Embodiment of Modernist Painting", *Journal of Visual Art Practice*, Volume 5, Number 3, 2006, p. 229.

② see Merleau-Ponty, Maurice, "Cezanne's Doubt", *Sense and Non-Sense*, trans. H. L. Dreyfus & P. A. Dreyfus, Evanston, IL: Northwestern University Press, 1964, pp. 9-25.

③ Clark, T. J., "Phenomenality and Materiality in Cézanne", in Cohen et al. (eds.), *Material Events: Paul de Man and the Afterlife of Theory*, Minneapolis, MN and London: University of Minnesota Press, 2001, p. 105.

④ Clark, T. J., "Modernism, Postmodernism, and Steam", October, Vol. 100, 2002, p. 165.

中，没有现代主义传统这回事"，但是，现代主义和唯物主义确实"走到了一起"。克拉克坚持认为，20世纪90年代的法国绘画，"当它在被观看和被创作时，它被真正看中的，正是唯物主义"。是塞尚最终发现了唯物主义的极限，其发现方式，用弗洛伊德的话来说，"就是将心理过程描述为具体的物质粒子在数量上的明确状态，使其简单明了，没有前后不一的矛盾"①。格林伯格认为，塞尚绘画"体现了实证主义或唯物主义，它的本质存在于即时感觉中"；可是，克拉克在这里并未走向格林伯格，而是德·曼，他认为，这"绘画的材料"，"这笔触的物质状态"，"只有在它被认知为意义的原材料时——我们可以称其为某种复杂的、棘手的所指的能指（记号）"时，才是紧要的。② 显然，克拉克在塞尚的后期的《浴者》中所探查到的那种"更为激烈的唯物主义"，其代言人正是保罗·德·曼。③ 也就是说，德·曼所坚持的具有物质性的符号，能够在塞尚的绘画中找到替身。正如塞尚研究专家席夫（Richard Shiff）所言，塞尚的笔触，在它的所指面前并没有消失；这些笔触拥有不能被轻易穿透的独立性，它们构成了我们所注视的画作的表面。在塞尚的绘画中，独立的笔触保留着"强势的可见性"，超越了被表现对象的边缘，成为"一系列彼此溶融的形状"。④

需要强调的是，克拉克认为，只有在塞尚把现代主义的唯物主义或实证主义（格林伯格的描述）拓展到幻想领域（realm of phantasy）时，唯物主义的极限才暴露出来。克拉克以巴恩斯美术馆里的《大浴者》（*The Large Bathers*，1895—1906）为例进行论述，他认为这幅画试图创造一个"可感知的"幻想世界，试图将幻想具体化。这幅画右手边的那个明显处于幻想状态的人形，引起了克拉克的兴趣，这种"梦想状态的形体"在性别上是不确定的；他或她的形象，以一种性征的缺失（absence），一种"在大腿和抬起的小腿的图形之间的真空"，结合成了一个更为阳刚的肌肉组织。当这件纯粹而虚幻的作品面对一种对现实的正确理解时，便不能维持了。克拉克认为，塞尚对"幻想中的身体存在"（the existence of the body in phantasy）进行具化的努力，远不是在击碎那作为驱动力的唯物主义；他"从未放弃以物质主义语汇去努力幻想那个想象的世界"⑤。也就是说，塞尚的唯物主义还在继续前进，在朝着极限进发。

克拉克发现，费城艺术博物馆里的那幅《大浴者》（*The Large Bathers*，1904—1906）在表现幻想的途径上，是异于巴恩斯美术馆里的《大浴者》的。他将画作最右边的两个女性形象作为他论述的对象，概括性地指出她们在与巴恩斯美术馆里画作进行比较时，在表达幻想的实践或方法上显现出来的不同。其中，那个跪下的人物的手

---

① Clark, T. J., *Farewell to an Idea: Episodes from a History of Modernism*, New Haven, CT and London: Yale University Press, 1999, p.139.
② Ibid., p.129.
③ Ibid., p.166.
④ Shiff, R., "Mark, Motif, Materiality: the Cézanne Effect in the Twentieth Century", in Baumann, F. et al. (eds.), *Cézanne Finished Unfinished*, Ostfildern: Hatje Cantz, 2000, pp.116-117.
⑤ Clark, T. J., "Freud's Cézanne", *Representations*, 52, 1995, p.105.

臂和肩膀，成了另一个站着的形象的小腿和臀部：一个形体的一个部分，恰好构成了另一个的不同部分。这两个形象并不模糊，也不相融，她们仍各自在油画表面保持了"显著性"（salience），克拉克用了最简便的语汇来描绘它或它们，"双重形体"（double figure）。① "双重形体"正是塞尚的"用物质语言来重写幻想的坦率的尝试"，克拉克坚持这一观点，同时，他认为，塞尚极端的唯物主义试图去明白朴素、逐字逐句、确凿无疑地表现出身体的隐喻。② 正是费城的这幅《大浴者》对"努力达到隐喻的字面化直译"方式，决定了"画中素描和色彩的总体抽象性"。③

恰是这一总体的抽象性，使费城的《大浴者》区别于巴恩斯的《大浴者》。如果说，巴恩斯美术馆的画作妄图使一个原始体验"具身化"，那么，费城的《大浴者》则试图提供一个对幻想自身的彻底清晰明了、连贯凝聚的成像。这种尝试本身便通过"其表面的平面性"而被隐喻性地实现了，提供了一个身体通过绘画而实体化的绘画语言，塞尚超越了"具身化"。

克拉克认为，使"无生命的物质"变得美丽的能力，正是现代主义的"最糟糕的发现"或"可怕的"理解。因为现代主义主张"美是艺术的终极承诺"，但是，塞尚发明了一种审美机制，或者说，他认识到了，无生命的物质本身便能够产生出有生命的人体效果。在费城的《大浴者》这幅画中，机械的绘画技术和程序把有呼吸的生命和死亡带进了身体，并唤醒了它们。

塞尚曾坦白他自己的焦虑，因为他没能领悟这个客观世界。他写到，虽然他"在面对自然时越来越敏锐"，但是，他仍然不能呈现"那在我的感觉的产生之前，自然所显现的强度"。④ 但对于德·曼来说，"非具身化"的作品在创作时，没有任何"智性参与"（intellectual complication），是严格而又彻底物质性的，是取消那种"感觉体验和理解之间持久的联系"的审美体验的，在此过程，眼睛从心灵那里脱离了，呈现出一种盲目性。⑤ 英国历史学家柯林武德（R. G. Collingwood）曾用"盲目"这个词来描述塞尚的绘画，他认为，塞尚的绘画活动是一个通过［画笔的］碰触而用身体参与到一个险恶的客观世界中的活动，因而，塞尚是在像一位"盲人"一样画画。塞尚晚期的静物水彩画中的水果、水壶和盘子，看起来像是"用像婴儿般进行感知的双手抚摸过的东西"。⑥ 而塞尚自己也说过，艺术家仅仅是一个"优秀的机器"，"一个感觉的容器……一个记录装置"⑦。

---

① Clark, T. J., "Freud's Cézanne", *Representations*, 52, 1995, p. 110.
② Ibid., p. 111.
③ Ibid., p. 112.
④ Rewald, John, *Paul Cézanne letters*, London: Bruno Cassirer, 1941, p. 262.
⑤ de Man, P., "Kant's Materialism", in Warminski (ed.), *Aesthetic Ideology*, Minneapolis: University of Minnesota Press, 1996a, pp. 128, 83.
⑥ Collingwood, R. G., *The Principles of Art*, New York: Oxford University Press, 1974, p. 144.
⑦ Doran, M. (ed.), *Conversations with Cézanne*, Berkeley, CA: University of California Press, 2001, p. 111.

为了逼近塞尚的极端唯物主义,克拉克转而去分析《树与屋》(*Trees and Houses*, c. 1885)中最吸引他的那些细小的笔触,去质问它们的动机或意图。对于塞尚画笔的"细小的点触",罗杰·弗莱早有论述,他曾说,这是"他的感觉的最精彩的体现",因而其画具有一种"惊人的合成能力"。① 然而,克拉克怀疑这种所谓的"合成性"(synthesis),正是制作画痕(mark making)这一行为背后的包罗万象的意图。也许弗莱的论点是对的,对于塞尚来说,世界"应像眼睛所把握的一样被描绘出来,并确确实实将其'整体化'"。然而,克拉克认为,这种"整体化"在塞尚绘画中的实现,往往建立在笔触的爆裂(exploding)或混乱的"数据"(data),抑或绝对难以处理的数据的基础之上,这种"数据"证明了合成的可能性,尽管它们看似提供、显现了感觉的物质性。② 塞尚的绘画,是一个彻底唯物主义的计划,它冒险去达到在"经验单位之外重造体验的结构的可能性",并将"每个事物建立在这种可能性之上"③。然而,塞尚对单一的"元素颗粒"(elementary particle)的恋物崇拜,以及那"瞬间—物质化"(momentary-and-material ping)的视角,导致了这样一种效果的实现,即,它最终不是一个合成的或完全可以体验的形式。④

在这一点上,克拉克遵循着德·曼的概念和思路,但没有德·曼对物质性的盲目乐观,他认为,现象并不能被物质材料必然一致地替代,物质性并不能完全对等于现象性,只能无限接近现象性。比如,在塞尚晚年的绘画中,便出现了这种单一触点和体验之间的非同一性(non-identity)。其原因就在于,塞尚绘画中的物质性和现象性并不是共时关系,而是一种先后时序关系。

克拉克是这样描述塞尚绘画过程中物质性与现象性的博弈的。首先,笔触的物质性进入了视野,但是它立即就不停地被"图画"(picture)取代,并以此继续。塞尚运用笔触的"狂热的过程"(fanatic process),在任何一个瞬间,都可以达到或体现出这感觉世界的现象性,或者说,就算其被"图画"所取代,下一个笔触也可以将图画拉离感觉,从而导向一种更为严峻的物质性描绘。这下一个笔触"不可能(莫明其妙地)仅仅是一个序号,而是一个被看见的物体的真实图形,一个位于图画之上的独立图形,或者说,它们被赋予了一种不同的力量"。克拉克犹豫着,是否可以将其理解为一种"消磁"(erasure)的过程或顺序,这过程揭示了塞尚并不想这幅画中"呈现那具身化的美学魔术",他在进行的是一种反具身化的绘画创作。图绘(picturing)并不内在于画作的表面:图绘或"所见"(seeing as),并不存在于在画面上的艺术性涂敷的小点块中。但是,在另一方面,它们的物质性又并不替代它们的现象性。塞尚绘画的"生动

---

① Fry, R., *Cézanne: A Study of His Development*, London: Hogarth Press, 1927, pp. 43–44.
② Clark, T. J., "Phenomenality and Materiality in Cézanne", in Cohen et al. (eds.), *Material Events: Paul de Man and the Afterlife of Theory*, Minneapolis, MN and London: University of Minnesota Press, 2001, p. 105.
③ Ibid., p. 106.
④ Ibid., p. 107.

性",对于克拉克来讲,正来自这样一个步骤,一个最终总是无法保证符号的现象性的步骤,这注定是一种失败的步骤。克拉克坚持认为,塞尚绘画的这种生动性,正是这样一种"挫败的生动性"(vividness of defeat)。①

为了更好地理解,请允许笔者尝试将克拉克晦涩的分析用更具体平实的语言描述出来。塞尚的具体作画步骤是:看一眼面前的事物,然后即时以画笔触碰画面,画面上留下一个笔触,他以这种机械而无心的活动,使这一点代替他所见的那一现象(但不是感觉);但是,当这个笔点处于图画中时,它又被图画的整体效果所取代了,或者说,就被融合了;但是,塞尚运用笔触的狂热式的行动,就是要让每一笔、每一触都体现出感觉世界的现象性,所以下一个笔触,就又突兀而独立地显示出了现象性,因为,塞尚坚持极端的物质性,不想达到那种"具身化"的(也就是经由心灵为中介而去进行构想的)美感描绘。可是,塞尚所强调的笔触的物质性,又达不到完全的现象性,这是不可能完成的任务。这样,在绘画过程中,他就一直用物质性来表达现象性,用物质性与"具身化"的美学进行搏斗,但这种现象性最终无法通过笔触的物质性来保证,因为笔触总是一再地陷入图画的整体性之中,塞尚的计划最终失败了。然而,对于克拉克来讲,这种博弈的挫败,正是塞尚绘画得以如此生动的原因。而这种挫败的生动性,是现代主义艺术历程中又一次"失败的成功"。

四 现代主义宏旨

让我们将克拉克对塞尚进行的德·曼式解读,放到他那宏大的现代主义构想之中来考察,这样才能明白,塞尚的这种"反具身化"的绘画实践,是处于克拉克现代主义宏观图景的哪个坐标点上。

从很早开始,克拉克就提出一种野心勃勃的计划,要去复活那种关切艺术与社会历史之间辩证关系的艺术史学科。在《论艺术社会史》(*On Social History of Art*,1973)中,他描述了艺术社会史的原则,即要阐述那种艺术在面对社会时的"转换"/"联结"/"调解"的过程,通过这些过程,图像性的"文本"将社会—历史环境融合在它的作品中。② 这并不是简单机械的反映论,而是在强调,艺术也是社会进程的一部分,艺术在社会进程中调整、转变甚至设计着自己的形式方案。克拉克正是以这一视角来审视现代主义的发展脉络的。

---

① Clark,T. J.,"Phenomenality and Materiality in Cézanne", in Cohen et al. (eds.), *Material Events: Paul de Man and the Afterlife of Theory*, Minneapolis, MN and London: University of Minnesota Press, 2001, p. 108.
② Clark, T. J., *Image of the People: Gustave Courbet and the 1848 Revolution*, Berkeley: University of California Press, 1973, p. 12.

综观克拉克对现代主义的论述，其中最根本的逻辑在于，现代主义是对历史的特殊回应，在这种回应中，暗含着否定性。或者，借用他在《现代主义，后现代主义，蒸汽》(Modernism, postmodernism, and steam, 2002)一文中的句子来一言以蔽之，"现代主义是通往现代性的一种途径"①。在克拉克雄心勃勃的《告别观念》(Farewell to an Idea, 2002)一书的导论中，他写道："现代主义有两个伟大的梦想。首先，它希望它的观众被领向一种对符号的社会现实性的承认；同时，它又梦想着，将这符号带回到一个世界/自然/感觉/主体性体验的基础上。可是，资本主义拥有这一基础，并最终摧毁了它。"② 这一定义在其他论文中被反复阐释，如"现代主义……深深地嵌于现代性的再现含义之中——在于其中的符号生产和再生产的深层结构。在符号秩序的心脏中，躺着两个伟大的梦想，或两个伟大的意愿。第一个梦想显示出，世界变成现代的，是因为它转向并驶进了一个独立的个体们栖居的空间，每个个体都居住于感觉直观性(sensuous immediacy)中。……第二个，在实践中，……它越来越成为一个技术理性的领域，通过机械化和标准化，让这个世界在独立的主体们那儿变得越来越可理解。"③

也就是说，现代主义的修辞，那一系列图像策略，调节着现代主义中再现和体验之间的关系，调节着现代主义对现代性的回应④，而伟大的现代主义艺术家以独特的计划来实践着这两个伟大的梦想。《告别观念》一书中提供了七个现代主义艺术案例，每一个插曲片段都表现了现代主义建构过程中的极限情况。因为，这些"现代艺术家分享了它们[梦想]……他们自己将这些梦，或这些意象的图像放进实验中。而这种测验便是形式，是在一个特殊的媒介中的示范性(exemplification)的检验"。"现代主义是一个风洞(wind tunnel)，在里面，现代性及其模式被故意推向高强度的极限点(breaking point)。"现代主义的形式主义是被不断强制出来的(forcing)；……这种持续不断的极端主义，应被看成是对某些处于检验中的事物(生活)的极端性的一种回应。⑤

塞尚正是这样一种极限情况，他的方案就是一种极端唯物主义方案。而这种唯物主义，按照克拉克的理解，同样起源于一种对现代性的反映，起源于一种对一切来自自身意识的主体的抑制意识，并走向了反"具身化"的、纯粹无目的的、客观的物质主义绘画。

而面对着塞尚绘画这种现代主义方案的挫败时，克拉克感叹道："还有多少现代主

---

① Clark, T. J., "Modernism, Postmodernism, and Steam", October, Vol. 100, 2002, p. 164.
② Clark, T. J., Farewell to an Idea: Episodes from a History of Modernism, New Haven, CT and London: Yale University Press, 1999, pp. 9-10.
③ Clark, T. J., "Modernism, Postmodernism, and Steam", October, Vol. 100, 2002, pp. 164-165.
④ Spiteri, Raymond, "A Farewell to modernism: Re-reading T. J. Clark", Journal of Art Historiography (December, No. 3), 2010, p. 3.
⑤ Clark, T. J., "Modernism, Postmodernism, and Steam", October, Vol. 100, 2002, p. 165.

义梦想,能够在分散和抽空、平面和抽象、疏远和降低技术性(de-skilling)的极限中生存下来呢?——在现代主义变成物质材料化的过程中,这个步骤是多么奇怪。"① 这个步骤不仅是奇怪的,而且注定是失败的。但就在这种种计划、构想和形式方案失败的时刻,现代主义,产生了。

---

① Clark, T. J., "Modernism, postmodernism, and steam", October, Vol. 100, 2002, p. 165.

论爱默生的文学伦理批评观

余静远*

(中国社会科学院外国文学研究所　北京　100875)

摘　要：本文考察了19世纪美国著名思想家爱默生的文学伦理批评观。文章认为，爱默生的文学批评首先是超验的，同时这种超验的批评观又是伦理的，要求诗歌的道德目的，还要求作家才能与作品的一致；而且，与浪漫主义时期的主观主义不同，爱默生倾向古典主义的批评观，要求作品指向自然，而不是指向作家本身。

关键词：爱默生；文学伦理批评；超验；伦理；古典

序　言

19世纪初期的美国，刚刚获得政治上的独立，迫切需要在文化和思想上从欧洲的传统中独立出来。随着其自身文化和思想传统的建立与发展，一套全新的文学批评标准也慢慢形成。本文拟对美国19世纪著名思想家拉尔夫·沃尔多·爱默生（Ralph Waldo Emerson）的文学批评观进行研究，着重探讨爱默生批评观中的伦理维度。

在对爱默生的文学伦理批评观进行分析之前，有一个问题需要回答，那就是爱默生能否被称为一名文学批评家。关于爱默生是不是一名文学批评家，目前学界有两种主流观点。第一种是肯定的看法。例如，在威廉·詹姆士眼里，爱默生是一位有深刻见识的诗歌理论家，一位专注于介绍极端美学的革命家，这个目标基本上概括了爱默生其他所有的成就。阿福雷德·卡辛（Afred Kazin）认为，爱默生是"第一个将美国艺术基于个体视野和技术功能的伟大理论家……一个睿智又给人以启发的批评家……一种'功能'的美国美学观的先驱者"。① 哈罗德·布鲁姆（Harold Bloom）则认为，"爱默生是一个经验的（以经验为根据的）批评家和随笔家，而不是一个超验的哲学家。在文学批评深受当代法国理论侵蚀（影响）的今天，这一明显的事实比以往任何时候都更加需要

---

* 作者简介：余静远（1989—　），江西南昌人，文学博士，中国社会科学院外国文学研究所助理研究员，主要从事文学与思想史、英美文学与西方文论研究。

① *Emerson's Literary Criticism*, edited by Eric W. Carlson, Lincoln: University of Nebraska Press, 1979, p. i.

被不停地重申"①。而持否定看法的人中,有马修·阿诺德(Matthew Arnold)、查尔斯·伍德百利(Charles J. Woodbury)、萨克凡·伯克维奇(Sacvan Bercovitch)等。马修·阿诺德否定了爱默生的诗人、哲学家、文体家、批评家的身份,而将他置于精神的领域;② 伍德百利在《爱默生谈话录》中写道:"我认为爱默生并不是一名批评家。他并不具备艺术家通常都有的那种姿态。他熟悉决定一篇文章的形式优秀与否的法则,但真诚与道德情感的满足组成了他最核心的标准。"③ 而在伯克维奇看来,爱默生与其说是一个文化批评家,不如说是一个思想意识传统的缔造者,这种思想意识传统可以产生和吸收一切抵抗性的力量。在这种解释下,爱默生成了美国神话和象征的中心。④

从上述的几个例子可以看出,在 20 世纪之前,爱默生作为一名批评家的价值尚未得到肯定,而 20 世纪之后,大部分学者意识到了爱默生文本中的批评资源,试图从他的哲学中挖掘出一定的美学和文艺学思想。⑤ 尽管爱默生的写作范围很广,尽管他的论述方式偏于抽象,但是,他的写作范围无可置疑地囊括了文学理论这一块。而且,在他的作品中,还有大量的对具体作家和艺术家的评论。他的文学理论指导了他的批评实践,他的批评实践又进一步验证了他的文学理论。从这个意义上来看,爱默生是一名合格的文学理论家和批评家。

作为一名超验主义者,爱默生的批评观是超验的,他认为所有的批评都存在一个超验的标准,这个标准是作品完美和理想的状态。同时,这种超验的批评标准还是伦理的,他坚持用伦理标准去衡量作家与作品,作家才能必须与作品保持一致。⑥ 而且,与浪漫主义时期崛起的主体意识相反,爱默生突出了作品指向自然而非指向作家本身的重要性。

道德始终是爱默生评判诗人和作家作品的最高标准,在文学批评中,对文学的道德判断始终高于文学的审美判断。在《关于现代文学的思考》开头,爱默生这样写道:

> 文学随命运前行。每一个字句都是源于上帝的启迪。每一篇作品都是出自较为深邃或者稍欠深邃的思想;而思想深邃程度正好是衡量它的效果的尺度。最高等级的书是那些传达道德观念的书;稍逊者是富于想象的书;再逊者是科学书籍。它们都关涉现实:理想中的现实,现存的现实,表面的现实。凡与它们所包含的

---

① Harold Bloom, *Ralph Waldo Emerson*, New York: Chelsea House, 2007, p. 1.
② Matthew Arnold, "Discourses in America: Emerson", *New England Review*, Vol. 24, No. 2, pp. 195 – 209.
③ Charles J. Woodbury, *Talks with Ralph Waldo Emerson*, London: Kegan Paul, Trench, Trubner & Co., Ltd., 1890, p. 42.
④ 参见 Sacvan Bercovitch, *The Puritan Origins of the American Self*, New Haven, CT: YaleUniversity Press, 1975; *The American Jeremiad*, Madison: University of Wisconsin Press, 1978。
⑤ Thompson, Frank T., "Emerson's Theory and Practice of Poetry", *PMLA* 43 (December 1928): 1170 – 84.
⑥ Charles W. Mignon, "'Classic Art': Emerson's Pragmatic Criticism", *Studies in the American Renaissance*, (1983), pp. 203 – 221.

真与美成正比的书灵光留存；余者则消亡。①

在爱默生书籍等级当中，道德的要求始终高于审美的要求，审美的要求高于求知的要求，因为道德书籍描述的现实是理想的现实，想象书籍描述的是现存的事实，而科学书籍则描述表面事实。

一 超验的批评

爱默生认为我们应该用一种绝对的标准去评判文学，文学批评中最高级别的批评必须是超验的。与爱默生的诗人观、创作观、诗歌观一样，在爱默生的批评观中，也存在一个理想的作品。任何其他作品的价值都要与这个理想作品进行对照。这个理想的作品是超验的、完美的，超越了时间和空间。

1835 年 9 月，爱默生在波士顿发表《英国文学》演讲系列。在这一演讲系列的第一篇"英国文学：前言"中，爱默生阐述了他的超验的文学理论。在爱默生看来，文学本质上是一种思想，思想的源泉则来自天灵。文学中具有最高价值的是那些有关上帝、秩序、正义、自由、时间、空间、自我、物质、必然、战争、智性美、美德和爱的崇高思想。也就是说，在爱默生的批评观中，存在一个超验的至高理念世界。对现实世界的任何创作的评断都要依据这个超验的世界的标准进行。正如诺尔曼·福伊斯特（Norman Foerster）在其著作《美国批评：从坡到现在的文学理论研究》中所指出的那样：

> 爱默生要求一种"超验"的批评。他说，我们必须用绝对的标准去评判书籍……例如，当我们面对一首新诗的时候，我们不会将之与它让我们联想起来的好诗作比较，甚至是与荷马、莎士比亚和弥尔顿的作品进行比较，而是会问，与那个假设的最高诗歌，那首光芒盖过一切伟大作品的太阳之诗相比，这首诗歌是否能够证明自己。不仅如此，我们甚至要准备走得更远；那首诗歌中的太阳说到底，也还是一首诗，而并不是真理本身——在那理想的诗歌背后是那理念本身，是所有人类努力的标准。②

在 1840 年 5 月的一条日记中，爱默生重申了这一个观点："批评必须是超验的，也就是说，批评必须认为文学——所有的文学——是短暂的，极易完全消失。……但是人也是所有这一切的批评家，而且应该把所有人类智力的所有现存产品看作一个时

---

① *The Complete Works of Ralph Waldo Emerson*, Volume 10. Centenary Edition. Edward Waldo Emerson, editor. 12 vols. Boston: Houghton Mifflin, 1903 – 04, p. 99. 以下将缩略为 CW。

② Norman Foerster, *American Criticism: A Study in Literary Theory from Poe to the Present*, pp. 54 – 55.

代的，可以修正、更改或撤销。"① 几年后，在《关于现代文学的思考》一文中，爱默生再次强调：

> 我们必须学会按照绝对的标准去判断书本。当我们自身被激发起一种独立自主的生命之时，文字的那些传统的光彩就会变得非常苍白和黯淡……除非人们以一种超越书本知识的智慧去阅读书本，并且将所有现存的人类才智的成果仅仅视为一个可以为他修改和废弃的时代，否则，他们便不会成为书本的优秀评论家。②

从上面几段文字可看出，爱默生对文学价值思考的很重要的两点是：人类经验的普遍性以及个体经验的崇高性。正是因为人类经验的普遍性，文学批评才得以可能；正是因为个体经验的崇高性，文学批评的最高价值才会存在。《圣经》之所以历经几千年仍然被称为世界上最富原创性的经典，乃是因为"无论是哪一种具有伟大的道德因素的庄严思想，都会立刻与这部古老的经典紧密相连。最崇高的独创性必定表现在道德方面，这本来就是万物的本质"。③ 所以，《圣经》在世界上占据重要地位的原因不是别的，而是因为"与别的任何书相比，它来自更为深刻的思想，其效果也就必然与其思想深度形成精确的正比"。④

而爱默生的同时代人，来自美国南方的爱伦·坡的文艺批评观则与爱默生的超验批评观完全相反。爱伦·坡认为，19世纪的美国文学批评有两个特点。第一，一种旧式的狭隘主义。坡指出，这种狭隘主义是相对欧洲国家而言的，与欧洲相比，美国批评家自惭形秽。第二，与狭隘主义相反的一种盲目的爱国情感，美国批评家们自视过高。针对这两类常见的批评风格，坡通过哲学分析提出了他的理想的批评原则，那就是艺术的纯粹准则。

坡承认绝对、普遍原则的存在，这些原则存在于文学的本质和作家的心灵中。文字无法圈定诗歌的精神本质。坡理想中的批评标准是客观的、推断的。无论是艺术还是科学，他从未怀疑过批评是而且应该是牢牢地基于人的本性，基于人类头脑和心灵的法则。这些也是艺术本身的基础。因此，权威在原则而不在个人，在理性而不在前例，在原理而不在规定。诗人不一定是诗歌的评判者，然而，批评家却必然是诗人，他们如果没有"诗性的力量"，至少应该具有"诗性的情感"，如果没有"神圣的官能"，至少要有"诗性的眼光"。⑤ 这是19世纪浪漫主义运动充分肯定批评与诗歌关系的结果，爱伦·坡将之在美国确立下来。关于文学批评，坡的核心原则是：

---

① *Emerson's Literary Criticism*, edited by Eric W. Carlson, p. 100.
② CW 10：116.
③ CW 10：105.
④ CW 10：105.
⑤ Norman Foerster, *American Criticism: A Study in Literary Theory from Poe to the Present*, p. 56.

> 艺术的目的是愉悦，不是真理。为了愉悦的强烈，艺术作品必须统一简洁。在诗歌中，激发愉悦的合适方式是美的创造；不仅仅是具体事物之美，而且是一种更高的美——超自然的美。音乐是诗歌不可或缺的要素，在诗人竭力追求超自然之美时更体现其价值，因为音乐比任何其他的艺术都更接近这个目标。另一方面，在散文故事中，艺术家应该追求创造出不同于诗歌的效果，——恐怖、惊惧、激情的效果，——每次都限制自己达到一种效果。①

艺术的目的是愉悦，不是真理。美和愉悦是艺术最高的标准。无论是将道德主义作为艺术的标准还是将现实主义作为艺术的标准，在坡看来，都是异端邪说。无论如何卓越的道德品质都无法单独组成一部作品，相反，不具任何道德内涵的写作反而可能是一部佳品。②

在爱默生的随笔中，批评的本质和功能从表面上来看与坡的理论相近。诗人与批评家应同属一类："诗人是在爱着的爱人，批评家是接受建议的爱人。"（The poet is the lover loving, the critic is the lover advised）这两者间区别在于诗人的自发性和批评家的意识——一个是去爱，另一个是去建议。爱默生与坡的共同点在于，两个人都呼吁一个绝对的批评标准，有了这个最高的标准，任何一个特定的艺术作品都可以用来与之比照。然而，两者在根本目的上是不同的，爱默生的"真理"一词既指思想真理（intellectual truth），也指道德真理（moral truth），而这两者都不是艺术家合理的目的。坡与爱默生在对待诗人的态度上也十分不同。爱默生在作品中反复地提到柏拉图、普罗提诺、普鲁塔克、蒙田、莎士比亚、培根、弥尔顿等大作家，相反，坡对于那些伟大作家没有多少敬意。

在《英国特色》的"文学"一章中爱默生用超验的批评观考察了英国的文学家们。英国人偏于实际，即使是在哲学和文学中，也难以寻觅到希望、宗教、欢歌、智慧等高尚的价值。但英国少有的天才们却能够超越时代和民族。培根在柏拉图的影响下，精于观念，忠于目的，他标志着理想主义流入英国。他那具有普遍性的"基本哲学"能够概括公理和普遍法则，他的诗歌理念是，展示事物要适应精神愿望。洛克对观念的意义不甚了解，而这一定程度上标志着英国精神的猥亵和滑坡；柏克热衷于概括，可是他的思想深度不够，范围也有限；狄更斯是个描绘英国生活细节的画家，具有地方色彩和趋时风格，但目标不够远大；布尔沃（Bulwer-Lytton）投机取巧；萨克雷眼里没有高远理想，只有伦敦的现实；麦考莱精于物质，否定了道德；科勒律治渴望获

---

① Norman Foerster, *American Criticism: A Study in Literary Theory from Poe to the Present*, p.57.
② Rathbun, John W., "Theories in Practice: Poe and Emerson", *American Literary Criticism, 1800 - 1860*, Boston: Twayne, 1979, pp. 137 - 52; Mulqueen, James E., "The Poetics of Emerson and Poe", *Emerson Society Quanterly*, No. 15 (2d Quarter 1959): 5 - 11; Anderson, David D., "A Comparison of the Poetic Theories of Emerson and Poe", *Personalist* 41 (Autumn 1960): 471 - 483; Garmon, Gerald M., "Emerson's 'Moral Sentiment' and Poe 'Poetic Sentiment': A Reconsideration", *Poe Studies* 6 (June 1973): 19 - 21.

得各种观念,他写出、讲出了英国那个时代独树一帜的批评;卡莱尔则走向了物质主义的对立面,走向了宣言意志和命运的英雄主义。英国的诗歌,"由于没有崇高的目标,由于不是真诚地热爱知识,由于没有服从自然,想象力便受到压抑"①。于是,蒲柏及其门徒写的诗成了装饰;司各特的诗不过是押韵的苏格兰旅游指南;丁尼生矫揉造作。写到这里,爱默生不由得哀叹:"英国人已经忘记了这一事实,诗歌之所以存在就是为了表现精神法则,达不到这一条件,什么精彩的描写、丰富的想象,在本质上就谈不上新颖,跳不出散文的框框。"② 华兹华斯的天才是这一时期诗人中的意外,他的诗是心智健全的,表达了大自然的心声。美中不足的是他的气质不够柔和,声律不够精通。而丁尼生则完全是华兹华斯的反面。他的诗精雕细琢,却并未能够配以一个高瞻远瞩的主题。

二 伦理的批评

诗歌的最高目的和价值在于道德,在对作品进行评价时,作品的道德目的和目标也就成了评价的最高标准。爱默生不仅要求诗歌必须具有道德目标,还要求作家性格与才能的一致,即作家与作品的一致。

爱默生强调诗歌的道德目标。这一点在前几章已经有所论述。在其 1831 年的日记里,爱默生这样写道:

我写那些实然存在的事情,	I write the things that are
而不是事情的表面,	Not what appears;
写事情在上帝之眼中的样子,	Of things as they are in the eye of God
而不是事情在人类之眼中的样子,	Not in the eye of Man. ③

这种道德承担自然使批评的箭头偏离了美学的考量,甚至忽略了这个过程中的艺术想象力。道德的洞见带来的是审美的盲目。对于爱默生这样的柏拉图式的心灵来说,道德关怀也意味着一种客观性和对内在的逃避,后者在他看来是浪漫主义诗歌最大的缺点。

在对约翰·罗斯金(John Ruskin)的研究中,罗杰·斯坦因(Roger Steiner)清楚地看到了爱默生同时代人闭合的概念循环:"通过将艺术的形式与自然的形式等同起来,将自然本身与神性等同起来,超验主义者使批评的艺术基本上变成了一种道

---

① CW 5:142.
② CW 5:144.
③ *The Journals and Miscellaneous Notebooks of Ralph Waldo Emerson*, Volume 3. William H. Gilman et al., editors. 16 vols. Cambridge,MA:Harvard University Press,1960-82, p.290. 以下将缩略为 JMN.

德冒险。"①

在《英国文学》演讲系列的《伦理作家》这一篇演讲中，爱默生明确地提出了批评的道德标准。伦理作家是那些能够表达存在于所有人身上的不会随时间的变化而改变感情和能力的人，他们处理的不是意见，而是原则；他们写的不是当地的机构或特别的某些人和目的，而是普遍的人性。②

爱默生认为，如果我们按时间顺序梳理历史上那些伟人的格言的话，我们便可以发现人类的道德史。他写道，从"英国文学中，从培根、莎士比亚、弥尔顿等人的作品中找出很多的道德句子"③。这些作家"处理的是永恒的人性"④。这些伦理作家的"谚语和格言"以及那些简单的"警句"的传统可以一直追溯到古代的毕阿斯（Bias）、第欧根尼（Diogenes）、奇洛（Chilo）、梭伦（Solon）、普鲁塔克、泰勒斯（Thales）、毕达哥拉斯（Pythagoras）、柏拉图、苏格拉底等人，而且"仍然保留着它们当初的新鲜感"⑤。道德科学是唯一拥有不朽的缪斯。

爱默生回顾英国的历史，认为伦理的真理从远古时期就流淌在英国人的血液里。英国历史上的多次变动也是在这种精神的驱动下完成的。同样在这种精神的滋养下，英国产生了大量的伦理作家，在伊丽莎白女王时期就有培根、斯宾塞、西德尼、理查德·胡克（Richard Hooker）；接下来的时代里又涌现了约翰·史密斯（John Smith）、亨利·莫尔（Henry Moore）这两个哲学作家；接下来又出现了杰拉米·边沁（Jeremy Bentham）、弥尔顿、多恩、托马斯·布朗（Thomas Browne）、约翰·班扬（John Bunyan）。所有这些作家都具有一个哲学的心灵，能够洞察人类本性中的道德法则，并且在各式各样的作品中宣扬此种道德法则的存在。伦理作家们对道德法则的肯定引发了英国史上的几轮道德革命，如宗教改革运动、光荣革命等。

在英国所有的伦理作家当中，爱默生对弥尔顿的评价最高。人的堕落是弥尔顿所有作品的主题，但他通过人的堕落，表达的却是人性再度上升到神性的领域。在弥尔顿的作品中，我们感受到的是对美德的颂扬，对放纵的蔑视。约翰·洛克、约瑟夫·艾迪生（Joseph Addison）、约翰逊博士（Dr. Samuel Johnson）、柏克也皆是以美德著称的作家。最后，爱默生总结到：

> 伦理处理的法则即我们认为的事物的本质；这个法则可以解释所有的行为，它如此简单；每个人的一生中都曾眼见过这种法则，并能够判断他对法则的了解

---

① Roger Stein, *John Ruskin and Aesthetic Thought in America*, 1840-1900, Cambridge: Harvard University Press, 1967, p. 30.
② *The Early Lectures of Ralph Waldo Emerson*, Volume 1. Whicher, Robert E. Spiller and Wallace E. Williams, editors. 3 vols. Cambridge, MA: The Belknap Press of Harvard University, 1959-72, p. 358. 以下将缩略为 EL。
③ EL 1: 369.
④ EL 1: 358.
⑤ Ibid..

超越任何其他的知识；不管被称为必然性、精神还是力量，历史都只是这种法则的说明；这种法则主导了任何一场革命、战争、移民、贸易和立法，并且在每个人的私人生活中充分展示它那最高最深的一面。①

对爱默生来说，一个作家首先要有性格，而不仅仅是才能，人与作家必须是一体的。一个作家必须有性格和才能。仅有才能无法造就一位作家。作品背后的作者的个性和思想同样重要，作家与作品之间的关系是有机的：

> 我相信人和作家应该是统一的，而不是不一致的。华兹华斯呈现给了我们一个真心真诚的形象，弥尔顿、乔叟、赫伯特同样如此；……不要让作家挤压人，使他变成了一个阳台而不是一座房子。如果能与弥尔顿碰面，我觉得我应该会遇见一个真正的人；但是科勒律治是一个作家，蒲柏、沃勒（Edmund Waller）、艾迪生、斯威夫特和吉本（Edward Gibbon），尽管他们都各有特点，都太过时髦了。他们不是要变成人，而是变成时尚。斯威夫特有他的特点。奥尔斯顿（Allston）也是令人尊敬的。诺瓦利斯、席勒都只是传声筒，不是真实的人。约翰逊博士是个真正的人……人性在荷马、乔叟、莎士比亚、弥尔顿、华兹华斯中微笑。蒙田是一个真正的人。②

爱默生的这种说法，是预设了善与美的统一。美与善，从作品的意义这个层面来看，是不可分的。一颗道德心灵可以激生美的感受、观照，并创造美的事物。而对爱默生来说，善与美是统一的。以他最喜爱的英国作家弥尔顿为例，爱默生说，作为美国早期清教的传统，弥尔顿的思想在美国备受推崇，因为弥尔顿的写作态度和生活态度是一致的，他认为能写出崇高诗歌的人首先必须让自己的生活像一首真正的诗歌，在生活中培养崇高的美德，达到美与善的合一。

文学能够陶冶人心，发挥经世济用的功能，能够对现实社会有所批评，这就是文学的道德功用；文学创作者如果能在作品中体现出文学的道德功用，那他就是一位有道德使命感、有社会良知的文学家。爱默生要求的，便是这种文学和作者。

三 古典的批评

浪漫主义时期，文学由对外部自然和社会的探索转为对个体内部心灵世界的探索，也正是在这种转型的风向下，一种主观主义的倾向大为流行。在这样的背景下，爱默生回归古典，从古希腊传统那里吸收资源，要求作品指向自然，指向自然之中那超时

---

① EL 1: 370.
② *Emerson's Literary Criticism*, ed. Eric W. Carlson, p. 105.

空的真理，而不是指向作者本身。

1840年，爱默生在《日晷》发表了《关于现代文学的思考》一文。在这篇文章中，爱默生指出：

> 诗歌与时代的思索烙上了某种哲学转折的印迹，使它们和以往时代的作品有所区别。诗人们不再满足于观察"苹果如何美丽地悬挂在岩石旁"，"阳光在小树林里唤醒了何种美妙的音乐"；他们也不再满足于观看哈迪克鲁特如何"以庄严的步伐前往东方，又回头向西"。如今，他们思考的问题是：苹果对于我而言是什么东西？鸟儿对于我而言又有什么意义？哈迪克鲁特对于我而言意味着什么？我的本质又是什么？这一切就叫作主体意识，犹如将眼光从客体上收回，牢牢地盯在主体和心灵之上。①

随后，他讨论了"主体意识"这个词语致命的模糊性。在他看来，有两种主体意识，一种是健康的主体意识，这种主体意识能够认识到：只有一个宇宙心灵，对任何事物的力量和特权，在所有事物中都能找到。并且对这唯一的宇宙心灵有所洞察。从现代文学中，我们很容易发现这一趋势。这是宇宙心灵的新意识，在批评当中占主导地位。这是心灵的崛起，而不是衰落。它基于对统一永不止步的要求、对多样事物中存在一种共同的本性的认识的需要，而这些都是绝顶天才的特点。另外一种是恶性的主体意识，在这种主体意识中，个体是中心，并无限制地追求对个体思想和情感的修养。然后，爱默生指出了这两种主体意识区别的原因：

> 区别这两种诗人心灵的习惯的标准是他创作的倾向，即，它（作品）是指引我们走向自然，还是指引我们走向作家自己。伟大的作家总是指引我们走向事实；平庸的人指引我们走向他自己。伟大的作家，尽管他叙述的是一个私人的事实，也是在引导我们远离他而走向一个普遍的经验。他自己的喜爱在自然之中，在实然之中。所以，不管从哪点出发，他所有的交流都是从外部指向这些。伟大的作家从来不会愿意施加任何精神上的负担给他们教导之人。他们越是吸引我们靠近，我们就会愈加远离他们或愈加独立，因为他们带给我们的知识比他们或我们自身都要更加深刻。伟大的作家从来不会阻碍我们；因为他们的活动与太阳和月亮是一致的，与河流和风的行程是一致的，与街上的劳动人民大潮和整个人类的活动和幸福是一致的。伟大的作家指引我们走向自然，在我们的时代就是走向形而上的自然，走向看不见的可怕事实，走向并不比河流或煤矿不自然的道德抽象——不，在本质和心灵上，它们甚至要更加自然。②

---

① CW 10: 104.
② CW 12: 314-15.

伟大的作家指引我们走向自然，而脆弱和邪恶的作家，在思想中只看到了奢侈和享受，自私的人使我们的思想变得自私。他们邀请我们去思考自然，实际上却展现给我们一个令人憎恶的自我。

现代诗歌中与这种主观倾向类似的另一个因素，是对神与无限的感知。随着观察现在几乎变成一种自觉地事实，——只有一个宇宙心灵；在任何事物中存在的力量和特权，在所有事物中都存在；我，作为一个人，可以要求或使用任何展现出来的任何真实的或者美好的或者善良的或者强壮的事物。

无论是主体意识还是对神与无限的感知，爱默生在这里指出的，是浪漫主义诗歌的特点。这种浪漫主义的情感由史达尔夫人从德国传入法国，随后又出现在英国科勒律治、华兹华斯、拜伦、雪莱、赫尔曼等人的作品中，最后传入美国。在英国的浪漫主义诗人中，爱默生认为，主体意识的精神和无限的神的意识并未找到一位真正的诗人："雪莱的心灵虽然充满诗意，却从来不是一位诗人。他的诗歌始终是刻意的模仿，他所有的诗篇都是凑合而成，……他缺乏想象力，缺乏原创性，缺乏吟游诗人的那种真正的灵感之火花。……雪莱所有的诗行都是人意所为，而非必然所致。"① 布莱克和济慈没给爱默生留下深刻的印象。彭斯是一个天才，是一位自然诗人和人民的诗人。拜伦是一位天生的情感和力量的抒情诗人，尽管他还够不上"诗人"的称号，因为他病态的和不道德的生活观。与拜伦形成对照的是，爱默生高度赞扬雪莱的抱负、英雄气概和诗性心灵，但是，因为他毫无灵感的语言，他不能被称作"诗人"。对于科勒律治，爱默生欣赏他的批评和哲学作品，而忽略了他的诗歌。爱默生也提到了兰多和卡莱尔，但是兰多的风格气质独特，风格迥异于浪漫主义时期的其他诗人，因此很难和这些诗人放在一起讨论。而卡莱尔则是因为他的影响还在持续，对他做出全面评价的时间还未到来。在对英国浪漫主义诗人的谴责里，有一个特例，那就是华兹华斯："华兹华斯超过了其他同时代的吟游诗人。他的身上渗透着一种对于比（明确的）思想还要崇高的东西的敬畏之情。他的身上具有那么一种所有伟大的诗人都共有的特质，一种人类的智慧，一种高于他们所发挥的任何才智的智慧。这智慧也就是莎士比亚和弥尔顿最富有慧心与灵性的部分。"② 华兹华斯虽然没有诗法灵巧的长处，但他有道德观念正确的长处。他身上有所有伟大诗人的特质，即人性的智慧，这比任何才能都重要。它是莎士比亚和弥尔顿最高明的地方。爱默生称华兹华斯为"当今最伟大的哲学诗人"，是他那个时代和国家的批评家和良心。

爱默生对浪漫主义的这种态度非常重要。他喜爱自然，摒弃传统，他蔑视逻辑思考和表达，他反对传统的礼仪，重视自我或天才，他拥抱奇迹的复兴，而且在很多其他方面明显地与浪漫主义者们站在一起，并且成为他们的代言人。他试图让我们将他放置到不是和华兹华斯，而是和卢梭、雪莱和拜伦的同等位置。

虽然浪漫主义仍然盛行于他那个时代，虽然他对此也有所回应，然而，我们对他

---

① CW 10: 111 - 112.
② CW 10: 113.

研究得越多，就越容易发现，他更多地是在回应耶稣基督教和古希腊人文主义的精神和学说。

在演讲《艺术与批评》中，爱默生讨论了"最近时代里批评的一个主要问题——古典与浪漫，或者什么是古典？"他给出的答案完全是歌德式的："古典艺术是必然的艺术；它是有机的；现代或浪漫主义的艺术烙上了任意和偶然的痕迹……古典艺术伸展，浪漫艺术增添。古典艺术做其该做之事，现代艺术做其想做之事。古典艺术健康，浪漫艺术病态。"① 爱默生在这段话中区别了古典主义与浪漫主义。在另外的地方，爱默生也反复提及这两者的区别："古典的艺术是有机的艺术，它的材料和合适的形式都直接从心灵中而来。它从内部展开自身，烙上了必然的印迹。它是创造性的——永恒的创造性力量在工作，受到灵感启发的作家是它的工具。"② 浪漫艺术是附加的、集合的、外在的，用偶然的叠加来掩盖崇高的事实。它是偏好、任性的结果，而不是一种客观的必然性。"通过欣赏希腊和哥特式艺术所获得的效益，通过欣赏古代和拉斐尔前派绘画所获得的教益，要比所有的研究都更有价值。也就是说，一切美都必须是有机的。"③

爱默生对浪漫主义和古典主义所作的区别很大程度上吸收了歌德和席勒对古典与浪漫的区分。④ 爱默生自己公开承认，基本上他所有的艺术原则和理想都来源于（他所

---

① CW 12：303－304.
② *The Later Lectures of Ralph Waldo Emerson* (1843—1871), Volume 1. Ronald A. Bosco and Joel Myerson, editors. 2 vols. Athens and London：The University of Georgia Press, 2001, p. 101.
③ CW 6：154－155.
④ 歌德对古典主义十分推崇，他把希腊古典的精神看得比当时德国的浪漫精神更为优越。歌德在《浮士德》第二部里，假借人造人何蒙古鲁士之口，对靡菲斯特说："你所认识的只是浪漫的妖精；真正的妖精要古典的才行。"歌德认为浪漫主义是病态的，古典主义是健康的。但是，歌德的艺术理想，与其说是单纯的古典主义，不如说是古典主义与浪漫主义两者之结合。这一点，如果看一下他的《说不尽的莎士比亚》一文，就知道了。在这篇文章中，他把古典的和浪漫的作了下列比较：
古代的 近代的
自然的 感伤的
异教的 耶稣基督教的
古典的 浪漫的
现实的 理想的
必然 自由
职责 愿望
在这个比较中，他认为："在古代诗中占据支配地位的，是职责及其完成之间的矛盾；在近代诗中占据支配地位的，则是愿望及其完成之间的矛盾。"莎士比亚的独特的地方，就在于他能够把古代的诗和近代的诗结合起来，使职责和愿望两者之间达到平衡。因此，莎士比亚既是近代的、浪漫的，又是古代的、古典的。从这样一个例子来看，歌德所追求的是古典主义和浪漫主义的结合。他在《浮士德》第二部中描写浮士德和希腊美人海伦的结合，事实上就是表现他希望把德国当时的浪漫主义精神和希腊的古典主义精神相互结合的一个明证。参见蒋孔阳《德国古典美学》，商务印书馆2014年版，第177—78页。

席勒从诗与自然的关系出发，对比了古代素朴的诗和近代感伤的诗。席勒认为，在古代希腊罗马的时候，人性还没有遭到分裂，他是以整个统一的人在活动，他与自然的关系是和谐的，现实与理想也还不存在矛盾，因此，诗与自然处于一种素朴的关系中。近代的文明人则已经失去了自然，现实和理想处于矛盾的状态中，人性的和谐不再是生活中的事实，而不过是一个思想中的观念。因此，诗与自然的关系就不是统一的，诗人在他周围和他本身中都找不到自然，自然成了他向往的理想。

认为的）希腊传统。他自己的表述表明了他实际上是一个浪漫主义时代的古典人。确实，诗性的心灵是无须宗教信仰的。在古今之争中，爱默生毫无保留地支持的唯一一本属于今人所著的著作是《英国的古典复苏》(*Classical Revival in England*)。在古典与浪漫之间，爱默生选择从 19 世纪的浪漫主义中逃离，也从之前的新古典主义中逃离，而逃到文艺复兴和古代的世界中（或者直接说希腊世界，因为在爱默生看来，罗马并没有征服希腊，而是被希腊所征服，而且从未在艺术成就上达到希腊的水准）去寻找伟大的艺术。

在希腊艺术中，就如同在生活中一样，道德与美是不可分割的。爱默生解释了他对希腊雕塑的崇敬之情，认为希腊雕塑"模仿的是一种崇高严肃的模式，这种模式是那些具有内在道德法则的人制定的"①。以及他对希腊神话的赞誉："希腊人的寓言是永恒的真理，它们是想象而不是幻想的合理产物。普罗米修斯的故事具有多么丰富的含义和永恒的价值啊！"② 在《历史》一文中，爱默生写道："古代悲剧的宝贵魅力，其实所有古代文学的魅力，就在于剧中人物说话朴实——说起话来，就像一些有真知灼见的人，自己并不觉得，那时候反思的习惯尚未成为心灵的主要习惯。我们尚古，并不是崇尚古老，而是崇尚自然。希腊人不善于反思，可是他们的感官和身体却完美无缺，具有世界上最优秀的体质结构。"③ 所以，爱默生的生活和艺术，基本是古典式的。

结 论

综上，在文学批评上，爱默生坚持一种道德审美的标准。道德的标准是为了求真求善，是一种超验的批评和伦理的批评；审美的标准是为了求美，是一种回归自然的批评。在爱默生的批评观中，道德的标准始终高于审美标准。

① JMN 3：27.
② CW 8：56.
③ CW 2：15.

回望·挖掘·超越
——《琼·马丁小姐的日记》的主题分析

段艳丽[*]

(河北师范大学外语教学部　河北石家庄　050024)

摘　要：《琼·马丁小姐的日记》是弗吉尼亚·伍尔夫早期的作品，也是她最长的短篇小说。作品以单数第一人称女性为叙述者，用日记的形式从一个叙事空间进入遥远的另一个叙事维度。在对女性地位、婚姻和事业的线性对比中，通过日记书写（她故事）与历史叙述（他故事）相结合的办法，揭露女性在家庭中、在历史上被边缘化的现实。作为文化传承的后继者，女历史学家罗斯蒙德肩负起的责任有二：作为历史学家，在对史料的爬梳和研究中要对传统男性历史学家所忽略的日记有所重视；作为女性，要挖掘出在等级社会语境中和历史长河中被湮没的女性声音。

关键词：弗吉尼亚伍尔夫；日记；历史；历史学家

一　引言

《琼·马丁小姐的日记》是弗吉尼亚·伍尔夫24岁时创作的短篇小说。它和其他三部短篇小说《菲利斯和罗莎蒙德》（*Phyllis and Rosamond*）、《V小姐的神秘事件》（*The Mysterious Case of Miss V.*）和《一个小说家的回忆录》（*Memoirs of a Novelist*）一起被列为伍尔夫最早的"学徒作品"（apprentice pieces）。这四部短篇小说都是以女性角色为中心，尤其是出现了女性书写者：女小说家、女传记家、女历史学家等，书写身为女性的成就与困惑等。《琼·马丁小姐的日记》源于伍尔夫的一次出游经历。1906年8月初，弗吉尼亚·伍尔夫和姐姐文妮莎租下了在诺福克（Norfolk）的布罗诺顿宅暂住，这是一座带有护城河的伊丽莎白时代的庄园。8月4日，伍尔夫写信给维埃莱特·迪金森说："它有300年的历史，里面有橡树酒吧，旧楼梯，祖先用过的大木桶，以及画像；有花园，有护城河……文妮莎下午画风车，我拿着一张地图在乡间走

---

[*] 作者简介：段艳丽（1969—　），河北高阳人，河北师范大学外国语学院副教授，硕士，主要研究方向为英美现代文学。

几英里,跳过沟渠,翻过墙,闯入教堂,每一步都想象出精彩绝伦的故事。其中一个——老实说——已经写在纸上了。"① 8月24日,她又给迪金森写道:"自从来这儿,我已经写了40页草稿,也就是每天3页或更多;当然,必须把周日排除出去。"② 这个未起标题、未注明日期、写了44页的小说就是《琼·马丁小姐的日记》。小说手稿一半讲述的是关于女历史学家罗莎蒙德的历史观、对中世纪英格兰的土地使用制度的调查,以及对古老文献的搜寻;而另一半则直接引用了一本在布罗诺顿几英里之外的马丁宅里找到的日记,这本日记写于1480年,里面详细记载了一位名叫琼·马丁的女士一年间的生活:她的习惯、思想、恐惧、动机、期望等。作为伍尔夫早期的作品,就艺术成就及语言特色来讲肯定比不上后来成熟时期的作品,当时这部小说因为语言有点啰唆没有被出版社接受。Susan M. Sauier 和 Louise A. DeSalvo 在《弗吉尼亚·伍尔夫的〈琼·马丁小姐的日记〉》(*Virginia Woolf's "The Journal of Mistress Joan Martyn"*)中介绍了这个短篇小说编辑的情况③,说她们在编辑手稿的时候,尽可能少做修改,保留原作的风姿。所以这部小说就以最初的样子呈现在读者面前。它并不完美,但作为伍尔夫最早期的作品,这部短篇小说所表达的诸多想法和观点曾出现在后来作家的作品中,尤其是那部著名的《一间自己的屋子》。如果我们追寻伍尔夫创作思想发展的脉络,就无法回避对这部作品的研究。

二 日记书写:她的故事(Her-story)

小说中的日记是琼·马丁25岁时写的,是1480年整整十二个月的日记。日记刚开始时,琼是一个热情的、爱幻想的女子,是对未来充满憧憬的女孩子,渴望着浪漫美妙的爱情。然而,想象与现实成为鲜明对比。行吟诗人所吟唱的关于亚瑟王和圆桌骑士的故事,尤其是骑士们和心爱姑娘们的浪漫爱情故事与现实生活中她的婚姻安排迥异:诗歌中男主人是年轻英俊的骑士,现实中,家人给她选的丈夫的年龄足可以做她的父亲;骑士的爱情中,爱为第一要务,爱情压倒一切,为爱可以奋不顾身,现实中的未婚夫却先问嫁妆会有多少,他自己又会出多少聘礼,斤斤计较中体现的是赤裸裸的交易;骑士对心上人忠诚爱恋,对女性殷勤有礼,而现实中看不到热烈的感情及对女士的尊重,结婚只是为了管理家庭事务;骑士故事中的爱情浪漫,荡气回肠,现实中的婚姻单调乏味。"无可否认,自从我读了公主们的故事,我有时候也会因为自己的命运与她们的迥然相异而伤心落寞。"④ 作为过来人的母亲告诉她婚姻与爱情无关:

---

① Woolf, Virginia, *The Letters of Virginia Woolf* Ⅰ: 1888—1912, eds. Nigel Nicolson and Joanne Trautmann, New York and London: Harcourt Brace Jovanovich, 1975, p. 234.
② Ibid., p. 235.
③ Woolf, 2002: 237-239.
④ [英]弗吉尼亚·伍尔夫:《墙上的斑点——伍尔夫短篇小说选》,何蕊译,译林出版社2017年版,第120页。

"那些东西（爱情），我们无法在真实生活中找到它们，最起码我认为很罕见。"① 其实母亲也年轻过，也拥有过女儿的种种幻想和激情，所以她也爱听女儿读关于海伦和特洛伊战争的诗《玻璃宫殿》，甚至因为听故事而忘了给远在伦敦的丈夫记账。因此，也可以看出，感情始终占据着女性生活中最重要的部分，她们对爱情的热烈向往只是为现实所压抑，但一有机会，就会通过各种途径获得满足。琼对自由的追求和乐观精神随着外界的干扰而变得犹豫迟疑，日记中出现更多负面的情绪：焦虑、恐惧、脆弱。究竟是坚持独立自我，还是像母亲一样进入婚姻，寻得一个家庭安全保障？哪一个都有诱惑也有不安。出于现实考虑，琼还是答应了这桩婚事，实在是不得已而为之：

> 女人住在父亲家时，她总是被忽视，就如影子那样。可如果她幸运地嫁个好丈夫的话，婚姻就会赋予她实体，她会因此得到人们的重视，人们会关注她，为她让路。②

这是当时绝大部分女性的选择，这样琼就走上了母亲的老路：步入婚姻，成为贵妇人，代丈夫管理家庭事务，拥有许多仆人。这也是一条捷径，有地位有金钱，在社会上受人尊重，只是没有爱情，没有自己的独立人格，因为无论她多能干都只是丈夫的附庸而已。家人也很高兴，作为可用来交换的财产，她的出嫁，让家族财产不但没有缩减，反而增值。

琼的夏至朝圣之旅是为婚姻做祈祷。Nena Skrbic 认为，这也唤醒了她的性意识③。夏至和冬至标志着她从浪漫少女到成熟女人的过程：从最初的欢快到冷静、理智。"正午，夺目的阳光洒满沼泽地，绿色的植被和蓝色的水泽交相辉映，置身其中，仿佛来到了一片安宁富饶的陆地……"蓝色和绿色是伍尔夫最喜欢的两种颜色，出现在她众多作品中，甚至有一篇短篇小说的标题就是《蓝与绿》。这是一片女性的世界，祥和、宁静、有生气。但是，她不得不"走向陡峭的山顶，阳光照耀着一个坚挺向上的建筑物，它如同一座骨塔般素白"。按照弗洛伊德的观点，突出的塔是男性生殖器的象征，代表着男性的力量。琼从平原到山顶的攀爬意味着告别自己所熟悉的女性世界向传统男性力量的臣服。④ 反复出现的"pale"（苍白）一词，与其说是石像苍白，不如说是日记叙述者琼的脸色苍白。"淡色的十字架和圣母神像""巨大而苍白的身影"⑤ 等说明她的无助和对未来的恐惧，以及内心的撕裂，所以"我……卖力地亲吻着她那粗糙的石

---

① [英]弗吉尼亚·伍尔夫：《墙上的斑点——伍尔夫短篇小说选》，何蕊译，译林出版社2017年版，第110页。
② 同上。
③ Skrbic, Nena, *Wild Outbursts of Freedom: Reading Virginia Woolf's Short Ficiton*, Westport: Praeger Publishers, 2004, p.116.
④ [英]弗吉尼亚·伍尔夫：《墙上的斑点——伍尔夫短篇小说选》，何蕊译，译林出版社2017年版，第119页。
⑤ 同上书，第120页。

头外衣，直到嘴唇发肿"①。

在"秋季"的描写中可以看到琼在母亲的安排下开始学习管理家务和田地，为将来协助丈夫做准备。"我逐渐明白，我的婚后生活，应是绝大多数时间都要放在思考与男人和幸福无关的事情上。"② 她根本没有时间去幻想骑士与贵妇的爱情。母亲是屋子里的天使，操劳，总不停歇。琼很佩服母亲，"能作为这样一个女人的女儿是一件了不起的事情，并且我希望有一天能拥有和她同样的能力……"③ 母亲一共生有六个孩子，管理着庞大的家庭。在战争期间男人们参军走后，她留在城堡里管理着家庭，维系着秩序。然而她的作用无人重视，她是不被看见的，可以被忽略的。虽然父亲在伦敦，是家庭的缺席者，威力却无处不在。正如在《帕斯顿家族和乔叟》中，伍尔夫写道：帕斯顿太太与丈夫的通信不谈论自己，"大部分她的信都是忠心耿耿的管家对主人作的报告，说明，请示，通消息，报账，发生了抢劫和杀人；租子老也收不上来；……"④ 她是沉默的、没有声音的。无论是琼的父亲还是她家族的后人——年轻的庄园主人，都对男性先人感兴趣，而对女性先辈只字未提。琼知道："有一点不容辩白，即便我仰慕我的母亲，并尊重她说的每一句话，但我心底深处其实并不完全认同她的话。"⑤ "那么，我究竟渴望着什么东西呢？虽然我渴望它，默默地期待它，我却不清楚它是什么。"⑥ 正是这渴望的东西，搅着琼内心不安，最终使她拒绝了婚姻，拒绝了社会所赋予的传统角色。李（Hermione Lee）说，琼的心声反映了一个女孩子的心声，在一个社会动荡时期，既想体验又渴望自由，而这个心声被她母亲关于女性角色的传统想法束缚住了。⑦ 由于日记中内容缺失，无人知道到底是什么具体事件直接导致琼拒绝了这个在当时貌似不错的婚姻，而勇敢或无奈地选择了独身？——原因并不重要。

琼将所有的心事写在日记里，在她，这是幽闭、压抑环境中一个情感的宣泄口。借助日记这样一个媒介抒发情感，也是女性惯常的做法，它对女性所发挥的作用外人难以想象。日记的私密性叙述，避免了公开话语中的顾忌，女性可以将郁结胸中的情愫倾诉。同时，通过书写确定自己的价值，从某种意义上来说也彰显自己的主体性。在玛格丽特·阿特伍德的《使女的故事》中，女主人公获得了上司的欢心，得到的奖赏便是一支笔和便笺，可以随心所欲地写一个晚上。拿到笔后，麻木的灵魂开始复苏，似乎自己才真正活了过来。《黄色墙纸》的作者吉尔曼（Charlotte Perkins Gilman）回忆说：有许多年，她饱受持续、严重的神经崩溃，有近乎忧郁症倾向。1887 年，27 岁的她被送去接受一位著名医生的治疗，医生叮嘱她回家要"尽可能过一种家庭（do-

---

① [英] 弗吉尼亚·伍尔夫：《墙上的斑点——伍尔夫短篇小说选》，何蕊译，译林出版社 2017 年版，第 120 页。
② 同上。
③ 同上书，第 104 页。
④ 同上书，第 8—9 页。
⑤ 同上书，第 121 页。
⑥ 同上书，第 122 页。
⑦ Lee, Hermione, *Virginia Woolf*, London：Vintage, 1996, p.14.

mestic）生活"，每日只允许2个小时的智力活动，"只要我活着就绝不能碰笔、画笔、铅笔"。她说，自己坚持了3个月，然后精神濒于崩溃。后来她不顾医嘱进行写作，最终恢复了力量，回到了正常生活。所以，对于女性，有时写作是一种救赎，但是这种救赎也要被男性控制。

三　历史叙述：他的故事（His-story）

如果说从《使女的故事》中可以看到，女性写作是一种被赋予的权利，掌控者是高高在上的男性的话，在《琼·马丁小姐的日记》中，琼还不错，可以自由书写。但是，她可以写，却没有人看，没有人对她的纠结、痛苦感兴趣。琼留下来的日记，除了她自己，在叙述者罗莎蒙德之前，几乎没人阅读：谁会对一个老小姐的内心世界感兴趣呢？对于男性来说，它还不如家庭账本有价值。琼家族的后人对账本和日记的态度明显不同：账本被用羊皮纸装订成厚厚的一册，而日记只是被草草地用粗绳扎起来；日记按序号分为八部分，然而，"七　秋季"之后便是"最后几页"，中间丢掉了一些，也说明保存者的漫不经心。普通男人马丁先生对其姑祖母琼·马丁日记手稿的不屑一顾也代表了男性历史学家对女性手稿的态度。传统的历史学家们注重考据、数字，能对资料进行冷静客观的分析。古老家族的手稿是研究历史的珍贵资料，对于家族的传人来说，家族留下的家宅手册中族谱与账本更重要，记述着仆人、马匹、家具的数量等，甚至马匹的记载也比人的日记重要。账本与日记形成有趣的对比。账本：代表男性的、客观、直接、一目了然；日记：代表女性的、主观、间接、含蓄委婉；账本反映的是物，是资产的变化；日记反映的是人，是情绪的起伏。就日记所记内容来看，男性与女性的态度就截然不同：马丁小姐的父亲很高兴女儿写日记，以为日记就是账本，可以记载家族事务；但女儿是要将内心的幻想、憧憬写上去："我会写公主与骑士，会写他们在奇幻世界的冒险经历。"① 对于父亲来说，客观地记录家族的资产收入远比女儿的内心世界和丰富的想象力重要得多。

等级社会中，男性掌握着话语权，决定着什么重要，什么不重要。男性历史学家更侧重于宏大叙事，如战争、影响历史进程的大事件等。当然，历史学家也会重视某些日记，从日记中爬梳一些信息，但主要是从男性所记录的资料着手。例如，英国的约翰·伊夫林（John Evelyn，1620—1706）的日记长达70多年，记载内容既有重大的历史事件，如克伦威尔革命、王政复辟、光荣革命，也有艺术活动、科技发展以及旅游见闻等；另一位萨缪尔·皮匹斯（Samuel Pepys，1633—1703）的日记尽管不长，只有9年多，但因为他曾担任政府要职，日记中记载了不少重大社会政治事件。这些日记都会受到历史学家的重视。然而女性的日记很少反映重大历史事件，鲜有历史转

---

① ［英］弗吉尼亚·伍尔夫：《墙上的斑点——伍尔夫短篇小说选》，何蕊译，译林出版社2017年版，第123页。

折时期的重要描述，视野不够宏大，多的是家长里短的日常生活，或是对爱情、婚姻的感受与哀怨等，一般不会得到历史学家的青睐。罗莎蒙德说，在一些具有历史感的大房子里：

> 它们的主人才最有可能拥有完美无缺的手稿，而且还会像出售喂猪的泔水或猎园里的木头一样，不假思索地将它们卖给一个来收破烂的人。毕竟，我认为我对古文稿的痴迷是病态的怪人想法，而他们是真实健康的正常人。①

从明显的反讽口吻中可以看到叙述者是具有现代意识的历史学家，她重视手稿，而且从她在学界所取得的成就来看也说明这样研究历史是可行的。传统历史学家们往往过于注重真实性的考证和事实的堆砌，而对活生生的人及人物性格重视不足。叙述者罗莎蒙德的观点也就是作家伍尔夫的观点，这一观点在后来的传记小说《奥兰多》《弗勒希》等中进一步发扬光大，继而提出了"花岗岩与彩虹"相结合的传记创作理论。在《日常生活批判》第一卷中，列斐伏尔指出：

> 实际上，朴实无华的事常常是更重要的事，对于我们来讲，历史学家更多地是为了揭示历史事件，而不是为了耸人听闻。从"重大"事实到日常事件之和，这一转变精确地对应了从表象向实在的转变……从纷繁的表面现象出发，抓住事物的本质……②

私人日记，一般来说，是作者自己所见、所闻、所思的第一时间记录，是最直接的感受和表达。也许是片面的、不全面的、琐碎的，却是具体的、新鲜的、生动的，是公共文献有利的补充。日记首先包含第一手社会资料，是考察当时社会环境的重要来源。它可以和账本一起，在互相参照中，将过去有血有肉的活生生的生活呈现在眼前，反映历史风貌。冷冰冰的、客观的数字与富于情感的、主观的记载日常琐事的文字有可能反映出历史上的某些重要内容。例如，在琼后面的日记中，读者可以从侧面、从个体看出人们对战争的恐惧和它所带来的影响；可以了解到当时的土地制度，为了保住或扩大当时作为最主要财富的土地，人们不惜用婚姻来交换。还可以了解穷人的状况、逃犯的行踪、当时人们的娱乐以及男女的不平等；弟兄们不许姐妹们嫁给身份比自己低的男子，因女儿爱上管家而后者被逐出家园，等等。更重要的是，能看到活生生的人和人们生动的日常生活。而日常生活在历史研究中一样重要。在《日常生活批判》（第一卷）中，列斐伏尔把日常生活比喻成沃土，没有奇花异草或瑰丽丛林的景

---

① [英]弗吉尼亚·伍尔夫：《墙上的斑点——伍尔夫短篇小说选》，何蕊译，译林出版社2017年版，第92页。
② [法]亨利·列斐伏尔：《日常生活批判》第一卷，叶齐茂、倪晓晖译，社会科学文献出版社2017年版，第123页。

观可能会让人沮丧，但是奇花异草不应该让我们遗忘了土地，土地有它自己的生活和富足①。他反对人们贬低日常生活，指出：

> 在平静如水的日常生活里，的确一直都有海市蜃楼、磷光涟漪。这些幻觉并非没有结果，因为实现结果是这些幻觉存在的理由。但是，在哪里可以找到真正的现实呢？何处发生着真正的变革呢？就在这个不神秘的日常生活之中！历史、心理学和人类学一定要研究日常生活。②

伍尔夫曾写过《帕斯顿家族和乔叟》（*The Pastons and Chaucer*，1925）的杂记；帕斯顿家族是15世纪居住在英格兰诺福克的一个上流社会，家族保存了500多封信，成为反映玫瑰战争时期（1455—1487）英国家庭生活和国内政治生活的珍贵史料：

> 帕斯顿家厚厚的四册书信……重要的是他们在年复一年咿呀转动的生活中，是如何把不可计数的细枝末节聚积起来，成为一堆琐细的、常常是黯淡的尘屑。然后突然间尘灰燃烧起来；在我们的眼前展开了当天的情景，灿烂，完整，生动。……那久远的日子就在这里，每个时辰都一一展现在我们眼前。③

这些信件，记载着人们的人际往来、饮食起居，在悠久的历史中留下印迹，将活生生的生活画卷展现在眼前，是有质感的、丰富的史料。伍尔夫曾写过一篇《一位宫廷侍女的日记》登在《泰晤士报》文学副刊上（1908年7月23日），以一位宫廷侍女的口吻写威尔士王妃，被冷落的王妃听说俄国沙皇要前来拜访自己，高高兴兴打扮一番，足足空等了四个小时。小说以日记的形式从外人的眼光看到了皇家内部的斗争、宫廷生活的无聊以及那挣脱不得的折磨人的婚姻。多亏了这些日记，让后世了解到有这样一些女子曾经鲜活地生活在世上，让后世了解她们的向往、挣扎、无奈。虽然她们只是普普通通的女子，不能参军、指挥作战，不能决定历史命运，甚至不能决定家族事务，不能掌控自己的命运。历史上没有她的位置，她也没有主体地位，她是匿名的、失语的。但不正是这些平凡普通的人构成了人类历史吗？有多少女性秘密书写，却被湮没在历史长河中。

四 回望我们的母亲

追寻女性被湮没的声音，恢复女性应有的历史地位，这样的历史使命落在了女历

---

① ［法］亨利·列斐伏尔：《日常生活批判》第一卷，叶齐茂、倪晓晖译，社会科学文献出版社2017年版，第81页。
② 同上书，第126页。
③ ［英］弗吉尼亚·伍尔芙：《伍尔芙随笔全集（Ⅰ）》，石云龙等译，中国社会科学出版社2001年版，第23页。

史学家罗莎蒙德·梅里丢这样的女性身上，她也责无旁贷地承担了起来。在《琼·马丁小姐的日记》中，小说的叙述者一开始就与众不同。首先，叙述者是一个女历史学家，纵使在作者创作这部短篇小说的1906年，女历史学家也不多见，更何况她在自己的研究领域颇负盛名。其次，她大胆地提到自己与他人不同的历史观，虽然偏好想象和叙述而受到指责，但还是敢于坚持自己对历史解释的不同见解。罗莎蒙德这个人物承担了多重角色：她替作家发声，作家一开始就借她之口阐明自己的看法：正是因为"我"和常人不一样，所以看到了《日记》的价值，如果"我"也遵循传统，就不会对日记这样感兴趣；另一个作用就是担当重要的叙述功能，为了引出后面的日记，从时间上来说有一个线性传承。琼25岁开始写日记，30岁时去世。她的后继者、历史学家罗莎蒙德阅读她的日记时45岁。这两位叙述者有许多共同点：都是女性，终身未嫁，都挑战了传统，没有遵循传统赋予女性的角色，没有成为妻子和母亲；都保持了自己的独立性，都热爱阅读、写作。从中也可以看到随着时代的发展，女性的地位有了明显提高：琼的母亲会拼写单词，"这已经领先于她那个年代的女孩"①。琼能读书、写日记；而罗莎蒙德则直接进入男性的工作领域，从事历史研究，能力强，能坚持己见。这样的形象与她后面行将引出的琼的脆弱形象形成鲜明对比：琼没有经济收入，只能靠丈夫（若结婚的话）或父亲养活自己，但罗莎蒙德有自己的工作，能自立；琼最终在庄园内郁郁寡欢，年仅30岁就去世了，罗莎蒙德则在自己的学术领域大放异彩，实现了自己的价值。这也说明了人类毕竟是在缓慢的进步之中，从野蛮走向文明，从不平等走向平等，这是社会文化和女性群体及个人的巨大进步②。但同时，我们不得不注意到，她们分别为自己的选择做出了牺牲：琼的母亲步入了婚姻，为大家庭做出牺牲；女儿琼成为孤寡的老小姐，在娘家没有自己的地位；罗莎蒙德取得了历史领域的成就，但"舍弃了婚姻、家庭。以及能让我安度晚年的房子，只是为了把全部的时间都投入到泛黄的古代文献书稿中"③。

  作为后继者，罗莎蒙德是有意识地去搜寻历史上女性的遗迹，试图挖掘出在时间的长河中被湮没的女性的声音。只有女人懂得女人，珍惜她的日记，正视其作为活生生的人的存在。当她去图书馆寻找关于女性的历史记录的时候，找到的却是男人歧视女人的著作。她在悲观绝望中画出一幅画，是想象中写这种书的教授的画像，愤怒令她"双颊滚滚发热"，她开始在教授脸上画圈，"一直画到他看上去就像一片着了火的灌木丛，或者像一颗裹着火焰的扫帚星——不管像什么，反正是毫无人样的，或者说，毫无人味的"④。斯皮罗珀罗（Angeliki Spiropoulou）指出：伍尔夫清楚地意识到，如

---

  ① ［英］弗吉尼亚·伍尔夫：《墙上的斑点——伍尔夫短篇小说选》，何蕊译，译林出版社2017年版，第105页。
  ② 关于女性地位的提高，弗吉尼亚·伍尔夫在后来的长篇小说《岁月》中有了更详细的描述，见段艳丽《从〈岁月〉看英国女性五十年间主体地位的变化》，《中华女子学院学报》2009年第10期。
  ③ ［英］弗吉尼亚·伍尔夫：《墙上的斑点——伍尔夫短篇小说选》，何蕊译，译林出版社2017年版，第89页。
  ④ Woolf, Virginia, *The Complete Shorter Fiction of Virginia Woolf*, ed. Susan Dick, London: Harcourt Brace Jovanovich Publishers, 1985, p. 33.

何呈现过去是女性主义和更广泛的政治斗争中的一个重要部分。她批评官方编年史中的排外和沉默，同时编定另一种编年史，能公正地对待被压迫者和失败者，主要是指妇女和其他的权威之外的"局外人"[①]。罗莎蒙德对女性日记的发掘、整理带有抢救性质，有着时不我待的紧迫感，以及同性之间天然的亲近与欢喜："很多时候，我都怀着极度的好奇，去阅读其他女性同胞的著作，而面对这些枯燥乏味的文献时，我心中总是带着莫名的激动与喜爱。"[②] 在《她们自己的文学》中，肖瓦尔特提到了几乎同样的情况：她在写作此书时，许多19世纪90年代的女作家完全被湮没。1971年，她去巴斯市（Bath）寻找萨拉·格兰德的资料，在市图书馆内打开了自其去世后原封不动的一个个硬纸盒，可见这些宝贵的资料一直无人问津。书出版后，居住在巴斯的一位学者写了一部格兰德的传记，这位被大众逐渐忘却的女作家才又重新回归大众视野。伍尔夫在《妇女和小说》中发问：为什么18世纪以前没有女性的作品源源不断出现呢？

> 答案仍尘封在被塞入古旧的抽屉中的古旧日记里，仍埋没在老人的记忆中几乎被忘却。我们将在卑微的无名之辈的生活里——在历史的那些没有被照亮的过道里——找到答案；世世代代的妇女人物都挤在那幽暗中，只偶尔为人瞥见。……英国的历史是男性家系的历史……[③]

社会学家泰利·拉维尔（Terry Lovell）在《消费小说》（*Consuming Fiction*）中指出，在18世纪，出版的2/3的小说是由女性写的，但当时发表小说社会地位不高，稿费给的也不多；可是，到了19世纪40年代，作家的社会地位提高了，反而女性作品在出版的小说中只占到20%。[④] 正因为如此，我们更要抢救曾经为文学创作做出贡献的女作家们。在文学史中，《黄色墙纸》《觉醒》等这些女作家的作品正是由后世女作家来挖掘、重新审视，恢复了女作家应有的历史地位。伍尔夫在《一间自己的屋子》中提出"如果我们是女人，就要回望我们的母亲"（We think back through our mothers if we are women）。在结尾处号召：

> 我们得自己走，……那个死了的诗人，莎士比亚的妹妹，就会又活在她已经放下了很久的肉体里。像她的哥哥那样，她由她的前辈，那些无名的女人的生命力吸取生命而又转生了。……假使我们为她努力，她一定会来，所以去努力，哪

[①] Spiropoulou, Angeliki, *Virginia Woolf, Modernity and History: Constellations with Walter Benjamin*, Basingstoke: Palgrave, 2010, p.3.
[②] [英] 弗吉尼亚·伍尔夫：《墙上的斑点——伍尔夫短篇小说选》，何蕊译，译林出版社2017年版，第89页。
[③] [英] 弗吉尼亚·伍尔芙：《伍尔芙随笔全集（Ⅳ）》，王义国等译，中国社会科学出版社2001年版，第1627页。
[④] Lovell, Terry, *Consuming Fiction*, London: Verso, 1987, p.42.

怕在穷困、落魄中努力呢，总是值得的。①

罗莎蒙德所做的，正是自觉地承担这一责任。如果女性不这样做，就会如同罗莎蒙德感觉那些被湮没的前辈一样，"她们一定在暗处向我们张望，在笑，或者在伤心地流泪"。当男性统治者有意隐藏女性的历史作用的时候，女性需要勇敢站出来，了解先辈母亲的历史，看到她所遭受的苦难，挖掘那被压抑的天赋，肯定她的价值。正是有了琼·马丁女性意识的萌芽，才有了"我"成为历史学家的可能。女性回望母亲的足迹，可以点亮自己的未来之路。

结 语

在《琼·马丁小姐的日记》中，伍尔夫用虚构的方法阐述了她对于历史研究的看法，并对历史上的女性地位进行了考察。小说叙述在一个文本中打开了另一个文本，且都以单数第一人称"我"来叙述。她采用日记的形式完成了时间的跳跃，从当前一下子跳到四五百年前，将中世纪女性的生活平铺在读者面前，她把前面日记的写作与后面日记的阅读联系起来，创造一种时间之流，通过写、读等过程将过去与现在相结合，既有外部审视评判又有内部人物心理，各部分在叙述的时候，直线发展，按时间顺序布局。无论是作为历史学家的"我"还是日记写作者的"我"，所描述的心理活动既真实可信又合情合理。伍尔夫的这部早期的短篇小说的结构并不复杂，只是两部分的单纯并列。一般来说，像这样的小说常常会在最后提及叙述者看完日记后的感想或评论，形成一个嵌套式结构，但这篇小说没有，而且结尾突兀，就像一个口字框架还留有最后一横没有闭合。斯戴文（Jan Van Stavern）说，伍尔夫"没有将框架闭合，或者没有给这本令人难过的日记提供一个让人放心的支架"（Does not close the frame or provide a reassuring bracket to the unhappy diary）②。这种写法同鲁迅的《狂人日记》一样，借用杜撰的文本，虚拟中蕴含真实，凸显生命情状的原生态。这种类似海明威的"零度结尾"，看似未点明主题，却可以令读者生发出无数想象。

---

① Woolf, Virginia, *A Room of One's Own*, New York: Harcourt, 1929, p. 79.
② Van Stavern, Jan, Excavating the Domestic Front in "Phyllis and Rosamond" and "The Journal of Mistress Joan Martyn", *Virginia Woolf: Emerging Perspectives Selected Papers from the Third Annual Conference on Virginia Woolf*, Eds. Mark Hussey and Vara Neverow, New York: Pace University Press, 1994, p. 258.

文化唯物主义的理论内涵与威廉斯文化研究的政治转向

李艳丰*

(华南师范大学文学院　广东广州　510000)

摘　要：威廉斯是英国著名的马克思主义文化理论家，文化研究理论范式的开创者之一。他最主要的理论贡献是结合英国自由人文主义、英国左翼文化传统以及经典马克思主义理论，提出了文化唯物论思想。威廉斯强调从文化的物质生产方式出发来重新理解人类社会历史的进程，并从整体性、物质、历史、经验与政治等多重维度思考了文化唯物主义的理论内涵，提出将文化改革视为反抗资本主义体制、构建共同文化进而实现社会主义政治信仰的"长期革命"。本文主要分析威廉斯文化唯物主义的理论特征以及文化政治的理论与实践范式，并结合经典马克思主义与中国当代文化的现实语境，批判性反思威廉斯文化政治理论的借鉴意义与理论缺憾。

关键词：文化唯物主义；文化政治；共同文化；批判

雷蒙德·威廉斯（Raymond Williams）是英国著名的马克思主义文化理论家，文化研究理论范式的开创者之一。威廉斯的文化理论，延续了英国19世纪以来以泰勒、阿诺德等人为代表的文化传统，继承了阿诺德将文化视为反对无政府主义、控制与接合社会结构之工具载体的文化政治观念，接受其自由人文主义的精神内核，但抛弃了精英主义的理论前见，转而走向社会民主主义；他既批判利维斯、艾略特等人的伟大传统论与高雅文化观，提出消除精英文化与大众文化之间的鸿沟，强调大众文化积极的文化政治意义，又自觉将"细察"学派的文本细读作为文化研究的方法，并辩证吸收艾略特将文化视为一种整体的全部生活方式的思想；他既接受马克思主义的历史唯物论，强调经济基础的优先性地位，"如果我们要理解文化进程的现实，经济基础无疑

---

* 作者简介：李艳丰（1977—　），湖北宜昌人，华南师范大学文学院副教授，文学博士，研究方向为文艺学、文化研究。

基金项目：本文为国家社会科学基金一般项目"西方马克思主义'文化政治'理论批判研究"（项目编号：18BZW015）阶段性成果。

是最重要的概念"①，但又反对对经济基础/上层建筑作机械僵化、公式化的解读，并批判反映论与再现论，强调将文化与社会融合起来，从经验性的历史与人的感觉结构出发，对社会结构作整体性的理解与阐释。特别是在受戈德曼、卢卡奇、阿尔都塞以及葛兰西等人的思想影响之后，威廉斯对传统马克思主义文化理论做出了深刻的反思和发展，形成了自己的文化唯物主义思想。作为西方马克思主义的理论重镇、英国新左派的重要理论家，威廉斯对正统马克思主义理论做出了哪些继承与发展？他又如何通过借鉴和吸收卢卡奇、戈德曼、葛兰西、阿尔都塞等西方马克思主义者的理论，并结合英国文化研究的理论传统与个人的文化经验，形成英国新左派的文化政治理论与实践范式？本文拟从威廉斯的文化唯物主义思想出发，对威廉斯的文化政治理论和实践展开批判性反思与阐释，进而为中国当代的文化政治研究提供一定的理论参照与借鉴。

一 文化唯物主义的理论内涵与英国马克思主义文化政治的典型形态

威廉斯在辩证吸收正统马克思主义理论、英国文化与社会的理论传统、西方文化马克思主义以及英国左翼文化思潮的基础上，形成了自己的文化唯物主义理论。何为文化唯物主义？威廉斯认为，文化唯物主义"是一种在历史唯物主义语境下强调文化与文学的物质生产之特殊性的理论"②。"历史唯物主义注重对文学和艺术作社会和政治分析，把它们视为各种各样的社会活动与物质生产的一部分，即：文学艺术的发展变化始终与历史进程相适应，这就是我所要说明的文化唯物主义立场。"③ 文化唯物主义是"研究文化如社会和物质等生产过程的理论，研究特定的文化实践和'各门艺术'，把它们视为社会所利用的物质生产手段，包括从作为物质性'实践意识'的语言，到特定的写作技术和写作形式，直到电子传播系统"④。从威廉斯对文化唯物主义的理论界定来看，可以发现，他用文化的整体性存在涵摄社会物质实践与精神生产的二元结构，强调社会的物质实践进程与特定的精神情感结构及文化意义模式的对应关系，认为经济基础与政治实践都表现为具体的文化观念与情感结构。因而，马克思主义文化理论应重点关注上层建筑中的各种文化实践，在对文化、文学艺术、传播、电影电视等文本话语的深入思考中发掘人性经验的历史样态，并通过不断的文化革命与人性改良来推动经济基础与上层建筑的变革。很显然，威廉斯虽赞同马克思主义的历史唯物主义方法，也始终坚持社会主义的文化实践与政治归属，但同正统马克思主义相比，

---

① Raymond Williams, "Base and Superstructure in Marxist Cultural Theory", *Culture and Materialism*, Verso, 2005, p. 33.
② ［英］雷蒙德·威廉斯：《马克思主义与文学》，王尔勃、周莉译，河南大学出版社 2008 年版，第 6 页。
③ 同上书，第 43 页。
④ Raymond Williams, *Literature and Sociology: In Memory of Lucien Goldman in Problems in Materialism and Culture: Selected Essays*, London: Verson, 1983, p. 243.

其理论路径已大异其趣。

威廉斯文化唯物主义理论的整体性特征，首先表现在他对马克思主义基础/上层建筑公式化理解的反拨。威廉斯反对经济决定论，强调经济、政治与文化实践的结构同源性。工业革命、民主革命与文化革命并非各自独立，而是彼此交织融合。政治、经济与文化在社会历史变迁中相互作用、难以剥离。在威廉斯那里，文化是包孕多元社会经济、政治与情感结构的整体性生活方式，文化观念"是针对我们共同生活状况所发生的普遍和重大变化所作出的一种普遍反应"①。文化因素"包括生产组织、家庭结构、表现了或支配着社会关系的各种制度结构，以及社会成员赖以相互沟通的各种特有形式"②。"我更乐意把文化理论定义为对整个生活方式中各因素之间关系所作的研究。对文化进行分析，是试图去发现作为这些关系的综合体的组织的性质。"③ 这种整体性观念，自始至终贯穿于威廉斯的文化研究之中。威廉斯强调文化的物质性特征，文化并非纯粹抽象的观念体系与审美的形而上存在，而是本身就同物质世界有着千丝万缕的联系。威廉斯认为，马克思主义文化观"把经济机构的事实以及由此而来的社会关系看作是一条主线，文化便是沿着这条主线编织起来的，只有理解了这条主线，才能真正理解文化"④。"'思维'和'想象'其实从社会过程一开始便存在着，并且它们只能通过无可争辩的物质形式——用人声和器具产生音响，书写或印制文字，在帆布和泥灰上涂抹颜料，在大理石或者其他质料上雕琢加工等等——才会为人们所理解接受。把这些具体的物质社会过程从整个物质社会过程中排除出去是错误的，这就如同将所有的物质社会过程贬低成一种为了某些另外的抽象'生活'目的而实施的、仅仅具有技术性的手段一样。"⑤ 文化与文学艺术本身是社会活动与物质生产的一部分，是物质实践的语言。威廉斯反对利维斯主义淡化社会历史背景的审美批评传统，强调文化研究的历史意识。任何文化与文艺实践，都必须置于具体的历史语境之中进行考察。历史的视域与方法强调基础/上层建筑关系结构的动态性与复杂性，凸显文化在历史进程中斗争与冲突的活性状态。威廉斯的"感觉结构"与"共同文化"理论，都具有强烈的历史感，它们不是静态的固化结构，而是始终在历史变革中更新发展。"一个社会的形成过程就是寻找共同意义与方向的过程，其成长过程就是在经验、接触和发现的压力下，通过积极的辩论和修正，在自己的土地上书写自己的历史。"⑥ 威廉斯重视经验对文化研究的主导意义，强调经验对构建认识型知识与情感结构的重要作用。文化进程乃是广大而普遍的思想与感觉运动，是日常生活经验的生成、积淀、融解与变迁，共同文化表述的就是共同经验。"文化是共同的意义，是整个民族的产物，但也

---

① [英] 雷蒙德·威廉斯：《文化与社会》，吴松江、张文定译，北京大学出版社1991年版，第311页。
② [英] 雷蒙德·威廉斯：《漫长的革命》，倪伟译，上海人民出版社2013年版，第51页。
③ 同上书，第55页。
④ [英] 雷蒙德·威廉斯：《文化与社会》，吴松江、张文定译，北京大学出版社1991年版，第285页。
⑤ [英] 雷蒙德·威廉斯：《马克思主义与文学》，王尔勃、周莉译，河南大学出版社2008年版，第67—68页。
⑥ [英] 雷蒙·威廉斯：《希望的源泉》，祁阿红、吴晓妹译，译林出版社2014年版，第4页。

有个体的意义,是一个人全部个人和社会经验的产物。"① 丹尼斯·德沃金指出,威廉斯"承认文化生活的无形组成部分只有根据经验才能了解,正如他相信,通过经验,我们可以理解社会过程的总体性一样"②。文化唯物主义突出文化的政治内涵,强调文化对社会与人性等深层力量的关注和介入。威廉斯通过发掘文化复杂的政治意义与功能,以文化斗争与建设的方式推进社会主义的总体性革命进程。

威廉斯的文化唯物主义理论,既有对经典马克思主义文化理论的继承与发展,又有明显背离。威廉斯认同马克思、恩格斯关于物质与意识之辩证关系的理论,对社会问题的历史阐释维度以及对上层建筑之复杂状态的分析。威廉斯指出:"任何针对马克思主义文化理论的现代探讨,从一开始都必定要考虑到具有决定性的基础和被其决定的上层建筑这一前提。"③ 威廉斯虽然突出文化的意义与功能,但并没有放弃"基础"作为文化之前提条件的优先性地位。威廉斯认为,英国工党之所以最终走向失败,关键在于其费边主义的文化政治实践未能触动由所有制、分配与交换所决定的资本主义社会关系结构。威廉斯反对庸俗马克思主义对基础/上层建筑的公式化理解:"就我自身而言,我反对经济基础与上层建筑的公式,并不是因为其方法论上的缺陷,而是它的僵化机械、抽象静止的特征。"④ 丹尼斯·德沃金指出:"威廉斯接受了这个事实,即在任何马克思主义文化理论形成的中心,都有一个'决定'的概念:'基础'或者'社会存在'决定着'上层建筑'或者'社会意识',但是他拒绝'决定'的概念。"⑤ 威廉斯强调物质实践的前提与基础性地位,但拒绝"决定"的概念,因为"决定"的理论容易将上层建筑视为被动反映经济基础的静态存在,从而忽略了上层建筑同基础的复杂关系以及文化在历史进程中的多元形态与能动作用。"只有当我们意识到'基础'本身就是一种动态的、充满内在矛盾的过程——包含着现实人们和由他们构成的阶级所进行的种种具体活动,以及一系列从协作到敌对的活动方式——的时候,我们才能把自己从这种带有凝固性质的某一领域或某一范畴的观念中解脱出来,从而推导出'上层建筑'的多变过程。"⑥ 威廉斯认为,传统的以阶级斗争为主导的社会主义革命,过于强调经济与政治秩序的建构而非人的秩序,忽略了文化革命与领导权建设的重要作用。一个成功的社会主义运动,不仅表现为经济与政治的革命斗争实践,而且是一场富有情感和想象的文化革命。伊格尔顿指出:"威廉斯竭尽全力地想使马克思主义者们'超马克思化',并且雄心勃勃地把唯物主义扩展到文化实践领域中去;但就在他把马克思主义的逻辑推到极致的时候,威廉斯又以同样的风格力图取消'基础'和'上层

---

① [英]雷蒙·威廉斯:《希望的源泉》,祁阿红、吴晓妹译,译林出版社2014年版,第10页。
② [美]丹尼斯·德沃金:《文化马克思主义在战后英国》,李丹凤译,人民出版社2008年版,第130页。
③ [英]雷蒙德·威廉斯:《马克思主义与文学》,王尔勃、周莉译,河南大学出版社2008年版,第80页。
④ Raymond Williams, "Base and Superstructure in Marxist Cultural Theory", *Culture and Materialism*, Verso, 2005, p. 20.
⑤ [美]丹尼斯·德沃金:《文化马克思主义在战后英国》,李丹凤译,人民出版社2008年版,第208页。
⑥ [英]雷蒙德·威廉斯:《马克思主义与文学》,王尔勃、周莉译,河南大学出版社2008年版,第88页。

建筑'的划分,从而(同马克思主义)保持一定的批判距离。"① 威廉斯对基础/上层建筑复杂关系的分析以及对文化能动性的认识,弥补了经典马克思主义文化理论的缺憾与不足,但他在用社会总体性理论取消基础/上层建筑二元结构的同时,过度强调了文化的主导性功能,特别是他的共同文化理论,完全是建立在普遍人性论基础上的阶级调和主义思想,这就背离了经典马克思主义的立场,最终滑向英国自由人文主义的文化传统。

  威廉斯的文化唯物论深植于西方马克思主义的理论传统之中,受葛兰西、卢卡奇、戈德曼、阿尔都塞等人思想的影响。佩里·安德森指出:"西方马克思主义作为一个整体,当它从方法问题进而涉及实质问题时,就几乎倾全力于研究上层建筑了。"② 威廉斯与英国新左派开辟的文化研究范式,延续了西方马克思主义的理论路径。威廉斯虽然没有抛弃经典马克思主义基础/上层建筑的关系结构模式,但他更多的还是强调从文化的总体性视域出发,批判性反思英国资本主义文化与意识形态的历史、经验与结构问题。通过文化研究介入上层建筑,以文化批判、文化改革与文化治理的方式来构建社会主义文化与意识形态形式,进而最终促进经济与政治结构的变革。威廉斯的文化唯物论与葛兰西的霸权理论、卢卡奇的总体性理论、戈德曼与阿尔都塞的结构主义等有诸多内在关联。威廉斯早期的文化理论强调文化的联合、改良、多元主义等特征,淡化对文化冲突进程中权力运行机制与斗争形式的关注。在接触到葛兰西的文化霸权理论之后,威廉斯对先前的文化唯物论思想做出了许多修正,如开始反思早期文化理论中那种抽象的人性论与虚假民主思想。威廉斯认为,文化作为"整体性生活方式"的概念忽视了不平等、剥削与权力关系,霸权理论则强调了文化与权力的复杂关系结构,以及文化作为意识形态斗争方式在日常生活的经验世界以及感觉结构中的革命性功能。威廉斯的文化整体性思想,同卢卡奇的总体性理论(Totality)以及戈德曼的结构与世界观思想有着逻辑与历史的关联。威廉斯曾在《文化与唯物主义》中专门论及卢卡奇的总体性与戈德曼的发生结构主义理论。威廉斯承续了卢卡奇的总体性思想与戈德曼的结构概念,认同二者的整体性观念与历史意识,但抛弃卢卡奇关于阶级意识的宏大叙事立场,强调超越阶级性的共同文化理念与普遍人性思想,批判戈德曼过于强调伟大文学作品对"可能意识"精神结构的本质主义书写,忽略了感性世界弥漫、破碎之具体经验形态与情感结构在推动文化历史进程中的重要性等。威廉斯同阿尔都塞一样强调结构在文化进程当中的重要性,但威廉斯认为,结构并非经验的主导,相反却是经验的沉积与构型。表征主体历史性在场的情感结构乃是文化经验的产物,而非如阿尔都塞所言是意识形态虚构的假象。总之,在威廉斯那里,我们既可以看到西方马克思主义理论幽灵的绵延,又可以看到他结合英国社会历史传统所做出的辩证吸

---

  ① [英]特里·伊格尔顿:《历史中的政治、哲学、爱欲》,马海良译,中国社会科学出版社1999年版,第402页。
  ② [英]佩里·安德森:《西方马克思主义探讨》,高铦等译,人民出版社1981年版,第96页。

收与创造性转化。

作为英国马克思主义文化政治的典型形态,威廉斯的文化唯物论既有对英国文化传统的理论延续,又有明显的超越和发展。威廉斯关于文化的定义以及对文化政治的强调,显然受到艾略特、阿诺德、利维斯等人思想的影响。威廉斯继承了阿诺德对文化所持的自由人文主义思想。在阿诺德那里,文化既是知识与道德、美与真理的化身,又具有启蒙、消除无政府状态、弥合阶级分层以及对社会整体实施控制的文化政治意义。Glenn Jordan 和 Chris Weedon 指出:"确切地说,阿诺德的《文化与无政府主义》是一本关于政治的书……阿诺德的主题是:给工人阶级提供文化教育以使他们免于走向无政府主义或社会革命。"① 威廉斯虽然强调大众文化的民主性与革命性意义,凸显成人教育的文化功能,但他的多元文化观以及长期革命的文化政治思想,似乎又保留了阿诺德的精英意识与文化改良主义精神。威廉斯关于文化的三重定义并没有走出阿诺德、泰勒以及利维斯等人的文化等级主义陷阱,他对剩余文化、主导文化与新生文化的分类以及其折射出的文化进化论思路,与泰勒等人的文化改革理论如出一辙。本尼特认为:"他们两个(威廉斯与泰勒)都是通过本质上相似的改革机制来工作的改革者。"② 不同的是,威廉斯始终带着批判资本主义文化、构建社会主义文化理想的鹄的谈论文化问题。威廉斯关于文化是一种整体性生活方式的论述,显然来自艾略特的文化定义。只不过艾略特更强调高级文化与知识精英的作用,威廉斯则提倡普遍的文化民主与文化的多元平等发展机制。威廉斯深受利维斯的影响,他的《文化与社会》《漫长的革命》《乡村与城市》等,基本上采用的是利维斯主义的文本细读模式,他对文化机制与情感结构的研究更多来自文本阐释,即通过艺术是审美与文化构型来发掘人性隐秘的历史脉动,但又用马克思主义的文化唯物论修正了利维斯的文化救赎论。威廉斯在批判性接受英国自由主义文化传统的同时,受到英国左翼思潮的影响,从而在思想和情感上倾向于马克思主义。威廉斯信仰社会主义,倡导经济平等、政治自由与文化民主,但他反对英国左翼(主要是二战前受苏联马克思主义影响的老左派)对马克思主义机械僵化的接受,认为传统的以阶级斗争为主导范式的社会主义革命难以成功,"贝弗里奇报告"的实施与英国福利社会形成的无阶级社会征象,使传统左翼所信仰的阶级政治走向终结。当直接的政治已难以撼动资本主义的大旗,威廉斯选择了文化政治的理论与实践方式,试图通过文化的长期革命来打垮资本主义。威廉斯的文化唯物论,可以说既吸收了自由人文主义的精髓,又保留了英国马克思主义的左翼文化传统。但也正是如此,使威廉斯的文化唯物论思想显得异常复杂。

---

① Glenn Jordan and Chris Weedon, *Cultural Politics: Class, Gender, Race and the Postmodern World*, Blackwell Publishers, Ltd., 1995, p. 36.

② [英] 托尼·本尼特:《本尼特:文化与社会》,王杰、强东红等译,广西师范大学出版社 2007 年版,第 191 页。

二 走向文化唯物主义的文化政治：威廉斯文化研究的政治转向

英国新左派的文化研究充分拓展了文化的政治效用，形成了与传统左翼的阶级政治完全不同的文化政治理路。弗朗西斯·马尔赫恩将文化政治的发明权归于新左派，他认为："新左派打破了自由人文主义将文化超越于政治的传统看法，发展出相反的方向。"① 丹尼斯·德沃金说："20 世纪 60 年代，文化研究将新左派文化政治学转变成了在政治上运用的学术研究计划。"② 威廉斯作为新左派的主要成员之一，他的文化唯物论构成了新左派文化政治的主导性理论与实践范式，对英国马克思主义文化理论产生了广泛而深刻的影响。通过文化介入社会，可以说是自 19 世纪后期至战后英国自由主义与左翼知识分子共同恪守的理论传统。只不过到了威廉斯那里，他开始将自由人文主义、马克思主义与英国左翼的知识谱系接合起来，将文化研究发展成为同整个资本主义社会结构相抗衡的"长期革命"。威廉斯的文化唯物论致力于从文化的物质性结构层面出发，通过研究文学艺术中的经验构型，检视凝聚、弥散在文本肌理中的压抑性权力关系，借此破译资本主义的意识形态与文化幻象，以此践行他的社会主义政治理想。就此而言，威廉斯的文化唯物论具有明确而强烈的政治倾向。艾伦·辛菲尔德曾如此谈及文化唯物论的政治性："没有一种文化实践不带有政治意义……文化唯物论并不像一些传统文学批评那样走向神秘化，或将文学批评视为是对特定文本的自然、显见或正确的阐释。相反，它毫不讳言对以种族、性别和阶级等为借口而对人们进行剥削的社会秩序展开政治介入。"③ 威廉斯自己也从不回避文化研究的政治属性，他认为，文化唯物主义的初衷就是要对文学和艺术作社会和政治的分析，只不过威廉斯所谓的政治，并非传统马克思主义所言的那种宏大的革命政治，而是以整体性方式存在的文化政治。"通过退出直接政治，我能够再次引入某些主题和议题，在我看来它们是现实中最能产生效果的关键要素。然而就我所了解的当时的常规政治而言，它们是缺席的。换句话强调一下，作为可观的代价，每一次这种退出换来的是对某种深层力量的关注。"④ 威廉斯所谓的深层力量，主要指整个社会的物质文化基础、复杂的文化机制与感觉结构等。关注这种深层力量，其实就是强调文化政治在社会历史进程中的重要性。威廉斯说："我们正在进入一个风险更多、机会也更多的文化政治时期。"⑤ 中国学者赵

---

① [英] 弗兰西斯·马尔赫恩编：《当代马克思主义文学批评》，刘象愚等译，北京大学出版社 2002 年版，第 31 页。英国自由人文主义对文化的看法，并不是超越政治的，而是本身就带有既定的政治无意识，比如我们在前面谈到阿诺德的文化思想，其实就是保守主义政治在文化意识形态层面的典型表现。所谓的超越于政治的文化观念，不过是知识、道德与审美的假象。
② [美] 丹尼斯·德沃金：《文化马克思主义在战后英国》，李丹凤译，人民出版社 2008 年版，第 160 页。
③ Jonathan Dollimore and Alan Sinfield, eds., *Political Shakespeare: Essays in Cultural Materialism*, 2nd. ed, Ithaca and London: Cornell University Press, 1994, p. 8.
④ [英] 雷蒙德·威廉斯：《政治与文学》，樊柯、王卫芬译，河南大学出版社 2010 年版，第 89 页。
⑤ [英] 雷蒙·威廉斯：《希望的源泉》，祁阿红、吴晓妹译，译林出版社 2014 年版，第 244 页。

国新指出:"在文化唯物论和文化研究背后,隐含着一种带有浓厚人文主义色彩的文化政治观念:从政治批判入手,去改变民众的社会意识,进而改造社会压迫的现象。这就是威廉斯等英国左派奉行的文化政治。"① 文化研究的目的,正在于以文化政治介入社会结构的深层肌理,进而在具体的文化斗争实践中推动经济、政治与文化的总体性变革。

作为英国马克思主义文化政治的典型形态,威廉斯的文化唯物论具有明确的社会主义政治指向。威廉斯始终站在马克思主义的意识形态立场与构建社会主义文化领导权的思想地基之上,对资本主义经济、政治与文化体制展开反思与批判。在《文化与社会》中,威廉斯虽然还没有完全摆脱阿诺德与利维斯的影响,但我们可以明显感受到他对精英主义与保守主义的文化批判,以及对马克思主义的价值认同。只不过威廉斯批判传统马克思主义过于强调经济与政治斗争而不重视工人阶级文化意识的培育,认为"一个社会主义政党的任务不只是组织实施政治经济改革,更为关键的是,它应该在劳工们的思想中,培养并传播一种真正的社会主义意识"②。"工人阶级运动如果不能发展出自己的意识形态,就只能被'资产阶级意识形态'或者'社会主义意识形态'所俘虏,而后者本身也是由资产阶级知识分子所创造的。"③ 威廉斯反对传统马克思主义单纯地将社会主义文化视为社会主义经济与政治制度天然产物的思想,转而强调文化权力斑驳复杂的历史与逻辑构织状态。任何历史时期都必然存在剩余文化、主导文化与新生文化的交媾博弈,即便是居于主导的文化霸权,也并非一劳永逸地居于统治地位:"无论什么时候,在社会中总是存在着取代形式的以及直接对抗形式的政治和文化这样一些意义重大的因素。"④ 正是因为认识到文化在社会主义运动当中的重要性,威廉斯将阿诺德、利维斯等人的自由人文主义思想同马克思主义革命理论对接起来。这种带有调和主义特色的文化马克思主义,虽然将社会主义的政治信仰作为其文化革命的终极理想,但与传统马克思主义的阶级革命模式已有了明显不同。威廉斯坦言他试图在斯大林主义与费边主义之外寻求社会主义政治运动的第三条道路,即通过推动日常世界的文化经验与感觉结构的长期革命,反抗资本、权力与人性的异化与资本主义的文化压迫,追求社会的平等、公平与正义,最终构建社会主义的共享价值与共同文化,"我认为必须通过持续不断的启智和教育手段,从总体上和细节上打垮资本主义社会产生的意义和价值体系。这是我所说的那种'漫长的革命'的文化进程。我把它称之为'漫长的革命',意思是说它是一场真正的斗争,是有组织的工人阶级争取民主和经济胜利的必要斗争的一部分"⑤。或许,威廉斯的文化唯物论已偏离了正统马克思

---

① 赵国新:《新左派的文化政治:雷蒙·威廉斯的文化理论》,外语教学与研究出版社 2009 年版,第 26 页。
② [英] 雷蒙德·威廉斯:《文化与社会》,吴松江、张文定译,北京大学出版社 1991 年版,第 171 页。
③ 同上书,第 299 页。
④ [英] 雷蒙德·威廉斯:《马克思主义与文学》,王尔勃、周莉译,河南大学出版社 2008 年版,第 121 页。
⑤ [英] 雷蒙·威廉斯:《希望的源泉》,祁阿红、吴晓妹译,译林出版社 2014 年版,第 84 页。

主义的历史之维,甚至带有后马克思主义的理论意识,但他对文化问题的社会与政治思考,从某种意义上而言,又不失为对马克思主义文化理论的丰富与发展。

  威廉斯从马克思主义的理论视域出发,将文化与社会结构结合起来,凸显文化的政治属性与功能。在威廉斯看来,文化并非如自由主义者所认为的那样,是超越于经济与政治之外、表征人性美好完善的价值存在,而是针对我们共同生活状况的历史进程所形成的普遍反应。文化不是纯粹自律的知识、道德与审美之物,而是渗透着复杂权力意识的整体性社会结构,是多重权力博弈、冲突与斗争的意识形态战场。威廉斯说:"如果有人把文化定义为一种将斗争排除在外的整体生活方式——那显然必须要遭到最尖锐的反对和纠正。""冲突是文化作为一种整体生活方式的结构前提,任何对文化的社会主义解释必须必然包括冲突。不蕴含冲突的文化定义是错误的。"① 威廉斯将文化视为受多重权力支配、包蕴着观念与价值冲突的整体性生活方式,认为经济、政治与上层建筑领域的矛盾必然最终表现为文化斗争,甚至将文化领导权的争夺与社会主义文化意识的成熟视为主导经济与政治革命的决定性条件。威廉斯在强调文化的冲突与斗争维度的同时,对英国庸俗马克思主义与传统左派的文化理论展开了批判。威廉斯指出,作为上层建筑的文化并非经济基础的被动反映与摹写,而是由各种文化传统、经济与政治活动、文化物质机构、传播方式、文学艺术等共同形成;文化不仅表现为抽象化的世界观与意识形态形式,同时积淀为日常生活经验与文化习俗。这就意味着,"阶级统治的形式不仅存在于政治、经济的制度关系里,而且存在于生动活泼的经验、意识形式中"。"这种观念因而不同于下述的观念:新的制度及关系将会自动地创造出新的经验以及新的意识。"② 从历时性维度而言,经济与政治变革阻断不了文化的延续性,"上层建筑涉及的是人类意识的问题,而人类意识必然是错综复杂的,不仅仅是因为它具有多样性,而且也因为它始终具有历史性:任何时候它都既包括对现在的反应,也包括对过去的延续"③。从共时性维度而言,具有不同政治与意识形态立场的文化,比如资产阶级文化与社会主义文化并非彼此隔断独立,而是呈相互冲突博弈的权力竞争状态。威廉斯受葛兰西霸权思想的影响,将阶级统治的形式看成由许多政治力量、社会力量和文化力量组成的复杂关联体,"霸权或多或少总是由各种彼此分离的甚至完全不同的意义、价值和实践适当组织结合而成;依赖这些,霸权具体地组构为有意义的文化和有效的社会秩序"④。正是由于认识到文化的复杂性,威廉斯才拒绝简单地使用资产阶级文化、工人阶级文化的话语命名,而是用共同文化、共享文化来表达他对社会主义的文化想象。威廉斯之所以要研究现代悲剧、现代主义与先锋艺术,正在于他认识到现代悲剧、先锋艺术等文艺实践通过创造新的艺术形式,形成了新的

---

① [英]雷蒙德·威廉斯:《政治与文学》,樊柯、王卫芬译,河南大学出版社2010年版,第122页。
② [英]雷蒙德·威廉斯:《关键词》,刘建基译,生活·读书·新知三联书店2005年版,第202—203页。
③ [英]雷蒙德·威廉斯:《文化与社会》,吴松江、张文定译,北京大学出版社1991年版,第282页。
④ [英]雷蒙德·威廉斯:《马克思主义与文学》,王尔勃、周莉译,河南大学出版社2008年版,第122页。

感觉结构与文化经验，孕育出反资产阶级主导文化的新生文化形态。威廉斯并没有像法兰克福学派那样否定大众文化，也没有像卢卡奇只推崇社会主义现实主义文学，而是从文化唯物主义的立场出发，在批判性反思资本主义整体性文化结构的基础上，培育和建构社会主义文化的核心价值。

在威廉斯的文化政治理论中，"感觉结构"（情感结构）是一个非常重要的概念，它区别于卢卡奇的阶级意识、戈德曼的世界观与阿尔都塞的意识形态结构理论。1954年，威廉斯在与奥罗·迈克尔合著的《电影导论》中首次提出"感觉结构"的概念，认为任何一个特定时期的戏剧都同那一时期的感觉结构有根本的联系，将感觉结构视为一种共同的文化经验。感觉结构并非抽象的世界观，也非传统马克思主义所理解的党性或意识形态。"感觉结构截然不同于一个时代的官方思想或是被普遍接受的思想，后者总是在它之后出现。"[①] 在威廉斯看来，感觉结构是多重文化权力在冲突、斗争与融合的历史化进程中型构而成的感性经验形式。主导的文化权力在同多元异质文化权力的冲突与斗争中上升为阶级的意识形态，并同潜在、弥散的异质性文化经验与情感意识构成整个文化的张力性结构。文化霸权并非统治阶级单向度的权力施动，而是表现为统治阶级的主导权力在同异质性文化权力的冲突与竞争中，通过持续性的文化改革来创新感觉结构，从而获得普遍的文化与政治认同并最终实现领导地位合法化的权力博弈过程。异质性文化权力往往会利用社会公共性的文化机构与文化形式，同主导文化对抗并创造出新的阶级意识与情感，形成负载新的意义与价值的感觉结构并通过文化与文艺实践灌注到民众的日常生活实践之中。感觉结构表现为意识与情感等活性经验的融解与流动状态，而非固态化的抽象思想。一个时期可能具有相对稳定的感觉结构，但由于整个社会的经济、政治与文化实践始终处于不断变化之中，这种持续流动的经验状态赋予感觉结构永恒的"历史化"命运。从文化唯物主义立场出发，威廉斯将文学艺术视为表现、熔铸、生成与更新感觉结构的重要物质性载体。威廉斯对感觉结构的分析，主要表现在他对电影、戏剧、文艺作品等文化形式的体验与阐释之中。威廉斯认为："在某种意义上，这种感觉结构就是一个时代的文化：它是一般组织中所有因素带来的特殊的、活的结果。正是在这方面，一个时代的艺术——它容纳了这些因素，……在艺术这里，实际的生活感觉，使沟通得以可能的深层的共同性，都被自然地汲取了。"[②]"在复杂的社会中，文化分析最有趣又最困难的部分是试图在霸权的那种能动的、构成性的但也是发生着变化的过程中把握霸权本身。艺术作品因其物质性和普遍性的特点，往往成为这种复杂证据的重要来源。"[③] 需要指出的是，威廉斯早期对感觉结构的理解，更多的是将作家、艺术家甚至将中产阶级的文化趣味与情感意识视为社会普遍的感觉结构，未能从阶级、年龄、性别等诸多层面思考感觉结构的复杂

---

① ［英］雷蒙德·威廉斯：《政治与文学》，樊柯、王卫芬译，河南大学出版社 2010 年版，第 153 页。
② ［英］雷蒙德·威廉斯：《漫长的革命》，倪伟译，上海人民出版社 2013 年版，第 57 页。
③ ［英］雷蒙德·威廉斯：《马克思主义与文学》，王尔勃、周莉译，河南大学出版社 2008 年版，第 122 页。

状态，也未能对感觉结构的历史性变迁做出深刻的唯物主义阐释。而且，将文学艺术中的感觉结构扩大化为社会普遍的整体性经验意识，也犯了主观经验论错误。诚如论者所言："不可能从文本到感受结构、到经验，再到社会结构进行回溯。在能够用以重建某种经验的文学文本和当时的整体历史进程之间，存在着深层的分裂，根本不存在连续性。"①

威廉斯接受马克思主义的政治信仰，将社会主义视为人类历史的终极归宿，但他抛弃了马克思主义的阶级革命模式，转而强调文化层面的"长期革命"，用文化改革与文化治理取代了传统马克思主义的经济与政治夺权。威廉斯认为，社会主义在反抗阶级社会中所犯的最严重的错误，是企图建立经济与政治秩序，而非与人相关的秩序。威廉斯结合马克思主义的人道主义与自由主义的文化民主思想，提出共同文化的理念。"我们需要一种共同文化，不是为了一种抽象的东西，而是因为离开了这种共同文化，我们将无法生存下去。"一个不健康的社会，就是从多方面阻止共同文化形成的社会。如何理解威廉斯所谓的共同文化呢？首先，共同文化建基于生命平等的根基之上，是民众平等参与建构的带有共同经验的文化。"共同文化在任何层次上都算不上是一种平等文化，但是共同文化永远都需要生命存在的平等，否则共同经验将失去价值。"②威廉斯反对将共同文化视为思想一致、步调一致的文化，他所谓的平等，乃是生命存在的平等，是生活方式、参与方式与创造方式的平等，"在谈到共同文化的时候，我们所要求的是一种自由的、贡献式的、创造意义和价值观的共同参与过程，而这正是我一直想加以界定的。"③其次，共同文化体现出社会主义民主的价值与意义，是人民共享的文化。威廉斯认为，全体社会成员应致力于创造共同文化而非一个阶级或集团的文化，"一个民族的文化只能由它的全体成员在生活中来创造：一种共同文化不是少数人的意义或信念的一般性延伸，而是创造条件，让人民作为一个整体参与到表述意义和价值观的活动中来，参与到其后对这样和那样的价值观的活动中来"。④再次，共同文化是多元异质的文化联合体，是在冲突与斗争中走向团结并衍生共同意义与价值的文化。多元异质性强调了文化场域中权力的不平衡性，同时赋予了文化研究的文化政治内涵。文化批评的理论与实践目的，正在于破除多元文化之间的区隔性壁垒，并通过创设文化民主生产与传播机制，以普遍共同的文化经验来培育共享的文化意义与价值。亦如伊格尔顿所言："如果每个人都能够通过社会主义民主的机构，充分参与这一文化的建构，那么结构很可能是远比用一种共享的'世界观'联系在一起的文化更多异质性的文化。"⑤最后，如何形成共同文化？威廉斯认为，一方面要通过文化研究的社会

---

① ［英］雷蒙德·威廉斯：《政治与文学》，樊柯、王卫芬译，河南大学出版社2010年版，第161页。
② ［英］雷蒙德·威廉斯：《文化与社会》，吴松江、张文定译，北京大学出版社1991年版，第330页。
③ ［英］雷蒙·威廉斯：《希望的源泉》，祁阿红、吴晓妹译，译林出版社2014年版，第84页。
④ 同上书，第41页。
⑤ ［英］特里·伊格尔顿：《后现代主义的幻象》，华明译，商务印书馆2000年版，第98页。

和政治批评，剥析、批判阻止共同经验生成的文化专制主义与文化资本主义体制，另一方面是知识分子运用文化政治的力量，推动文化改革与文化治理的进程。比如，通过构建文化生产与传播的民主机制，反抗独裁式、家长制与商业式的权力垄断，发展工人阶级文化的社会性与集体性意识以对抗资本主义文化的极端个人主义特征，通过发展文化生产的专业化与公共化，进而摆脱文化受经济资本与意识形态权力宰制的工具化命运，等等。

三 反思与批判：威廉斯文化政治理论的借鉴意义及其理论缺陷

我们在前面分析了威廉斯文化唯物论的内涵以及文化研究的政治转向，对威廉斯的文化政治理论做出了较为全面的解读与阐释。威廉斯通过辩证融合正统马克思主义、西方马克思主义与英国自由人文主义传统，形成了英国马克思主义文化政治的典型形态，对西方乃至整个左翼文化研究产生了广泛而深远的理论影响。由于威廉斯的文化政治理论本身带有强烈的历史化与地域化特色，是马克思主义同 20 世纪中后期英国社会历史对接的产物，这就意味着，我们在研究威廉斯的文化政治理论时，应始终秉持批判的话语立场对其展开辩证的反思，既要看到威廉斯对马克思主义文化理论的发展与创新，又要看到其对正统马克思主义的理论偏离；既要反思威廉斯文化政治理论所产生的积极现实意义，又要正视其缺陷与不足。特别是中国的文化知识分子，更应回到中国当代的政治与文化语境，立足经典马克思主义的理论立场，结合中国本土文化研究的理论与现实问题，以发展创新中国的马克思主义文化理论为价值旨归，对威廉斯的文化政治理论展开历史化、本土化的借鉴吸收与辩证扬弃。下面，结合前面的论述，就威廉斯文化政治理论对中国当代马克思主义文化研究的借鉴意义及理论缺陷作简要分析。

威廉斯文化政治的理论借鉴意义主要表现在如下几个方面。一是文化唯物主义所蕴含的整体性观念，即将经济、政治与文化视为相互融合的整体性社会结构，而非彼此分化独立的领域。当然，强调整体性并非用文化的总体结构替代经济和政治，而是说任何经济与政治实践同时必须是人的文化实践，文化不是经济被动决定并反映意识形态的工具性载体，而是融贯于经济和政治实践之中。布尔迪厄就曾指出："从事实践的阶级都有一个明确的目的，就是追求金钱利润的最大值，但是另一方面，如果他们的活动不带有文化或艺术实践及其产品的无目的性，它们同样也不能被界定为从事实践的阶级。"[①] 中国当代文化研究应充分吸收这种整体性理论，将文化问题与经济发展和意识形态建设结合起来思考。二是文化场的多元异质性与领导权建设问题。我们在前面谈到，威廉斯并没有单向度地强调社会主义文化的同一性与绝对性，而是将文化

---

① ［法］布尔迪厄：《文化资本与社会炼金术》，包亚明译，上海人民出版社 1997 年版，第 191 页。

视为蕴含多重权力冲突与博弈的张力性结构场域。统治阶级应通过文化改革,推动共同的感觉结构与文化经验的形成,从而在共享的意义与价值秩序中构建文化领导权。中国当代文化建设应充分尊重文化的多元发展,辩证吸收不同文化中有意义与价值的元素,在和而不同的文化权力格局中凸显社会主义文化的优势与主导权,形成高度的文化自觉与文化自信。三是社会主义文化民主、人民性与人道主义内涵。威廉斯批判文化传播的独裁式、家长式与商业式传播机制,倡导文化的民主传播,"从任何一种全局性的视角出发,都不可能看不到几乎在所有地方正在崛起的一种决心,那就是人民应该当家作主,作出自己的决定,而不是把权利让渡给任何一个特定的群体、族群或阶级"①。文化传播不能被视为权力控制的机器或资本牟利的工具,应致力于建构普遍的意义与价值,"社会主义民主必须挑战这些保留领域,让社会的全体成员在我们共同生活的最基本的组织中得到实际的共享"②。威廉斯对文化民主性、人民性价值的强调,凸显出马克思主义的人道主义立场,即将人视为历史的根本前提与最终目的。中国当代文化研究应致力于文化民主机制的建设,充分尊重人民参与文化实践的民主权力,应限制资本对文化机制的过度侵蚀,自觉抵制商业式文化生产与消费对文化的捆绑与操控。四是文化改革与治理的文化政治策略。威廉斯所谓的"漫长的革命"其实就是奉行文化改革主义规划,强调文化知识分子对文化体制的政治介入。威廉斯赞同改革者与批判者:"改革者和批判者都是成员,它们真诚地想改变总体生活方式的这一面或那一面,但这种愿望与对这一总体生活方式所包含的一般价值的坚持并行不悖,也与其对社会的根本连续性和统一性——这是改革者和批判者们通常坚持不放的——坚定主张协调一致。"③ 为实现共同文化的理想,威廉斯提出了许多文化改革与治理的策略,比如剧院、电影院应交给独立的公共机构管理,授权给演员社团,艺术委员会应作为中间体不受政府组织的直接控制并拥有独立分配公共款项的权力,地方当局修建绘画工作室并租赁给画家们使用,"传媒工具将由社会拥有,作为实际生产者的托管财产。所以不要以公有制为中心建立大型的中央组织,要鼓励组建各种独立的群体,这是一个公共政策问题,公共拥有的工具将租赁给这些群体"④,等等。中国当代文化的建设与发展,应合理借鉴威廉斯的改革精神与治理策略,大胆推动社会主义文化改革进程,强化文化知识分子参与文化改革与治理的责任担当与文化使命。

从经典马克思主义的理论立场来反思威廉斯的文化政治理论,可以发现有如下几个方面的理论缺憾。一是威廉斯在反对庸俗马克思主义机械决定论的同时,用文化的整体性结构替代了经济基础在社会历史中的主导性位域,甚至将其视为"维持系统",这就偏离了经典马克思主义的理论地基,走向了过于强调文化与意识形态批评的后马

---

① [英]雷蒙德·威廉斯:《漫长的革命》,倪伟译,上海人民出版社2013年版,第2页。
② [英]雷蒙·威廉斯:《希望的源泉》,祁阿红、吴晓妹译,译林出版社2014年版,第311页。
③ [英]雷蒙德·威廉斯:《漫长的革命》,倪伟译,上海人民出版社2013年版,第99页。
④ [英]雷蒙·威廉斯:《希望的源泉》,祁阿红、吴晓妹译,译林出版社2014年版,第35页。

克思主义立场。虽然，威廉斯申辩说反对基础/上层建筑的二元区分与决定论的目的是"强调文化实践是物质生产的形式"①，而非否定马克思主义的历史唯物论，但结合威廉斯的整个文化研究理论而言，他并没有发展出文化分析的政治经济学模式，反而更多的是通过对文化的物质形式与文本经验的研究，回溯式地思考人与社会的历史性变迁。二是威廉斯对文化普适性意义与价值的过度强调，其实是用人道主义的历史观取代了经典马克思主义的历史唯物论。威廉斯认为社会主义就是建立意义与价值的新秩序："其目的在于解放，它以所有人的需要为起点，以现实平等为基础，而不是以跟地位或是借由市场的自由运作而建立起来的等级相应的等级化需要为起点。"② 社会主义对人类关系的想象就是邻里和睦与兄弟友爱的平等相处，就是对普遍人性与普适性价值的追求与遵从。威廉斯说："我在《文化与社会》里所描述的那个传统之所以重要，就因为它把对于社会的思考建立在我们的'普遍人性'的基础上，而不是建立在某种已被接受的系统的需要之上。"③ 威廉斯的共同文化构想，折射出的正是这种普遍人性思想与人道主义的历史观。伊格尔顿曾指出，威廉斯的共同文化理论强调"共同体的手段"，即社会主义的公共机构，"只有通过一种完全参与的民主，包括过去规范物质生产的民主，进入的通道才能完全打开以发泄这种文化多样性。简言之，确立真正的文化多元论，需要协调一致的社会主义行动"④。但是如何形成社会主义的公共机构，又如何展开社会主义的文化行动？通过建基于普遍人性之上的文化改良，是否可以打开不同阶级之间的文化隔膜？如何在资本主义的经济与政治体制中规划共享文化的美好蓝图？这些问题，显然难以通过单纯的社会主义文化行动获得解决。三是威廉斯文化政治理论的"去阶级化"倾向同经典马克思主义理论产生了明显龃龉。在威廉斯的文化政治理论当中，经济与政治领域的阶级斗争让位于文化上的阶级冲突，社会主义作为有组织的历史运动，应首先考虑工人阶级意识的培育与社会主义文化领导权的建设。威廉斯反对从阶级分化的立场理解文化，因为这样有可能因意识形态的结构封闭性而导致阶级性的文化区隔与文化控制。威廉斯强调阶级冲突："在资本主义社会秩序中，阶级冲突无疑是不可避免的：存在着绝对不可逾越的利益冲突，整个社会秩序围绕着它得以建立，并且必然以这种或那种形式实现对它的再生产。"⑤ 但化解阶级冲突的方式并不是阶级革命，而是文化层面的斗争与改革。威廉斯强调阶级之间的身份流动性与文化融通性，认为不同阶级可以通过共享文化的意义与价值，在广义的政治意志下形成无阶级化的政治联盟。四是威廉斯文化唯物论对经验的强调，使其文化政治理论具有了强烈的经验主义色彩。"经验在认识论上是决定性的"，"我将自己限定于英国社

---

① [英]雷蒙德·威廉斯：《政治与文学》，樊柯、王卫芬译，河南大学出版社2010年版，第366页。
② [英]雷蒙德·威廉斯：《漫长的革命》，倪伟译，上海人民出版社2013年版，第118页。
③ 同上书，第122页。
④ [英]特瑞·伊格尔顿：《文化的观念》，方杰译，南京大学出版社2006年版，第101页。
⑤ [英]雷蒙德·威廉斯：《政治与文学》，樊柯、王卫芬译，河南大学出版社2010年版，第122页。

会,并不是因为对发生在别处的事情缺乏兴趣,而是因为我只有在生活的地方才能真正获得感兴趣的事实"。① 在接触到结构主义理论之后,威廉斯意识到这种经验主义的危险性,即并不是任何文化经验都可以被传递,并不是任何经验都是主体真实的意识表达。威廉斯文化唯物论的经验主义倾向,在后期英国文化研究理论中获得了不同程度的纠正。

威廉斯作为英国马克思主义文化研究的主要代表,其文化理论相当复杂,本文虽试图作较为全面而详尽的分析阐释,但仍不免有挂一漏万之嫌,其理论之深奥幽微之义,亟待进一步的理解与阐释。像他的传播理论、电影与电视理论、文学批评思想、戏剧理论等,本文均未能深入涉猎,而是仅仅对其文化唯物论的内涵与文化研究的政治转向展开批判性反思。通过对威廉斯文化政治理论的考察,我们认为,西方马克思主义的文化政治理论,反映出特定历史时期与特定社会形态下,西方左翼知识分子对资本主义的明确批判态度与价值立场,但这种将社会主义革命的历史使命寄托于文化改革的民主主义思想,乃是西方工人阶级革命与社会主义激进政治走向衰落之后,左翼知识分子无可奈何的文化抉择。西方发达资本主义通过一系列的经济、政治与文化改革,以福利社会与消费主义意识形态造成无阶级化的社会假象,导致激进革命的冷却。当经济与政治领域的阶级革命已成明日黄花,西方左翼知识分子选择用文化政治的阵地战方式,对资本主义制度展开意识形态批判,试图以文化改革与治理的方式,在资本主义的社会结构内部植入社会主义的文化基因,进而通过文化领导权的争夺来推动社会的总体性变革。诚如有论者所言:"尽管文化政治无法彻底改造当代资本主义,但是,它的顽强存在还是给执政当局带来了相当大的舆论压力,这有助于整个社会朝着更加民主和公正的方向发展。"②

---

① [英]雷蒙德·威廉斯:《政治与文学》,樊柯、王卫芬译,河南大学出版社2010年版,第155页。
② 赵国新:《新左派的文化政治:雷蒙·威廉斯的文化理论》,外语教学与研究出版社2009年版,第29页。

译文选刊

方法问题*

[法] 米歇尔·福柯著 刘　阳译**

(华东师范大学中文系　上海　200241)

为什么是监狱？

问：

你为何将监狱的诞生看得如此重要？特别是被你称作"仓促取代"的、把监狱置于新的刑罚体系中心的19世纪早期？

在其他相当迥异的惩罚方式（死刑、流放殖民地、驱逐出境）依然有效的情况下，你是否夸大了刑罚史上监狱的重要性？在历史方法的层面上，对于因果关系或结构你似乎不屑于解释，有时甚至优先考虑对一个事件的纯粹过程进行描述。无疑，对"社会历史"的关注，确实以不可控的方式侵入了历史学家的工作，但即使人们不接受"社会的"作为唯一有效的历史解释维度，从你的"解释图示"看，你整个抛弃社会历史就合适吗？

米歇尔·福柯：

---

* 这里译出的讨论，发表在米歇尔·佩罗特编辑的一本书中，题为《不可能的监狱：对系统的研究》（版本 Seuil，巴黎，1980年）。这本书是《历史纪事报》一系列文章的扩充本，见《法国革命》1977年第2期，其中一组历史学者回顾了米歇尔·福柯的《规训与惩罚》，并探究了19世纪刑罚史的若干互补方面。

这次采访基于米歇尔·福柯与莫里斯·阿古隆、妮可·卡斯坦、凯瑟琳·杜普瑞特、弗朗斯·伊瓦尔德、阿丽特·法吉、艾伦桑德罗·丰塔纳、卡洛·金兹堡、雷米·戈塞兹、雅克·伦纳德、帕斯夸尔·帕斯奎诺、米歇尔·佩罗特与雅克·勒维尔的一场圆桌辩论。在《不可能的监狱：对系统的研究》中，前面有两个初步文本，即《历史与哲学》——雅克·伦纳德关于《规训与惩罚》的一篇文章，以及福柯的回复。如米歇尔·佩罗特所解释的那样，讨论的记录被广泛地重写为出版形式，米歇尔·福柯修正了自己的贡献，其他历史学家的干预也被"集体历史学家"重新安排成了一系列问题。

** 译自 I & C, No. 8, "Power and Desire: Diagrams of the Social" (Spring 1981). 原英译者：Colin Gordon。译者简介：刘阳，(1979—)，浙江杭州人，文学博士，华东师范大学教授，主要从事文学理论、西方文论与后理论研究。

我不期望我所可能说或写的东西被看成对总体性做出的任何断言。我并未试图将我所说的普遍化；相对而言，我没有说的并不意味着由于不重要而可被取消资格。我主要思考的是辩证法、谱系学与策略之间的关系。我仍在工作，并不知道会走向何方。我所说的应被视为"主张"，应被视为可能感兴趣的人获得邀请而加入的"游戏的开场"。它们并不意味着是必须得到整个采取或丢弃的教条主张。我的书不是哲学或历史研究的专著，它们最多是在历史问题领域发挥作用的哲学片段。

我将尝试回答现如今摆出的问题。首先是关于监狱。你想知道它是否如我所声称的那样重要，或者它是否扮演了刑罚制度的真正焦点角色。我并非在暗示监狱是整个刑罚制度的本质核心，也并非在说不可能通过监狱历史以外的其他路线解决刑罚史的问题——不是在一般地说犯罪史。但在我看来把监狱当作对象似乎是合理的，原因有两点。首先，是因为在以前的分析中它被忽略了。当人们开始着手研究"刑事上的制度"（刑罚条款）的问题——无论如何这都是一个足以令人感到困惑的术语——时，他们通常选择优先在两个方向上择一进行考虑：或者是犯罪人口的社会学问题；或者是刑罚体系及其基础的司法问题。除了在法兰克福学派一线上的拉什（Rusche）与基希海默（Kirchheimer），几乎没有人研究过刑罚的自然实践。确实存在把监狱当作机构的研究，但将其作为我们社会中一般惩罚性实践的监禁来进行研究的却十分罕见。

我想研究监狱的第二点理由是基于重新激活"道德谱系"项目的想法，该项目通过追溯人们可能称之为"道德技术"的变革路线来展开运作。为更好地理解何为惩罚以及为何惩罚，我想提一个问题：一个人如何惩罚？这与我处理疯癫时使用过的程序相同：不是问在某个特定时期什么被视作神志正常或癫狂、精神疾病或正常行为，我想问这些区分是如何得到操作的。这是一种在我看来让步的方式，我无法保证能最大限度地阐明，但至少要给出一种比较富于成效的理解。

我写这本书时，[①] 也涉及一个与监狱有关的当代问题，更一般地说，涉及引起质疑的刑事实践的诸多方面。这种进展不仅在法国，而且在美国、英国与意大利也都很明显。顺便有趣地想一想，为什么在 1968 年 5 月之前，所有关于监禁、拘留、个人的刑事盛装及其通过知识形式进行的布局、分类与客观化等问题都显得迫在眉睫。这很有意思：反精神病学的主题是在 1958—1960 年前后制定的。这与集中营问题的关系很明显——详见贝特尔海姆（Bettelheim）。但人们需要更为细致地分析 1960 年前后发生的事。

在这部关于监狱的研究著作中，像在我其他的早期著作中一样，分析的目标不是"制度"、"理论"或"意识形态"，而是实践——旨在把握在一定时间里使这些实践得以接受的条件，假设这些类型的实践不仅受到制度的支配、意识形态的规定、实际情况的指导——无论这些要素实际可能扮演何种角色——的影响，而且在一定程度上具

---

① 指《规训与惩罚》。——译者注

有它们自己特定的规律、逻辑、策略、自明性与"理性"。这是一个分析"实践体系"的问题——实践在此被理解为所说的与所做的、强加的规则与给出的理由、计划中的与被认为是理所当然的之交会与相互联系。

分析"实践体系",意味着分析对将要做什么具有规定性影响("管辖权"的影响)、对将要知道什么具有编码效果("述真"的影响)的行为程序。

因此,我的目标不是书写监狱作为一个机构的历史,而是书写作为监禁的实践,显示其起源,或更确切地说,显示这种做法——本身已足够古老——如何能在一个特定时刻被接受为刑事系统的主要组成部分,并由此变成一个似乎是完全自然的、自明的、不可或缺的部分。

这是动摇虚假的自明性、证明其不稳定性、使之与多重历史进程的复杂关系变得可见而不再任意的事情,它们中有不少是近期的。从这个角度看,我可以说,刑事监禁的历史超乎我的最强烈的期待。19世纪早期的所有文本与讨论都证实,令人惊讶的是发现监狱被用作一种普遍的惩罚手段——这根本不是18世纪的改革者们的想法。我完全不把这个突然的变化——如它的同时代人所以为的那样——看作一个可以分析至此的结果。我以这种不连贯性,这种在某种意义上来说"惊人的"突变作为我的出发点,不是根除它而是试图说明它。这不是挖掘出一个被埋藏着的连续性社会阶层的问题,而是要识别使这种匆忙的转变成为可能的转变。①

如你所知,没有人比我更像一个连续论者:认识一种不连续性,只不过是记录一个需要解决的问题。

事件化

问:

你刚刚说的话澄清了一些东西。纵使如此,历史学家正被你的分析中的一种模棱两可、一种介乎"超理性主义"与"基础理性"之间的摇摆不定而困扰。

米歇尔·福柯:

我正在努力朝着可能被称为"事件化"的方向努力。尽管一段时间以来"事件"一词已是历史学家们不认同的范畴,但我想知道,从某种意义上说,"事件化"是否有已不是一种有用的分析程序的可能。我说这个词是要表达什么意思?首先是对自明性的反抗。它意味着在一种激发历史常态的诱惑之处,或者一种具有直接的人类学特征之处,以及一种将自身影响显而易见地、一致性地加给全体之处,使奇异性变得明显

---

① 这里可同时译作"转变"的前后两词,在原文中分别是 transition 与 transformation,福柯以这种区别式处理标示出两种转变的不同:"匆忙的转变"指在虚假自明性支配下变得"稳定",使之成为可能的转变则是分析前者底下的"实践体系"并由此揭露虚假自明性的行为程序的祛魅过程。——译者注

可见。表明事情"不是那么必要的";疯狂的人被认定为精神病,这并非理所当然;对罪犯唯一做的事是将他监禁起来,这并不是不言而喻的;对病因的探寻要通过对身体的个体性检查,这也并不是不言自明的;如此等等。抗拒自明性,成为抗拒我们知识化的、默认的和实践的所谓自明的东西后所剩下的:这是"事件化"的第一种理论——政治功能。

其次,事件化意味着重新发现连接、遭遇、支持、阻塞、力量与策略等在某个特定时刻建立了随后被视作自明、普遍与必要之物的情形。从这个意义上讲,它确实引发了一种增殖或者说原因的多元化。

这是否意味着一个人将被简单地分析为一个既定事实的单一性事件,理解为迟钝的连续统一体中的一种不合理的打破?显然不是,因为那就等同于将连续性视为一种具有自足意义并自带理性的事实。

这个因果相乘的过程意味着得通过构成一个事件的多重过程来分析它。因此,将刑事监禁作为一种"事件"(而非制度性事实或意识形态效果)的实践来分析,意味着要决定业已存在的拘禁做法的"处罚"(即对法律惩罚形式的逐渐插入)过程、刑事司法实践的"监狱化"过程(即监禁作为惩罚与矫正技术的一种形式,成为惩罚秩序之中心成分的运动),这些更庞大的过程需要进一步细分:拘禁处罚包括一系列过程,像通过奖励或惩罚作用来保证封闭教学空间的形成等。

作为减轻因果关系的一种方式,"事件化"由此通过在作为过程被分析的单个事件周围构建一个"多边形"或者说一个可理解的"多面体"来起作用,其面相不是事先给定的,也绝不能将其视为有限的。这必须以渐进的方式进行,必然不完全饱和。而且人们必须记住,越是进一步分解正在分析中的过程,就越能并且确实有义务构建它们的具有可理解性的外部关系(具体而言,越是把刑事实践的"肉化"过程分析到至微的细节上,就会越把它们与学校教育、军事纪律等实践联系起来)。对过程的内部分析,与分析出的"突出部分"的增加是齐头并进的。

所以随着分析的进展,这种操作会导致多样性的增加。

1. 被纳入关系的元素的多样性:从监狱开始,我们介绍了教学实践的历史、职业军队的形成、英国经验主义哲学、枪支使用技术、劳动分工的新方式。

2. 被描述的关系的多样性:这些可能与技术模型(诸如各种监视建筑)的转换有关,与针对特定情况(诸如土匪的增长、公共酷刑与处决所引起的混乱、刑罚驱逐实践的缺陷)所推出的策略有关,或者与理论图式(像观念起源的体现、符号的形成、行为的功利主义概念等)的应用有关。

3. 参考范围的多样性(依据其性质、一般性等变化),从细节问题的技术转变,到为应对资本主义经济危机情况而设计的权力新技术的引诱性位置。

请原谅这段冗长的弯路,但它使我能更好地回答你有关超理性与次理性主义的问题,这个问题经常向我提出。

历史学家们失去对事件的热爱，把"去事件化"作为历史可理解性的原则，已有一段时间了，他们的工作方式将所分析的目标归因于最单一的、必要的、不可避免的和（最终）超历史的机制或者可获得的结构。一种经济机制、一种人类学结构抑或一种人口统计过程，它们是研究的高潮阶段的重要部分——而这些都是去事件化的历史的目标（当然，这些评论只是对某种宽泛趋势的粗略说明）。

显然，从分析的角度来看，我提出的东西既太多又太少。关系的种类太过多样，分析的路线太过众多，而同时必要的统一性则太少。可理解性过剩，必需品则匮乏。

但于我而言，无论是在历史分析还是在政治批判中，这都是问题关键所在。我们不是也不必将自己置于整体必然性符号之下。

理性问题①

问：

我想在这个事件化问题上暂停一下，因为它处在对于你的工作的一些误解的中心。（我不是在谈论作为"不连贯的思想者"的你的误导性形象。）在对裂隙的识别与认真、详细地描绘这些产生出现实与历史之关系的网络背后，一本接一本的书里一直共同存留着与你刚才反对的那些历史常量或人类学——文化特征相似的东西：跨越三或四个世纪之久的合理化的一般历史，或是无论何时的一段特殊的合理化历史，正如其在我们的社会中逐渐发挥作用那般。你的第一本书中兼有理性与疯狂的历史，这并非偶然，而且我相信你所有其他著作的主题，对不同隔离技术的分析、社会分类学等也都是如此。所有这些归结为一个相同的元人类学或元历史合理化进程。在此意义上，你在这里界定为你的工作核心的"事件化"一词，在我看来仅仅是其中的一个极端。

米歇尔·福柯：

如果一个人称那些准备接受马克思主义对资本矛盾的分析的人为"韦伯们"——他们把这些矛盾看作资本主义社会非理性的理性的一部分——那么我不认为我是一个"韦伯"，因为我最关心的不是被认作病理学恒量的理性。我不相信一个人可以在一边没有提出理性内在的绝对价值、一边冒着以全然任意的方式经验性地运用该术语的风险的情况下，谈论"合理化"的内在观念。我认为人们必须将这个词的用法限制在一种工具性的与相对的意义上。公共的酷刑仪式本身并不比一间牢房中的监禁更不合理；然而在一种刑事实践中，这种做法是不合理的，这种实践包含着设想推行的刑罚将会产生影响的新方式、计算其效用的新方式、证明其正当、使其渐变而成等。人们不是

---

① 译注：此处以及下文的"理性"一词，在原文中为 Rationality 及其复数形式。

在用绝对标准评估事物——借此它们可以被估计为或多或少地构成了理性的完美形式——而是在检审理性形式如何将自己铭刻在实践或实践体系中,以及它们在其中扮演着何种角色,因为千真万确的是,如果没有某种理性的制度,"实践"就不存在。但是,我不是依据理性的价值来衡量这个制度的,而是倾向于依循两根轴来分析它:一方面,是编纂/指示的方式(它如何形成规则的集合、程序、抵达终点的手段等);另一方面,是真实或错误的构想(它如何确定了一个可以去阐明命题真假的对象域)。

如果我研究像精神病患者的隔离或者临床医学、经验科学组织或法定惩罚那样的"实践",那就是为了研究规范行为方式的"码"(人们会如何进行分级检查、分类的事物与标志、受过培训的个人等)和真正的话语(它们有助于建立,并为这些做事方式提供理由与原则,并为其辩解)的产生之间的相互作用。把话挑明了就是:我的问题是要看看人们如何通过真理的生产来掌控(自己与他人)(我再一次重申,我所谓"通过真理的生产",并非指真实的表达方式的生产,而是建立起可以立即使真与假的实践变得有序化并且恰如其分的领域)。

把实践的独特集合事件化,以使它们作为不同的"管辖权"与"述真"制度被理解,用极粗糙的术语来表达,这就是我想要做的。你会看到,这既不是一部知识性内容的历史,也不是对推进统治我们社会的理性的分析,也不是一种编纂成文的人类学——这些东西在我们不知情的情况下规定着我们的行为。简而言之,我想在历史分析与政治批判的中心重新审视真实与虚假的生产。

  问:
  你对马克斯·韦伯的提及并不令人意外。在你的工作中,毫无疑问,在某种意义上你不想接受一种"理想型",在那之中一个人当试图解释现实时,其分析成了瘫痪的与哑巴的。当你出版皮埃尔·里维埃(Pierre Rivière)的回忆录时,这是不是导致你放弃所有评论的原因?

米歇尔·福柯:
我不认为你将我与马克斯·韦伯进行比较是准确的。简要地说,"理想型"是历史解释的范畴。对试图在事实背后整合出一组特定数据的历史学家而言,这是一种理解的结构,它允许他从一般原则中重新获得一种"本质"(加尔文主义、国家、资本主义企业),而这些原则在个人的思想中并不存在,这些个人的具体行为却得在这些原则的基础上获得理解。

当我试图分析适合于刑事监禁、疯狂的精神病化或性领域机构的理性时,当我强调这一事实,即制度的真实运作并不局限于以纯粹的形式展开这种理性计划时,这是依据"理想型"做出的分析吗?我并不如此认为。原因盖有多端。

监狱、医院或庇护所的理性模式,并非唯独经由历史学家的追溯性阐释方能被重新发现的一般性原则。它们是明确的程序，我们正在处理一系列经过了计算的、合乎逻辑的计划，机构正根据这些计划进行重组、空间安排、行为调节。如果它们有一个理想的话，那就是个待定的程序，有着非一般却暗含着的意义。

当然这个程序依赖于比它们的直接实施更为普遍的理性形式。我试图表明，刑事监禁所设想的理性不是直接计算切身利益的结果（即最后分析认为，最简单也最廉价的解决办法原来是拘禁），而是出于整个人类训练技术、监控行为、社会性身体元素的个体化。"规训"不是"理想型"（"有纪律的人"）的表现；它是为应对本土化需求而设计出的不同技术（学校教育；训练部队来处理步枪）本身的一般化与相互联系。

这些程序不以完整的方式在机构中生效，它们被简化了，或者被有选择地取用了；而且从不完全按计划进行。但我想表明的是，这种区别不是理想很纯洁与现实很无序杂乱的区别，而是事实上由不同策略相互对立、组合与叠加而产生永久与可靠的效果，①即使不符合最初的程序，它们也能完全被根据其理性来理解：这就是给由此产生的机构以坚实性与灵活性的东西。

程序、技术、机构——这些都不是"理想型"。我尝试研究一系列不同的事实之间相互关联的发挥与发展：一种程序，所据以解释之的联系，赋予了它强制性权力的法律等，都同机构（这些机构包含着它们或者说或多或少忠实地顺应着它们的行为）的实际情形一样多——尽管是处于不同的模式中。

你对我说：这些"程序"中所规定的，什么都没发生，它们不过是梦想，是乌托邦，是一种你无权用事实加以取代的想象性产物。边沁的圆形监狱并不能很好地描述19世纪监狱中的"真实生活"。

对此，我愿意回复：如果我本想描述监狱中的"真实生活"，我确实不会说边沁。但是，这种真实生活不同于理论家的模式这一事实，并不意味着这些模式因此就是乌托邦式的、想象的等。假如一个人对真实只有很贫困的观念，那他就只能这么认为。首先，这些模式的精心制作符合一整个系列的不同实践与策略：寻求有效的、可测量的、统一的刑罚机制，无疑是对司法权力机构缺乏适应新经济形式、城市化等的能力的回应；再者，在法国这样的国家，有一种十分明显的企图是减少司法实践与人事在国家整体运作中的自主性与独立性；还有对涌现的犯罪新形式做出回应的期望等。另一方面，这些程序引起了一系列真实的效果（这当然不是说它们取代了真实）：它们体现为制度，激发个人行为，作为系统网络来感知与评价事物。罪犯确凿无疑地坚决抵制监狱中新的规训机制，与美好的边沁机器相比，监狱的实际运作——在他们建立的遗产建筑中，由执政者与卫兵管理——绝对是女巫的佳酿。但如果看到监狱失败了，如果犯罪分子被视作无可救药的，并且在公共舆论视野与"正义"领域中出现了一个全新的犯罪"种族"，如果囚犯的反抗与再犯的模式采取了我们已知其做过了的形式，

---

① 此处"对立、组合与叠加"三词，系福柯连用三个词尾相同的词 opposed、composed 与 superposed 所做的文字游戏。——译者注

那么这恰恰是由于这种类型的程序并不仅仅是少数设计者头脑中的乌托邦。

这些行为纲领、管辖权制度与核实制度并不是创造现实的失败模式，它们是真实的片段，在真实中引发特定的影响，比如区分隐含在人们"指挥"、"管理"与"引导"自己和他人的方式中的真与假。把这些影响作为历史事件来掌握——这对于真理问题（这是哲学本身的问题）意味着什么——这或多或少是我的主题。你会发现这与在"活生生的现实"中把握"全社会"毫无关系——这本身就是令人钦佩的。

我无法在这里做出回答，但从一开始就一直在问自己的问题大体是："历史是什么？假定它内部不断产生真假分离？"为此我意在说明四点。首先，在何种意义上，真/假分离的产生与转变对我们的历史性是特有的和决定性的？其次，这种关系在产生科学知识的"西方"社会中以何种具体方式运作？其形式是不断变化的吗？其价值是被设想为普遍化的吗？再次，什么历史知识是可能的历史？历史本身就产生出了这种知识所依赖的真/假之区别吗？最后，最普遍的政治问题不是真理问题吗？一个人如何分析、辨别真假的方式与掌控自己、他人的方式之间的联系？去寻找这些实践自身以及相对于他者而言的新基础，经由辨别真假的不同方式去发现自己被控制的不同方式——这就是我所说的"政治精神"。

麻醉的后果

问：

有关你的分析被传达与接受的方式，这儿有个问题。例如，如果一个人与监狱里的社会工作者谈话，会发现《规训与惩罚》的出现对他们有绝对的消毒或麻醉作用，因为他们认为你的批判有一种无法改变的逻辑，令他们没有主动的空间。你刚才在谈论事件化时说到，你想努力打破现有的自明性，显示它们是如何产生出来的以及如何总是不稳定的。在我看来，版图的后半部分——不稳定的一面——不甚清晰。

米歇尔·福柯：

你提出的这个麻醉的问题是非常正确的，也是头等重要的。的确，我觉得我自己没有能力做到"颠覆一切准则""扰乱一切知识秩序""对暴力的革命性肯定""推翻所有当代文化"，这些目前支撑所有那些杰出学者去冒险——因为他们富有价值的与过往的成就，我越发崇拜他们——的希望与目标保证了一个恰当的结果。我的项目在范围上远没有可比性。为了在消除某些关于疯狂、正常、疾病、犯罪与惩罚的不证自明与老生常谈方面提供一些帮助；为了使之与其他许多事一起发生，以及某些短语不再被那么轻易地说出来，某些行为不再或至少不再那么果决地表现出来；为了有助于人们在感知与做事的方式上做出改变；为了参与到这种感性形式的变化与容忍极限中——

我觉得我几乎不能再做出更多的尝试了。如果我努力表达的这些以某种方式，在某种程度上，不是仍与它们的真实效果无关……然而我意识到这一切可能会是多么危险，多么容易让这一切都陷入沉睡中。

但你是对的，一个人须得更加善疑。或许我写的东西有麻醉效果，但人们仍然需要自我辨别。

根据精神病学权威不得不说的话，即那些指控我反对任何形式的权力的右派，那些称我为"资产阶级最后的壁垒"（这不是"Kanapa 短语"，相反）的左派，那位将我比作《我的奋斗》里的希特勒的心理分析师，以及我在过去十五年里遭"尸检"和"埋葬"的次数——好吧，我对许多人产生的是刺激性的而不是麻醉的影响。我觉得令人鼓舞的是，表皮坚挺。最近一家刊物以美妙的保守主义风格向读者发出警告，反对接受我不得不说的关于性的观点（"主题的重要性""作者的个性"使我的事业是"危险的"）。在那个方向上没有被麻醉的风险。但我同意你的观点，这些都是琐碎之事，注意到的时候很有趣，收集起来却很乏味。唯一重要的问题是当场发生了什么。

至少自 19 世纪起，我们便知道了麻醉与麻痹的区别。先来谈谈麻痹。谁被麻痹了？你认为我写在精神病学史上的东西麻痹了那些已关心精神病学机构一段时间的人了吗？并且，看看监狱内与监狱周围发生了什么。我觉得两者中哪儿的麻痹效果都不是很明显。就监狱内的人而言，事情并没有太糟糕。另外，某些人，比如那些在监狱的机构环境中工作的人——不同于监狱内的人——不太可能在我的书中找到告诉其"要做什么"的建议或指点。但我的项目正是为了让他们"不再知道做什么"，以至于到目前为止的行为、姿态、话语似乎理所当然地都变成有疑问的、困难的、危险的。这种效果是故意为之的。然后我有一些信息要告诉你：对我来说，监狱的问题不是"社会工作者"的问题，而是囚犯的问题。而在这方面，我不太确定过去十五年来所说的话是否已经相当地——我该怎么说呢——在复原之中。

但麻痹与麻醉不同——相反。就一系列问题而言，人们已经察觉到，做任何事情都很困难。并不是说这种影响本身就是目的。可在我看来，无论是预言还是立法，"要做什么"都不应由改革者从上面决定，而得通过长期的交换、反思、审判、不同的分析等来来往往的工作。如果你所谈论的社会工作者不知何去何从，这只能表明他们正在寻找，因此根本没有被麻醉或消毒——相反。这是因为无须将他们捆绑在一起或固定他们，所以对我而言，尝试说出"要做什么"是没问题的。倘若你提及的社会工作者所提出的问题能呈现他们的全部角度，那么最重要的是不要把它们埋葬于指定的、预言性的话语的压力之下。改革的必要性不能被允许成为服务于限制的胁迫形式、减少或停止批判的运用。在任何情况下都不应关注那些告诫你"别批判，既然你没有能力进行改革"的人。这是部长级内阁谈话。批判不一定是得出"此即需做之事"结论的演绎的前提。它应成为那些战斗者、那些抵制与拒绝事物本质者的工具。它的使用应在冲突与对抗的过程中，而非文章中。它不必为法律规定法律。这不是编程中的一个阶段。这是一种针对事实的挑战。

你所看到的问题是一个行为主体的问题——通过这个行为主体,现实被改变了。如果监狱与惩罚机制发生改变,那不是因为改革计划进入了社会工作者的头脑中,而是因为当那些与这种刑事现实相关的人,所有这些人,彼此相互碰撞并与自己发生冲突而陷入死胡同时,问题与不可能的事都经历过争执与对抗,在批判现实中被表达了出来而不是在改革者实现了其想法之际。

问:

这种麻醉作用对历史学家有效。如果他们对你的工作没有回应,那是因为对他们来说,"福柯模式"正在成为像马克思主义者一样的障碍。我不知道你所产生出的这种"效应"是否会令你感兴趣。但你在《规训与惩罚》中做出的解释并不清楚。

米歇尔·福柯:

我颇想知道我们在说"anaesthetize"这个词时是不是指同一种意思。这些历史学家在我看来更像是受到了"麻醉""刺激"(当然,是在布鲁塞[Broussais]的术语意义上)。被什么刺激了?被一种模式?我不这么认为,因为并无模式。如果真有一种"刺激"(我隐约记得在某本特定刊物上,这种刺激的某些迹象可能被小心地显示过),那更多的是由于模式的缺席。没有下层或上层建筑,没有马尔萨斯式的循环,没有国家与公民社会之间的对立:这些模式在过去的一百或一百五十年中,都未曾明确地或含蓄地支持过历史学家的操作。

因此无疑,不安感与这些问题促使我将自己置入这样一些模式中:"你如何对待国家?你提供给了我们何种国家理论?"有人说我忽视了它的角色,另一些到处见到的人则想象它能控制个体的日常生活。或者说我没有提到所有的下层建筑——而另一些人则说我从性中建立下层建筑。这些全然矛盾的反对意见,证明了我所做的与这些模式中的任何一者都不符合。

或许我的工作刺激人们的原因恰恰在于我无意于构建一种新模式,或验证既存的模式。或许这是因为我的目标不是提出一个旨在分析社会的全球性原则。在此,我的项目从一开始就与历史学家不同。他们——无论对错,这是另一个问题——将"社会"作为其分析的总体视野,比如他们开始将这个或那个特定对象("社会、经济、文明",一如年鉴所描述的那般)置于其中。我的一般主题不是社会,而是有关真假的话语,我指的是领域与客体的相关形成,以及它们所负载的可证实、可证伪的话语的相关形成,而且我感兴趣的不仅仅是它们的形成,而是它们所关联的现实效果。

我可能讲得不太清楚。我愿意举个例子。对历史学家来说,问他在一个特定时期性行为是否受到监督与控制以及其中哪些被强烈反对,是完全合理的(假设有人用婚龄的推迟来解释某种程度的"压迫感",那当然是轻率的;这里他甚至几乎没有概述一个问题:何以是婚龄的推迟在发生影响而不是别的呢)。但我自己提出的是一个完全不同的问题:这是一个将性行为表演转化为话语如何发生的问题,它又受制于何种类型的管辖权与"述真",以及构成要素是如何形成——而且只是在很晚的阶段——被称为"性"的领域的。这个领域的组织无疑具有多方影响,其中之一就是为历史学家提供了一个"自明"的范畴,以至于他们认定他们可以写出一部性及其压抑的历史。

被历史学家认为是客观给予的那些元素的"客观化"的历史(如果我敢,我会这样说:客观性的客观化),是我想要尝试与调查的那种循环。解决这个问题是一件困难的事:这不是一个容易再现的模式的存在,它无疑是会困扰与刺激人们的东西。当然,这是历史学家有权保持漠然的哲学问题。但假若我在历史分析中将它作为一个问题提出来,我不会要求历史学来做出回答。我只想找出这些问题在历史知识中产生的影响。保罗·韦纳(Paul Veyne)十分清楚地看到了这一点:这是一个唯名论批判本身通过一番历史分析来达成的历史知识的影响问题。

托尔斯泰论非占有与非暴力

[美] 普雷德拉格·塞科瓦茨基著 李 杨译*
(山东大学文学院 山东济南 250100)

I

约五十岁时,列夫·托尔斯泰(1828—1910)经历了一场异常严重的精神危机。他被誉为世界文坛上首屈一指的作家之一[在他的小说《战争与和平》(1866—1869)和《安娜·卡列尼娜》(1875—1877)出版之后],婚姻美满、子女众多,尽管如此,他却依然感觉找不到生命的意义,进而有了自杀的念头。在《忏悔录》(1882)中,托尔斯泰解释了经历了长达三年的毁灭性人生危机后,他如何转变信仰,并开始相信生命的意义在于按照"上帝的律法"生活。正如他所理解的那样,"人若要遵照上帝的旨意生活,就必须放弃生活的所有舒适,要谦卑,要受苦,要仁慈"①。虽然托尔斯泰是个富有的人,但他开始和贫穷、朴素、没有受过教育的农民越来越亲近。他开始认为土地不应该仅归地主所有,而应该属于所有人,尤其是那些以之为生并希望在土地上劳作的人。

在精神世界的转型过程中,托尔斯泰也意识到他必须放弃一切形式的暴力。他受《马太福音》(5—7章)中"山上宝训"的启发,提出了"勿以暴力抗恶"的学说。或许更为根本的是,托尔斯泰相信"人的生命不属于接受它的人,而属于创造它的人"——也就是说,归于上帝。我们的生命的意义不应当是企图将这个世界变成"人的王国",因为更恰当地理解,这是上帝的王国。此外,托尔斯泰认为这个王国并不存

---

* 译自 Tolstoy on Non-Possession and Non-Violence(未刊稿)。
作者简介:普雷德拉格·塞科瓦茨基(Predrag Cicovacki),美国圣十字学院哲学系教授。
译者简介:李杨,陕西咸阳人,山东大学文艺美学研究中心硕士研究生。
① Tolstoy, A Confession and Other Religious Writings, New York: Penguin, 1987, p. 67.

在于《圣经》中的天堂，而是"存在于我们自己"，存在于我们的精神存在之中，存在于在我们所能触及的范围之内——只要我们准备好按照上帝的律法生活。这也是为什么托尔斯泰将他最重要的非虚构作品命名为《天国在你们心中》(1893)。

托尔斯泰的观点是如此激进，以至于用他的一位批评家的话来说，"托尔斯泰的许多核心观点似乎令西方评论家感到尴尬"[①]。这就是为什么它经常在沉默中被忽略，或者干脆因为缺乏说服力而不予理会。这也是为什么我想重新审视他的观点并将其公之于众。首先我将集中讨论托尔斯泰对我们沉迷于占有和占有欲的批评论点，进而概述他对与之相反的生活方式的看法。

II

占有和占有欲不是孤立的现象。相反，它们属于体现在每个人的生活和整个社会中的群体态度。占有和占有欲不仅与我们对人和财产的依恋有关，还伴随着我们对失去我们所深信是"我们自己的"东西的恐惧，以及与我们渴望获得比已有更多的东西有关。正如我们无数次看到的那样，在这种情况下，占有和占有欲通常是联系在一起的，甚至密不可分，并且与控制和操纵、限制和保护他人所不能及的东西是分不开的。在极端情况下，它们甚至与狡诈和腐败、欺骗和偷窃有关。

占有和占有欲是一种态度，它与我们价值体系中物质商品的中心地位有着错综复杂的关系。更确切地说，它们与我们对身体的夸大意义以及对身体需求、舒适和快乐的依恋密不可分。甘地在他的自传《我体验真理的故事》(1925—1929)中抱怨说，他早期发展起来的性激情以及他对性的"奴役"是如何毁掉了他年轻时的生活。托尔斯泰远比甘地更有理由抱怨。甘地的性欲针对的是他的妻子，而托尔斯泰并没有以任何方式歧视女性。他那恶魔般的激情也并不局限于性。在20多岁时，他以同样贪得无厌的方式向酗酒和赌博发展。托尔斯泰随后自愿参战，成为一个充满激情的猎手。对他来说，追求和征服的快感是任何麻醉剂都无法比拟的。年轻时，托尔斯泰像一个无法治愈的瘾君子一样，沉溺于身体的需求和乐趣。

和甘地一样，托尔斯泰不仅拥有杰出的才智，而且拥有强大的意志。这两个人都是绝对真诚和诚实的，尤其是当他们承认自己的错误时。他们相信真理（大写字母为T），并决心尽可能地按照真理生活。经过一场巨大的斗争（这场斗争持续了一生），甘地在这场斗争中取得了比托尔斯泰更大的成功，但托尔斯泰也许面临着更加难以应对的障碍。尽管如此，在这一点上，指出他们之间的一个显著差异是很重要的。

托尔斯泰比甘地更坚持地认为社会应该对依恋和占有欲的罪恶负责。这并不是说甘地没有意识到社会所造成的危害。甘地首先关注的是他自己的生活，以及如何在一

[①] Richard F. Gustafson, *Leo Tolstoy: Residentanl Stranger*, Princeton, Princetan Unirersity Press, 1986, p. xiii.

个与世隔绝的修道院（或监狱牢房）的隐居中改变这种生活。而托尔斯泰不仅要改革他的生活和国家，还希望改革整个世界。他很可能是有史以来对社会价值观、规范和制度最激进、最持久的批评者。

托尔斯泰出身俄国贵族。他是一个伯爵，拥有这种社会地位所带来的种种好处和特权。通过生活在社会最高阶层的社交圈中，他意识到这种生活方式不仅空虚，而且依赖于对他人的剥削。① 当托尔斯泰与一个中产阶级的女人结婚时，他能够轻易地察觉到她是多么热衷于得到她结婚后所享有的特权和财富。皈依基督教后，当他试图简化他们的生活，并将他们从这样的特权和财富中解放出来时，他的妻子竭尽全力用一切可能的手段来反对他。

他们冲突的悲剧高潮发生在托尔斯泰晚年。82岁时，托尔斯泰像个乞丐一样，偷偷地离家出走，希望在贫困和对上帝的奉献中度过余生。不幸的是，他很快便得了重病，被困在一个偏远的火车站（在阿斯塔波沃村）。报纸上刊登了他的病情，他的妻子才知道了他的下落。然后她为自己租了一辆装饰豪华的马车，这样她就能找到他了。托尔斯泰在那个偏远的火车站去世了，甚至当他最终来到俄罗斯的一个偏僻角落时也不能摆脱自己的名声，同样的，他也不能摆脱他的妻子对特权和财富的痴迷。

Ⅲ

托尔斯泰认为我们需要将自己从以下的依恋来源中解放出来：
1. 身体的激情和快乐（尤其是性欲）；
2. 社会地位和特权（特别是那些需要剥削他人的）；
3. 私人物品（如土地和财富）；
4. 对未来的痴迷（以及对当下的相应疏忽）；
5. 拥有自我生命的错觉（好像他们在我们的掌控之下，我们是他们的主人）。

托尔斯泰认为，禁欲是每一种道德生活的第一步。这种观念存在于每一种精神传统中。在西方，人们用希腊语"克诺西斯"（kenosis）来称呼它，意思是"自我排空"，或者更通俗地说，"为了接受而空无"。② 这种态度与现代消费文明的特征：依恋和占有欲、成瘾和群居截然相反。在希腊和基督教传统中，"克诺西斯"（kenosis）被理解为我们精神体验和发展的核心先决条件之一。

---

① 托尔斯泰在他的小说《战争与和平》和《安娜·卡列尼娜》中精彩地描绘了"精英"阶层的生活。揭示这种生活方式的虚伪和欺骗的最好的短篇小说是鲜为人知的《舞会之后》（写于1903年，1911年作者去世后出版）。
② 关于这一理论的意义和相关性的详细讨论，请参见 Karen Armstrong, *The Great Transformation The Beginning of Our Religious Traditions*, New York: Random Houre, 2006, ch. 3, pp. 101 - 146, ch. 10, pp. 438 - 476, esp. 457 - 460。

有时托尔斯泰对"克诺西斯"(kenosis)的理解更多是希腊语,而非基督教意义上的"克诺西斯",即节制,而不是完全禁欲。公元前4世纪前后,古希腊文化也许是比任何其他文化(至少在西方世界中)更能接受平衡生活理想的文化。当时的希腊人将"kenosis"与"sophrosyne"联系在一起,后者是"适度"和"理性"的意思。然而,托尔斯泰更多的时候主张彻底戒除一切感官和性的激情和欲望。他开始相信几乎完全贞洁的必要性,只有已婚夫妇才可以例外,并且只有在他们想要孩子的时候才可以例外。①

托尔斯泰与家人一起居住的庄园"雅斯纳雅·波良纳"(Yasnaya Polyana)雇用了大约30名仆人。从清洁到做饭,他们要做所有的工作。仆人被要求戴白手套,穿黑色外套,为一家人提供饭菜。托尔斯泰认为这种状况令人震惊,但他的妻子坚持认为必须严格遵守他们阶级的"社会礼仪"。他试着自己做尽可能多的事情(从每天早上自己清洗他的晚餐餐盘到补衣服和靴子),但家里的其他成员都拒绝效仿他。托尔斯泰还试着拒绝接受其文学作品的任何版税;他希望印刷成本低廉,即使是最贫穷的读者也能读到,但他遭到了强烈的反对。他是个富有的地主,但他为此感到内疚。受亨利·乔治(1839—1897)思想的启发,托尔斯泰为土地的重新分配积极奋战,但他几乎没有成功说服其他地主接受同样的想法,也没有说服农民。几个世纪以来,农民一直默认:他们工作的土地甚至他们自己的生活,都属于富裕的地主——他们的"主人"所有。

至少在过去的五个世纪里,现代西方文明一直痴迷于未来。事实上,我们所做的每一件事,在某种意义上,都是为我们预期将来会发生的事情做准备。在最坏的情况下,这是为年老做准备,并为了年老时获得足够的资源(金钱和其他形式的财产)。这种对未来的痴迷与渗透在我们文明中的囤积心态密切相关。② 对未来的这种定位剥夺了我们活在当下的机会——活在当下,活在现今,享受生活的乐趣。

托尔斯泰认为我们如此痴迷于未来(和囤积)的最终原因是我们认同自己的身体。因为我们认为整个世界都是财产和附属品,所以我们也会将我们的身体(以及生活)视为我们的财产——我们所拥有的东西,我们所控制的东西,以及我们作为主人的东西。正如他的《忏悔录》中所描述的那样,他一生中最严重的危机之所以发生,是因为他不得不将自己从这种错觉中解脱出来,即他的生命是属于自己的,他要花时间为自己和他人寻求世俗的幸福。这种对幸福的追求,尽管短暂而虚幻,却使托尔斯泰陷入绝望,因为这样的生活既没有理性意义,也没有道德意义。经过几年的奋斗,他才意识到"一个人的生命不属于接受它的人,而是属于赐予它的上帝;因此,它的目标

---

① 在生命的最后阶段,托尔斯泰完全反对婚姻制度;例如,他有争议的中篇小说 *The Kreutzer Sonata* (1889),以及它的"结语"(托尔斯泰一年后所加)。

② 埃里希·弗洛姆 Epilogue 声称囤积性格已经成为现代西方世界的主导性格取向;Fromm: *To Have or To-be?*, New York: Harper & Row, 1976.

不应该是为自己或其他个体获得世俗的幸福,而应该仅仅是为了实现创造生命的上帝的意志"①。

为了实现创造生命的上帝的意志,托尔斯泰设计了以下五条戒律,总括了他的人生哲学:

1. 不要对任何人怀有恶意;
2. 即使在思想上,也要完全贞洁;
3. 只活在当下,不要担心未来;
4. 永远不要使用暴力;如果需要,忍受不公,放弃财产;
5. 爱你的敌人和恨你的人,要像对待朋友一样对待他们。②

IV

在他多产的一生以及他为非暴力和非依附的理想而不懈斗争的尾声,托尔斯泰写了最后一本书:《暴力铁律与爱的原则》(1908)。在这本书中,他宣称,西方文明的核心悲剧在于它一直试图调和"暴力法则"与"爱的法则"。暴力之所以深深根植于西方文明,并不是因为我们天性暴力(像暴力的支持者经常声称的那样),而是因为社会观念促进了依恋和占有欲。我们之所以暴力,是因为我们对物质财富和人的依恋,对"属于"我们的东西的依恋,或者对我们认为自己有权拥有的东西的依恋。爱的法则,被所有的精神传统所宣扬,无论是东方或西方,都是分享的法则,给予的法则,非依恋的爱,以及非暴力的法则。我们愚蠢地试图建立人类王国,然而我们更应当努力争取建立上帝的王国。正如托尔斯泰所教导的那样,这个王国就在我们的内心——我们可以认识到它,只要我们能学会变得更没有占有欲,更非暴力,更爱他人。

---

① Tolstoy, *Letter to Ernest Howard Crosby* (1896), quoted from Last Steps: The ater writtnys of Leo Tolstoy ed., Jay Parini, New York: Penguin, 2009, p. 75. 甘地遵循《奥义书》,以"托管"的形式比托尔斯泰更进一步地发展了这一思想:一切存在的东西都是委托给我们使用和照顾的:土壤、水、空气,甚至我们自己的生命。

② 托尔斯泰在他的书《我的信仰》(1894)第六章中阐述并捍卫了这五条戒律。

消费资本主义和冷战的终结

［美］埃米莉・S. 罗森堡著　李珍珍　张玉青译

（湘潭大学碧泉书院・哲学与历史文化学院　湖南湘潭　411105）

摘　要： 冷战终结标准解释范式通常将冷战定性为地缘政治冲突或高层政治角逐，且在民族国家层面讨论。本文旨在突破该范式的分析"瓶颈"，探讨消费主义在冷战结束中的作用，在全球视野中解释冷战的终结。20世纪初，消费主义是美国全球实力增长的一个重要组成部分，冷战时期，美国资本主义与苏联共产主义的斗争围绕哪种制度能为普通人提供更好生活，到冷战结束时，大众消费主义已经不再和美国直接挂钩，变得全球化和多样化，是消费主义赢得了20世纪资本主义和社会主义之间的意识形态斗争。

关键词： 消费资本主义；冷战；苏联；美国

在东德（民主德国）乃至整个东欧冷战混乱结束之际，资本家制造的消费品通常既象征了自由又是物质的自由。1989年11月，成群结队的东德人推倒了柏林墙，拥向西柏林，进入受人崇敬的西方百货大楼。媒体报道了成千上万的人带着喜爱的消费品回东柏林的一幕，这些新消费者形象看起来标志着冷战屏障的瓦解，也标志着资本主义大众消费主义的胜利。

在接下来的几个月里，一幅又一幅画面将迅速崩溃的苏维埃政权与美国消费主义的胜利联系在了一起。"百事可乐"赶制了一则电视广告，将其产品置于摇摇欲坠的柏

---

* 译自 Emily S. Rosenberg, "Consumer capitalism and the end of the Cold War", in Odd Arne Westad and Melvyn P. Leffler, eds. The Cambridge History of the Cold War, Vol. 3, Cambridge University Press, 2010, pp. 489-512. 译文已得原作者授权。

** 作者简介：埃米莉・S. 罗森堡，1944年出生于怀俄明州，加州大学欧文分校历史教授，美国历史协会、美国对外关系历史学家协会、美国历史学家协会成员。

译者简介：李珍珍（1986—），女，山西吕梁人，中国社会科学院研究生院博士，湘潭大学碧泉书院・哲学与历史文化学院历史系世界史方向讲师，主要从事美苏冷战史研究。

张玉青（1995—），女，山西太原人，湘潭大学碧泉书院历史系硕士研究生，主要从事冷战期间美国消费主义思潮研究。

基金项目：本文为第一译者2018年国家社会科学基金青年项目"苏联晚期外交抉择与政策转变研究（1985—1991）"（项目编号：18CSS038）的阶段性成果之一。

林墙和制作的"哈里路亚合唱"的旋律中;"麦当劳"炮制新闻稿吹嘘东欧人开始追捧美国菜;美国出口商尽力满足东欧人对西方胸罩、尼龙袜、口红以及其他商品的需求,这些商品曾被克里姆林宫嘲笑成消费主义颓废的象征。布拉格涌现了许多新标语。这些标语的内容是"我是广告牌,我出售你们所需的商品"。同时,芭比娃娃成为年轻姑娘的贵重物品。1989年12月15日,《花花公子》杂志在《纽约时报》刊登了一整版广告,宣称该杂志将成为"输出美国梦"的"第一本用匈牙利语出版的美国消费者杂志"。①

通常,学者们将冷战定性为地缘政治冲突、高层政治角逐,且在民族国家层面讨论冷战的终结。本文着重讲大众消费主义观念的跨国传播,将在全球视野中解释冷战的终结。然而,与随处可见的媒体论调相反,笔者认为,大众消费行为推动了冷战结束,与其说是因为它与美国有密切的联系,倒不如说它不再主要与美国有关。

三种新出现的文献资料为这篇文章提供了写作背景。首先,一个正在壮大的学术团体敦促历史学家跳出民族国家这个"瓶颈",选择在跨国或全球层面讨论消费主义(完全论述民族国家和政策制定者的强大影响当然是具有误导性的)。② 其次,最近,跨多个学科的学术交流正在批判性地重新审视"美国化"、全球化和现代性话语。③ 再次,在种类繁多的国家史和全球史论述语境中,书写一本有分量的消费主义编年史的条件已经成熟。④

这篇论文讨论大众消费主义,笔者所说的消费主义指的是一种大规模生产和大众营销体系,这种体系存在的前提是,在一种强调购买、欲望、魅力、变通和消费导向等形成的身份认同文化中会有琳琅满目的商品。这种观念认为,在20世纪上半叶,对世界上的许多人来说,"美国"就是社会想象中的大众消费社会。美国主义和消费主义(以及反美国主义和反消费主义)的话语混淆在一起。在认同这种观念的基础上,二战后,美国政府和企业精英频繁宣称,他们创造了消费主义制度,并在冷战斗争中将消费主义几乎等同于美国和"自由"。

然而,大众消费主义逐渐地越来越成为一种跨国现象。正如美国本土曾经发生的那样,世界各地的企业家和团体在各种各样动机的驱使下塑造各种版本的大众消费文化。到了20世纪80年代,不同版本的消费主义遍布全球。尽管同时存在许多差异(一些学者称为"多元地方化"),这种全球化的过程促使人们所熟知的、以冷战为名的

---

① *New York Times*, December 15, 1989, p.52.

② 例如,Thomas Bender (ed.), *Rethinking American History in a Global Age*, Berkeley, C.A.: University of California Press, 2002。

③ Petra Goedde, "The Globalization of American Culture", Karen Halttunen (ed.), *A Companion to American Cultural History*, New York: Blackwell, 2008, 对这些文献资料做了一些综述。

④ Peter Stearns, *Consumerism in World History: The Global Transformation of Desire*, rev. ed., New York, Routledge, 2006, 综述了消费主义在不同地方如何发展的情况。

民族国家之间的冲突终结。①

在广泛的争论中，几个反复出现的主题应该给予重视。第一，20世纪末的通信革命对扩散环绕在消费品周围的魅力和欲望的想象至关重要。② 第二，有关性别和代际需求的话语与有关消费主义的讨论以复杂的方式交织在一起。第三，以通信技术的传播力及消费者购买力为代表的"软实力"在不同情况下有不同的表现。在接近西方生活水平日益提高的的地区，尤其是东德与东欧，消费主义促使普遍变革从下层民众开始。在苏联，消费者的规模发挥了多样的作用。在这里，虽然持不同政见者仍然被严密控制，但是，一些常常出游见识广博的精英开始接受这样一种理念：国家的进步需要借鉴一些模式，尤其是西欧的模式，即允许不同层次的消费者、更深入的理性思考和社会民主实践。在中国，香港和台湾地区消费活力的影响涉及了内陆城市，执政领导人接受消费主义并将其作为促进国家进步和维护自身合法性的务实战略的一部分。几乎所有地方，尤其是在第三世界，人们意识到，政府的普遍合法性（以及因此而产生的各种民族主义议程）依赖丰富的消费品。加里·克罗斯（Gary Cross）敏锐地指出，消费主义才是"赢得"20世纪意识形态斗争的"主义"。③ 但是，消费主义既不是用统一的方式也不是用过分简单化的方式赢得意识形态斗争的胜利。

一 冷战前

在19世纪即将结束的几年里，世界上许多人开始将大规模生产消费品与美国联系在一起。廉价又实用的美国产品——吉列安全剃须刀、桂格燕麦片、辛格缝纫机、箭牌口香糖——在世界范围内获得成功。它们的普遍吸引力而非精英人物的魅力，使它们成为典型美国人的标志。

一战后，美国的出口商出口了一系列更令人印象深刻或更让人瞠目结舌的消费品。美国的制造商专门生产电子商品、收音机、冰箱。美国汽车、石油和橡胶工业催生了国际汽车文化。这种文化把美国变成一个"车轮上的国家"，同时引起了人们对流水线制造技术的钦佩和恐惧。美国的零售商——伍尔沃斯、蒙哥马利·沃德、A&P——将大规模生产的原则和大规模的零售技术结合，并在国外开设了许多分支机构。1929年，一本叫《卖给消费者太太》的书宣称："消费主义是……美国必须给世界的最伟大理

---

① 关于"multilocalism"，见 James L. Watson (ed.), *Golden Arches East: McDonald's in East Asia* (Stanford, CA: Stanford University Press, 1997); 关于"commonalities expressed differently"，见 Tani Barlow, et al., "The Modern Girl around the World: A Research Agenda and Preliminary Findings", *Gender and History*, 17 (August 2005), p. 246. ArjunAppadurai, *Modernity at Large: Cultural Dimensions of Globalization*, Minneapolis, M. N.: University of Minnesota Press, 2006, 提供了一个有影响力的理论视角。

② 见本卷 David Reynolds 的一章的详述。

③ Gary Cross, *An All-Consuming Century: Why Commercialism Won in Modern America*, New York: Columbia University Press, 2000, I.

念：……挣的钱越多，消费得越多，社会越繁荣。"①

广告巨头智威汤逊广告公司（J. Walter Thompson）和其他广告公司采用了新的心理说服技巧，助推这次令人惊叹的出口浪潮。这些在全世界范围内宣传美国制造奇迹的广告，认为美国就是一个普遍富裕、拥有新的休闲文化、"现代"未来和"现代"女性的国度。在这场全球性国际广告运动中（就像在国内一样），女性逐渐被描绘成健美且不受约束的，热衷于购物、自我展示和时尚的群体。20世纪20年代，具有巨大吸引力的好莱坞电影主宰全球银幕，使这种女性形象广为人知。对世界上的大多数人来说，"美国"失去了地理上的独特性，几乎成了普遍富裕、广泛的消费者选择和独立女性的代名词，人们对此毁誉参半。②

1917年后，随着布尔什维克在新的苏维埃联盟中巩固了政权，实行新经济政策，苏联人对美国资本主义进行了形形色色的构想。苏联领导人接受了这样一种理念，即机器、技术和大众传媒将带来更大繁荣。1926年，当电影明星道格拉斯·范朋克（Douglas Fairbanks）和玛丽·碧克馥（Mary Pickford）访问莫斯科时，他们受到成千上万粉丝的欢迎。但是，一个记者却说，如果来访的是亨利·福特（Henry Ford），他受人们欢迎的场面会更加壮观，以至于"苏联不得不调用全部红军来维持现场秩序"。然后，许多苏联人会崇拜并采用与美国相同的大规模生产和影视技术。当然，苏联官方同时严肃认真地批判了美国式的私有制而不是公有制的弊端，认为它将催生垄断，使工人遭受剥削。两次世界大战之间苏联对美国大众消费社会的喜忧参半的态度将一直持续到冷战期间。③

第二次世界大战以前，对美国消费主义批评最猛烈的人或许是持政治和文化保守立场的右翼人士。来自右翼的批评提醒我们注意，大众消费主义滋生粗陋的物质主义、无灵魂的个人主义、情欲泛滥、危险的女性化社会和浅薄的学术成果。经济大萧条为这样一种话语提供了丰厚的土壤，使得反消费主义和反美主义话语混合。

不过，我们需要谨慎对待20世纪上半叶在国际上盛行的各种亲美主义和反美主义主题（就像冷战时期的主题一样）。美国消费主义可能带来的意义产生于当地有关文化与政治的论争之中。消费主义体系的支持者把本国的消费主义项目等同于引领

---

① Emily S. Rosenberg, *Spreading the American Dream: American Economic and Cultural Expansion, 1890—1945*, New York: Hill & Wang, 1982; Kristin Thompson, *Exporting Entertainment: America in the World Film Market, 1907—1934*, London: BFI, 1985; Victoria de Grazia, *Irresistible Empire: America's Advance through Twentieth-Century Europe*, Cambridge, MA: Harvard University Press, 2005. 这个引用，见 Stuart Ewen, *Captains of Consciousness: Advertising and the Social Roots of Consumer Culture*, New York: McGraw Hill, 1976, p. 22.

② Barlow, et al., "The Modern Girl around the World", pp. 245 – 294.

③ Stephen Kotkin, "Modern Times: The Soviet Union and the Interwar Conjuncture", 载 Catherine Evtuhov and Stephen Kotkin (eds.), *The Cultural Gradient: The Transmission of Ideas in Europe, 1789—1991*, Lanham, MD: Rowman & Littlefield, 2003; Alan M. Ball, *Imagining America: Influences and Images in Twentieth-Century Russia*, Lanham, MD: Rowman & Littlefield, 2003, p. 58.

未来的美国的消费主义项目。但是,消费主义的反对者通过将美国确立为地理意义上的消费主义的大本营,提出了代表自己立场的民族主义的观点。许多团体,尤其是学术精英、文化保守主义者、反现代主义者、社会主义者和共产主义者——即使他们没有任何共同点,都在自己的国家——通过把美国描绘为一个危险的他者,然后将消费主义尤其是新女性与民族颠覆联系起来,以强化他们的民族主义。冷战爆发之前的很长一段时间,关于大众消费主义的争论和关于"美国化"的争论一样激烈。①

二 冷战初期

第二次世界大战使美国摆脱了经济大萧条,国内外消费主义繁荣的基础得以恢复。战争期间,美国士兵使穿蓝色牛仔、嚼口香糖和抽美国香烟等成为时尚。美国武装部队电台使美国音乐流行起来。可口可乐罐装厂随着美军战线推进,开发了战后新市场。②随着冷战成为战后政治关注的焦点,美国国务院一些新的情报部门和战后占领区政府的新情报部门竞相利用广播、电影和对消费品的承诺来收买人心。③

例如,战后美国占领下的日本引入了美国消费主义的观念。在广受欢迎的连还画《金发女郎》中,布姆斯特德(Bumstead)一家的家用电器、宽敞住所、巨型三明治为几乎令人难以置信的美国物质财富做了广告。此外,与其说出于计划,倒不如说或许出于无心,美国官方也帮助日本中小企业调整生产方向,从生产战争物资转向生产茶罐、摄像机和摩托车等消费品。尽管日本市民仍然是矛盾的消费者并且针对"美国化"迅速地展开了争论,但是,两次世界大战期间日本知识分子厌恶的物质主义,实际上成为国家复兴的焦点。④

20世纪40年代末到50年代,作为冷战遏制政策的一部分,美国领导人通过政府

---

① 见 Harry D. Harootunian, *Overcome by Modernity*: *History*, *Culture*, *and Community in Interwar Japan*, Princeton, N. J.: Princeton University Press, 2000, pp. 35 – 94; Barbara Sato, *The New Japanese Woman*: *Modernity*, *Media*, *and Women in Interwar Japan*, Durham, N. C.: Duke University Press, 2003; Philippe Roger, *The American Enemy*: *A Story of French Anti-Americanism*, trans. by Sharon Bowman, Chicago: University of Chicago Press, 2005; Mary Nolan, *Visions of Modernity*: *American Business and the Modernization of Germany* (New York: Oxford, 1994)。

② 见 David Reynolds, *Rich Relations*: *The American Occupation of Britain*, *1942—1945*, London: Harper Collins, 1996, pp. 437 – 449。

③ 见 Reinhold Wagnleitner, *Coca-Colonization and the Cold War*: *The Cultural Mission of the United States in Austria after the Second World War*, Chapel Hill, N. C.: University of North Carolina Press, 1994。

④ John Dower, *Embracing Defeat*, pp. 252, 232 – 235; Simon Partner, *Assembled in Japan*: *Electrical Goods and the Making of the Japanese Consumer*, Berkeley, C. A.: University of California Press, 2000; Kenkichiro Koizumi, "In Search of Wakon: The Cultural Dynamics of the Rise of Manufacturing Technology in Postwar Japan", *Technology and Culture*, 43 (2002), pp. 29 – 49; Sheldon Garon and Patricia L. Maclachlan (eds.), *The Ambivalent Consumer*: *Questioning Consumption in East Asia and the West*, Ithaca, N. Y.: Cornell University Press, 2006。

建设基础设施来推动查尔斯·梅尔（Charles Maier）所称的"生产力政治"的发展。他们争取开发美国投资机会，将美国经济模式等同于就业增长、日益繁荣和自由。正如维多利亚·格拉齐亚（Victoria de Grazia）所表明的那样，战后美国专家使所谓的"生活水平"普遍化，"生活水平"是一种衡量持续的经济增长与普通人生活质量吻合度的新标准。与此同时，在美国政府要求其他国家废除民族主义限制或配额的政策推动下，好莱坞大片如潮水般涌入，继续为高生活水平应该是什么样子做着耀眼的广告。在和共产党关于哪一种经济模式将会提高人们的生活水平的竞争中，美国人和他们在世界各地的意识形态盟友知道，他们的政策不能仅仅是承诺，而必须带来实实在在的收益。①

美国的意识形态盟友欧洲努力通过施展以马歇尔计划为中心的生产力政治与共产主义展开竞争，他们安排了数百个代表团前往美国，考察涉及从农业到市场营销再到劳资关系的方方面面。马歇尔计划专项资金资助的巡回展览展示了美国社会的高生产率、高薪水、琳琅满目的商品和鳞次栉比的商店。在一个又一个城镇之间巡回流动展览的"自由列车"，宣传着"繁荣使你自由"的口号。由于马歇尔计划专项资金成为一些欧洲媒体广告收入的主要来源，因此，它推动欧洲形成了接受商业电台广告的趋势，这一趋势反过来为国内外产品的销售打开了更广阔的空间。②

然而，美国对日占领政策和马歇尔计划却绝没有开启一个复制美国做法的时代。日本和欧洲市民仍然对大众营销和美式消费主义感到喜忧参半。更重要的是，正如大卫·艾尔伍德（David Ellwood）所阐述的那样，每个国家都有自己的多样的传统，都可以在此基础上对美国消费者导向的资本主义进行本土化改造。各种各样的改造机制既有对美国模式的借鉴，也有对美国模式的拒斥。③

在战后新闻和文化倡议的基础上，艾森豪威尔（Dwight D. Eisenhower）总统于1953年成立了美国新闻署（USIA）。作为一位谙熟心理战术的将军，艾森豪威尔雄心勃勃地增加了许多项目。这些项目旨在突出西方生活的优势，以此抵消共产主义制度的吸引力。其中一个重点项目，开始于1956年，就包含"人民资本主义"的内容。这场运动起源于一次耶鲁大学广告委员会的圆桌会议，该会议寻求"一种激发人们想象力的道德理念"，并且试图增补共产主义者过去常常使用的给普通人承诺的更好

---

① Charles S. Maier, "The Politics of Productivity: Foundations of American International Economic Policy after World War Ⅱ", 见 Maier ed., *In Search of Stability: Explorations in Historical Political Economy*, Cambridge: Cambridge University Press, 1987; de Grazia, *Irresistible Empire*, pp. 75–129.
② 关于马歇尔计划的经济和文化方面，尤其要参见 Richard Kuisel, *Seducing the French: The Dilemma of Americanization*, Berkeley, C. A.: University of California Press, 1993 和 Richard H. Pells, *Not Like Us: How Europeans Have Loved, Hated, and Transformed American Culture since World War Ⅱ*, New York: Basic Books, 1998。
③ David W. Ellwood, *Rebuilding Europe: Western Europe, America, and Postwar Reconstruction*, London: Longwood Group, 1992; Alan S. Milward, *The Reconstruction of Western Europe 1945—1951*, London: Routledge, 2006。

生活的语言。①

20世纪50年代的冷战文化交流见证了在对抗共产主义的斗争中争取消费文化的努力。在1958年布鲁塞尔世界博览会上，苏联展出了重机械、人造卫星和莫斯科大剧院芭蕾舞团。相比之下，美国馆展示了价格实惠的洗衣机、洗碗机、西尔斯·罗巴克（Sears&Roebuck）的商品目录、冷冻食品包装、电视机和录音棚以及一个粉色内置烤箱。该展览会的副总监、美国著名的共和党活跃分子凯瑟琳·霍华德（Katherine Howard）认为，在争取自由的心理战中，现代厨房是最有价值的武器之一。

霍华德将展馆设计成一个特意吸引女性的展区，这个展区主要展示家用电器和实用的服装风格。为了把女性从苦差事中解放出来，霍华德赞扬美国人的厨房。《时尚》杂志成为美国新闻署宣传的经常合作伙伴，在这个环形建筑的中心举办了一场日常时装秀。这场吸引广大观众的时装秀，"青春美国面貌"在牛仔裤和格子衬衫、网球服、晚礼服和廉价的麻布连衣裙中展现得淋漓尽致。这个时装秀表明，美国女性有充足的闲暇时间，仅凭更换服饰就能在各种社会角色中游刃有余。② 正如有关性别和国际关系关联的新研究成果所显示的那样，性别想象在冷战斗争中随处可见。③

1959年，在莫斯科索科尔尼基公园举办的美国国家展览会使"人民资本主义"观念直接深入了令人厌恶的苏联人的心中。最受欢迎的六个房间大的牧场住宅定下了展览会的基调。这些展览向满腹狐疑的俄罗斯参观者表明，美国普通工厂的工人可以买得起这样的房子。时装秀再次展示了时髦款式的、大众化的服装。海伦娜·鲁宾斯坦（Helena Rubinstein）免费向苏联女性提供美容院美容示范，直到苏联当局禁止这种做法。科蒂（Coty）化妆品公司试图免费赠送化妆品样品，但同样遭到了苏联当局的干预。展示的三间标准厨房配有各种电器、方便食品和各种小器具。④

在这种消费主义的背景下，美国副总统尼克松和苏联部长会议主席赫鲁晓夫进行了著名的"厨房辩论"。⑤ 尼克松认为，一个将妇女从雇佣劳动中解放出来的制度促进

---

① Kenneth Osgood, *Total Cold War*: *Eisenhower's Secret Propaganda Battle at Home and Abroad*, Lawrence, KS: University of Kansas Press, 2006; Walter L. Hixson, *Parting the Curtain*: *Propaganda*, *Culture*, *and the Cold War*, *1945—1961*, New York: St. Martin's Press, 1997, p. 139.

② Robert H. Haddow, *Pavilions of Plenty*: *Exhibiting American Culture Abroad in the 1950s*, Washington, DC: Smithsonian Institution Press, 1997.

③ Helen Laville, "'Our Country Endangered by Underwear': Fashion, Femininity, and the Seduction Narrative in *Ninotchka* and *Silk Stockings*", *Diplomatic History*, p. 30 (September 2006), pp. 623 - 644. 关于性别史和国际关系史的学术综论，见 Kristin Hoganson, "What's Gender Got to Do with It? Gender History as Foreign Relations History", 载 Michael J. Hogan 和 Thomas G. Paterson eds., *Explaining the History of American Foreign Relations*, Cambridge: Cambridge University Press, 2004, pp. 304 - 322。

④ Richard M. Nixon, "Russia as I Saw It", *National Geographic Magazine*, p. 116 (December 1959), pp. 718, 723.

⑤ Ibid.. 也见 Karal Ann Marling, *As Seen on TV*: *The Visual Culture of Everyday Life in the 1950s*, Cambridge, MA: Harvard University Press, 1994, pp. 243 - 283 和 Elaine Tyler May, *Homeward Bound*: *American Families in the Cold War Era*, New York: Basic Books, 1988, pp. 10 - 13, 145 - 146。

了现代的、文明的价值观发展,实现了他所认为的应扮演保护女性的理想男性的角色。赫鲁晓夫虽然谴责了资本主义家中的"小器具",但也愈益坚决地认为,社会主义也可以生产出与之相媲美的消费品。

在苏联和整个苏联集团中,政府已开始意识到,要提升自身的合法性,必须提高人们的消费水平。战后初期,人们还能通过与战争期间普遍存在的低生活水平进行比较来获得幸福感。然而,到了20世纪50年代中期,新一代年轻人越来越渴望将国与国之间的消费主义进行比较。赫鲁晓夫相信,社会主义有能力用一种最终有可能超越资本主义模式的方式重新定义消费主义,实施许多优化住宿条件的计划。这些计划旨在容纳更多的个人隐私,将住宿资源转成社会主义样式的消费品。同样,面临西德(联邦德国)人民的生活水平不断提高的压力和日益增多的逃往西德的难民,东德领导人扩大了消费者信贷机制,推出了邮购目录,并规划了新的自助零售店。1956年,赫鲁晓夫承诺帮助东德共产党成为冷战的消费主义"展示台"。1958年,东德共产党承诺,到1962年,东德在生产率和个人消费量方面将超过西德。然而,柏林墙的修建阻止移民迅速向西迁移,这既表明了东德共产党承诺的破产,也表明了赫鲁晓夫将社会主义规划重新定位为个人消费主义的宏大愿景的失败。但是,在这个时候,消费者富裕程度已经被冷战双方广泛接受为一种衡量国家实力的重要指标和对每种体制关于未来承诺是否实现的最终检验标准。①

冷战初期各种展览和宣言表明,在资本主义和社会主义(以及美国与苏联)的较量中,阶级、性别和种族话语之间存在广泛联系。两种体制都声称自己是解放工人、妇女和受压迫或被殖民人民的代表,都主张要实现更大的社会平等和经济平等,都提到"民主"和"解放"话语,都把对方的主张看作旨在掩盖压迫甚至"奴役"的"真实"结构的宣言。按照马克思主义的说法,掌握美国国家政权的资本家奴役工人和殖民各民族的人民,包括非裔美国人。在自由资本家的叙述中,苏式共产主义使每位公民都屈从于一个拥有绝对权力的国家。在1959年一天的午饭后,当尼克松和赫鲁晓夫在莫斯科河上乘坐摩托艇时,赫鲁晓夫向野餐的人挥手并问尼克松:"这些人是被俘虏的吗?他们看起来像奴隶吗?"② 当尼克松向苏联人民发表广播和电视演讲时,他夸口说:"我们美国人已经获得了人们在一个没有阶级的社会中获得的自由和财富——这正是共产党人视若珍宝的目标!"③ 消费者富裕的梦想和是否实现日益成为冷战斗争的分水岭。

然而,美国新闻工作人员在强调消费主义时表现得很谨慎。批判资本主义的人经

---

① 见 Mark Landsman, *Dictatorship and Demand*: *The Politics of Consumerism in East Germany*, Cambridge, M. A.: Harvard University Press, 2005; William Taubman, *Khrushchev*: *The Man and His Era*, New York: W. W. Norton, 2004; Susan E. Reid, "The Khrushchev Kitchen: Domesticating the Scientific-Technological Revolution", *Journal of Contemporary History*, 40, 2 (2005), pp. 289 – 316.

② "Encounter", *Newsweek*, August 3, 1959.

③ Nixon, "Russia as I Saw It", p. 717.

常假设物质主义和精神价值之间存在一种张力，并声称美国文化缺乏艺术成就、有意义的社会联系和精神性。艾森豪威尔的"人民资本主义"的宣传主题精心地将高生活水平描述为努力工作、精神完满和服务家庭、社区的价值观的结果。根据美国新闻署的指导方针，典型的美国人"很少有阶级意识"，总是渴望"社会各个方面的进步与提升"。在美国新闻署的出版物中，典型美国妇女的特点是生活简朴、工作努力、不需要仆人。她"做饭，打扫房间，洗、熨、补衣服，照顾孩子，修剪花园"。在进步的叙述和"克服"这种失误的叙述中，种族隔离和经济差距问题出现了。美国新闻署设立了一个宗教信息办事处，该办事处重视这些积极的美国价值观的精神根源。这个办事处建议艾森豪威尔设立一个祈祷日，并经常在公开讲话中涉及祈祷文，以此作为一种强调的方式，强调冷战不仅包括物质层面的斗争，也包括精神层面的斗争。在这些演讲中，消费者的富裕证实了而非质疑了美国人的虔诚和天赐的世界使命。①

20世纪50年代，美国商界精英还发起了反对共产主义和"渐进式的社会主义"的运动。"渐进式的社会主义"运动被许多人视为罗斯福新政的遗产。美国广告委员会资助国内宣传活动，支持积极的外交政策和恢复罗斯福新政的社会政策。同时，许多行业推出项目，这些项目表明，资本主义可以满足工人的广泛需求（这种方法有时被称为"福利资本主义"）。为了抗议给政府施加的建立欧洲式福利国家的政治压力，美国大量的雇主和保险公司为工人设立了医疗保健、娱乐项目和养老金计划。亲历消费主义盛况的人使用将个人和公共的安全网条款结合起来的美国模式，反驳"资本主义只是剥削工人或提供工资却没有长期保障"的论调。②

鉴于共产主义国家强制推行的严格审查制度，从资本主义和共产主义冷战的话语中产生的截然不同的世界，我们很难评估以消费产品为特色的项目在冷战共产主义集团中的影响。然而，沃尔特·希克森（Walter Hixson）在《撕裂铁幕》一书中认为，美国的文化政策呈现给苏联集团中的人们一些与苏联政府宣称的内容相悖的印象。当共产主义国家的公民见到消费资本主义的展览时，他们确定，自身所看到的商品丰饶的景象与他们认为的处于资本主义下的"工资奴隶"形象并不相符。那些在工厂全职工作或家庭全职工作中挣扎的女性，在看到时尚、化妆、闲暇时间和省力家用电器之后，很难将其与压制女性的社会制度联系起来。③

然而，苏联集团内部的不满几乎不需要美国"人民资本主义"来刺激。斯大林

---

① Osgood, *Total Cold War*, 312; Laura Belmonte, "A Family Affair? Gender, the US Information Agency 和 Cold War Ideology, 1945—1960", 载 Jessica C. E. Gienow Hecht and Frank Schumacher eds., *Culture and International History*, New York: Berghahn Books, 2003, pp. 79 - 93。

② Jennifer Klein, *For All These Rights: Business, Labor, and the Shaping of America's Public-Private Welfare State*, Princeton, N. J.: Princeton University Press, 2003; Daniel L. Lykins, *From Total War to Total Diplomacy: The Advertising Council and the Construction of the Cold War Consensus*, New York: Praeger, 2003.

③ Hixson, *Parting the Curtain*.

战后对东欧的争夺、1948年捷克事变、东欧大清洗、镇压匈牙利暴动和苏联内部的众多叛乱、古拉格集中营、不断扩大的监视和持续的贫困为苏联集团内部的不满提供了肥沃的土壤。① 在许多方面，美国在欧洲树立权威的最佳盟友一直是粗暴、低效的苏联体制，而消费品可能提供了美苏对抗的一个象征，后来也成为美苏对抗的实质。

同样，评估美国"生产力政治"在苏联集团以外国家产生的影响也很困难。20世纪50年代，在西欧、日本和其他地方，人们就这些国家和地区对美国大规模生产、广告和大众文化模式的回应意见不一。与两次世界大战期间一样，来自左翼和右翼的批评人士经常把消费资本主义作为他们国内政治斗争中的一种策略与美国联系在一起。他们对大规模生产/消费的批评中一直提醒，美式产品使社会变得唯物质化、循规蹈矩、女性化、幼稚，通过旁观而不是通过民主程序来运行。然而，在20世纪60年代和70年代，世界各地的左倾学生经常举行大型示威活动来抗议美国的强权，这些示威活动的特征是示威者大多穿蓝色牛仔裤，演奏美国摇滚乐。消费主义成功覆盖了处于其体系中心的商品，也覆盖了那些有时是异己标志的商品。人们对消费主义经常与美国挂钩的反应经历了一个变化过程：从急切接受到适应，再到众多形式抵制——有时是混乱的组合。②

消费主义与冷战竞赛之间的复杂关系集中体现在东西德之间的竞争。1949年以后，西德和东德领导人围绕哪个体制可以为普通人提供更好的生活来为各自政权的合法性展开了辩论。

20世纪50年代，西德通过提供随处可购买的消费品和渗透到公共文化中的"经济奇迹"来塑造自身的身份。在一位学者看来，甚至"让人精神焕发"的可口可乐的流行现象代表着"西德对新精神价值观念和对新德国身份特点的追求"。可口可乐明智地将广告标语融入普遍的德国文化"更新"愿望之中，创造出与对民族主义新定义相一致的混合的德国文化形象。西德不是简单地模仿美国式资本主义，而是被鼓励着接受自由市场中的自由选择，目的不是模仿美国资本主义而是与自身过去的历史决裂并聚焦于新的民族自豪感。③

---

① 见 Vladimir A. Kozlov, *Mass Uprisings in the USSR: Protest and Rebellion in the Post-Stalin Years*, trans. by Elaine McClarnand MacKinnon, Armonk, NY: M. E. Sharpe, 2002。

② Kuisel, *Seducing the French*; Roger, *The American Enemy*; Garon and Maclachlan (eds.), *The Ambivalent Consumer*。

③ Erica Carter, *How German Is She? Postwar West German Reconstruction and the Consuming Woman*, Ann Arbor, MI: University of Michigan Press, 1997; Paul Betts, *The Authority of Everyday Objects: A Cultural History of West German Industrial Design*, Berkeley, CA.: University of California Press, 2002, 232; David F. Crew, "Consuming Germany in the Cold War: Consumption and National Identity in East and West Germany, 1949—1989, an Introduction", 载 Crew (ed.), *Consuming Germany in the Cold War*, Oxford: Berg, 2003, 3, 7; 还有尤其是 Crew 书中章节，由 S. Jonathan Wiesen 写的 "Miracles for Sale" 和 Jeff R. Schutts 写的 "Born Again in the Gospel of Refreshment?", pp. 121–150 and pp. 152–177。

东德领导人试图创造一个可以与资本主义模式竞争又与之不同的社会主义的消费主义。他们致力于开发既便宜又实用的家用商品,这类商品既能进入千家万户又可避免西方消费品的奢华、浪费和轻浮。例如,据一个妇女杂志报道,吸尘器,一个不锈钢交叉式刀片设备,避免了重复浪费:"它可以吸尘、打蜡,并使用同一个马达,但自然地用另外一种附件,就可以搅拌、跳动、混合、粉碎、切碎、捣碎和研磨。"东德的时装秀以切合实际的"社会主义时尚"为特色,表面上既满足了对美的渴望,又满足了工作实用性的需求。20世纪50年代,东德开发了一大批种类繁多的塑料制品,也表明社会主义化工业如何能够提高人们的生活水平。然而,东德人总是能够接触到西德日益丰富的消费社会的画面,西德的生活水平成为他们判断自身幸福的重要标准。消费水平的差距在政治上的影响越来越大。[1]

20世纪40年代末到50年代,美式资本主义和苏式社会主义——两者都与世界上大多数国家结盟成为互相竞争的政治集团,都表现自己不仅是民族的典范而且是全球的典范。[2] 双方将冷战作为一个长期的竞赛。这场竞赛的内容是哪种制度比其他制度相对更高产、更有效地提高人们的生活水平,更人性化。

三 冷战后期

在美国模式的刺激下,从20世纪50年代中期开始,强劲的消费革命改变了西欧大多数国家,也改变了日本。然而,不断增长的关于战后消费主义的学术研究,使任何认为消费革命只不过是向"美国化"靠拢的主张日益复杂化。首先,各国根据自己的传统进行调整。人们既被大规模生产和消费主义所吸引,又排斥大规模生产和消费主义。这是一个历史悖论,既反映了人们对富裕和个人主义的向往,也反映了人们对节俭和集体主义的尊重。[3] 这种悖论在不同的历史环境中以不同的方法使消费主义越来越呈现出法国面孔、德国面孔和日本面孔。

更重要的是,正如理查德·佩尔斯(Richard Pells)所写,许多人从来没有感到美国文化是陌生的,因为美国大众商业文化来源于一个"跨国的美国"——一个移民国家,在这个国家,消费品和新休闲产品无处不在,适应性地吸收广泛与多样的美国生活因素,再出口到世界市场上崭露头角。简言之,尽管美国文化影响着世界各地的欲

---

[1] MarkLandsman, *Dictatorship and Demand: The Politics of Consumerism in East Germany*, Cambridge, MA: Harvard University Press, 2005; Crew, "Consuming Germany in the Cold War", Consuming Germany in the Cold War, Oxford, New York: Berg, 2003, p. 3, 同书其他章节, "A World in Miniature", pp. 21 – 50 (quote, 35); Judd Stitziel, "Onthe Seams between Socialism and Capitalism", pp. 51 – 86 和 Eli Rubin, "The Order of Substitutes: Plastic Consumer Goods", pp. 87 – 120; Uta G. Poiger, *Jazz, Rock, and Rebels: Cold War Politics and American Culture in a Divided Germany*, Berkeley, CA: University of California Press, 2000。

[2] Odd Arne Westad, *The Global Cold War: Third World Interventions and the Making of Our Times*, New York: Cambridge University Press, 2005, pp. 8 – 72.

[3] Garon and Maclachlan (eds.), *The Ambivalent Consumer*; de Grazia, *Irresistible Empire*.

望,但是世界也在改变美国。①

当然,消费主义是建立在欲望的加速循环和欲望总是难以填满的基础上。在刺激物质欲望和情感欲望,进而承诺满足欲望的过程中,营销人员打造了一个与"明星"和名人有关的具有美丽、时尚、性感形象的节目。他们提出了与性别角色、种族和阶级有关的相当灵活的标准。许多消费主义形象行为规范在非社会主义国家获得认可,在社会主义国家也越来越得到认可。但是,各国都出现了基于消费主义的社会想象的变体和本土化。例如,史蒂芬·甘朵(Stephen Gundle)认为,在战后的意大利,"意大利人想象的转变可以引入'魅力'一词来解释",该词既是美国模式必不可少的一部分,也是经过意大利资本主义重新塑造后"形成自身魅力模式",就像费德里科·费里尼(Federico Fellini)的电影里特有的那样(甚至"魅力"这个词不是容易翻译的,因此要通过语言修饰)。②

越来越重要的广告是本土化消费革命的一个主要组成部分。无论是在贸易壁垒减少的地方还是媒体监管松弛的地方,广告都很繁荣。例如,在西欧,欧共体经济一体化与放宽媒体限制扩大了市场规模。美国电视制作人加速节目制作:1987年,全球音乐电视台(MTV)扩张到欧洲,20世纪90年代,迪士尼频道(Disney Channel)、卡通电视网(Cartoon Network)和尼克国际儿童频道(Nickelodeon)竞相推出(并适应当地风俗)它们的儿童节目。然而,私人运营的媒体也开始扩张欧洲试验、创业、广告和市场规模。③ 这样,消费主义发现了表述自身的差异化、本土化(多元本土化)的方式。如果物质充裕和文化选择能够激起对"变革"的恐惧感,那么,它们也可以促进对民族和个人进步的自豪感。④

在这个急剧全球化(但不一定是同质化)的消费驱动的世界中,苏联集团似乎越来越孤立,他们的领导人认识到,国家如果想要保持对权力的掌控与自身合法性,就必须做出改变。美国作为一个国家的威胁比遍布全球的大众消费的威胁小,随着时间推移,美国与任何特定国家的密切联系似乎越来越少,对特定国家的威胁似乎也越来越小。大众消费主义不再单单是在美国发展最为强劲的单一竞争体系。它现在采取了各种各样的伪装,它对西欧、日本和世界其他地方都有吸引力。事实上,许多国家将消费主义纳入国家发展的意识形态中,那些仍然将大众消费主义等同于"美国化"的左翼和右翼人士,却发现自己越来越与消费主义无关。苏联集团的统治精英开始

---

① Richard Pells, "American Culture Goes Global, or Does It?", *Chronicle of Higher Education*, April 12, 2002, B 7 - 9; Kristin Hoganson, "StuffIt: Domestic Consumption and the Americanization of the World Paradigm", *Diplomatic History*, 30 (September 2006), pp. 571 - 594.

② Stephen Gundle, "Hollywood Glamour and Mass Consumption in Postwar Italy", *Journal of Cold War Studies*, 4 (Summer 2002), p. 95; Vanessa R. Schwartz, *It's so French! Hollywood, Paris, and the Making of Cosmopolitan Film Culture*, Chicago: University of Chicago Press, 2007 和第二卷中 Nicholas J. Cull 的文章。

③ Pells, *Not Like Us*, pp. 299 - 302.

④ Angus Maddison, "The Nature and Functioning of European Capitalism: A Historical and Comparative Perspective", *Banca Nazionale del Lavoro Quarterly Review*, December 1997, www.ggdc.net/maddison/.

认识到，如果他们的国家继续支持经济、文化和学术壁垒，整个国家将不可避免地衰落。

在中国，20世纪最后25年见证了毛泽东时代严格控制下与西方之间的联系缓慢缓和的过程。与1989年和1990年东欧和苏联发生的标志着冷战结束的许多令人震惊的事件不同，没有任何标记标志着中国冷战的结束。然而，冷战排斥和敌对习惯的终结与消费资本主义的引进密切相关。

在1978年12月召开的十一届三中全会上，毛泽东的继任者邓小平号召"现代化"。然后，他制定了一种新的对西方开放的政策，为消费资本主义的商品和观念的流通打开了一条渠道。到了20世纪80年代中期，中国政府启动了一个通过修建高尔夫球场和度假村来吸引旅游资金的项目，比如，广东省豪华的中山温泉高尔夫俱乐部。这一新兴的旅游业传播了，尤其是向年轻人传播了消费、休闲、个人主义和时尚的新观念。邓小平的改革也使中国大陆慢慢向广告业开放，首先是在报纸行业向广告业开放，然后是北京广播电台和中国中央电视台向广告业开放。1982年，中国授权美国哥伦比亚广播公司（CBS）在中国唯一全国性电视网络上推销商业广告，用来换取一整套美国报道的节目选编。到1987年，许多美国娱乐公司已经签订了类似的协议。1986年11月，简·贝里和迪安·托伦斯（Jan Berry and Dean Torrence）举办了以"有趣、有趣、有趣"（Fun Fun Fun）和"冲浪之城"（Surf City）等冲浪歌曲为特色的音乐会。这次音乐会让许多中国年轻人感受到外国生活方式和现场流行音乐的味道。

虽然大部分外国广告商最初因为关税限制不能在中国销售他们的商品，但首批外国商业广告，例如西屋电气公司，不是为了快速推销商品，而是为了建立品牌的未来知名度。在20世纪80年代，漂亮、彩色的广告为中国观众提供了一个了解外部世界技术和商品的窗口。正在中国台湾和中国香港蓬勃发展的商业风格也很容易溜进社会主义中国大陆。更重要的是，许多美国公司开始公开抨击中国大陆的进口限制。[1]

20世纪80年代末，中国大陆部分城市对资本主义的商品和资本主义的魅力非常着迷，比如车、食品、化妆品、时尚品、电影、音乐。在城市地区，从1978年到1990年，人均收入翻了一番，同一时期家庭储蓄从18.5亿美元增加到625亿美元。就像舞厅、新的通信模式、新的食品和住房选择、新的休闲活动一样，耐用消费品也变得随处可见。澳大利亚历史学家白杰明（Geremie R. Barmé）指出"消费文化的核心特征之一是消费者通过消费文化被区别对待，经由所谓的商品本身被视为个体；消费者身份和消费形象融合在一起；欲望借助广告商之手被模仿和导演"。消费主义的批评者将这样一个过程看作可操控的过程，但在中国，被广告商"锁定"的感觉是一种全新的体验，就像个体被赋予权力、被承诺选择、富裕和自我实现一样。

20世纪80年代，中国官方意识形态开始欣然接受私有化和包括"生活满意"目标

---

[1] Orville Schell, *Discos and Democracy: China in the Throes of Reform*, New York: Pantheon, 1988, 16 - 18, 110 - 111.

的"社会主义市场经济"体制。经济生产需要使人民满意的新理念引发了私有企业创业精神并迅速改变了国有企业的结构。广告及其相关的消费者口味的革命甚至刺激中国经济发展,与国家目标联系在一起。到了20世纪90年代,国家宣传和商业广告的融合已经形成了自己的惯例,其中含有的新消费标志既削弱又强化了党对国家形象图景的控制。① 1992年,在邓小平戏剧性的、改革驱动的南方之行后,美国出口商推出了越来越多的产品,私有化行业发展更快。1992年4月,世界上最大的麦当劳在上海开业,开业当天就接待了超过40000名顾客。万事达信用卡广告密集,星巴克进入了紫禁城。②

更多的消费选择和扩大的社会空间挑战了这个国家对社会、文化、政治的垄断。西方的连锁店,比如快餐店、电影、商场和咖啡店成为不受国家和家庭控制的场所,提高了根据个体欲望行事的能力。西式舞蹈俱乐部和其他进口商品促进了"市场化"文化模式的形成。"市场化"文化模式以表现和培育欲望为基础。然而,中国的消费者也根据中国的文化传统重塑这些市场化文化模式,提出一种消费主义,这种消费主义像世界上其他地区的消费主义一样,既展现"美国化"特点,但又不被简单地贴上"美国化"标签。③

④经济和文化上孤立带来的不安和消费主义带来的压力也无处不在地影响了各地共产党的其他领导人。当然,在官方共产主义的话语中,资本主义美国的电影、音乐和消费主义已经表现出颓废的特征。同时,共产党承诺,社会主义制度下的艰苦朴素和集体奉献将比资本主义制度产生更多财富和更高的生产率。这两种说法都面临越来越大的挑战。

官方对西方产品尤其是电影和唱片的禁止,旨在提高它们作为欲望对象的地位,并将之与一种抵制克里姆林宫黑手的文化联系起来。半隐蔽式的青年俱乐部和致力于摇滚乐的神秘创业者们传播了一种更接近西方生活方式的趣味。尽管处于共产主义集团中的国与国之间和地区与地区之间的摇滚乐坛从根本上不同,但是,一些共性看来很清晰:摇滚艺术家经常通过音乐来表达他们的政治主张,音乐使代沟更加突出,为不同意见提供赞歌,提供另类的未来的想象。20世纪80年代成为苏联集团摇滚乐的黄金时代。一些学者甚至认为1989年苏联革命的根源主要是通过摇滚乐的想象来引起共鸣的。⑤

---

① Hanlong Lu, "To Be Relatively Comfortable in an Egalitarian Society",载 Davis (ed.),*Consumer Revolution*, pp. 124 – 141; Barmé, *In the Red*, p. 239。

② Schell, *Discos*, pp. 343 – 345。

③ Yunxiang Yan, "Of Hamburgers and Social Space: Consuming McDonald's in Beijing",载 Davis (ed.),*Consumer Revolution*, pp. 201 – 25 和 James Farrer, "Dancing through the Market Transition: Disco and Dance Hall Sociability in Shanghai",载 Davis (ed.), pp. 226 – 249。也见 Kevin Latham, Stuart Thompson 和 Jakob Klein 主编的论文集,*Consuming China: Approaches to Cultural Change in Contemporary China* (New York: Routledge, 2006)。

④ 限于篇幅,此处图片未录,图片文字为"20世纪的最后十年,城市化的中国开始痴迷于大众消费主义:对魅力和消费的渴望推动了冷战的终结",序号为35。

⑤ Timothy W. Ryback, *Rock around the Bloc: A History of Rock Music in Eastern Europe and the Soviet Union* (New York: Oxford, 1990); Sabrina Petra Ramet (ed.), *Rocking the State: Rock Music and Politics in Eastern Europe and Russia*, Boulder, Co.: Westview, 1994.

同时，（苏联）共产主义承诺，未来消费者会富裕，这种承诺似乎越来越没有真正价值。西欧和日本公民欣然接受处于共产主义体制中的那些人想象范围之外的消费主义的生活方式。到了 20 世纪 80 年代，共产主义巨大结构性缺陷已证实不可能掩盖这一事实。① 东德和苏联集团中的其他成员国用外国贷款来支付消费品补贴，试图阻止出现越来越多的不满。为了进口消费品，在尝试加强打击波兰团结工会反对派的同时，波兰启动了一项从西方大举借款的计划。由于这项计划试图满足公民消费需求，波兰逐渐增加了对西方资本尤其是对美国资本的依赖。②

东欧政府不得不应对由于比邻西欧的繁荣和开放滋生的境内普遍不满的浪潮。1989 年，这股浪潮突然摧毁了柏林墙，然后摧毁了一些不可见的障碍。一个又一个国家的群众废黜了他们的共产主义政府，实际上终结了冷战。东欧普遍革命相对容易并和平地发生，是因为当时苏联的改革者戈尔巴乔夫已经放弃了军事干预主义。③

摆脱冷战遏制是戈尔巴乔夫从上层改革苏联的行动的一部分。整个 20 世纪 80 年代，苏联城市精英对苏联社会主义体制的僵化和不足感到焦虑。学者、政府官员和任何有能力这么做的人到西方旅行并带回了广播录音机、最新的时装和其他消费品。到了 20 世纪 80 年代，超过 90％的苏联家庭拥有电视机并且接收西方的节目。录像机的使用激增，来自好莱坞的电影和来自西方的文化消费品的销售量也激增。苏联领导人可以继续处理苏联内部的普遍不满情绪，因为……西方体制的诱惑比东欧体制的诱惑更小。但是，通信领域的革命和出国旅行点燃了人们对更多商品、更广泛的选择和更大的知识开放的渴望，促进了高层的"新思维"议程之决定的形成。戈尔巴乔夫本人也越来越多地注意西欧社会民主模式，因为西欧社会民主模式将政府的福利功能和更开放的市场、更多消费选择结合起来。④ 叶利钦回忆起他在休斯敦旅行中去过的一家超市，这家超市"架子上塞满了成百上千，成千上万的（饮料）金属罐、（食品或液体）硬纸盒和所有可能种类的商品"。他写道："我对苏联人民的绝望情绪感到厌恶。"⑤

当共产主义的巨头中国和苏联努力适应瞬息万变的全球化的消费主义心态的时候，他们角逐的第三世界也表现出对西方模式的喜爱。20 世纪 70 年代末，苏联领导人认

---

① Angus Maddison 对国内产品毛收入和人均 GDP 进行历史数据统计，表明资本主义世界和社会主义世界人均收入差距日益扩大；统计表格可以在 www.ggdc.net/maddison/上找到。

② André Steiner, "Dissolution of the 'Dictatorship over Needs'? Consumer Behavior and Economic Reform in East Germany in the 1960s", 载 Susan Strasser, Charles McGovern 和 Matthias Judt eds., *Getting and Spending：European and American Consumer Societiesin the Twentieth Century*, Cambridge: Cambridge University Press, 1998, p. 185。

③ 关于冷战结束在东欧和德国，见本卷 Jacques Lévesque 和 Helga Haftendorn 写的章节。

④ 关于戈尔巴乔夫改革的分析，见本卷中 Archie Brown 写的一章。

⑤ Boris Yeltsin, *Against the Grain：An Autobiography*, New York: Summit, 1990, 255; Igor Birman, *Personal Consumption in the USSR and USA*, New York: St. Martin's Press, 1989. 也可以参见 Robert D. English, *Russia and the Idea of the West：Gorbachev, Intellectuals, and the End of the Cold War*, New York: Columbia University Press, 2000; Stephen Kotkin, *Armageddon Averted：The Soviet Collapse, 1970 - 2000*, New York: Oxford University Press, 2001, pp. 22 - 44。

为，苏联通过与亚非拉和中东国家建立新联盟取得了一系列胜利。但是，当已经转向自由市场模式的东亚各国政府经济快速增长和消费者健康水平日益高涨的时候，苏联影响下的指令经济和集体化经济试验却失去了阵地。到20世纪80年代中期，苏联扩大在第三世界影响的战略很大程度上已成废墟，入侵阿富汗进一步削弱了苏联的军事实力和经济实力。① 尽管美国在20世纪70年代和80年代对第三世界的干预政策受到了广泛的批评，但是，世界上许多国家显然想要获得音乐、电影、电视机、休闲服装、快餐和软饮料等产品，并且希望将消费主义形式吸收进他们自己的国家之中。来自第三世界的经济移民和大学生普遍寻求在美国而不是在苏联工作或学习。迅速发展的通信革命继续将大众消费的形象推向任何一个能接触到广播、电视和互联网的人。

虽然拉丁美洲、非洲、中东、南亚和东南亚政府在冷战的最后时期支持各种各样期望的事情和计划，但是，民族主义的目标几乎总是承诺提高人民生活水平，承诺与现代性、进步密切相关的消费品。例如，在石油储备丰富的中东国家，精英们用石油收入巩固他们的权力，欣然接受消费主义生活方式。消费主义也有了新的批评者：伊斯兰宗教激进主义者因消费主义的颓废现象而谴责西方消费主义；穷人群体在不可思议的铺天盖地的商品中越来越边缘化。关于消费主义和它的文化影响力的争论在第三世界产生了不同的政治影响，但是到了20世纪90年代初，精英人士尤其是那些能获取教育和出国机会的精英人士普遍寻求满足自身消费需求，并承诺在他们的领导下国家会持续繁荣昌盛。大多数国家主义者的活动与某种消费者梦想的适应紧密相关。

冷战结束后消费主义的命运超出了本文范围，尽管如此，仍然有必要指出，大众消费者的想象可能推动了冷战的终结，但冷战的终结几乎没有就消费主义对一国国内或国际影响达成任何共识。冷战结束后，新自由主义政策的传播和市场急剧全球化既带来了希望，也带来了幻灭，急剧增加了经济不平等和财富的不断集中。支持消费主义和反对消费主义的话语过去通常与赞同或反对美国主义纠缠在一起，且在大多数国家有很深的历史渊源，现在以许多新形式重新出现。关于大规模生产和大众文化对国家和个人的价值观影响的文化、文学和政治争论越来越接连不断，这种趋势在不断变化的经济和国际结构重塑这些争论的时候也没有发生变化。

具有讽刺意味的是，冷战后原苏联集团成员国开始对正在消失的社会主义式消费主义产品产生了怀旧情绪。这些曾经被鄙视的商品成为逝去的青春、更少烦恼的时代、更单一的欲望和更大的社区的标志。当然，消费是梦想世界的全部，就像商品是期望的未来的图腾一样，它们也可以唤起被过滤掉的对过去事物的记忆。② 社会主义式的消

---

① Christopher Andrew and Vasili Mitrokhin, *The World Was Going Our Way*: *The KGB and the Battle for the Third World*, New York: Basic Books, 2005, pp. 480 – 482; Westad, *Global Cold War*, pp. 250 – 395.

② Paul Betts, "The Twilight of the Idols: East German Memory and Material Culture", *Journal of Modern History*, 72 (September 2000), pp. 731 – 765.

费主义不能在日常生活中流行，但它开始在怀旧的记忆中流行。

四 消费主义和冷战

在 20 世纪，大众消费主义的形象是美国全球实力增长的一个重要组成部分。经常把大众消费与美国联系在一起的全世界的人们，强调了消费主义多种多样的优缺点。支持者都强调由广告渲染的大众生产和消费方式，都承诺普通人更高的生活标准、社会流动性和全新的各种各样普通人的个人自由。另外，批评者哀叹千篇一律的产品、重复的劳作方式、广告商塑造的同一性、可能以商品交易为中心的个人价值观念。

然而，随着时间的推移，大众消费主义和美国之间的同一性越来越少。到 20 世纪 80 年代，消费主义已经变得如此地全球化和多样性，以至于它不再能自发地激起我们对"美国化"的想象。在许多地方，消费拉动经济增长的理念已经被纳入国家计划中，物质富足成为对国家成功和自豪感的一种检验。由不同形式的消费民族主义推动的"多元本土化"消费革命，不仅与美式资本主义一致，而且与不同社会民主模式的体制一致，甚至与中国的"市场社会主义"一致。

消费品本身没有终结冷战。人们推翻政府不是如美国媒体经常表明的那样，因为他们想要洗衣机和《花花公子》杂志。相反，到 20 世纪 80 年代，消费品已经成为几乎无处不在的进步和多样化的魅力、有适应能力的象征。由于通信革命产生了更多可渗入的边界，一个有益且高效的全球共产主义体系的想象丧失了自身的吸引力。苏联集团和中国的许多领导人面临着合法性下降和在世界市场中越来越孤立的前景，他们像其他任何人一样，现在想要加入消费主义中。到 20 世纪的最后几十年，大众消费主义已经适应并超越了国家间的差异。消费主义的形象融合了反抗（经常是文化的或者代际的）和拉拢；它既是激进的又是保守的。无论是好是坏（尤其是在生态影响方面），世界各地的人都开始拥抱大众消费主义并将其视为未来的前景，在本地关于消费主义和"美国化"的影响的具体争论仍在继续的时候也是如此。

与其说美国这个民族国家"赢"了冷战，倒不如说消费主义"赢"了冷战。这种观点如何能影响历史学家讨论 20 世纪末的方式？当然，由制定政策的精英和民族国家操纵者制定的框架将越来越显得捉襟见肘。相反，研究议程将扩大到全球范围（正如已经发生的那样），包括不同种类的消费文化、阶级和全球化的经济学，还有大规模销售时代个体和国家愿望的复杂性。

附 录

附录一　中国中外文艺理论学会历届会议

时间	会议主题	主办单位	地点
1994年6月	钱中文宣读民政部批准文件，宣布中国中外文艺理论学会正式成立	文学研究所和外国文学研究所联合开会	中国社会科学院文学研究所
1995年8月	"走向21世纪：中外文化与中外文论国际学术研讨会暨中国中外文艺理论学会成立大会"，第一届年会	学会和山东师范大学联合主办	山东济南
1996年10月	"中国古代文论的现代转换"学术研讨会	学会与陕西师范大学中文系联合举办	陕西西安
1998年5月	"巴赫金学术思想国际学术研讨会"	学会与北京外国语学院（现北京外国语大学）俄语系、河北教育出版社联合举办	北京
1998年10月	"西方文论与中国文论建设"全国学术研讨会	学会联合四川大学中文系举办	四川成都
1999年5月	"1999年世纪之交：文论、文化与社会暨中国中外文艺理论学会第二届年会"	学会联合南京师范大学中文系举办	江苏南京
1999年10月	"新中国文学理论50年"学术研讨会	学会与安徽大学中文系联合举办	安徽合肥
2000年8月	与法国、英国、德国、澳大利亚等多国学者合作，成立"国际文学理论学会"，并召开"21世纪中国文论建设国际学术讨论会"	学会与清华大学、北京师范大学等联合举办	北京
2001年4月	"全球化语境中的文学理论研究与教学研讨会"	学会与扬州大学文学院联合举办	江苏扬州
2001年7月	"创造的多样性：21世纪中国文论建设国际学术讨论会"	学会与辽宁大学文学院联合召开	辽宁沈阳
2001年10月	"新理性精神与文学研究方法论研讨会"	学会与厦门大学文学院联合举办	福建厦门
2002年5月	"文艺学与文化研究"学术研讨会	学会与云南大学文学院联合举办	云南昆明

续表

时间	会议主题	主办单位	地点
2003年12月	"全国美学、文学理论前沿问题学术研讨会"	学会、中华美学学会与台州学院联合举办	浙江台州
2004年5月	"中国文学理论的边界"研讨会	学会与北京师范大学文艺学研究中心联合举办	北京
2004年6月	全国第二次巴赫金国际学术研讨会	学会与湘潭大学文学院联合召开	湖南湘潭
2004年6月	"多元对话语境中的文学理论建构国际研讨会暨中国中外文艺理论学会第3届年会"	学会与人民大学、北京师范大学文学院等联合举办	北京
2005年10月	"2005：新时期文学理论的回顾与展望全国学术研讨会"	学会与湖南师范大学文学院、北京师范大学文艺学研究中心联合召开	湖南长沙
2006年9月	"当前文艺学热点与教育改革"学术研讨会	学会与北京师范大学文艺学研究中心联合召开	河北北戴河
2007年6月	"文学理论30年——从新时期到新世纪国际学术研讨会暨中国中外文艺理论学会第4届年会"	学会与北京师范大学、华中师范大学文学院联合召开	湖北武昌
2007年10月	"跨文化视界中的巴赫金"国际学术研讨会	学会与北京师范大学外语学院联合召开	北京
2008年4月	"中国现代美学、文论与梁启超全国学术研讨会"	学会与中华美学学会、杭州师范大学中文系联合召开	浙江杭州
从2008年开始，学会每年主办的学术会议称为"年会"，并定期出版学会"年刊"			
2008年7月	"理论创新时代：中国当代文论改革与审美文化转型研讨会暨中国中外文艺理论学会第5届年会"	学会与北京师范大学、陕西师范大学、兰州大学、西北大学、青海民族学院中文系联合召开	青海西宁
2009年7月	"新中国文论60年国际学术研讨会暨中国中外文艺理论学会第6届年会"（换届）	学会与贵州大学、贵州师范大学、贵州民族学院联合召开	贵州贵阳
2010年4月	"文学理论前沿问题研究学术研讨会暨中国中外文艺理论学会第7届年会"	学会与扬州大学文学院联合召开	江苏扬州
2011年6月	"国外马克思主义文论与中国当代文论建构国际会议暨中国中外文艺理论学会第8届年会"	学会与四川大学文学院联合主办	四川成都
2012年8月	"21世纪的文艺理论：国际视域与中国问题"国际学术研讨会暨中国中外文艺理论学会第九届年会	学会与山东师范大学联合举办	山东济南

续表

时间	会议主题	主办单位	地点
2013 年 8 月	中国中外文艺理论学会第十届年会暨"文学理论研究与中国文化发展"学术研讨会	学会与湖南师范大学联合主办	湖南长沙
2014 年 8 月	中国中外文艺理论学会第十一届年会暨"面向时代的文学理论与批评"国际学术研讨会	学会与河南大学联合主办	河南开封
2015 年 10 月	中国中外文艺理论学会第十二届年会暨"当代中国文论的话语体系建构"学术研讨会	学会与湖北大学联合主办	湖北武汉
2016 年 8 月	中国中外文艺理论学会第十三届年会暨"文艺理论：传统与现代"学术研讨会	学会与江苏师范大学联合主办	江苏徐州
2017 年 8 月	中国中外文艺理论学会第十四届年会暨"新时期以来我国文论发展的理论成就"学术研讨会	学会与辽宁大学联合主办	辽宁沈阳
2018 年 11 月	中国中外文艺理论学会第十五届年会暨"新时代文艺理论的创新"学术研讨会	学会与中国文学批评研究会和深圳大学联合主办	广东深圳
2019 年 10 月	中国中外文艺理论学会第十六届年会暨"中国文论 70 年经验总结与反思"学术研讨会	学会与中国文学批评研究会和湘潭大学联合主办	湖南湘潭

附录二 《中外文论》来稿须知及稿件体例

一 来稿须知

1. 《中外文论》主要收录学会年会参会学者所提交的会议交流论文，也接受会员及从事文艺理论研究的国内外学者的平时投稿，学术论文、译文、评述、书评及有价值的研究资料等均可。

2. 本刊已被中国学术期刊网络出版总库及 CNKI 系列数据库收录。与会学者或会员投稿必须是首发论文；论文要求完整，不能是提要、提纲。

3. 来稿字数一般不要超过 1 万字，特殊稿件可略长一些，但最好控制在 1.5 万字以内。凡不同意编辑修改稿件者，请在来稿中注明。

4. 由于编校人员有限，所提交论文务请符合年刊稿件体例格式。稿件请在文末注明作者详细联系地址、电话号码、电子邮箱等，以便联系。

5. 《中外文论》辑刊出版时间为 6 月下旬出版第 1 期，12 月下旬出版第 2 期。全年征稿，来稿请发至本刊专用邮箱：zgwenyililun@126.com。稿件入选后，将以邮件方式通知论文作者。

6. 本刊出版后，我们将免费为作者提供样书一本；凡按时交纳学会会费的学会会员，可在学会年会召开期间免费领取样书一本。

7. 《中外文论》期待专家学者惠赐稿件，也欢迎对本刊工作提出宝贵意见。

二 稿件体例

1. 论文请用 A4 纸版式，文章标题为三号黑体，二级标题为小四号宋体加粗，正文一律用五号宋体，正文中以段落形式出现的引文内容为五号字仿宋体，并整体内缩 2 字符。注释一律采用自动脚注形式，每页重新编号。

2. 论文请以标题名、作者名（标题下空一行，多位作者请用空格隔开）、作者单位（包括单位名称、所在省市名、邮政编码，各项内容用空格隔开，内容置于圆括号内，位于作者名下一行）、摘要内容（约 200 字，位置在作者单位下空一行）、关键词、正文（关键词下空两行）、参考文献（正文下空一行）顺序编排。

3. 文章请附作者简介与课题项目（若为课题项目成果），作者简介一般应包括姓名（含出生年份，出生年份请置于小括号内，后用连接号并后空一格，如：1970—　）、籍贯、工作单位、职称、学位等内容；课题项目请标明项目名称与编号。作者简介与课题项目两项内容，请以自动脚注形式，脚注序号位于作者名右上角。

4. 标题文字应简明扼要，文中二级标题序号一般用"一、二、三……"形式标出，文中出现数字顺序符号，要以"一""（一）""1.""（1）"级别顺序排列。阿拉伯数字表示序号时，数字后使用下圆点。

5. 数字用法请严格执行《出版物上数字用法的规定》这一国家标准。数字作为名词、形容词或成语的组成部分时，一律用汉字，不用阿拉伯数字。整数一至十，如果不是出现在具体统计意义的一组数字中，可以用汉字，但要照顾到上下文，以保持局部体例上的一致。

6. 标点符号一律按国家公布的《标点符号使用方法》的规定准确地使用，外文字母符号应采用国际通用标准，必须用印刷体，分清正斜体、大小写和上下角码。连接线一般使用"—"，占一个汉字的位置。

7. 稿件所引资料、数据应准确、权威，应以原始文献和第一手资料为原则。凡引用他人观点、数据、资料、数据等，无论是否发表，无论纸质、电子版、网络资源或转引文献，均应详细注释。对已有学术成果的介绍、评论、引用，应力求客观、公允、准确。

8. 注释格式要求。

（1）所有经典著作引文必须使用最新版本。一般中文著作的标识次序是：著者姓名（多名著者间用顿号隔开，编者姓名应附"编"字）、篇名、出版物名、卷册序号（放入圆括号内）、出版单位、出版年、页码，顺序标出。

例如：孙中山：《三民主义》，《孙中山选集》（下卷），人民出版社1956年版，第597、599页。

（2）古籍的标识方式：可以先出书名、卷次，后出篇名；常用古籍可不注编撰者和版本，其他应标明编撰者和版本；卷次和页码应使用阿拉伯数字。

例如：《史记》卷25《李斯列传》。

《后汉书·董仲舒传》。

《温国文正司马公集》卷32，四部丛刊本。

（3）期刊报纸的标识方式如下：

例如：朱光潜：《研究美学史的观点和方法》，《文学评论》1978年第4期。

周扬：《三次伟大的思想解放运动》，《人民日报》1979年5月7日。

（4）译著的标识方式：应在著作前用方括弧标明原著者国别，在著作后标明译者姓名。

例如：［匈］卢卡奇：《历史与阶级意识》，杜章智、任立、燕宏远译，商务印书馆 1992 年版，第 100—102 页。

（5）外文书刊的标识方式，请遵循国际通行标注格式。

编辑部地址：北京市建国门内大街 5 号中国社会科学院文学所 732 室

邮政编码：100732

电话：010－85195467（仅限周二拨打）

E－mail：zgwenyililun@126.com

本刊声明

为适应我国信息化建设，扩大本刊及作者知识信息交流渠道，本刊已被中国学术期刊网络出版总库及 CNKI 系列数据库收录，如作者不同意文章被收录，请在来稿时向本刊声明，本刊将做适当处理。